只有当一个民族真正站起来的时候，
才能正视和反思她曾经屈辱的历史。

——作者题记

马元之 著记

被遗忘的较量

辛亥沉思录

上海人民出版社

序　一

从"甲申三百年祭"到"辛亥一百年祭"

　　1944年,是中国农历的甲申年,也是大明王朝灭亡三百周年。由此上溯五个甲子周期,即三百年前的甲申年,是明朝崇祯十七年,即1644年。这一年闯王李自成率兵进京,崇祯皇帝自缢身亡,明朝宣告覆灭,而随后李自成领导的大顺政权又被清兵和吴三桂的势力迅速剿灭。这一段让人惊心动魄的历史,成为后世每一个执政者不可忽视的前车之鉴。

　　在1944年,也正是中国人民为夺取抗日战争最后胜利而奋力拼搏的时候,此时共产党领导的革命力量空前壮大,而国民党则竭力强化其反共专制统治。当时,几乎各党派、政界、学界,都把纪念甲申三百年的活动,看成是一次借用明朝灭亡抨击国民党统治、"使民主运动推进一步"的政治活动。当时被誉为革命文化界领袖的郭沫若撰写了《甲申三百年祭》一文,在《新华日报》上发表,引起巨大反响。

　　《甲申三百年祭》全文一万六千多字,文章首先阐述了在明朝末年,政治腐败,灾荒严重,崇祯皇帝昏庸,结果引起农民起义,导致亡国之祸;其次叙述李自成领导的起义队伍由小到大,终至推翻明朝统治,占领北京的经过;文章最后论述李自成占领北京之后,被胜利冲昏了头脑,轻视敌人,生活腐化,"纷纷然,昏昏然",终被清兵和吴三桂的势力打败的结果。李自成的农民起义军在北京仅仅住了40天,其刚建立不久的大顺政权就迅速土崩瓦解。

　　《甲申三百年祭》紧紧抓住甲申年中明王朝、李自成、清兵和吴三桂等各种政治力量的角逐、交替,从明王朝的腐朽统治和李自成农民起义的对比叙述中,揭示了明王朝灭亡的必然性;郭沫若在文章中既歌颂了李自成率领的农民起义,同时又沉痛总结了其最后失败的原因,"在过短的时间之内获得了过大的成功,这却是李自成以下的如牛金星、刘宗敏之流,似乎都沉沦进了过分的陶醉里去了"①。"纵声色,夺名利,掠财物,杀功臣,在战略上、组织上、作风上都犯下了严重的错误,终于酿成历史的大悲剧,其败如风卷残云。"②

明朝灭亡以及李自成的大顺政权被清军和吴三桂的力量打败后,1644 年,清顺治帝定都北京,建立全国政权,从此中国进入清朝的历史统治中。

清朝入关后,出现了顺治、康熙、雍正、乾隆几位开明能干之君,采取了一系列励精图治的举措,让中国经济社会得到迅速发展。至 18 世纪中叶,中国封建经济发展到一个新的高峰,出现了"康乾盛世"的局面,国力强大,秩序稳定。

在清朝历史上,其人口数量是历代封建王朝最高的,清末时达到四亿以上;清朝开疆拓土,鼎盛时领土达 1 300 多万平方公里。

清朝在走向繁荣鼎盛的过程中,也累积了许多弊病。如加强思想钳制,加大中央集权,尤其是对外实行闭关锁国政策,拒绝外国先进思想和技术的传入,致使晚清的中国大大落后于同时代的西方国家。

大清王朝其实自乾隆末年开始,就逐渐走向了腐化衰落,政府统治保守僵化,执政能力衰退弱化。而自 1840 年起,鸦片战争、太平天国运动、中法战争、甲午战争、义和团运动、八国联军侵华战争等这些内忧外患的因素接踵而至,中国连遭重创,华夏沸腾,生灵涂炭。晚清历史一路走向衰亡,到了清朝末年,大清江山处在风雨飘摇之中。

明朝灭亡二百六十余年后,清朝也走到了灯枯油尽的境地。1911 年 10 月 10 日夜,武昌城的一声枪响,打响了武昌起义,一场千古未有之革命喷薄而发,这就是辛亥革命。

辛亥革命敲响了清王朝的丧钟,之后各省纷纷宣布独立,清朝的统治走向瓦解。1912 年 1 月 1 日,中华民国成立;1912 年 2 月 12 日,清朝最后一位皇帝宣统皇帝溥仪退位,统治中国 268 年的清王朝退出历史舞台。

辛亥革命推翻了清王朝的专制统治,结束了中国两千多年的封建帝制,建立了中国历史上第一个民主共和政权,开启了民主共和的新纪元。然而,在辛亥革命之后,当 1912 年中华民国南京临时政府成立后,接下来发生的事却是革命党人始料不及的:袁世凯窃国、二次革命失败、军阀开始混战……

辛亥革命推翻了帝制,却只留下一个民主共和的空壳。中国在其后的近 40 年中,内外战争从未停止过。

---

① 《甲申三百年祭》,郭沫若,人民出版社,2004 年 4 月。
② 《郭沫若、毛泽东与〈甲申三百年祭〉》,《党史信息报》镜周刊 612 期,2004 年 3 月 17 日。

　　如今,辛亥革命已经过去百年,如同明朝灭亡的甲申年一样,辛亥年也"不失为一个值得纪念的历史年",而且其历史地位和意义远比"甲申年"重要得多。在这一年,规模宏大的民主革命使清朝专制的王权统治趋于崩溃,而随后由于种种压力和错误,却不幸换来了袁世凯的专权,此后中国又进入多年的混乱动荡时期。

　　历史不会重演,但总会惊人地相似。清末民初的历史,即清朝的灭亡和辛亥革命的兴起以及南京临时政府的失败这个历史大变革时期,在一定程度上,同明末的历史情形具有一定的相似性,即同明朝的灭亡和李自成农民起义的兴起以及大顺政权的灭亡这一段历史颇为相似。而这一切又跟郭沫若在《甲申三百年祭》中所述的明王朝、李自成、清兵等各种力量的角逐交替一样,清末民初的历史浮沉也与当时活跃在中国政治、社会上的各种力量有关。

　　在清末民初,即辛亥革命前后,也包括辛亥革命在内,中国大地上的封建守旧势力、新兴革命势力、外来侵略势力、立宪保皇势力等各种力量,相互斗争博弈,此消彼长,"你方唱罢我登场"。列强入侵、革命骤起、清帝退位、孙中山让位、袁世凯接位、军阀混战……各种政治力量的角斗从未停止过。当时在中国的政治舞台上,外来势力的入侵和国人的反抗斗争,旧官与新贵的互争,党同伐异,朋党之风等大肆盛行,诸如明朝末年的各种势力纷争又再重演,甚至更激烈、更残酷。

　　例如,站在旧王朝的灭亡角度上来讲,清朝的灭亡同明朝的灭亡具有很强的相似性。在清朝的灭亡过程中,同明末李自成农民起义、清兵入关以及吴三桂叛变等力量及因素一样,把清政府推向覆灭境地的,也是多种力量及因素综合作用的结果。清政府的灭亡与革命党人的起义有关,也与新军的反正,农民群众的暴动,立宪派与外国列强对清政府的抛弃及袁世凯的背离等这些力量及因素有很大关系。

　　而且,同明朝灭亡的关键性因素在于明朝统治者政治腐败、昏庸无能等自身原因一样,导致清政府灭亡的关键原因也在于其自身。晚清时期,清政府保守僵化,统治者昏庸腐化,到了清朝末年,腐朽专制的王朝陷入到严重的统治危机中,最终在辛亥革命的炮火声中走向灭亡。

　　另外,站在新政权的失败角度来讲,孙中山领导的南京临时政府的失败,同李自成领导的大顺政权失败一样,都具有一定的相似性。李自成的大顺政权最后在清兵和吴三桂等势力的联合绞杀下归于失败;中华民国南京临时政府成立后,也始终处在各种压力之下,来自立宪派、旧官僚和外来列强的压力,使得临时政府最终不得不向袁世凯势力做出妥协。

　　同时,与李自成大顺政权灭亡的关键因素在于其自身"纷纷然,昏昏然"一样,导致南京临时政府失败的关键原因也在于其自身。南京临时政府的领导核心同盟会在取得政权之后,进取意志减弱,队伍变得涣散、保守甚至颓落,内部矛盾日益严重,妥协倾向不断滋长。而立宪派、旧官僚、袁世凯正是利用了这一点,迫使革命派让权。最终,民国政权落到了北洋军阀代表袁世凯手里,孙中山领导的南京临时政府前后仅存在了短短 3 个月。

在每一个动荡激变的历史关头,其实都是各种力量斗争、博弈的关键时期。到了 20 世纪 40 年代中期,在国共两党联合抗日即将取得胜利之际,国共两党各自所领导的势力是当时中国政治、社会的两大主要力量,尤其是共产党领导的革命力量空前壮大,且双方的战争也有一触即发之势。正是在这一背景下,1944 年,郭沫若撰写了《甲申三百年祭》一文。

《甲申三百年祭》发表后在当时引起极大关注,这一史论结合的雄文,不仅引发人们对历史兴亡的感叹,同时激发人们对当时中国的现实和未来的思考。

国民党作为当时执政党,本应从明末历史沉浮中吸取教训,革新政治,广开言路,以免重蹈覆辙。但当时国民党宣传部门却认为这篇文章是在"影射当局",指责其是"出于一种反常心理,鼓吹败战主义和亡国思想",对其大张挞伐,大扣帽子,甚至对作者本人进行人身攻击。

与国民党相比,当时共产党的态度则截然不同,该文得到了毛泽东和中共中央的高度重视。毛泽东多次指出要从李自成起义的历史中吸取教训,并把《甲申三百年祭》作为中共整风的文件之一。毛泽东在《学习和时局》的报告中曾强调:"我党历史上曾经有过几次表现了大的骄傲,都是吃了亏的……近日我们印了郭沫若论李自成的文章,也是叫同志们引为鉴戒,不要重犯胜利时骄傲的错误。"[①]

1949 年 3 月,在中共中央离开西柏坡向北平进发前,毛泽东又提起《甲申三百年祭》中李自成的教训,他形象地比喻说:今天是进京赶考的日子,退回去就算失败,我们绝不当李自成,李自成进京后就变了,我们一定要考个好成绩。

尽管郭沫若撰写《甲申三百年祭》的本意是借明末政治腐败导致民怨沸腾而终于倾覆的历史事实,进而揭露国民党政治腐败,丧失民心,希望国民党引以为戒,警惕重蹈明亡的覆辙,但反而却遭到国民党的抨击和仇视;而毛泽东和中共却以博大的胸怀,把《甲申三百年祭》作为党的整风文献,号召共产党员把它当作警钟和历史的镜子,从中吸取经验教训。这正是中共和毛泽东伟大的地方,也是共产党能够战胜国民党并取得最后胜利的一个重要原因。

郭沫若在《甲申三百年祭》中既写了明王朝"其亡也忽焉"的史实,也写了李自成大顺政权"其兴也勃焉,其亡也忽焉"的悲剧,这实际上指出的是国家生命周期和历史

---

① 《毛泽东选集》,第 3 卷,第 947、948 页,人民出版社,1991 年 6 月。

周期率的问题。

古今中外，每一个朝代的历史演进几乎都呈现出一定的周期现象，尤其是中国古代的封建王朝，每一个王朝都走不出兴衰浮沉的周期规律。到了清末民初时期，即辛亥革命那一段天翻地覆的历史，也恰应验了清王朝"其亡也忽焉"，辛亥革命及南京临时政府"其兴也勃焉，其亡也忽焉"的历史周期率。

对于清朝的灭亡，如果再按照英国历史学家汤因比提出的文明"生命周期"理论来对照分析，在辛亥革命前后它也走到了生命周期的死亡阶段——该理论指出，一个国家在强大的过程中，"统治者"往往会发生蜕变，这会致使文明（国力）衰落，最后导致国内革命的爆发；在"下层阶级"革命与"外来势力"的共同冲击下，内外危机并发，最后导致文明解体、灭亡。

清朝自嘉庆皇帝开始，最高统治者就发生蜕变堕落，如道光、咸丰、同治、光绪等皇帝，几乎是一代不如一代，他们失去了当初开国者的那种奋力开拓进取的精神，这也导致了国力的衰落；紧接着，各种矛盾的积累引发了国内革命的爆发；然后在内部革命与外来侵略的冲击下，内外危机迸发，最终导致清朝解体、灭亡。

清朝灭亡后，经过民国那一段纷乱历史，建立起中华人民共和国，从此中国结束战乱，走上建设现代化强国之路。关于中国将如何跳出历史兴衰的周期率，走出国家生命周期的紧箍，走上一条持续发展之路，1945 年 7 月，在毛泽东与黄炎培的一次谈话中，给出了其中的一个答案。黄炎培说："我生六十多年，耳闻的不说，所亲眼看到的，真所谓'其兴也勃焉'，'其亡也忽焉'，一人，一家，一团体，一地方，乃至一国，不少单位都没有能跳出这周期率的支配力……一部历史，'政怠宦成'的也有，'人亡政息'的也有，'求荣取辱'的也有。总之，没有能跳出这个周期率。中共诸君从过去到现在，我略略了解了的，就是希望找出一条新路，来跳出这个周期率的支配。"毛泽东答道："我们已经找到新路，我们能跳出这个周期率。这条新路，就是民主。只有让人民来监督政府，政府才不敢松懈。只有人人起来负责，才不会人亡政息。"①

辛亥革命正是一场推翻封建专制统治、建立民主共和的民主革命，它唤醒了国民的民主意识，使民主共和观念深入社会民心，由此也开辟了一条跳出历史兴衰周期率的新路。而如何"让人民来监督政府，人人起来负责"，让"政府不敢松懈"，不使"政怠宦成"与"人亡政息"，"同志仍需努力"。这也正是我们今天纪念辛亥革命的最大要义之一所在。

作　者

2011 年 10 月

---

① 《重温人亡政息的历史教训》，王戎笙，《求是》，2004 年 09 期。

序 二

祭辱不是为了积恨

1840 年 6 月,40 余艘英国舰船载着 4 000 多名士兵,齐集中国南海海面,拉开了对中国第一次鸦片战争的大幕。

在这场历时两年多的西方新兴帝国与东方没落帝国的较量中,英国在技术、武器、装备等方面都远胜于中国,也就自然决定了战争的走向和结果,最终以清政府的失败并签订丧权辱国的《南京条约》而告终。

自 1840 年鸦片战争之后,中国闭关自守的古老大门被打开,世界列强从此接踵而来,纷纷向中国发动侵略战争。当时世界上主要资本主义强国英国、美国、法国、俄国、日本等都入侵到中国领土上来,而且一些曾经听说过的、或从没有听说过的弹丸小国,也排队而来。中国历史由此进入到近代史,也进入到列强纷争的屈辱时代。

从两次鸦片战争到中法战争,从甲午中日战争到八国联军侵华战争,直至日本发动全面侵华战争。一百多年间,世界上几乎所有的资本主义强国都对中国发动过一次甚至多次侵略战争。

在列强侵华过程中,有公然入侵的,也有暗地作祟的;有单独入侵的,也有合伙劫掠的;有直接出兵控制的,也有扶植各种统治势力的;有军事、政治施压的,也有商品倾销和资本输出的……

列强对中国的侵略是多角度、多层次、全方位的。它们通过发动战争、迫签条约、强占领土、开辟商埠、建立租界、控制关税、垄断航运以及输出商品和资本等多种方式,对中国军事上加大打击,政治上加强控制,经济上大肆掠夺,文化上逐步渗透,使中国一步步沦为半殖民地半封建社会。

列强在侵华过程中,都带有明显的自身特征。其中,英国对中国实施的是"贸易战争",始终把获取各种通商贸易特权作为首要目标;美国对中国实施的是"文化战争",主要利用教育等手段推行美国的价值观念;法国对中国实施的是"宗教战争",注重利用宗教之名行政治、经济侵略之实;俄国对中国实施的是"疆土战争",以占有和扩大领土为重点;日本对中国实施的是"人性战争",以军事打击为前提,妄图称霸并最终灭亡中国。

在中国近代史上,列强对中国的侵略历时之长,参与国之多,频率之高,范围之广,危害之深,实属世界罕见。这是中国"数千年未有之变局",面对着"数千年未有之强敌"。

因此,1840年以后的中国近代史,实际上就是"外国侵略中国、外国人打败中国人"的屈辱史。

列强的侵略在给中国带来压迫、屈辱的同时,也充当了历史的不自觉工具,从反面警醒、教育了中国人,在一定程度上促进了中国人的觉醒、反抗、探索和奋起。

从广大爱国官兵的反抗斗争,到人民群众自觉组织的反侵略行动,从洋务运动、戊戌变法,到清末新政、辛亥革命……中国近代史也是一部反抗外来侵略的抗争史和追寻救亡图存的探索史,抗争与图存成为一代又一代中国人面临的神圣使命。

然而,在辛亥革命之前,中国近代史上几乎所有反对外来侵略的抗争与追寻民族救亡图存的探索,虽起到一定的作用,但历次反侵略战争除取得一些局部胜利外,大多都以中国失败、清政府被迫签订屈辱条约而告结;各种为救亡图存的探索虽有过一些收获,但也多是半途而废,不了了之,没有让中国走上"自强求富"之路。

在19世纪末、20世纪初诞生的中国资产阶级革命派,他们把斗争的矛头直接对准了清朝封建专制政权。1911年10月10日,湖北武汉新军工程营中的一声枪响,划破了中国的暗夜长空。这一枪打响了辛亥革命,成为中国民主主义革命的发令枪。

辛亥革命推翻了清王朝两百多年的统治和在中国历史上延续了两千多年的封建专制统治,可是,在这之后,中国又进入到另一个充满暴力和混乱的军阀统治时期。从此,中国在遭遇外来列强侵略的同时,也在经历着连绵不断的国内战争。

自辛亥革命后建立起来的中华民国,那是一个波诡云谲的纷乱朝代。民国初期,中国内外战争不断,革命、政治风潮跌宕起伏,一波未平,一波又起,人们陷入到一个接一个的令人眼花缭乱的革命之中。

从南方的革命派推翻清朝统治,到北方的袁世凯夺取革命政权,再到南北对立及军阀混战割据,其间,不是南方革命了北方,就是北方阴谋了南方。

因此,1840年以后的中国近代史,尤其是在辛亥革命期间及其之后的中华民国,基本上是一场"新人"与"旧人"之间的斗争史,即新型民主革命势力与封建守旧势力及军阀之间的角力、较量。

1840—1949年的中国近代史,历经清王朝晚期、中华民国临时政府时期、北洋军阀时期和国民政府时期。每当打开中国近代史,映入人们眼帘的是一场场屡战屡败的反抗战争,一个个丧权辱国的不平等条约,一次次挺身而出的失败革命……这一时期的中国,一战而败,再战亦败,败而又败,国事一塌糊涂,事事都不如意。

在中国历史上,从来没有哪一个历史时期如这般屈辱、痛苦、艰难,亡国灭种的危机一直在威胁着这个国家;这是中华民族历史上最屈辱、最悲痛的时期,是血迹斑斑、不堪回首的奇耻大辱之历史,给世人留下太多太多的遗憾、愤怒与悲伤。

今年是辛亥革命一百周年。在中国近代史上,辛亥革命是一个标志性的分水岭,是一次具有划时代意义的历史变革。

基于辛亥年的"辛亥革命",是以孙中山为首的革命派推翻清朝专制统治、建立民主共和的资产阶级民主革命。一般的狭义理解认为,辛亥革命是自1911年(中国农历辛亥年)10月10日武昌起义开始,到1912年1月1日中华民国建立这一段时间的革命事件;而广义的辛亥革命,是指自清朝末年(一般是指自1898年慈禧太后发动的"戊戌政变"后)开始,到20世纪初清政府被推翻期间发生的所有革命运动。

毋庸置疑,辛亥革命百年是一个重大的历史节点和纪年,对于这样一个重要的年份,若仅仅是一种纪念,没有深度的反思,这一百年也只能是一种时间概念和符号,苍白而简单。

现在回望辛亥,其中有太多值得国人深思和探讨的问题:

辛亥革命的背景是什么?

中国近代史上的抗争图存为什么屡屡失败?

历史为什么会选择孙中山及其革命?

为什么武昌起义的成功仅仅是一次偶然,而这次偶然最后又成了星火燎原?

辛亥革命到底发生了什么?

清政府为何会走向败亡?

为什么说辛亥革命不是革命派单独搞成功的?

南京临时政府为什么会成为名副其实的"临时"政府?

民国的历史为何如此纷乱?

辛亥革命前后哪些经验教训值得汲取?

历史的归宿在哪里……

对于这些问题,辛亥革命一百周年是一个沉思的契机,也是从中解读出百年中国的一种视角。

而且,回望、沉思辛亥革命,不应把时间局限在迄今为止的"一百年",还需要把这个时间的通道拉长、拉远。因为辛亥革命不仅是一个伟大的历史事件,而且是一个伟大的社会运动。如同任何在历史上出现过的社会运动一样,它有自己的前因后果,还有对后世的影响。

对于辛亥革命的沉思时限,向前可以推到中国近代史的开端(1840年)甚至更远,这是其前因;向后可以预设到中国的百年未来,这是其后果及影响。只有这样才能真正了解其全貌和实质。

《被遗忘的较量——辛亥沉思录》是一本纪念辛亥革命一百周年的书,同时也是一本借辛亥革命一百周年来沉思中国百年屈辱岁月的"祭文"。它以广义辛亥革命概念为立足点和分界点,以中西、新旧、南北人物对比为切入点和基础,通过比较手法,结合客观时势,从"人与人的较量中"分析述论中国的屈辱历史。

本书以全景式的大历史观,讲述辛亥革命前后中国百年屈辱的历史;同时,书中以细腻的笔法,生动地讲述了晚清及民国初期中国各个派别政治力量的代表。

由于影响中国近代史的人物众多,本书只是选择近代中国舞台上各种对立势力的典型代表加以叙述、评析,而不是人人俱到;在述评某个人物时也是详略结合,突出重点,而不是面面俱到。

细节往往蕴藏着真实的力量,历史其实就是一连串瞬间镜头的组合,当人们追忆某一个时代的时候,在脑海中浮现出来的常常是一个或若干个经典的画面。本书大处着眼,小处着笔,每个章节采用"讲述一个故事、回忆一段历史、剖析一个背景、评述一个道理"的模式和方法展开叙述。

本书在著述的过程中力求做到可读性、简明性与知识性、思想性相统一,力争给读者一种新鲜、直观、深刻的回味与醒示。

因此,本书不是按照历史教科书或专业学术著作来写,而是按照一般的历史读物来叙写,其中以史为据,穿插故事细节和多元视角,去掉脸谱化的历史,增强趣味性和可读性,尽量满足广大读者的阅读需求;同时,本书又有理性的分析和述评,让感性的情愫上升到理性的思考,增强知识性和思辨性,兼顾读者对历史的深层阅读需求。

关于中国近代史以及辛亥革命的书籍,可谓汗牛充栋,那些已有的论著成果,是本书进一步探究的基础。本书谨依据大量文史资料,参照有关著作,加以解读诠释,将辛亥革命前后中国的屈辱岁月述评成书,以求客观真实地再现那些往事。本书吸收已有研究成果,同时推陈出新,一些叙述和评析都具有一定的启发性与创新性。

　　本书站在民间角度,以真切而忧忡的心情来述评辛亥革命前后这一百年的历史,书中纵是平铺直叙,冷眼静观,但亦可见纵横内外,满腔热忱。

　　时光的流逝会磨灭人们的许多记忆。这些年来,越来越安逸富足的生活,让很多人的"健忘症"越来越严重,尤其是对曾经的屈辱之耻、之痛也越来越淡漠,甚至淡忘。

　　忘记历史就意味着背叛,而如果忘记的是最屈辱的那段历史,就意味着更可耻的背叛。今天,在这个越来越轻浮、狂躁和急功近利的时代,当我们再回顾过去,对中国历史再做一次梳理对比时,我们会为曾经的屈辱而扼腕叹息,悲痛不已。

　　1997 年香港回归时,上映了一部电影《鸦片战争》,其中开始的题记部分写道:只有当一个民族真正站起来的时候,才能正视和反思她曾经屈辱的历史。如今,十几年过去了,中国经济社会实力比以往更加发达,更有能力和必要去"正视和反思曾经屈辱的历史"。

　　每一个人都不应该淡忘国家、民族的屈辱史,一个不忘屈辱的民族,才是有希望的民族。而铭记屈辱不是为了积压愤恨,这不是本书的初衷。

　　历史在前进,世界也在前进,中国更在前进,单纯追究曾经的错与失并没有什么积极意义,也无法抚平曾经的屈辱疼痛。而"以史为鉴,可以知兴衰"。历史是一面镜子,它能清晰地映照过去的轨迹,亦可照亮未来的行程。

　　我们只有从过去的历史中吸取教训,才能避免未来的悲剧重演;只有不断反思,才能避免重蹈覆辙和不断改进。回顾历史,铭记屈辱;居安思危,启迪未来;知耻而进,知辱而兴。就此而言,本书希望为每个关心国家和民族历史与命运的人提供一个回顾、反思的机会,以求更好的复兴和强盛。

作　者

2011 年 10 月

目 录

CONTENTS

1

CONTENTS

CONTENTS

CONTENTS

外国人打败了中国人

上

篇

〔导读提示〕

从任何意义上说,亚当·斯密都不是英帝国主义的掠夺者,也不是资本家意志的代言人,抑或是商业利益的辩护士。但其思想学说无疑为大英帝国的崛起提供了强有力的理论武器,成为英国强大起来的思想发动机;而与此同时,其思想理论也为全球的殖民罪恶和贸易战争埋下祸患,抑或起到推波助澜的作用,给受到贸易侵略的国家带来深重的灾难。

如果说亚当·斯密通过其经济学思想征服了世界,同时也在经济上打败了中国,那么在政治上打败中国的则是维多利亚女王。这位女王在位的60余年里,中国的清政府相继经历了道光、咸丰、同治、光绪四位皇帝以及慈禧太后五位最高统治者。如果把19世纪中后期中、英两国的交锋看作是两国最高统治者的较量,那么清政府的这五位最高统治者无疑都败在了维多利亚女王手下。

在亚当·斯密思想力量和维多利亚女王政治力量的共同作用下,英国对中国发动了蓄谋已久的侵略战争。从1840年的鸦片战争开始,在此后英国发动的所有对华战争中,从其目的、过程和结果来看,基本上都挟带着"自由贸易"的思想及外衣。鸦片战争是中国经历的第一次国际贸易战争,从此以后,在各国列强发动的侵华战争中,都不同程度地包含有"贸易战争"的因素。

第一章

英国人的贸易战争

给中国一顿痛打,然后我们再解释。

——帕默斯顿(19世纪中期英国政治
家,1855—1865年两任首相)

第一节 亚当·斯密的智慧与原罪

亚当·斯密打败了拿破仑

19世纪初,英国人威灵顿是一位伟大的将军,这位将军一生中最值得骄傲的事,就是打败了"常胜将军"拿破仑。

1815年6月18日,以威灵顿为统帅的欧洲反法同盟联军与以拿破仑为统帅的法国军队,在比利时一个名叫滑铁卢的地方,展开了一场惊心动魄的大决战。这场战争的结果是拿破仑兵败滑铁卢,威灵顿取得了胜利。

在世界战争史上,滑铁卢之战是一场经典战役,这一战不仅结束了拿破仑的军事生涯和政治生命,也使英国击败了宿敌法国,确立了在国际上的霸权地位。而且,"滑铁卢"这三个字从此也成为"失败"的代名词,在全世界广泛传用。

对于威灵顿打败拿破仑的故事,据说后来有人做了一个调查,竟然发现有一半以上的人认为不是威灵顿打败了拿破仑,而是《国富论》的作者亚当·斯密打败了拿破仑——因为亚当·斯密及其《国富论》让英国发现了一条通往财富的道路,使英国有了足够的经济实力去跟拿破仑对抗,最后才赢得战争,建立了强权地位。

对于这一次的英法较量,还有人评价说:战争的胜利不仅是英国军队的胜利,也是英国市场经济的胜利——英国凭借着强大的经济实力和海外市场做后盾,打败了一度不可一世的法国军队。

在这场战争中,有一个小小的细节,也许能说明这是一场经济实力的较量:当法国军队在与英军作战时,身上穿的军服,都是来自英国的棉纺织品。

自1588年击败西班牙"无敌舰队"后,英国势力日盛,逐渐取代西班牙成为海上新兴霸权国家；接着，在 17 世纪 50—70 年代通过三次"英荷战争"，英国打败了商业竞争对手荷兰，逐步取代了荷兰的"海上马车夫"地位，保住了海上霸权的优势；之后，在 1756—1763 年的"英法七年战争"中，英国打败了最强劲的对手法国，夺取了法国的大片殖民地，确立了称霸欧洲的霸权地位；最后至 1815 年的滑铁卢战争，英国打败法国，进一步巩固了它在世界政治、军事的强权地位。

在英国崛起称霸的过程中，除了传统史学强调的宪政体制、工业革命、地理优势等政治、科技、自然因素外，实际上还与其自由贸易这个经济因素有着密切的关系。而对于这一经济因素具有决定意义的人物就是亚当·斯密。

尽管"亚当·斯密打败拿破仑"这个故事及其解释颇为深晦甚至费解，但却说明了亚当·斯密这个人物对英国的强盛起着多么重要的作用——亚当·斯密的经济学智慧为英国的崛起提供了有力的思想力量和理论指导，这就是他对英国发展过程中所起到的基础性作用原理。

而如果按照"亚当·斯密的思想动力作用"这种思路再予以推演，那么亚当·斯密打败的不仅仅是拿破仑，而且征服的是整个世界，也包括中国。

亚当·斯密这位举世闻名的经济学巨匠，于 1723 年出生在苏格兰，父亲在他出生前几个月就去世了，他自小与母亲相依为命，并终身未娶。

斯密在少年时期喜欢阅读各类书籍，记忆力特别强。1737年，他以出色的成绩考入格拉斯哥大学；1740 年，他被推荐到牛津大学深造。在大学期间，斯密深受休谟等启蒙哲学家思想的影响。

1748 年，斯密在爱丁堡大学担任讲师。三年后，1751 年，他返回格拉斯哥大学讲授逻辑学，次年开设道德哲学讲座。斯密的道德哲学讲座包括神学、伦理学、法学和政治学等内容，其伦理学讲义后来经过修订，在 1759 年作为《道德情操论》一书出版。

亚当·斯密

《道德情操论》的关键词是"同情"，斯密在书中继承了休谟等人的同情论和道德感思想，形成了自己的道德情感理论。他从人具有同情心出发，用同情的原理来解释人类正义感和其他一切道德情感的来源，论述人的利他主义伦理观。《道德情操论》出版后在伦理学界获得极高评价，确立了斯密在知识界的威望，为他赢得了极高的声誉。

斯密在格拉斯哥大学关于法学和政治学的讲义包含了价格、税收、贸易等财政经济问题,这表明他在此时就已经开始研究政治经济学问题了。1764 年,斯密辞去大学教授职务,受聘为一位出国旅行公爵的私人教师,进行为期三年的欧洲大陆之行。在此期间,斯密开始构建他的经济学理论。

1767 年,斯密返回家乡,埋头于经济学的创作。1776 年,凝聚了斯密近十年心血的《国富论》终于问世。

此书一经出版,就立即引起广泛关注。人们以"一鸣惊人"来形容它的反响,把其誉为"第一部系统的伟大经济学著作"和"经济学圣经"。在 18 世纪结束以前,《国富论》就出了 9 个英文版本。

亚当·斯密也因《国富论》而声名显赫,被誉为经济学界的"至圣先师"。据传,当时英国政府的许多要人都以"斯密的弟子"为荣,甚至连当时的英国首相皮特①也自称是斯密的学生。《国富论》的观点成了国会议员的常用论据,在国会进行辩论或讨论草案时,议员们常常引用《国富论》的语句,而且一经引证,反对者大多不再反驳。

《国富论》影响所及除了英国本土外,连欧洲大陆和美洲也为之倾倒。该书出版之后,被译为多国文字传到国外,一些国家在制定政策时都将书中的基本观点作为依据,从而影响了世界上大多数资本主义国家。

《国富论》全名为《国民财富的性质和原因的研究》,顾名思义是要研究什么是财富以及如何增加财富的问题,亦即如何"富国裕民"的问题。《国富论》对整个国民经济的运行状况做了系统描述。在书里,斯密一开始就说明了分工和贸易是如何增加财富的,指出分工和交易都出自人的"利己之心",是在"看不见的手"的指引之下,利己行为促使了社会财富的增加。用亚当·斯密的话来说就是:每个人"只想得到自己的利益",但是又好像"被一只无形的手牵着去实现一种他根本无意要实现的目的……他们促进社会的利益,其效果往往比他们真正想要实现的还要好"。

斯密指出,在经济生活中,每个人都追求自己的利益,盘算自己的好处,这是人性的一面,但世界并没有因此变坏;相反,人们在利己之心的支配下从事各种劳动,去实现一种他原本无意要实现的社会利益,从而构成了私人与社会财富的增加。

据此,斯密所要表述的是一种"自由经济"精神:一个国家的经济只有在最自由与宽松的状态下,才能得到最好的发展,一切干预都有可能对经济造成破坏——只有让自由经济规律不受节制地起作用,才能使国家走上富强的道路;倘若每个人都能够在自由的环境中创造财富,不但会凭着自己的理性判断让个人利益达到最大化,同时建立在人性基础上的市场机制,还会使社会财富达到最大化。所以,个人的"自由、自

①　皮特是 18 世纪末 19 世纪初英国政治家,1784—1801 年、1804—1806 年两度出任英国首相。

利"会在"看不见的手"的引导下促进社会财富的增加。

斯密将利己之心看作是人的本性之一,既然利己之心是人的天性,那么追求个人利益就成了自然之理,对追求个人利益的活动就不应该限制。于是,斯密对于经济活动的主张是"放任自由",倡导"自由市场、自由贸易、自由竞争"。他特别强调,一个国家如果选择了自由贸易,就可以挣到更多的钱。

贸易建造的帝国

斯密在《国富论》中的经济学思想要点之一是"自由放任",他相信并坚持自由贸易,认为自由贸易能够促进国际劳动分工。通过自由贸易,各个国家可以集中生产其成本最低、最具优势的产品,能够使各国行业分工日益完善,进而提高劳动生产率,促进国民财富增长。

所以,斯密主张实行自由贸易政策,反对国家对外贸的干预,坚持自由贸易能有效促进生产发展和产量提高,一切限制贸易自由的措施都会影响国际分工的发展,并降低劳动生产率。

而在斯密自由贸易主义出现之前,英国政府同欧洲所有大陆国家一样,根据重商主义原则,长期奉行"限制进口、鼓励出口"的贸易保护政策。

重商主义是 16—18 世纪欧洲主流经济政策体系,这种理论认为金银货币是财富的唯一形态,一切经济活动的目的就是为了攫取金银。所以,重商主义在对外贸易中特别强调"多卖少买、多收入少支出"的原则,以贸易顺差(入超)来获得金银。为达到这个目的,重商主义要求国家必须积极干预外贸经济,以保证货币尽可能多地流入国内而尽可能少地流向国外,以增加本国的金银货币。

英国重商主义行为的典型表现是 1651 年克伦威尔制定的《航海条例》,规定输入英国及其属国的货物,必须使用英国的船只或者是商品生产国的船只;以及 1815 年制定的《谷物法》,严格限制进口外国谷物。

重商主义一度使英国在与欧洲竞争者中壮大起来,国内的工商业在政府的保护下迅速成长。但是,强大之后的英国经济也产生了走出本土的冲动,国家的限制或保护更多的是一种束缚,而不是扶助。于是,重商主义逐渐成为被怀疑的理论对象。

斯密在《国富论》中倡导自由贸易主义,对重商主义提出质疑和反对。斯密的自由贸易理论指出,参与国际贸易对双方都是有利的,是一种互利双赢的思想;而且当一个国家发展到一定程度后,必然会受到本土市场的限制,必须参与到更广阔的国际分工协作中,才能在世界市场范围内获取更多的利润和财富。

斯密的自由贸易思想在 19 世纪对各国贸易政策都产生了深刻影响,不少国家都出现要求自由贸易的声浪。

在斯密"自由经济理论"影响下,英国走上了自由资本主义道路,也促进了英国自由贸易政策的逐步实现。1846 年,英国对进口谷物实施限制的《谷物法》被废除;1849 年,《航海条例》被废除;1852 年,英国议会发表一项原则声明,称"自由贸易是英国的国策";1860 年,英国的"保护关税"政策被废除。这些举措意味着自由贸易原则在英国逐渐被认可。

英国人用自由贸易主义取代了重商主义,让人们更能深刻地理解到斯密的思想对英国的贡献与影响。

在斯密自由贸易理论推动下,各国政府都致力于发展对外贸易。为此,它们鼓励和建立各种贸易公司,扩大海外市场,发展海上运输能力,并积极争夺制海权和殖民地。于是,在这个意义上说,斯密为 19 世纪欧美诸国提供了一个影响深远的对外贸易战略,各国政府都想尽一切办法,大力拓展海外贸易业务。而对于这一战略运用得最为透彻的当然还是大英帝国。

在斯密贸易理论的影响下,英国人已经充分认识到商业贸易和外部市场的重要性,积极推行自由贸易,并利用自身的工业优势,建立全球市场。它率先取消别国产品输入英国的限制,来换取别国取消对英国产品的限制,扩大国外市场。

从此,英国商品在世界市场范围内长驱直入,其商业触角已经伸向世界各个角落。到 19 世纪中期,英国的工业生产能力比全世界其他国家的总和还要大,对外贸易额也超过世界上任何其他国家。

斯密的自由贸易思想为英国的发展提供了理论指导,促使英国经济蓬勃发展。当然,英国在全球范围内推行利己的自由贸易主义并非一帆风顺,对于那些不愿接受自由贸易的"负隅顽抗者",英国往往会采取强盗式的武力手段打开对方的大门,顺势建立殖民地。

当时,英国的海外自由贸易伴随着野蛮的掠夺和赤裸裸的侵略,对到海外从事贸易的英国人来说,其商船同时也是战舰。在某种程度上讲,当时所有的武力战争几乎都是为着自由贸易服务的,表面上的军事侵略或战争行为实质上都是"贸易战争"的延续和扩大,一切战争最终都可归结为贸易利益的争夺。

通过自由贸易和殖民侵略,即贸易战争,英国迅速扩张成为一个"日不落帝国"。在这个帝国里,一个以英国为核心的商业贸易圈迅速形成,英国成为世界的贸易中心。

英国经济学家威廉·斯坦利·杰文斯在 1865 年曾这样骄傲地描述:北美和俄国的平原是我们的玉米地;加拿大和波罗的海是我们的林区;澳大利亚有我们的牧羊

场；秘鲁送来白银，南非和澳大利亚的黄金流向伦敦；印度人和中国人为我们种植茶叶，我们的咖啡、甘蔗和香料种植园遍布东印度群岛；西班牙和法国是我们的葡萄园；地中海是我们的果园；长期以来早就生长在美国南部的棉花地，现在正在向地球所有的温暖区域扩展。

就这样，英国凭借军事势力，通过自由贸易扩张战略，建立起一个庞大的"贸易帝国"。它控制着全球海权，主宰着世界贸易，其殖民地遍布各地，俨然可与世界相抗衡。

亚当·斯密征服世界的方式正是通过其自由贸易思想，来改变英国的经济政策，进而促进英国的海外贸易及殖民扩张，最终改变整个世界的格局。[①]

斯密的自由贸易思想是英国推行海外经济政策的理论基础，也是英国在19世纪称霸世界的一种经济哲学。而人类很少存在某种超越国家或民族的价值理论，某些思想理论也常常会带来一些非主观意图的"恶果"——当其为一个国家带来财富和幸福的同时，也往往会给另外一些国家带来灾难与痛苦。

从任何意义上说，亚当·斯密都不是英帝国主义的掠夺者，也不是资本家意志的代言人，抑或是商业利益的辩护士，甚至他还经常用强烈的言辞痛斥英国暴力扩张的殖民行为。但其经济学说无疑为大英帝国的崛起提供了强有力的理论武器，成为英国强盛起来的思想发动机，为英国的经济增长提供了源源不断的动力；而与此同时，其思想理论也为全球的殖民罪恶和贸易战争埋下祸患，抑或起到推波助澜的作用，给受到贸易侵略的国家带来深重的灾难。

而且，在斯密和英国的自由贸易主张中，也应看到这样一种前提或局限：英国是在自己已经足够强大、没有竞争对手的情况下，才转而鼓吹和推行自由贸易的。

所以，英国人的自由贸易策略是：在自己不够强大时高举贸易保护主义大旗，坚决保卫本土市场和民族产业；当自己强大了以后才打着自由贸易的幌子，同时借助武力手段，迫使他国开放市场，以便自己占领。

在建立帝国的道路上，英国已显示出不可阻挡的强劲力量，在广泛的商品贸易和连续征战中，英国建立起一支强大的商业与军事相结合的力量，其目光已瞄向全球各地。

在大英帝国居高临下的海外贸易和殖民扩张中，18世纪末、19世纪初，这个西方"日不落帝国"的触角开始伸向了东方的大清帝国。

---

① 当然，英国的自由贸易政策后来也深受大卫·李嘉图的影响，李嘉图在斯密自由贸易的绝对优势理论基础上，提出比较优势理论，继续阐述、倡导自由贸易的重要性和必要性。

在英国采用强盗式的武力手段打开各国大门的过程中,中国也是最大的受害者。其中,英国对中国发动的各种战争,最终都可归结为是一种"贸易战争"。[①]而这些战争的罪恶之源,最初都可以追溯到亚当·斯密自由贸易理论的非主观意图"恶果"。

第二节　维多利亚女王的"为"与"不为"

铁腕女王"赤膊上阵"

如果说亚当·斯密通过自己的经济学思想征服了世界,同时也在经济上打败了中国,那么在 19 世纪中后期英国侵略中国的过程中,在政治上打败中国的则是维多利亚女王。

也许很少有人知道,英国第一次将侵略战火烧向中国的背后,竟是一个女人的旨意,她就是维多利亚女王。

维多利亚女王出生在 1819 年,1837 年继承王位。即位之初,她便积极参与朝政。她曾在日记中写道:既然上帝把我置于这个国家的王位上,我将尽力履行自己的职责。

维多利亚女王在位期间,是英国工业革命的蓬勃发展时期,也是大英帝国经济、文化的全盛时期,同时还是英国对外殖民扩张最为疯狂的时期。

在维多利亚女王成长和执权的过程中,其本人深受自由主义思想和殖民扩张意识的影响。为了扩张殖民地,英国不惜使用阴谋、强权、武力等一切手段,建立起庞大的殖民版图。

在维多利亚掌政的后半期,政府议会中"鹰派"势力占据上风。1857 年,英法两国为争夺苏伊士运河的统治权,矛盾达到白热化,在维多利亚女王的强势要求与胁迫

---

① 关于英国对中国发动的贸易战争,详见本章第三节"英国人的贸易战争"相关论述。

下,英国最终获得苏伊士运河的控制权;1877—1878 年,俄国入侵土耳其,获得巴尔干半岛部分土地,而维多利亚女王不希望看到俄国势力深入到巴尔干半岛,她以武力和外交双重施压,迫使俄国作出退让。

维多利亚时代英国的殖民版图达到最大化。当时,英国殖民地总人口将近 4 亿,相当于英国本土人口的 10 倍,约占当时全球人口的 1/4;其殖民地面积达到 3 350 万平方公里,是其本土面积的近 140 倍,约占世界陆地总面积的 20%。英国的殖民地遍及东西两个半球,分布于除南极以外的世界六大洲,地球上的 24 个时区均有其殖民地,英国因此成为"日不落帝国"。

维多利亚时代"日不落帝国"开拓的疆域之大,统治的人口之多,非人类历史上任何一个帝国所能比拟。直至今天,世界上许多城市、湖泊、港口等都是以维多利亚命名的,如澳大利亚的维多利亚州、加拿大的维多利亚市、中国香港的维多利亚港、非洲的维多利亚湖,等等。

另外,维多利亚女王和丈夫阿尔伯特亲王共有九个子女,几乎都嫁娶了当时显赫的贵族,而这九个子女的孩子几乎遍布整个欧洲王室。维多利亚女王也因此被称为"欧洲的祖母"。

1901 年,维多利亚女王去世,终年 82 岁,在位时间长达 64 年,伴随英国走完了 19 世纪。维多利亚女王是英国历史上在位时间最长的君主,也是第一个以"大不列颠与爱尔兰联合王国女王和印度女皇"名号称呼的君主。作为世界上最大帝国的创造者和见证人,她享有和见证了这一鼎盛时期的所有荣光。

维多利亚女王的名字象征着一个时代,她在位期间以及直到她去世后的 1914 年,即第一次世界大战前夕,英国都被称为维多利亚时代。

维多利亚女王

维多利亚时代是英国殖民扩张的顶峰时期,其中在 19 世纪中后期对中国发动的所有侵略战争,都是她在位期间发生的。

第一次鸦片战争就是在维多利亚女王继位刚刚 3 年就发生的。据说在战争前夕,当时年仅 21 岁的维多利亚曾"赤膊上阵",在议会上发表演说时,要求政府"为了大英帝国的利益"向中国发动战争。当议会还在"为鸦片而战的理由"是否违背了国际道义而争论不休时,则是维多利亚女王一句"为自由贸易而战"的经济学口号,便决定了正式发动侵略中国的战争。

维多利亚女王鼓动的第一次鸦片战争,将大清帝国推向了土崩瓦解的边缘,也拉开了中国长达百年屈辱历史的序幕。

英国在维多利亚时代的繁荣鼎盛时期,恰恰是中国晚清的屈辱没落时期。在此期间,英国对中国发动的两次鸦片战争以及后来包括英国在内的"八国联军"侵华战争,中国都无一例外被打败,并被迫签订中英《南京条约》、《天津条约》、《北京条约》以及《辛丑条约》等一系列丧权辱国的条约。

这些战争都发生在维多利亚时代。因此,维多利亚女王的名字对于英国来说象征着一个时代的荣光和强盛,而对于中国来说则意味着一段历史的屈辱和没落。

女王打败了皇帝和太后

英国维多利亚女王在位的 60 余年里,中国的清政府相继经历了道光、咸丰、同治、光绪四位皇帝以及慈禧太后五位最高统治者。如果把 19 世纪中后期中、英两国的交锋看做是两国最高统治者的一种较量,那么对比之下,清政府的这五位最高统治者也都算是完全败在了维多利亚女王手下。

英国在 1840 年发动鸦片战争的时候,中国正处在道光皇帝统治时期,即道光二十年。道光皇帝是清朝的第 8 位皇帝,1820—1850 年在位。

道光皇帝一生中经历的最大事情莫过于第一次鸦片战争,作为鸦片战争的头号责任人,他屡屡成为后世非议的主要对象。

道光继位之初,曾主张严禁鸦片,但鸦片屡禁不止、愈演愈烈,遂在禁与不禁的问题上摇摆不定。后来英国发动武力战争,道光原以为并不可怕,相信"天朝"可以速胜,但当英国的坚船利炮一路北犯,清朝军力不堪一击的时候,他立刻从主战转变为妥协求和,并最终签订了《南京条约》。

在鸦片战争失败后,道光皇帝对那个远在万里之外、赫赫有名的英国女王维多利亚感到很是困惑和好奇,不禁向大臣问道:"该女主年甫 22 岁,何以被推为一国之主? 有无匹配? 其夫何名何人,在该国现居何职?"他更不知道英国在哪里,是一个怎样的国家,是否与俄国接壤,甚至怀疑来到中国的英国官员并不是由国王任命的。这些愚昧、落后的困惑和陌生,似乎也注定了道光皇帝将被维多利亚女王打败于万里之外。

第一次鸦片战争结束时,道光皇帝已近暮年,此后近

道光皇帝

十年,他苟安姑息,郁郁不振。1850 年,道光皇帝去世。

清王朝在道光皇帝统治时期进一步衰落,和西方的差距越来越大。道光皇帝在位期间,虽励精图治,克勤克俭,力图挽救清朝颓势,并采取了整顿吏治、整厘盐政、严禁鸦片等治国之举,但他一生却鲜有作为,而且还背上了丧权辱国的千古罪名。有论者对此不禁评价道:"道光把自己的名字永远地写在中华文明史的耻辱柱上,这将成为后世丧权辱国、割地赔款者戒!"①

道光皇帝去世后,他的第四个儿子爱新觉罗·奕詝继位,这就是咸丰皇帝。

咸丰皇帝 1850—1861 年在位,此时期清王朝已经是千疮百孔,中国处在深重的内忧外患之中。

当时的内忧主要是太平天国运动。咸丰即位之初,就遇到了太平天国农民起义。1851 年广西太平军起义后,一路挥师北上,于咸丰三年(1853 年)攻陷南京,并在此定都,建立太平天国。后来,清政府依靠曾国藩、左宗棠等汉人势力和外国军队的援助,镇压了太平天国运动。

当咸丰皇帝正苦于镇压太平天国运动之时,英、法两国于咸丰六年(1856 年)再次对华宣战,发动了第二次鸦片战争。而俄国也乘火打劫,蚕食中国北方领土。在第二次鸦片战争中,清王朝一再败北。

咸丰十年(1860 年)九月,英法联军从天津登陆,逼近北京,已届而立之年的咸丰在北京坐卧不宁,慌忙携带宫眷,逃往热河。不久,英法联军攻入北京,纵火烧毁了有"万园之园"之称的圆明园。尽管此时大敌当前,但咸丰皇帝却在热河避暑山庄逃避国难,过着花天酒地的生活。

在靡靡之音和声色犬马相伴下,31 岁的咸丰皇帝终于走完了他人生的最后一年,于 1861 年驾崩。

咸丰皇帝

在第二次鸦片战争中,咸丰皇帝被迫同各侵略国签订了《天津条约》、《北京条约》、《瑷珲条约》等不平等条约,迫使清政府进一步对外开放国门,导致中国半殖民地化程度加深。

咸丰皇帝在位 11 年,内外交困,面对先帝留下的"烂摊子",他有心振兴,却无力回天,于是沉湎酒色,纵欲堕落。咸丰皇帝最终也没能挽救住清朝的衰落之势,作为

---

① 《正说清朝十二帝》之道光帝旻宁,阎崇年,中华书局,2006 年 9 月。

《北京条约》等不平等条约的直接责任人,他也被刻在了中华民族的耻辱柱上。

咸丰皇帝被后人称为"无远见、无胆识、无才能、无作为"的"四无"皇帝;而同时期英国的女王维多利亚,已经步入中年,其作风越来越强硬、彪悍。无论从哪方面讲,咸丰皇帝都不是跟维多利亚女王同一个层级的对手,最后也只能惨败于其手下。

咸丰皇帝死后,其6岁的独子载淳继位,年号同治。在同治皇帝刚刚继位不久,慈禧太后就勾结恭亲王奕䜣发动"辛酉政变",夺取朝政大权,实行垂帘听政。

同治皇帝在位一共13年,基本上是一个虚坐龙椅的"傀儡皇帝",幕后的一切都由慈禧太后来操办。

同治皇帝

光绪皇帝

1875年,同治皇帝病逝,终年19岁,其寿命是清朝十二帝中最短的。

同治皇帝死后,因其膝下无子,由其弟弟醇亲王奕譞的次子载湉继位,这就是清朝的第十一位皇帝、也是倒数第二位皇帝——光绪皇帝。

光绪皇帝是清朝第一位非皇子而入继大统的皇帝,同时也是慈禧太后的侄子和外甥①。光绪继位时年仅4岁,比咸丰皇帝继位时还小两岁,这让慈禧太后有了更好的继续垂帘听政的机会。

光绪皇帝仍然是个"傀儡皇帝",在他18岁时曾开始亲政,而慈禧太后虽名义上归政于光绪,但实际上仍掌控着实权。

1898年,光绪皇帝利用掌权之际启用康有为、梁启超等维新派进行"戊戌变法",

①　光绪皇帝的母亲是慈禧太后的妹妹。

但变法危及封建守旧势力的利益,遭到以慈禧太后为首的保守顽固派的反对,最终被扼杀。"戊戌变法"失败后,光绪皇帝被慈禧太后软禁起来,过了整整 10 年的幽禁生活。1908 年,光绪皇帝去世,终年 38 岁。

光绪皇帝一生尽管历经中法战争、洋务运动、中日战争、戊戌变法、义和团运动、清末新政和预备立宪等晚清时期的各个重大历史事件,但前期年纪尚小,后期被软禁在瀛台,都是慈禧太后在垂帘听政。因此,在朝政事务方面,他实际上参与并主持的只是一场运动,即戊戌变法,而最终也惨遭失败。①

由于同治皇帝和光绪皇帝都是年幼继位,他们在位期间,真正掌握大权的是慈禧太后。

慈禧太后这位晚清的政治女强人,在咸丰二年(1852 年)17 岁时被选入宫,因得咸丰皇帝宠幸,一路平步青贵。1856 年 3 月,她生下咸丰帝唯一的皇子载淳,即后来的同治皇帝,母以子贵,慈禧地位也频频上升。

1861 年,咸丰皇帝病死热河,载淳继位,慈禧太后发动"辛酉政变",实行垂帘听政,年仅 27 岁的她从此开始了对清朝长达 47 年的统治。

作为同治皇帝生母、光绪皇帝养母,以及这两朝的实际最高统治者,慈禧太后对中国近代史产生了重大影响。

慈禧太后

当权初期,在内政方面,慈禧太后在奕䜣等人的辅佐下,整饬吏治,重用汉臣,依靠曾国藩、左宗棠、李鸿章等人的势力,先后镇压了太平天国、捻军、苗民、回民起义,缓解了清王朝的统治危机;同时,慈禧太后重用洋务派,以"自强"和"求富"为目标,发展军用、民用工业,训练海军和陆军,让近代中国的工商业有了初步发展,军事实力有所提高,客观上对中国的近代化起到了促进作用。

但在对外事务方面,慈禧太后却成了又一个地地道道的丧权辱国者。在 1883—1885 年中法战争中,以慈禧为首的清政府因主动求和导致"不败而败",并签订《中法新约》;在 1894 年中日甲午战争失败后签订的《马关条约》,以及 1900 年八国联军侵华后签订的《辛丑条约》,都让中国丧失了许多重大主权。慈禧太后作为清政府的最

---

① 关于光绪皇帝的论述详见本书上篇第五章第二节"光绪皇帝的变法及妥协"相关内容。

高执政和决策者,对此均负有不可推卸的责任。

在慈禧太后当权的晚期,其本人变得格外专横、昏庸。1894 年是慈禧 60 寿辰,她准备在颐和园举行大规模庆典,而此时中日战争爆发,当有人提出挪用部分庆典费用作为军费开支时,慈禧太后竟然大为愤怒:"今天谁让我不高兴,我就要他一辈子不高兴。"后来,她的 60 寿辰庆典草草收场,清军在甲午战争中也惨遭失败。

慈禧太后一生经历了道光、咸丰、同治、光绪四朝,在她垂帘听政期间,她两次决定皇室①,两次发动政变②,将王公大臣,甚至皇帝都玩弄于股掌之间。这种洞悉人性、工于心计的个人能力,似乎是封建统治者所应具备的一种权谋素质,因此说在权力的争斗上,慈禧太后是一个成功者。

但作为当时中国的最高统治者,慈禧太后又是一个最大的失败者。在慈禧的一生中,她经历了从 1840—1900 年外国列强侵略中国的 5 次重大战争。第一次鸦片战争,她还是一个 5 岁的孩子;第二次鸦片战争,她已是咸丰皇帝的懿贵妃;以后的中法战争、中日战争、八国联军侵华战争,她都是清王朝的最高实际决策者,对这些战争带来的失败和屈辱,她都负有首要责任。

在慈禧太后 47 年的统治中,中国内忧外患不断,是中国历史上最危难的时期。晚清的风雨飘摇、腐朽落后虽有大时代背景,但慈禧太后仍脱不了干系,尤其是她一味地接受议和与妥协退让,多次恶化了中国的前途。

因此,在大多数人的心目中,一提到慈禧太后,第一反应便是中国的历史罪人。她宛然成为一个阴险狠毒、嗜权如命、残暴专横、祸国殃民的"妖后"。

1908 年 11 月 15 日,就在光绪皇帝驾崩的第二天,统治中国近半个世纪之久的慈禧太后病亡,终年 74 岁。

慈禧太后统治下的晚清是中国历史上最屈辱、最沉重的一页,中国成了列强的殖民地,她本人则成了祸国殃民的代名词;而同一时代的英国女王维多利亚,却把英国治理成最强盛的"日不落帝国"。

慈禧太后与维多利亚女王都是同一时代的最高统治者,一位是大清帝国的太后,一位是"日不落帝国"的女王,这两位当时世界上最有权势的女人,做出的成绩却是天壤之别。如果把中、英两个国家在这一历史时期的交锋看成是这两个女人的较量,那么无疑也是维多利亚女王打败了慈禧太后。

---

① 即同治皇帝和光绪皇帝。
② 即 1861 年的"辛酉政变"和 1898 年的"戊戌政变"。

君主立宪战胜了君主专制

在 19 世纪中后期这一段历史中,中国的道光皇帝、咸丰皇帝、同治皇帝、光绪皇帝以及慈禧太后这五位最高统治者,与英国的最高王权象征者维多利亚女王都处于同一时代,但两国的最高统治者却把各自的国家带向了截然相反的境地。这涉及的不仅仅是各自统治者的命运问题,而是潜藏在其后、致使两大帝国兴衰浮沉的制度问题。造成两种不同结局的原因固然有个人能力、时代背景等方面的因素,而一个重要的原因还在于两国政治制度的差异。

英国是世界上最早确立君主立宪制的国家,1688 年的"光荣革命"之后,议会相继通过《权利法案》和《王位继承法》,从法律上确认"议会主权"——议会高于王权的原则,从此结束了王权的专制,建立起君主立宪政治制度。

在君主立宪制下,国王(女王)主要是作为国家的象征,处于"统而不治"的地位,国王必须根据议会意愿行使行政权力;议会是国家权力中心,拥有立法权、财政权和对行政的监督权。在日常政治生活中,国王具有被咨询权、支持权和敬告权;在程序上,议会通过的法案要经过国王的批准,实际上这也只是一种形式,绝大多数情况下,国王是不会否决议会通过的议案的。

与封建专制制度下拥有绝对权威的皇帝相比,立宪制下的君主只能依法而治,实际上是统而不治的"虚君"。英国国王只能在法律的限制范围内行使权力,必须通过议会来进行统治,议会是国家的最高权力机关,国王本人得服从议会的决议。

英国君主立宪政体的确立,标志着一个人统治一个国家的时代结束。到了 19 世纪的维多利亚时代,英国的君主立宪制已经发展到相当成熟的地步。但这不等于维多利亚女王什么也不做,女王仍然是国家机器不可缺少的组成部分,具有不可替代的作用。而且权力欲极强的维多利亚也不甘心只做一个签字的"橡皮图章",她对议员大臣们的影响力依然很大。在政治生活中,她依然要行使自己的被咨询权、支持权和敬告权。她还力图使自己的意志左右国家的决策——当然这种意志和决策一般都是从英国的国家和人民利益出发的,一般也能获得议会的支持与通过,如对中国发动的鸦片战争。

尽管维多利亚女王会积极表现自己的强力治国才能,但多数时候,她对于自身的作用和地位还是有清醒的认识,安心担当"虚君"角色——也许正是如此,英国工业革命时期瓦特的蒸汽机才能在亚当·斯密那只"看不见的手"的驱动下,开启了至今都让英国人念念不忘、津津乐道的"维多利亚时代"。而在长达 64 年的政治生涯中,虽然维多利亚女王的政治权力不是至高无上的,但她作为英国象征的政治价值却不容忽略。

　　与同时期英国的君主立宪制相比,中国的封建专制制度到清代已经达到高度完备的程度,与之相适应的封建皇权思想、忠君思想等政治伦理观念,更是根深蒂固。在封建专制制度下,"普天之下,莫非王土",皇帝乃"受命于天",一切朝政大事都由皇帝个人专断。

　　在实行封建专制制度的国家里,最高统治者个人的素质与能力对国家的发展几乎起着决定性的作用,开明有为的皇帝会带领国家走向繁荣昌盛,昏庸无能的皇帝则会把国家带向贫弱没落。

　　清朝的康熙、雍正、乾隆超强能干,就会有"康乾盛世"的出现;嘉庆、道光、咸丰才智平庸,国家就开始蒙辱;及至同治、光绪、宣统都是幼儿皇帝,国家就江河日下,最终崩亡。尽管晚清的最高权力由慈禧太后掌握,她不算是庸人,但她至多堪称"善谋",在经世治国方面的能力还是非常有限,等到慈禧驾崩,清朝也就到了"寿终正寝"的时候了。

　　相比之下,君主立宪制国家对国王的素质要求并不是一个充分条件,优秀的国王能起到锦上添花的作用,弱智的国王也不会影响到国家事务的决断。这就不难理解为什么英王乔治三世即使患有精神病,但他依然能当英国国王,而且国家机器仍旧照常运转。

　　如果说中国封建专制制度下的皇权如脱缰的野马,而英国君主立宪制度下的王权则被套上了紧箍——英国的国王在万人之上,但却在议会和法律之下;中国的皇帝乃是众人之上,至高无上。

　　纵观历史,将国家发展的希望寄托在某一个或几个人身上,而不是形成有效的制度保障,这是最危险的事情。当一个国家的发展取决于统治者的意志时,一旦君昏臣庸,或出现重大失误,国家的命运就会出现危机,遭遇挫折。

　　当再更深一层分析,中国封建专制制度是一种个人决策机制,英国的君主立宪制则是一种集体决策机制。个人决策深受决策者个人能力的影响,很难突破个人基本素质的制约;集体决策却能突破个人能力的限制,充分扩展视野,从而对利弊有更加深远的判断。

　　例如在第一次鸦片战争中,中国的决策方式在极大程度上乃是道光皇帝的个人意志。道光皇帝是一个勤政的皇帝并无异议,而他个人的经验、阅历和所受的教育,深刻地影响着他对局势作出判断。甚至在《南京条约》签订后,他还问出"英吉利据说距中国七万里,到底在哪里"这样的无知问题,以至于最终被打败。

　　对比之下,英国维多利亚女王在决定第一次对华鸦片战争之前,本国议会进行了充分讨论,"议会原则"起到了重要的集体智慧作用。这保证了其发表意见的人不仅仅是从个人私利和本位出发,而是尽力上升到国家意志层面,因此其决策便有了相当程度的制度化理性保证。

　　不同的政治制度决定了不同的治国模式。英国人运用现代政治制度——君主立宪制来管理国家,立宪制度本身包含着强大的纠错机制,故能保持国家的长治久安;而在中国,皇权专制根深蒂固,皇帝拥有至高无上的权力,没有哪一种力量能制约其统治,这导致他们为所欲为,故难形成科学健康的决策机制。

晚清最高统治者与维多利亚女王的较量之所以失败,最根本的原因其实不在于个人能力的高下,关键是其背后的政治制度在起决定性作用。表面上看是维多利亚女王打败了中国晚清的四位皇帝及一位太后,而最根本的却是君主立宪制打败了君主专制。晚清最高统治者与维多利亚女王所执掌政权具备截然不同的政治制度基础,导致了双方政治较量的不同结局。

对专制国家来讲,统治者的资质往往决定国家的命运。如果遇到一位昏庸无能的皇帝,国家和人民必然跟着遭殃,晚清的咸丰、同治等皇帝所造成的悲剧就是明显的例子。更何况面对现代、新型的君主立宪制度,封建专制制度下的皇帝资质即使再高,整个王朝封闭于世界主流,也必然会被打败。

比较19世纪中后期中、英两国政治制度和治国模式的差异,可以说晚清及其最高统治者的失败,正是封建专制制度对君主立宪制度的失败,个人专断决策对集体科学决策的失败。也正是认识到了这一点,在后来的辛亥革命前后,立宪派人士才极力主张和要求在中国实行君主立宪制度。[1]

第三节　英国人的贸易战争

亏 本 的 买 卖

在亚当·斯密经济学力量和维多利亚女王政治力量的共同作用下,英国对中国

---

[1]　关于晚清的"立宪运动"详见本书上篇第六章第二节"天涯何处是神州"相关论述。

发动了蓄谋已久的侵略战争。而近代以来英国发动的所有侵华战争,基本都可归因于贸易问题,实质上是一种"贸易战争"。

18世纪六七十年代至19世纪三四十年代,英国进行了工业革命,正处在资本主义工商业快速上升期。商品经济的高度发展,迫切需要开辟更多的海外原料产地和贸易市场。在不断增长的原料需求和商品销路需求的驱使下,以及在自由贸易思想的推动下,英国奔走于全球各地。在征服了美洲、非洲和亚洲的印度等大量海外市场和殖民地后,英国开始把目光瞄向了中国。而对于一向以"富庶强邦"闻名于世的东方大清帝国,这个西方的"日不落帝国"一开始还只能望洋兴叹、无可奈何。

当18、19世纪世界资本主义工商业正快速发展时,亚洲的中国还是一个古老的封建国家。在这个社会里,以小农经济为基本生产结构,自给自足的自然经济仍占主导地位,其生产方式和生产规模都很落后、狭小。

清朝时期,中国在对外关系上总体采取的是"闭关锁国"政策,至于航海探险、海外贸易,这一切既缺少实行的手段和能力,也没有试探的兴趣和欲望。大清帝国万民臣服,万国来朝。

其中在海外贸易上,清王朝自建立之始,就对"海禁"实行严格管理,曾有"寸板不准下海"的规定,同时限制外商在华从事商业活动。当时外商和清朝的贸易基本上是以藩属和朝贡的形式进行,数量少,规模小。

康熙二十四年,即1685年,清政府统一台湾两年后,一度开放海禁,指定广州、漳州、宁波、云台山四地为对外通商口岸。但到了乾隆二十二年,即1757年,清政府下令外国商船只准在广州一处口岸进行商业活动。此后又制定各种严格措施,如《防范外夷规条》,管束在广州从事贸易的外国商人,规定外国商人只准通过"公行"①进行贸易。

当时清朝与世界各国的贸易中,以中英贸易为主,英国占有最大份额。在康熙二十四年开放海禁后,英国商人就在广州开设商馆。在一开始,英国对华贸易主要由其东印度公司垄断专营。在双方的贸易中,中国主要以出口茶叶、丝绸、瓷器等农产品和工艺品为主,尤以茶叶占第一位;英国商人运到中国来的主要以毛织品、金属制品等工业品为主。

在早期中英贸易中,一方面由于中国出产的茶、丝为外国市场所需要,在欧洲市场备受欢迎,每年出口的数量都有增加;另一方面,由于中国自然经济占主导地位,人

---

① 公行是清政府特许的半官半商机构,是由专营对外贸易的洋行共同组织起来的,规定外商在华的一切贸易和其他事务均须经过公行来办理,不得和其他中国商人直接进行买卖。

们大多自给自足,不需要很多的商品尤其是工业品,致使英国的商品在华难受青睐,大多卖不出去;加之清政府的"闭关"政策,对外贸进行严格限制,认为"天朝上国"没有与外国进行贸易的必要。这使得在 19 世纪中期以前,在中国与英国甚至整个西方国家之间的贸易中,中国一直处于出超(贸易顺差)地位,对方则处于入超(贸易逆差)地位。

中英贸易的不平衡性主要表现在英国对中国茶、丝等商品有大量需求,而英国的工业品则在中国滞销。

在 1760—1764 年间,中国平均每年向英属东印度公司输入茶叶 43 062 担,进入 19 世纪,则基本保持在 20 多万担;在 1800—1804 年,中国每年平均向英国输送的生丝和土布为 1 133 担,至 1833 年达到 7 923 担,增长 6 倍。

与此同时,英国商品在华则没有销路。1699 年,英国毛纺织品刚输入中国时,广州外商在记录中写道:"我们发现没有人想买它。"这一年共运进价值 5 000 英镑左右的呢绒,其中 1/4 没有卖出。40 年后,毛纺织品仍是难卖的商品,最后不得不亏本出售。

另外,英国的金属品如刀子、钟表等,在华销量也很有限,有时亏本。1786 年,东印度公司曾试销棉纺织品,结果"随便哪一种都卖不出去"。

在 1781—1790 年中国输英的商品中,仅茶叶一项,即达 96 267 832 银元;在 1781—1793 年英国输华的商品中,包括毛织品、棉布、棉纱、金属等全部工业品在内,总共才 16 871 592 银元,只占到中国运出茶叶总值的 1/6。[1]

在中英正常贸易中,到 19 世纪二三十年代,中国每年的顺差额达到二三百万两白银以上。总之,英属东印度公司在广州的整个贸易中没有一年是不亏本的。

英国长期处于贸易逆差地位导致英国人越来越不满。英国人认为其工业品不能打开中国市场的障碍,一是东印度公司对华贸易的垄断,一是清政府对外贸易的限制。当 1834 年东印度公司的垄断权被英国政府废除后,其对华的一般贸易向所有英国公民开放,在此情况下,中国的贸易政策便被认为是影响英国对华贸易的最大障碍。

英国商人觉得"公行是一个有限制的交易媒介,毫无效率可言",而且"只要向行商征收苛捐杂税和勒索款项的现行办法依然存在,英国绝不能从贸易的开放中获得

---

[1]　此处资料主要摘引自《中国近代经济史统计资料选辑》,第 15—18 页,严中平等编,科学出版社,1955 年;《十九世纪西方资本主义对中国的经济侵略》,第 17 页,汪敬虞,人民出版社,1983 年;《英国资产阶级纺织利润集团与两次鸦片战争史料》(上),严中平,《经济研究》,1955 年 01 期;《帝国主义侵华史》,第 1 章第 2 节,丁名楠等,人民出版社,1973 年 12 月。

任何重要利益"。①同时，英国人分析认为，面对中国，"我们可以用高额的关税排斥他们的货物，可是却不能强迫他们按照我们的条件接受我们的货物"。②

英国人认为有限制的商业制度是不合理的，"其他一切国家对于英国应当同爱尔兰一样，成为英国工业品的销售市场，同时又是其原料和粮食的供应地"③。

不愿下跪的英国人

既然英国人认为中国的商业制度不合理，势必努力改变或革除，但当时大清帝国毕竟是东亚一大霸主，属于强邦；英国人尽管满腹牢骚，但也不得不掂量是否具备与清政府抗衡的实力。这使得英国不敢轻举妄动，轻率采用武力的方式打开中国的大门。他们一开始也希望通过正常的协商谈判方式，来解决两国之间的贸易争端。

1787 年，为了打破中国贸易制度的限制，实现与清王朝的真正接触，在东印度公司的请求和支持下，英国政府派遣卡斯卡尔特中校为使臣，率领英国使团出访中国，交涉通商事务，并谋求建立外交关系。但不幸的是，卡斯卡尔特在来华的途中因肺结核病死亡，访华事宜不了了之。

5 年后，1792 年 9 月，英国政府又派遣马戛尔尼为特使，率团前往中国。这是西方国家首次真正意义上的遣华使团，使团成员共有八百多人，携带大批礼物。使团出访的名义是祝贺中国乾隆皇帝的 83 岁寿辰，而根本的目的却在于要打通中国的贸易之路，开拓中国市场。

马戛尔尼

1793 年 8 月，历时将近一年，绕过大半个地球的马戛尔尼使团终于抵达北京。让这个历经千辛万苦的访华使团没有想到的是，他们在觐见乾隆皇帝时，在礼节上与清朝官员产生了分歧。清朝官员要求英国使节在面见乾隆时行三跪九叩大礼，马戛尔尼认为这是屈服和顺从的意思，有损大英帝国的尊严，拒不接受；并提出如果坚持用三跪九叩之礼，那清朝同级别的官员也必须在英王御像前磕头。经过一番争论，英使决定改用觐见英王的单腿下跪的方式觐见乾隆皇帝。

尽管在礼节问题上英国使团保住了一些面子，但

---

① 《鸦片战争前中英通商史》，第 163、165 页，[英]格林堡，康成译，商务印书馆 1961 年。
② 《英国资产阶级纺织利润集团与两次鸦片战争史料》，严中平，《经济研究》，1955 年 01 期。
③ 《马克思恩格斯选集》，第 4 卷，第 425 页，人民出版社，1995 年 6 月。

在有关通商贸易的实质问题上却彻底落了空。英使提出的"在北京开设使馆；开放宁波、舟山、天津为通商口岸；将舟山附近一处海岛划给英国商人居住和收存货物；优惠公开税务；允许自由传教"等请求，均被清政府一口回绝。乾隆皇帝认为"此与天朝体制不合，断不可行"。而且作为天朝上国，清王朝该有的都有了，用不着和外国贸易，正如乾隆皇帝所说："天朝物产丰盈，无所不有，原不藉外夷货物以通有无。"据说他还特此作了一首诗："间年外域有人来，宁可求全关不开。人事天时诚极盛，盈虚默念惧增哉！"

英使提出的所有要求被拒绝后，意味着马戛尔尼使团访华的失败。英国使团败兴而返，备受冷遇让一名使团人员发出了这样的感叹：进入北京时像乞丐，居住时像囚犯，离开时像小偷。而与此同时，英国人也洞察到了古老中国的衰败之势，马戛尔尼在游记中写道："至少在过去一百五十年里，当我们在科学艺术大发展时，他们相对欧洲退化成了半蛮荒。"他认为这个帝国老迈、自大、疯狂，并断言"中华帝国只是一艘破败不堪的旧船……只需几艘三桅战舰就能摧毁其海岸舰队"。①

两次访华均未达到目的，而英国人并不甘心，在马戛尔尼使团访华后23年，英国政府又派出了一个大型访华使团。1816年，嘉庆二十一年，英国又派遣以阿美士德为特使，率团访华。英使这次访华的目的依然是要与清廷商讨贸易事宜，争取多开商埠以进入中国市场。

令英使意想不到的是，这次访华遭遇更为失败，使团依旧在天朝的礼仪问题上碰了钉子。在觐见嘉庆皇帝时，清朝官员要求阿美士德行三跪九叩之礼，但阿美士德只愿以"脱帽三次，鞠躬九次"代替。僵持到最后，英国使团终因拒绝行跪礼而被直接驱逐出境。这个使团离开中国时，甚至没有和中国皇帝见上一面。

马戛尔尼团和阿美士德使团访华是中英关系史上的重要节点。他们与清廷的对话，始终都不在同一语境下：17世纪末18世纪初，自由贸易主义成为西方世界普遍认可的价值理论；而在重农主义的清朝，皇帝认为富足的中国不需要外贸，通商只是皇帝对蛮夷恩赐的仁慈表现。

当马戛尔尼和阿美士德两次来华，希望和清廷开展正常的外交关系时，清朝的皇帝对天下的概念还停留在朝贡制度的时代。当时的清政府以天朝上国自居，统治者一直未能真正了解英国的国力和世界的大局，以为来华使团都只是一般的进贡而已；皇帝大臣们一味强调要按照大清国朝贡的礼仪行事，强迫外国人接受中国的礼仪，并轻率、粗暴地打发走人。殊不知清朝的这些行为不仅延误了中国社会的发展，丧失了

---

① 《影响近现代中国的50个外国人——马戛尔尼》，李辉、丁刚、林治波等，《环球时报》，2006年7月30日。

与英国建立正常外交关系和主动开放的机会,而且也给大清王朝的未来发出一个危险的信号——清政府自恃"天朝富邦"而拒绝开放和变革,其结果是把中国与西方之间的距离大大地拉开了。

可耻的鸦片贸易

三次访华都未能达到目的,大英帝国与大清帝国无法正式面对面地讨论贸易问题。而贸易问题没有解决,市场没有开放,英商的忧虑就会与日俱增,英国人日益不满对华贸易的巨大逆差,这导致两国的贸易冲突逐渐升温。

英国人有了几次失败的交往经历后,认识到似乎正常的、和平的交涉无法打开中国的市场——也许,马戛尔尼和阿美士德的遭遇让英国意识到,协商谈判的方式无法改变清帝国天朝外交的方式,除了这种正常方式外,其他的方法也有必要试一下。

为了改变中英贸易的不利局面,英国人曾采取过多种办法,包括试销英国本土的多种制造品,但都收效甚微。在中国的外商经过多年的试验后,竟然发现印度产的鸦片在中国销路很好,鸦片贸易遂成为英国人解决中英贸易不平衡的一个极佳选择。

西方国家向中国贩卖鸦片,最初是由葡萄牙和荷兰商人从土耳其贩来,他们以澳门为据点,向中国内地输入鸦片。在 18 世纪以前,鸦片主要是以药用输入到中国,数量不大。1757 年,英国占领印度鸦片产地孟加拉以后,开始大量生产制造鸦片。1773 年,英属印度政府确立了鸦片贸易政策,给予东印度公司以贩运鸦片的权利。从此以后,英商对华鸦片贸易一步一步扩大开来。

资料显示,18 世纪 60 年代以前,每年输入中国的鸦片不过 200 箱,60 年代后上升为 1 000 箱,1786 年超过 2 000 箱。18 世纪末,东印度公司将鸦片的经营权下放到有特许经营权的散商,大批散商参与鸦片走私,加之鸦片商人不断向中国官吏行贿,使得每年输入中国的鸦片急剧增加;当后来英国东印度公司垄断经营权被取消后,输入中国的鸦片则更多。据统计,在 1800—1801 年,输入到中国的鸦片达到 4 570 箱,1821—1822 年为 5 959 箱,1830—1831 年则达 21 849 箱,1838—1839 年则高达 35 500 箱。①

根据《剑桥中国晚清史》的统计,在 19 世纪 40 年代前,鸦片贸易占到中英贸易的一半以上,而且是整个 19 世纪世界上最重要的单宗商品贸易。

---

① 此处资料主要摘引自《关于十九世纪三十年代鸦片进口和白银外流的数量》,李伯祥等,《历史研究》,1980 年 05 期;《中外贸易冲突与鸦片战争》,黄逸平、张复红,《学术月刊》,1990 年 11 期;《中国近代对外贸易史资料》,第 1 册,第 339—340 页,姚贤镐,中华书局,1962 年。

　　鸦片的大量输入,使中国白银日益外流。在鸦片战争以前的 19 世纪 30 年代,中国平均每年外流的白银大致在七八百万元之间;在 1833 年,中国出口到英国的茶叶增长了 4 倍,英国为平衡茶叶贸易的鸦片输出也急剧增长,一下子飙升到 3 万多箱。①中国茶叶换回的不再是白银,而是危害国民的"毒药"——鸦片。

　　由于鸦片输入的逐年增多,从 19 世纪中后期开始,中英贸易格局渐渐发生变化,中国逐步从出超变为入超,英国则由入超变为出超。通过鸦片贸易,英国从中国所得到的现银,不仅能补偿与中国一般商品交换所造成的差额,而且引起中国现银的大量外流。以 1830 年为例,英国在不到 2 300 万银元的对华贸易额中,鸦片就占了 1 300 多万银元,中国输出的现银达到 670 余万银元。②

　　鸦片贸易成为英国平衡与中国贸易的重要手段,打破了中国对外贸易长期居于优势的地位,使中国由多年来的出超国变为入超国。多年前,马戛尔尼等人千方百计想打开中国市场的努力失败了,但让他们没有想到的是,通过鸦片贸易却轻易地实现了。

　　鸦片贸易让中英之间的贸易发生了根本性的变化,而其更深刻的影响还在于严重败坏了中国的社会风尚,摧残了人民的身心健康。

　　毫无疑问,鸦片是一种让人意志消沉、身心俱败的毒品。而令人叹惜的是,自从 18 世纪末鸦片大量输入中国后,中国国内鸦片消费就不断增长,一些地方烟

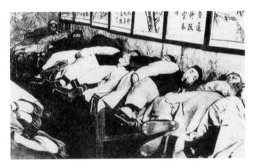
清末人们吸食鸦片时的情景

馆林立,烟民遍地。据称,在京城官员中吸食鸦片的达百分之一二十,而地方衙门里,"绝无食鸦片者,甚属寥寥",最后造成烟祸泛滥全国。

　　吸食鸦片者"其初不过纨绔子弟习为浮靡","嗣后上自官府缙绅,下至工商优隶,以及妇女、僧尼、道士随在吸食",而一旦吸食成瘾,则"槁人形骸,蛊人心志,丧人身家,实生民以来未有之大患"。③吸食鸦片者不但身体受损,丧失劳动能力,而且往往伴随着品质、道德的沦丧以及社会习俗的败坏。

　　鸦片泛滥当然也给中国的经济社会造成重大破坏和损失。鸦片贸易导致白银大

---

　　①　此处资料主要摘引自《关于十九世纪三十年代鸦片进口和白银外流的数量》,李伯祥等,《历史研究》,1980 年 05 期;《18 世纪英国为买中国茶叶支付上亿两白银》,王刚,《先锋国家历史》,2008 年 5 月。
　　②　《帝国主义侵华史》,丁名楠等,人民出版社,1973 年 12 月。
　　③　《道光洋艘征抚记》,魏源,《魏源集》上册,中华书局。

量外流,进而使国内白银供不应求,银价上扬,最终加重百姓税费负担。况且中国的鸦片吸食者大部分是剥削阶级,剥削者会把这些支出转嫁到被剥削者身上,变相加重了劳动人民的负担。

从18世纪70年代英国东印度公司开始对华输出鸦片,到1917年根据中英协议停止鸦片输华为止,英国向中国贩卖鸦片达140多年。这种历史上持续最久的、有组织的国际性犯罪贸易活动,给中国的"肌体"带来巨大的伤害,"鸦烟流毒,为中国三千年未有之祸",其对于中国的毁灭性影响怎么说都不过分。一位历史学家曾写道,"鸦片是被放在驼背上带到了中国,而它最终折断了这个民族的脊梁"。

烟毒"蔓延中国,横披海内"。面对日趋严峻的鸦片贸易危害,19世纪30年代后期,中国除少数在鸦片走私贩运中获利者外,包括统治阶级在内的各阶级都开始反对鸦片贸易。

其实早在鸦片贸易尚未泛滥成灾之前,清朝的统治者就多次提出禁烟问题。乾隆皇帝曾禁止内地商人贩卖鸦片,但是鸦片商人采用走私、贿赂官吏等手段,让鸦片不断输入内地;嘉庆皇帝也曾下令禁止贩卖和种植鸦片,但因为官吏的腐败和查禁的困难,鸦片销量还是在继续增加。

到了道光年间,鸦片泛滥已经到了攸关清朝统治生死存亡的地步,于是禁烟的问题被提到了紧迫的议事日程。道光皇帝对于鸦片是最痛心的,对于禁烟也最有决心,继位之初,就严申禁令,力图断绝"毒祸"来源。

1838年9月,大臣林则徐在给道光皇帝的上奏中力主禁烟,满怀忧愤地指出:"流毒于天下,则为害甚巨,法当从严。若犹泄泄视之,是使数十年后,中原几无可以御敌之兵,且无可以充饷之银。"道光皇帝深受震动,于是任命林则徐为钦差大臣,前往广东禁烟。

虎门销烟

林则徐到广州后立下誓言:"若鸦片一日未绝,本大臣一日不回,誓与此事相始终,断无中止之理。"他在广州整顿海防,严拿烟贩,惩处受贿官员。1839年6月,在广东虎门镇的海滩上,林则徐主持了一场震惊中外的"虎门销烟"。

以林则徐为首的禁烟派在广州开展了轰轰烈烈的禁烟运动,严厉地打击了鸦片贩子的走私贸易活动。当伦敦听到中国销毁鸦片的消息后,英国商人特别是鸦片利益获得者,纷纷向政府施加压力,要求政府采取坚决行动。时任英国外交大臣的帕默斯顿甚至叫嚣着说:"给中国一顿痛打,然后我们再解释!"①

"为自由贸易而战"

1840 年 4 月 7 日,英国议会上演了决定清王朝命运的一幕——这天,辉格党和托利党就是否向中国出兵而展开激烈辩论。问题的焦点在于道义层面:如果英国为了鸦片而战,那么英国不就成了名副其实的国际贩毒集团?托利党人认为这是一场"不义战争",而这时一个辉格党人站出来进行辩解——"如果我们在中国不受人尊敬,那么在印度我们也会很快不受人尊敬⋯⋯尽管令人遗憾,但我还是认为这场战争是正义的,而且也是必要的。"

清朝也许永远都不会知道,这位坚持主张发动战争的辉格党人,全名叫做乔治·托马斯·斯当东。1792 年,他曾和父亲乔治·斯当东随马戛尔尼使团出访中国,当时他还只是个 11 岁的孩子;1816 年,他作为阿美士德访华使团的副使,再次出使中国。在这两次出访中,斯当东都被要求向这个国家的皇帝下跪磕头。

正当议会为出兵中国的问题而争论不休时,据说后来经过维多利亚女王的御裁:"我们为自由贸易的原则开战,不是为鸦片而战。"最终,英国议会勉强以271∶262——支持票比反对票仅多了 9 票的微弱优势,通过了对华战争提案。

于是,蓄谋、忍耐了近半个世纪的大英帝国终于露出了狰狞强权的一面,借口清政府的禁烟运动,决定采用炮舰政策把中国纳入到其利益的范围之内。随即,英国政府以保护在华商人利益、维护"自由贸易"为名,出兵中国,挑起战争。

第一次鸦片战争场景

---

① 《历史的转弯处:晚清帝国回忆录》,"1840:鸦片记——并非为鸦片而战",西门送客,广西师范大学出版社,2007 年 12 月。

27

1840 年 6 月，由 4 000 多名士兵、40 余艘舰船、500 多门大炮组成的英国东方远征军到达中国南海海面。6 月 28 日，英军封锁珠江海口，第一次鸦片战争爆发，英国侵略中国的战争正式打响了。

在这场历时两年多的西方新兴帝国与东方没落帝国的较量中，英国在技术、武器、装备等方面都远胜于中国，这也就自然决定了战争的走向和结果，最终以清政府的失败而告终。

1842 年 8 月 29 日，清政府被迫在南京与英国签订了中国近代史上第一个不平等条约——《南京条约》，其主要内容是：

一、割香港岛给英国；

二、开放广州、厦门、福州、宁波、上海为通商口岸；

三、中国向英国赔款 2 100 万银元；

四、英国在中国的进出口货物纳税，中国与英国共同议定；

五、英国商人可以自由地与中国商人交易，不受"公行"的限制。

中英代表在英舰"康华丽"号签订《南京条约》

1843 年，英国又强迫清政府订立了《五口通商章程》和《五口通商附粘善后条款》①，作为《南京条约》的附约，增加了领事裁判权、片面最惠国待遇和开设租界等条款。

第一次鸦片战争打开了中国闭关自守的古老大门，从此再也不能闭合。紧接着，美、法等强国接踵而来，乘机索取特权，强迫清政府签订一系列不平等条约。在美、法来华订约之后，西方国家如葡萄牙（1843 年）、比利时（1845 年）、瑞典、挪威（1847 年）以及其他国家，也先后来华要求通商，追逐利益。清政府本着所谓"一视同仁"的原

———————————

① 又称《虎门条约》。

则,一概允准。历史学家柏杨曾对此痛心地评说道:一些中国曾经听说过,或从没有听说过的弹丸小国,在过去就是前来进贡也不够资格的,现在也排队而来。

从而可以看出,经过鸦片战争后,中国的大门不只是向英、美、法等几个大国开放,而且是向整个资本主义世界开放了。

鸦片战争的失败和《南京条约》的签订,使中国社会发生了根本变化,中国开始由独立的封建国家变成半殖民地半封建国家,中国历史也由此进入到近代史。

战争是经济的延续,鸦片战争其实是英国图谋已久的对华贸易政策的继续,清朝的禁烟运动只是引发鸦片战争的一个导火索。即使没有禁烟运动,英国也必然会寻找其他借口发动侵华战争,何况这场战争就是按照鸦片贩子的意志与要求发动的。

事实上,在中国严禁鸦片贸易之前,英国的武力侵华计划已酝酿多时。英国方面也意识到,自己的自由贸易制度和清朝的垄断制度无法抗衡,必须改变中国的贸易限制政策才行。而经过几次正常途径的出访交涉,英国认为中国没有给其任何谈判的机会和渠道,要使清朝改变贸易制度,只有以武力作为最后的手段。

况且,取得种种经济特权,然后按照自己的条件进行自由贸易,这并不是一般手段就能实现的,必须凭借强大的军事力量才能得以保证。当英国政府已感到在中国这个封闭了几千年的古老大国,单靠正常协商和贸易手段无法解决问题时,禁烟运动便为英国推行自由贸易主义和使用"炮舰政策"提供了借口。而且英国也已觉察到了清朝的腐朽落后,是一个"只需几艘三桅战舰就能摧毁其海岸舰队"的国家。于是,酝酿已久的武力战争便以"禁烟"为由爆发了。

因此,英国对华发动的武力战争在本质上来说是一种"贸易战争",其根本的问题还是在半个世纪前马戛尔尼等人提出的老问题:打开中国的大门,开放通商贸易。而此时的大英帝国,已经比半个世纪前的马戛尔尼时代更加强盛,英国的蒸汽战舰和长枪大炮,已经足以轰开天朝的大门。

另外,从战争的结果和影响来看,鸦片战争也蕴含着贸易战争的目的与企图。《南京条约》的英方签字代表璞鼎查在条约订立后曾向英国人表示:《南京条约》给英国开辟了一个广大的市场,即使开动兰开厦地区的全部纺织工厂,也不足以供给中国一省的需要。当《南京条约》签订的消息传到伦敦时,英国人尤其是资产阶级商人"欣喜若狂","一想到和三万万或四万万人通商贸易,大家好像全都发了疯似的"。①

在《南京条约》中,英国对华自由贸易的要求是最重要的内容,也是其最根本的目

---

① 《这一次,我们又挨打了:中英第二次鸦片战争始末》,"第一章　签约,签来了十年的休战",端木赐香,北京航空航天大学出版社,2009年5月。

的。如五处通商口岸的开放使中国东南沿海的门户洞开,为英国在中国掠夺原料、倾销商品等经济侵略打开方便之门,便利了外国商品的输入。而"协定关税"的规定使中国丧失海关自主权,规定税率的变动必须征得对方的同意,且在《五口通商章程》中规定海关税率为"值百抽五",即 5% 的关税,导致中国成为当时世界上关税最低的国家。如此一来,外国的货物就能以极低的关税,大量倾销中国。

第一次鸦片战争之后,作为英国对华贸易的最主要业务,鸦片贸易更大规模地发展起来。战后清政府的鸦片禁令尽管没有取消,但走私进口活动格外猖獗。《南京条约》虽未提及鸦片问题,但实际上达成了允许继续进行鸦片走私贸易的默契,在英国政府的庇护和清朝官吏的纵容下,鸦片贸易的发展非常迅速。在 19 世纪 40 年代,中国平均每年的鸦片输入量超过 37 000 箱,50 年代平均每年达到 68 000 箱。英国统治下的香港成了鸦片贸易的中心,有"中国的鸦片店"之称。上海和广州是两个最大的鸦片输入口岸,从印度及其他地方运来的鸦片,首先在香港集中,然后通过上海和广州分散到各地。

对于中国来说,战后不仅鸦片走私贸易不断扩大,一般商品的输入量也在增加。五处通商口岸开放后,商品输入迅速从广州扩大到其他口岸,当时以广州、厦门、上海三处的贸易最为发达。而且在华的外国商人,几乎全部都从事走私活动,其范围扩大到尚未开放的温州、汕头等口岸。

更令人痛心的是,第一次鸦片战争之后,大规模掠卖华工成为一项比鸦片贸易更为卑劣的罪行。19 世纪中后期,每年有成千上万的中国人被外国商人掠卖出国。1845 年和 1846 年两年中,法国人直接从厦门捕掠了近四百名华工,卖往非洲马达加斯加以东的法国殖民地布尔邦岛,从事苦役;英、美、西班牙、葡萄牙等国的人口贩子,纷纷在广东、福建沿海各地捕掠华工,贩卖到其他殖民地从事非人劳动。

第一次鸦片战争后的一个时期,中国沿海口岸出现了走私、贩毒、掠卖人口以及充当海盗等种种骇人听闻的非法贸易活动,那些贸易贩子保留了大量的海盗式掠夺"精神"。

"贸易战争"的扩大化

经过第一次鸦片战争后,英国人从清政府手里勒索到一系列的好处,一些特权的取得,使侵略者的欲望得到暂时满足。然而,当侵略者原本以为用大炮打开中国大门后,其工业品就可以不受限制地在中国得到广泛销售,其结果却并不理想。

一方面,由于中国封建自然经济对资本主义商品继续进行着抵抗,需求量并不能一下子完全释放出来;另一方面,由于鸦片贸易削弱了中国人的购买、消费能力,正如马克思在《鸦片贸易史》中所指出的：“中国人不能同时既购买毒品又购买商品”。这致使在《南京条约》订立后的一段时期内，西方工业品在中国市场上的销售并没有取得立竿见影的效果，而且一度处于滞销状态。

为扩大工业品的销售，同时为保持高额利润的鸦片贸易并使之合法化，英国政府对清政府一边提出所谓的“修约”要求，一边开始谋划新的战争。

1854年，英国要求清政府全境开放通商，同时要求鸦片贸易合法化，但遭到拒绝；1856年，英、美、法三国又提出同样的要求，但同样遭到拒绝。于是，英国与法国联合出兵，大举进攻中国，美国和俄国随后加入。历史上的第二次鸦片战争爆发。

从1856年10月到1860年11月，在历时四年多的第二次鸦片战争中，英法联军所到之处，烧杀抢掠，无恶不作，使中华民族再次蒙受沉重灾难。

第二次鸦片战争中国再次战败，被迫与英国、法国、美国和俄国签订《天津条约》、《北京条约》，规定割地赔款，增开新的通商口岸，而且使鸦片贸易得到合法化。

第二次鸦片战争时大沽炮台内侧

第二次鸦片战争使中国损失了更多的领土和主权，清朝统治者不仅在政治上沦为外国侵略者的附庸与工具，中外反动势力公开勾结；而且在经济上，外国侵略势力扩张到沿海各省，并伸向中国内地，在内河的贸易得到促进；尤其是在鸦片贸易中，1858年签订的《通商善后条约》中，规定鸦片以“洋药”名义进口，从此鸦片一直作为合法进口商品，堂而皇之地进入中国各口岸，如同洪水决堤般向中国涌来。

鸦片战争的失败和《南京条约》、《天津条约》及《北京条约》等一系列条约的签订，使中国领土、贸易等主权遭到严重破坏。特别是在经济贸易方面，外国的工业品涌进中国，质高价廉的工业品排斥中国传统的家庭手工业，中国自给自足的自然经济开始解体，逐渐沦为资本主义列强的商品倾销地和原料供应地，中国被卷入世界经济市场。

从1840年发动鸦片战争开始，在此后英国发动的所有对华战争中，包括后来英国在内的“八国联军”侵华战争，以及19世纪末、20世纪初侵略西藏的战争，从其目的、过程和结果来看，基本上都挟带着“自由贸易”的思想及外衣。于是，英国发动的所有侵华战争实质上都是一种“贸易战争”。

鸦片战争是中国经历的第一次国际贸易战争。从此以后，在各国列强发动的侵华战争中,都不同程度地包含有"贸易战争"的因素,其中尤以英国最为突出,中国始终都处在各种不同形式的国际贸易战争压力当中。

世界列强对华发动的贸易战争主要是以武力为基础,通过不平等条约赋予的特权,控制通商口岸,剥夺中国关税自主权,扩大商品倾销和资本输出,进而操控中国的经济命脉,将中国纳入世界市场。如,从《南京条约》开始,列强通过不平等条约控制了中国近 20 个通商口岸,这些都是中国在不平等条约规定下被迫开放的;在通商口岸城市里,外国人依仗不平等条约赋予的特权,开洋行、办工厂、建银行、设租界,甚至走私鸦片,贩卖华工,控制当地的经济贸易;另外,列强剥夺中国的关税自主权,大幅降低进出口商品税率,使海关丧失了保护中国经济发展的功能。

在这场持久而广泛的贸易战争中,尽管"自由贸易"和"平等贸易"的经济思想在当时欧美诸国占主流地位,但发生在资本主义上升时期的欧美诸国与封建制度下日趋没落的清王朝之间的贸易,实际上是不对等的。而且对方的自由贸易行为中包含着大量的鸦片贸易、华工贸易、侵犯领土、破坏主权等具有掠夺性贸易和走私性贸易的性质,其中渗透着侵略罪恶行为。

虽然清政府一直以来奉行"闭关自守"的对外贸易政策,这也是导致中国经济落后和长期处于被动挨打局面的一个重要原因,但这并不是侵略者发动战争的借口。一个国家是选择"封闭"还是选择"开放",这是一个独立国家的自主选择问题,别的国家无权干涉,通过武力战争迫使其开放,是任何国家都不能接受的强权逻辑,更为国际公理所不容。而何况列强所要求的开放是带有侵略意味和殖民色彩的开放,更不能为一个主权国家所接受。

列强通过武力在落后国家攫取种种贸易特权,进行不平等贸易,并不是如其本身所说的那样是为了"平等、自由"贸易而进行的"对等"贸易,它实质上是打着"平等、自由"贸易的幌子,加强对贸易的控制,从而将贸易置于自己的利益范围之内。

列强以全球为战场而进行的贸易战争,是以最残酷、最原始的暴力为基础的掠夺性战争,这些经验和手段在对中国的鸦片战争中继续贯彻下去,并在以后的列强侵华战争中持续深入下去。

〔导读提示〕 华盛顿是美国的一位杰出开国者,他登上王位易如反掌;如果他戴上皇帝王冠,人们也会视之当然。但他却既不做国王,又不当独裁者,并开创了主动让权的先例。从而杜绝了君主制在美国的产生,创造了一个"政治神话"。美国开国者所创造的优良政治传统和政治制度,是美国在短期内迅速崛起的制度保障,也是这个年轻的国家敢于向古老中国实施侵略的政治基础。

在美国侵华过程中,它不像英国等其他国家那样直接诉诸赤裸裸的军事武装力量,它不费一枪一炮,就取得了许多同等的权利。在美国政治、经济等多样化的侵华策略中,自始至终都贯穿着一种间接的、不用武器的、而又影响深远的特色策略,那就是"文化战争"。

要征服一个民族,就要征服它的文化。文化战争是一种看不见硝烟的隐性战争,是属于"软刀子杀人"的侵略方式,一般也不会引起被侵略者的抵触和对抗。美国对中国实施的文化战争,在一定程度上也就是后来人们常常所说的"和平演变",如今虽然提得少了,但并不是说它不存在了,只不过是人们已经"习惯"了而已。

第二章 美国人的文化战争

我们要利用一切来毁灭他们的道德人心。

——美国中央情报局针对

中国的《十条诫令》摘要

第一节　华盛顿的美德与启示

华盛顿的"政治神话"

英国发动侵略中国的鸦片战争，为世界列强进入中国打开了大门，从此各国侵略者接踵而至，紧随英国而来的首先是美国。

在 19、20 世纪入侵中国的列强中，美国是一个最年轻、最没"资历"的国家——从 1776 年美利坚合众国的诞生，到 1844 年中美《望厦条约》的签订，美国的历史只不过短短 68 年。而就是这个"少不更事"的国家，却敢于向中国这个有着悠久历史的国家叫板，并软硬兼施，巧取豪夺各种权益。

纵观美国的发展历史，在 19 世纪末，其工业生产已跃居世界第一位，经济实力超过英国，在全世界独占鳌头；经过两次世界大战后，美国更是突飞猛进，在 20 世纪末发展成为世界头号强国，其在全球的政治、经济、军事、科技等众多领域的影响力，是其他任何国家都不能匹敌的。

美国这个年轻的国家之所以能够对中国这个古老的国家"采取任意措施"，频频在中国问题上指手画脚，说三道四，甚至肆无忌惮地干涉中国内政，侵略中国权益，这必然与其自身实力有关。美国的迅速崛起与其得天独厚的地理位置、灵活多变的外交政策、丰富多样的文化成分、领先世界的科技教育等诸多因素都密切相关。而在这当中，美国开国者所创造的优良政治传统和政治制度是一个关键因素，它在某种程度上乃是一切因素产生作用的基础，也是美国打败中国封建社会和皇帝的"有力武器"。

17—18 世纪，北美大陆处于英国的殖民统治之下，英国殖民者残暴对待当地印第安人，引起人民的强烈义愤。1775 年 4 月 19 日，一支英国军队与马萨诸塞州莱克星顿镇的民兵发生冲突,随即上升为战争,由此揭开北美人民反抗英国的"独立战争"序幕。美国独立战争打响后,曾担任弗吉尼亚州民兵总司令的乔治·华盛顿被推选为大陆军总司令,率兵向英国宣战。

乔治·华盛顿 1732 年出生于北美弗吉尼亚州,是一个种植园主的儿子。他年轻时曾一直渴望加入英国军队,希望成为一名正规军官。1756—1763 年,英、法两强为争夺殖民地爆发了"七年战争",战火从欧洲大陆和地中海一直烧到印度和北美。作为英国殖民地的臣民,华盛顿参加了英国军队,并在战争中获得中校和上校军衔,积累下丰富的军事指挥经验。

"七年战争"结束后,为英国胜利作出了许多贡献的北美殖民地人民非但没有得到英国的奖赏和解放,反而成了英国政府弥补战争损失的搜刮对象。英国在北美殖民地加征税收,禁止人民买卖土地,引发了殖民地人民极度不满和此起彼伏的反抗。

恰在此时,华盛顿接触到了人民主权与民主共和等启蒙时代的先进思想理念,深感英国的殖民统治剥夺了北美人民的自由和权利。于是,他从一个梦想成为英国皇家军官的顺民迅速转变成了反抗英国殖民统治的战士。

1775 年美国独立战争打响后,有着丰富军事经验和先进思想理念的华盛顿被顺理成章地推选为大陆军总司令。这是华盛顿人生的重大转折,从此他的命运与整个北美人民的命运牢牢地连在了一起。

1776 年 7 月 4 日,北美大陆会议通过《独立宣言》,宣布正式脱离大英帝国的统治,建立美利坚合众国。《独立宣言》的发表为北美独立战争带来了转折和契机。

1783 年 4 月,美国独立战争结束,英国承认美国独立。

也许按照"常理",此时大功告成的华盛顿理所当然地应成为这个新生国家的皇帝或国王,但华盛顿却打破了这个"常理",在胜利之后主动交出了自己的权力。1783

美国《独立宣言》签字场景

年12月,他交出大陆军总司令委任状,并辞去所有公职。

交出权力后,已经51岁的华盛顿回到自己的农场,他希望晚年"躬行于为善良的人们做事和致力于品德的修养",过平静的乡村生活。然而,独立战争结束后,美国面临着比战争时期更加复杂的局面。战争换来了独立,并没有实现国家的稳定和富强,独立后的13个州实际上只是一个非常松散的联盟。当时,国内政治不稳、政府无力、财政困难、商品短缺、社会动荡,刚刚挣脱英国殖民统治的新国家又走到一个历史关口。

针对当时国内的混乱局面,人们需要一个有威望的人来掌管政府,华盛顿是唯一能够担此重任的人。于是,在人民的推举下,华盛顿不得不再度披挂上阵,为国效力。当时,华盛顿的一些老部下纷纷怂恿他凭借在独立战争中获得的声誉出来称帝,把美国建成一个专制帝国。但华盛顿却严词驳斥了这些建议,他力主将美国建成一个民主共和国。

1787年5月,在华盛顿、杰斐逊、富兰克林等美国开国者的主持下,美国制宪会议召开。来自各州的代表们对如何建立一个有权威的联邦政府、同时又能充分保障个人自由等问题进行了激烈的辩论。这是美国历史上最长的一次会议,经过3个多月的商讨,代表们制定、通过了《美国联邦宪法》。

《联邦宪法》是世界上第一部作为独立、统一的共和国的成文宪法,它依据"三权分立"学说,确立了"主权在民"和"联邦与州分权"的原则。联邦宪法规定国会实行两院制,国家主权由州政府转移到联邦政府,同时各州保留自治权利,联邦行政权力赋予总统。

美国宪法制定后,谁出任第一任总统成了人们关注的焦点。1789年4月,华盛顿以全体选举团无异议投票支持,当选为美国第一任总统。这是美国历史上唯一一位无异议投票当选的总统。

四年后,1793年,华盛顿再度获得全体选举人投票,全票当选第二任总统。

尽管当时美国宪法中没有对总统的任期作出限定,只要条件具备,总统一直可以连选连任。以华盛顿的才能和威望,这位第一任总统极有可能终身任职,但华盛顿却没有这样做,在两届任期结束后,他自愿放弃权力不再续任。因此,华盛顿开创了美国历史上总统任期不超过两届的先例,这种先例后来成了一条不成文的规定。1797年,华盛顿将权力和平让渡给下一任总统约翰·亚当斯。

乔治·华盛顿

华盛顿主动辞职给这个新生的国家以及全世界都树立了一个影响深远的先例。在当时世界各国还是一个由国王、皇帝或世袭酋长们统治的政治视野里,华盛顿选择了和平让出总统职位,以实际行动打破了专制体系,为人类结束封建专制时代的终身制、消除个人独裁树立了一个良好的范例。

按照人类历史的发展惯例,每一个国家或王朝建立之后,主要开国功臣都会长久地把持国家大权,并成为新生国家的皇帝或君主。华盛顿是一位杰出的开国者,如果他戴上王冠,人们会视之当然,尤其是他有军队的强力支持,登上王位也易如反掌。但华盛顿却没有这样做,他既不做国王,又不当独裁者,并开创了主动让权的先例,从而杜绝了君主制在美国的产生,创造了一个"政治神话"。

"神话"背后的制度支撑

华盛顿之所以能成为一个"政治神话",绝不是对他个人的无限拔高和随意盲从,而恰恰是因为他是美国《独立宣言》和《联邦宪法》人格化的政治象征,代表着一种美国终极政治价值观念。在其背后,恰是这两项根本的政治文件和制度发挥出无限的效力。

标志着美国正式诞生的《独立宣言》开头部分这样写道:"我们认为下述真理是不言而喻的:人人生而平等,造物主赋予他们若干不可让与的权利,其中包括生存权、自由权和追求幸福的权利。为了保障这些权利,人们才在他们中间建立政府,而政府的正当权利,则是经被统治者同意授予的。任何形式的政府一旦对这些目标的实现起破坏作用时,人民便有权予以更换或废除,以建立一个新的政府。"

《独立宣言》的这一段原则性理论描述,成为以后美国政治文化的核心。以"平等、天赋人权、主权在民和人民革命权利"为核心的民主思想,要求政府存在的目的是为了保障人民的权利,而且政府的权力来自人民,一旦政府不履行自己的职责和义务,侵犯人民的权利并压迫人民时,人民就理所当然地有权利举行革命来推翻它。

《独立宣言》中闪耀着民主、自由、独立的思想光辉,成为美国人民争取进步的动力源泉,也是对美国执政者的基本品格要求。到了 1787 年,美国《联邦宪法》的诞生则又强化和细化了"人民主权和政府为民"的政治要求。

《联邦宪法》的序言这样写道:"我们合众国人民,为建立更完善的联邦,树立正义,保障国内安宁,提供共同防务,促进公共福利,并使我们自己和后代得享自由的幸福,特为美利坚合众国制定本宪法。"这篇序言阐明了美国宪法的理论基础和根本目的。

《联邦宪法》贯彻了三权分立的原则,规定美国政府由立法、行政和司法三个平等独立的部门组成,立法权属于国会,行政权属于总统,司法权属于最高法院,各部门都有其职权范围,保持独立,彼此没有从属关系,但又必须互相依存、互相制衡,每种权力都有限制另外两种权力滥用的职能。这种设计的目的之一就是防止国家政治退化为君主政体、寡头政体或其他任何形式的专政体制。

《联邦宪法》是美国的根本大法,奠定了美国政治制度的法律基础。它也是世界历史上最早的成文宪法之一,许多国家都以美国宪法为模本而制定本国宪法。

《独立宣言》和《联邦宪法》开创了一种全新的政治制度,集中体现出来的就是美国的民主共和政体,其最大特点就是"主权在民"和"三权分立"。

在民主共和政体下,国家权力机关的组成人员和国家元首由选举产生并有一定的任期。在美国的民主共和制中,又以掌握行政和军事大权的总统为核心,总统定期选举产生,政府部长由总统任命,总统要向议会报告工作,但无权解散议会,对议会通过的法案总统可行使否决权。因此,美国的民主共和政体又是一种"总统制共和制"。[①]

美国民主共和制是人类政治文明史上较为完备的民主制度,它是按照既定的规则和程序,根据多数人的意愿作出决策的机制。在运作方式上,它实行普遍选举制,定期举行全体公民参与的选举,全体公民通过直接选举,来行使权力;在运作结果上,它实行少数服从多数、同时尊重个人与少数人的权利。

在当时君主制一统天下的历史背景下,环顾世界,东方几乎所有国家都还是封建君主专制国家,西方的德意志、俄罗斯和法国仍然是封建君主把持朝政,尽管当时英国早已实行了限制君主权力的君主立宪制,但还依然眷恋君主制度,国家政治生活中仍离不开君主的色彩和影子。而相比之下,美国的民主共和制无疑成为当时人类最先进、最科学的政治制度。这也是后来美国为什么能够超越英国、迅速崛起于世界并长久地领先于各国的政治因素。

当然,对于美国民主共和制的形成,不能忽视了华盛顿等开国者的个人作用,民主共和制在一定程度上是塑造华盛顿良好政治传统与形象的制度、理念因素,而华盛顿的政治美德和个人品格也是造就民主共和制的有效催化剂。正是华盛顿身先士卒,拒绝做皇帝或国王,主动让渡权力,才阻止了君主专制制度的复活,推动了民主共和制度的诞生;正是华盛顿参与、主持了《独立宣言》和《联邦宪法》的制定,才使美国有了立国之本,建立起牢固的政治基础。

---

① 因立法机关与行政机关关系的不同,民主共和制可分为议会共和制与总统共和制。议会共和制的国家,立法权归议会,行政权归政府,政府以总理为首脑并对议会负责,所设总统的职责是礼仪性和象征性的;在总统共和制的国家,总统既是国家元首,又是政府首脑,总统集外交、内政大权于一身。

民主共和战胜了君主专制

当18世纪末美国建立起世界上最先进的民主共和政体时,东方的大清王朝还正处于封建君主专制之下。在1787年美国《联邦宪法》诞生的这一年,中国清朝的乾隆皇帝已在位52年,此时大清王朝的封建专制制度也达到高度完备的状态。

对于中国封建社会政治一路走向专制集权的过程,1903年《国民日日报》的一篇文章曾论道:"故至秦而民权尽亡,及宋而臣权尽亡,至明末而汉人之权尽亡。凌夷至今,遂成一君权专制达于完全极点之时代。"其主旨意思是说:在秦代民权没有了,在宋代臣权没有了,在明代人权没有了,到了清代,一切权利都没有了,无论什么都是皇帝说了算,专制到了极点。

与美国"主权在民"、"三权分立"的民主共和政体相比,中国封建君主专制是"普天之下,莫非王土;率土之滨,莫非王臣"。在美国民主共和政制下,"家与国"是分开的,一个人在未当总统以前,他只是一个公民,即使当了总统,也只是个被这个国家聘用的公务员,任期届满,就得让位交权;而在中国封建专制制度下,"家与国"、"皇位与权力"是高度的统一,一旦拥有了皇位就等于拥有了这个国家以及这个国家所有的一切,做皇帝也就成了皇室家族的世袭事业。

而且,中国封建专制讲究"皇权至上"、"君权神授",只要一当上皇帝,就成了上天派来治理平民的"天子"。因此,在封建专制制度下,皇位的诱惑力实在太大,以至于太多人都不顾一切去拼杀夺取皇权;一旦做稳了皇位,又要想方设法去巩固,进而消除异己,相互残杀,这势必造成国家政权的动荡不安。有一种说法认为,中国历史上的政治文化就是"两暴文化":一个是暴君,一个是暴民,两者轮流坐庄——暴君对民众压迫得太厉害,原来的顺民就成了暴民,于是揭竿而起,取而代之;暴民掌权后不久,自己也成为暴君,开始压迫民众。结果就形成了"暴君压迫—暴民起义—新暴君诞生"的"打倒皇帝做皇帝"式的动荡循环。

而民主共和政制下的美国人对总统职位的看法就超脱得多,没有人认为当了总统就是拥有了这个国家,只是把它看做行使总统职权的一个工作岗位,因此在权力移交时也正常、平和得多。

另外,中国每个朝代的皇位几乎都是投入了全部身家性命浴血奋战拼来的,得到的皇位或官位世世代代传承下去,这种"父传子"的传承方式,直接导致了执政能力的每况愈下,直至腐朽没落被另一个家族或王朝取代,导致国家出现周期性动乱。

而美国民主共和政制下的总统是通过候选人的政治纲领与治国策略,由民众投票选举出来的,无论其有多大的政治才能,一般也只能连任两届,到任后又通过新一轮的选举另聘贤能。况且,如果总统在位期间治理不力,表现差劲,则议会可对其进行弹劾。民主共和政制下的这种接替模式和监督方式一般能保证继任者是多数民众认可的精英,其执政能力由于吸取了前任的经验教训,往往更有上佳表现。

当再具体到美国开国者华盛顿、杰斐逊、富兰克林等人的政治品德、素质,与中国的专制皇帝进行对比时,大清王朝自嘉庆皇帝开始,无论是执政能力,还是政治品德,都是一代不如一代,给这个国家带来无尽的耻辱,最终导致清朝的覆灭。

因此,毋庸置疑,以现代的观点来看,同美国先进的民主共和政体以及开国者优良的政治品格相比,中国的封建君主专制及皇帝独断专权行为无疑是一种相当落后的政治制度和执政方式。美国的这种先进政治制度是其敢于向没落中国叫板、侵略的政治基础,也是美国开国者比中国封建皇帝看得远的原因所在,同时也是"美国总统打败中国皇帝"的"根本利器"。

美国的民主共和政制作为人类政治文明史上的先进典范之一,曾引起世人的无限向往与羡慕,对其他国家的政治制度建设产生了巨大影响,并被不少国家所接受和采用。

在 20 世纪初的中国辛亥革命时期,孙中山等革命派的政治制度建设也是以美国民主共和政体为蓝本和效仿对象的。当时,领导辛亥革命的资产阶级革命派主张以革命暴力推翻君主专制政体,试图以美国为师,建立民主共和政体。身受美国政治精神影响的孙中山曾誓言在中国"革命成功之日,效法美国选举总统,废除专制,实行共和"。同时在辛亥革命之后,孙中山也以华盛顿为榜样,主动交出大权,把大总统的位置让给了袁世凯。[①]

然而,尽管辛亥革命推翻了清王朝的统治,结束了中国两千多年的封建君主专制政体,建立了资产阶级共和国,但辛亥革命的成果却被以袁世凯为首的北洋军阀窃取,中国又走向了专制独裁。孙中山创建的资产阶级民主共和政体如昙花一现,很快夭折。辛亥革命后,从中央到地方的整个社会中,仍旧笼罩在专制主义的政体下,而且最后还陷入到军阀混战割据的状态中。[②]

---

① 关于孙中山的民主共和思想及实践详见本书下篇第七章第一节"孙中山的信念与奋斗"相关论述。
② 关于军阀混战割据详见本书下篇第十二章第一节"军阀大混战"相关论述。

第二节 从"趁火打劫"到"门户开放"

"中国皇后"号的到来

1784 年 8 月,中国广州黄埔港驶来一艘美国木帆商船——"中国皇后"号。这艘商船满载着西洋参、皮毛及各类土产品,从纽约起航,途经佛得角群岛、绕道好望角、跨过印度洋,历时半年多终于抵达中国。这是美国商船第一次成功抵达中国,也是美国这个刚刚诞生才 8 年的国家,首次与古老中国的直接交往。

从美国建国到 19 世纪中叶,即鸦片战争爆发之时,仅短短几十年的时间,美国资本主义就迅猛发展。特别是在 18 世纪末、19 世纪初,美国工商业迅速发展,对海外贸易显示出咄咄逼人之势。

"中国皇后"号开启了中美贸易的序幕,商船运回美国的中国货让美国人争相购买,掀起了"中国热"。从此,美国来华商船不断增加,中美贸易随之扩大。

"中国皇后"号抵达广州

在早期的中美贸易中,双方交换的都是茶叶、丝绸、瓷器及洋参、皮毛等各自的优势产品。但这种正常的产品贸易没有维持多久,美国商人就被英国商人从鸦片贸易中获取的丰厚利润所吸引,同时为扭转长期以来的对华贸易逆差,美国商人也开始从事鸦片贸易。

　　由于当时英国对印度鸦片实行垄断专营,所以美国人不能直接从印度贩卖鸦片到中国,他们就另辟蹊径,从土耳其贩运鸦片到中国。1805 年,三只美国货船装满鸦片开向广州,自此,美国商人也加入到对华的鸦片贸易中来。

　　在对华鸦片贸易中,美国仅次于英国。据统计,1817 年和 1818 年这两个年度,美国烟贩运到中国的鸦片总数达到 4 000 箱;从 1805—1837 年的 30 多年间,美国烟贩共向中国输入鸦片 14 169 箱。①

　　随着美国鸦片输入的增加,中美贸易也逐渐发生变化。由于美国出产的能与中国相交换的商品不多,在过去不得不运来白银,换取中国的丝、茶与瓷器;而从 19 世纪 20 年代以后,美国输华的现银越来越少。1824 年,一位美国波士顿商人曾这样说:在过去三年中,他不曾有一块西班牙银洋运到中国来,而平均每年从中国运走一百万银元以上的商品,其中大部分是丝与布匹。这位商人的方法就是依靠“鸦片贸易”,从土耳其取得鸦片,贩卖到中国,然后再来购买中国的货品,最后运到美国,赚取利润。

　　1839 年,清政府实施的禁烟运动给了英国鸦片贩子以沉重打击,同时也使美国烟贩的利益受到威胁和损害。1839 年 3 月,美国烟贩曾向林则徐上缴 1 540 箱鸦片。清政府的禁烟运动损害了美国鸦片商人的利益,美国商人就向国会上书,要求政府出兵,与英国采取一致行动,派海军保护美国商人在华利益。

　　尽管美国曾长期处于英国的殖民统治之下,对英国抱有反抗情绪,但在中英鸦片战争期间,美国国内一些政客及传教士曾竭力替英国侵略中国的战争辩护。1841年,美国前总统约翰·昆西·亚当斯②发表演说认为,英国对华作战完全是正当的;一些在中国待过多年的美国传教士也表示:“不管正当不正当,这个战争(鸦片战争)是按照神意用以开创我们与这个广大帝国关系的新纪元的。”③

　　1840 年,美国国会讨论了美商的呈文后,决议由政府派出一支海军前往中国。考虑到刚刚建国不久,自身实力不济,以及鸦片贸易的不道德争议,加之美国长期处于英国的殖民统治之下的反英情绪等原因,对英国发动侵华的鸦片战争,美国国会一度警告海军谨慎从事,并限制给予海军司令以任何干预中英两国间冲突或是同中国发生外交关系的权力,主张在当时中国的问题上尽力保持中立。

　　美国派往中国的舰队由准将加尼负责,加尼来华后,并没有听从美国国会的警

---

　　① 《十九世纪美国对华鸦片侵略》,绍溪,生活·读书·新知三联书店,1952 年。
　　② 约翰·昆西·亚当斯 1825—1829 年担任美国总统,是第二任总统约翰·亚当斯(1797—1801 年在位)之子,他们是美国历史上第一对父子档总统。
　　③ 《帝国主义侵华史》,第 1 卷,丁名楠等,人民出版社,1973 年 12 月。

告,竟然在鸦片战争中竭力为英军声援,战后还强迫清政府赔偿美国烟贩损失数十万银元。

在鸦片战争后,当中英《南京条约》订立的消息传到美国后,立即引起美国政府的深切关注。英国在中国取得的许多特权,令美国商人和政府眼红不已。1842 年 12 月,美国总统约翰·泰勒①在给国会的咨文中,要求美国派正式代表来华,与中国建立新的经济、商务关系。

1843 年 5 月,美国派遣外交委员会委员顾盛为专使来华。美国政府在给顾盛的训令中指明,在中国新开放的口岸里,美国必须获得与英国相同的通商条件,否则,"美国不能与中国和平相处"。

1844 年 2 月,顾盛率领的 4 艘军舰到达澳门,他以"进京面见皇帝"为借口,要挟北上,恫吓清政府,并利用鸦片战争失败后清政府的困难情势及惧外心理,对清政府进行外交讹诈。

经过顾盛的软硬兼施,1844 年 7 月 3 日,中美双方在澳门望厦村订立条约,这就是美国侵略者逼迫清政府签订的第一个不平等条约——《望厦条约》。

就这样,不费一枪一炮,美国不仅取得了英国从中英《南京条约》里所取得的各种特权②,还扩大了自己的特权,如取得中国的关税自主权,扩大领事裁判权,取得美国军舰可以自由进入中国领海等特权。

中美《望厦条约》比中英《南京条约》更细致、更完备,不久它又成为中法《黄埔条约》及其他国家与中国所订条约的范本。

茶叶催生的"蝴蝶效应"

同英国发动侵略中国战争的根本目的一样,美国蛮横要挟中国也是为了扩大在华的贸易市场。

中国对于美国的独立曾有着特殊的意义,中国生产的茶叶就曾是美国独立战争的导火索。1773 年,北美殖民地波士顿人民因反对英国东印度公司垄断茶叶贸易以及茶叶倾销政策,进而爆发了著名的"波士顿倾茶"事件,这成为美国独立革命战争的导火索。而当美国独立战争取得胜利、国家实力日益强大后,其对外侵略扩张的目标也自然把中国包括在内。

在美国的侵华行为中,摆在首位的也是贸易利益。通过中美《望厦条约》,美国享

---

①　约翰·泰勒 1841—1845 年担任美国总统,是第一个和中国签订不平等条约的美国总统。

②　不包括割地、赔款内容。

有了与英国同样的进入中国市场的权利,从而得到最惠国待遇;1845 年,美国国务卿布坎南指出,要使中国成为西方国家的共同市场,促进美国对华通商;1868 年,美国驻华公使劳罗斯向国内建议同英国合作,以保证中国对外开放,他认为:"假若这个国家向所有国家自由开放,美国的企业将会兴旺发达。"①

美国政府和商人的"努力"取得了明显的成效。美国对华出口 1896 年为 700 万美元,1897 年为 1 200 万美元,1899 年上升到 1 400 万美元。其中,美国纺织业受益最大,在 1887—1897 年间,美国对中国纺织品出口增长 120%,1898 年仅出口到中国的棉布就达到 700 万美元。②

由于美国是一个新兴崛起的国家,受到自身实力的限制,自其建国到 19 世纪中期这一段时间内,美国对华政策采取的是"追随英国等列强"的策略。

在美国看来,西方各国利害一致,美国在对华一切重大问题上都要同其他列强协商合作。在这当中,美国曾或明或暗地支持、参与了各种列强侵华战争。如 1854 年,美国派舰队"访问"台湾,1867 年曾尝试武力攻台,但被高山族居民打败,美国自己侵略台湾未能得逞,随后转而支持日本侵略台湾;1858 年,在第二次鸦片战争中,美国要弄两面派手段,一方面表示中立和对华友好,一方面却积极支持英法的侵略,同时又利用软硬兼施的办法,不出一兵一卒,骗签了中美《天津条约》;1884 年,美国政府曾表示愿意按照中国的请求斡旋中法争端,但法国方面不予理睬,而后美国竟转向为法国说话,向清政府施加压力。

当到了 19 世纪末,情况开始发生变化,美国自身实力迅速强大起来。1894 年,美国的工业产量超过英国跃居世界第一位。经济的迅速发展需要开拓更广阔的贸易市场,1898 年,美国挑起美西战争,从西班牙手中夺取了菲律宾,取得了在亚洲扩张的立足点;而此时西方列强和日本正在中国掀起瓜分的狂潮,当打败西班牙,占领菲律宾以后,美国发现自己再加入瓜分中国的狂潮已为时过晚。

为加深和扩大在华权益,进一步打开中国市场,美国决定以外交手段谋求侵略权益。1899 年,美国"创造性"地提出了先适用于中国、后来又推广到世界其他地区的所谓"新政策"——"门户开放"政策。

"门户开放"政策在承认各国侵华权益的前提下,要求列强在华享有均等的权利,即"利益均沾"、"机会均等"。它主张在经济上不得排斥别国,在华的贸易"自由化";

---

① 《美国对华政策文件选编》,第 64、85 页,阎广耀、方生选译,人民出版社,1990 年。

② 此处资料主要摘自《剑桥美国对外关系史》(上),第 415、451—454 页,[美]孔华润主编,王琛译,新华出版社,2004 年 5 月。

1908 年美国舰队访问厦门

在政治上加强合作,列强诸国共同"管理"中国。

"门户开放"政策反映了美国把自由贸易原则和政治协同管理作为侵略中国的幌子和工具,这标志着美国从此有了独立的侵华政策,使美国在华实力大大增强。到 1931 年,在中国进口贸易中美国占据了首位;到 1935 年,中国出口贸易中美国也占据了首位;第二次世界大战结束后的 1946 年,美国在中国对外贸易总额中占到了 53.19%,美国货充斥中国市场。①

美国通过"门户开放"政策,得以插足任何一国的"势力范围",分享其他国家在华的侵略权益。这项政策不仅有利于美国,而且也符合列强诸国的要求,有助于防止列强之间发生争执。因此,"门户开放"政策先后得到列强各国的承认,以至于形成了列强共同宰割中国的同盟。

---

① 此处资料主要选自《中国近代经济史》,第 146、150 页,中国人民大学政治经济学系,人民出版社,1978 年。

第三节　美国人的文化战争

"庚款兴学"的根本意图

在 19、20 世纪美国侵华史中,在侵略手段上,它不像英国那样直接诉诸赤裸裸的军事武装力量。当其自身实力不济的时候,会采取"追随英国等列强"的策略;当其自身实力逐渐强大的时候,会采取"门户开放"等独立策略。而在美国政治、经济等多样化的侵华策略中,自始至终都贯穿着一种间接的、不用武器的,而又影响深远的特色策略,那就是"文化战争"策略。

1843 年,美国政府派顾盛作为代表来华谈判《望厦条约》时,就在给他的训令中强调:"去培植该国政府和人民的友好情绪,才是得计的。"[1]1871 年,美国总统格兰特[2]曾建议向中国派 4 名青年外交官,以"进一步增强中国人对美国的好感"。

为扩大在华利益,美国一方面在中国扩充军事力量,培育商贸环境;另一方面还努力利用宗教、教育等手段,积极传播美国文化,以"树立良好形象"。

从 19 世纪 30 年代起,美国传教士就大批来到中国。到 1889 年,美国在华新教传教士就达到 513 人;1890 年,在中国举行的新教传教士会议指出,中国还需要1 000 名传教士;到 1894 年,中国来了 1 100 名外国传教士,其中多数为美国人;到1898 年,美国传教士就已在中国建立了 150 多个教会和 800 多个分会;到 19 世纪末,中国几乎各地都有了美国传教士的身影。[3]

---

[1]　《美国对华政策文件选编》,第 20 页,阎广耀、方生选译,人民出版社,1990 年。

[2]　格兰特 1869—1873 年担任美国总统。

[3]　此处资料主要选自《美国崛起过程中的对外策略》,熊志勇,《美国研究》,2006 年 02 期。

这些来华的美国传教士在积极宣扬宗教文化的同时,还极力发展美国的对华贸易事业。1891年,长江口岸上一艘美国军舰的指挥官向国内报告说:传教士的人数不断增加,随之而来的金钱看来取之不尽。美国驻华公使田贝曾指出:"传教士是贸易和通商的先驱。文明、学识和教育培育了通商所提供的各种新的必需品。""每当一个未开化或半开化的国家成为文明国家时,它同西方国家的贸易和交涉便会增加。"①

美国来华传教士除了传播宗教和发展对华贸易外,还在中国广办教育,用"更直接而又更光彩"的手段推广美国文化。中国早期的一些著名大学多半是由美国教会创办的。如1864年,美国长老会在山东创办的"蒙养学堂",后来发展成为齐鲁大学;1865年,由美国圣公会在上海创办的"培雅学堂",后来成为"圣约翰大学";1888年,美国美以美会分别在北京和南京设立书院,后来分别发展成为燕京大学和金陵大学。

在美国通过兴办教育的方式来掀起的"文化侵略"中,最典型的案例就是"庚款兴学"。

1900年八国联军侵华后,在1901年强迫清政府签订《辛丑条约》,条约规定向列强赔偿损失4.5亿两白银,分39年还清,这就是"庚子赔款"。

在"庚子赔款"中,美国按比例分得32 939 055两白银。之后,因清政府的请求,美国政府决定退还部分赔款。1906年,美国伊利诺伊大学校长詹姆士向西奥多·罗斯福总统建议,美国政府应该加速吸引中国留学生到美国去,鼓动政府将退款用于中国的教育事业。他断言:"为了扩张精神上的影响而花些钱,即使从物质意义上说,也能够比用别的方法获得更多。商业追随精神上的支配,比追随军旗更为可靠。"另外,美国公理会牧师明恩溥也游说政府及政界人士,建议将庚子赔款中退还的部分专门用来开办和补贴中国的学校。明恩溥认为,退还庚款的实际目的是要"避免将来中国再次发生类似1900年的义和团运动和1905年的抵制美货运动"。②

1908年,美国政府决定从2 440万美元的赔款中拿出1 078.5万美元,用于发展中国的"文化教育事业",主要使用方式是用于派遣留美学生和兴办美式学校。如两国政府在草拟的派遣留美学生规程中约定,自退款的第一年(1909年)起,清政府在四年内,每年至少应派一百名留美学生;如第四年派足四百人,则自第五年起,每年至少派50人赴美,直到退款用完为止。1909年6月,清政府专门设立"游美学务处",这就是清华大学的雏形,负责考选学生出国留学;1911年,清朝建立清华留美预备校,人称"赔款

<hr>

① 《美国对华政策文件选编》,第365、366页,阎广耀、方生选译,人民出版社,1990年。

② 此处资料主要摘引自《1908帝国往事》,"'对中国的文化侵略'?——美国退还部分庚子赔款",张研,重庆出版社,2007年5月。

第二批庚子赔款留美学生出国前合影

学校"。因此,美国退还的庚子赔款也部分用在了早期清华大学的建设上。

到 1929 年,中国共计派遣留美学生 1 279 人;到 20 世纪 30 年代,美国已超过日本成为中国留学生最多的国家。同时,美国在中国还建立了 12 所教会大学。

美国在华兴办教育有助于中国扩大开放和放眼世界,在一定程度上对中国社会的发展和进步起到了积极作用。而美国这种策略的根本动机却是为了增进中美之间的贸易,扩大在华的经济利益;同时培植美式教育的领袖人才,扩大在华的政治影响力。

如在"庚款兴学"中,伊利诺伊大学校长詹姆士就曾向西奥多·罗斯福总统指出:"在教育现在这一代中国的青年人方面获得成功的国家,将是花费一定气力而能在精神、智育和商业影响方面获取最大限度的报酬的国家。"[1]"如果美国在三十年以前,已经做到把中国留学生潮流引向这一个国家来,使这潮流扩大,那么,我们现在一定能够使用最圆满与最巧妙的方式,而控制中国的发展,使用从知识与精神上支配中国领袖的方式。"美国公理会牧师明恩溥也分析道:"随着每年大批的中国学生从美国各大学毕业,美国将最终赢得一批既熟悉美国又与美国精神相一致的朋友和伙伴。没有任何其他方式能如此有效地把中国与美国在经济上、政治上联系在一起。"[2]

而那些赴美的留学生,确实可以更直接地、身临其境地"感受美国文化",同时在日后又承担了传播美国文化的"种子"。美国国务院的一位官员就曾认为:"一个在美国接受教育的中国人回国以后,往往非常推崇美国和美国的商品。"[3]

因此,尽管美国在华兴办教育客观上起过一些积极作用,但最根本的还是出自本国的利益,多是从美国最根本和最长远的政治、经济利益出发,其实质是一种文化战

① 《美国对华政策文件选编》,第 450 页,阎广耀、方生选译,人民出版社,1990 年。

② 《1908 帝国往事》,"'对中国的文化侵略'?——美国退还部分庚子赔款",张研,重庆出版社,2007 年 5 月。

③ 《剑桥美国对外关系史》(上),第 459 页,[美]孔华润主编,王琛译,新华出版社,2004 年 5 月。

争侵略,并非完全出于正义和公道。

题后:令人恐怖的《十条诫令》

随着时代的前进和美国经济、社会的发展,美国对华文化战争的手段也在发生改变。到了 20 世纪中后期,由于社会主义国家阵营的兴起,以美国为首的资本主义国家在对社会主义国家实施军事对抗策略的同时,也开始实施文化渗透政策,重点转向以输出美国意识形态和价值理念为主。

据说,美国中央情报局曾制定了一个针对社会主义国家文化战争的机密"行事手册",其中关于对付中国的部分最初撰写于 1951 年,以后经多次修改,逐步形成了十项内容,这就是所谓的内部代号被称为《十条诫令》的"秘密手册"。

《十条诫令》的基本内容是:

(一)尽量用物质来引诱和败坏他们的青年,鼓励他们藐视、鄙视、进一步公开反对他们原来所受的思想教育,特别是共产主义教条。替他们制造对色情奔放的兴趣和机会,进而鼓励他们进行性的滥交。让他们不以肤浅、虚荣为羞耻。一定要毁掉他们强调过的刻苦耐劳精神。

(二)一定要尽一切可能,做好宣传工作,包括电影、书籍、电视、无线电波……和新式的宗教传布。只要他们向往我们的衣、食、住、行、娱乐和教育的方式,就是成功的一半。

(三)一定要把他们青年的注意力,从他们以政府为中心的传统引开来。让他们的头脑集中于体育表演、色情书籍、享乐、游戏、犯罪性的电影,以及宗教迷信。

(四)时常制造一些"无风三尺浪"的无事之事,让他们的人民公开讨论。这样就在他们的潜意识中种下了分裂的因子。特别要在他们的少数民族里找好机会,分裂他们的地区,分裂他们的民族,分裂他们的感情,在他们之间制造新仇旧恨,这是完全不能忽视的策略。

(五)要不断地制造"新闻",丑化他们的领导。我们的记者应该找机会采访他们,然后组织他们自己的言词来攻击他们自己。

(六)在任何情况下都要传扬"民主"。一有机会,不管是大型小型,有形无形,就要抓紧发动"民主运动"。无论在什么场合,什么情况下,我们都要不断地对他们(政府)要求民主和人权。只要我们每一个人都不断地说同样的话,他们的人民就一定会相信我们说的是真理。

(七)要尽量鼓励他们(政府)花费,鼓励他们向我们借贷。这样我们就有十足的把握来摧毁他们的信用,使他们货币贬值,通货膨胀。只要他们对物价失去了控制,他们在人民的心目中就会全垮台了。

（八）要以我们的经济和技术的优势，有形无形地打击他们的工业。只要他们的工业在不知不觉中瘫痪下来，我们就可以鼓励社会动乱。不过我们必须表面上非常慈善地去帮助和援助他们，这样他们（政府）就显得疲软。一个疲软的政府，就会带来更大更强的动乱。

（九）要利用所有的资源，甚至于举手投足，一言一笑，都足以破坏他们的传统价值观。我们要利用一切来毁灭他们的道德人心。

（十）暗地运送各种武器，装备他们一切的敌人和可能成为他们的敌人的人们。①

美国对中国的《十条诫令》主要是针对中国青少年和传统文化的，其中的一些内容听起来令人毛骨悚然，充分暴露了其险恶用心。

在20世纪90年代以后，当以苏联为首的社会主义阵营解体后——这在相当程度上说明了美国文化战争的巨大政治价值，美国的文化侵略战争就显得更加肆无忌惮，进而转用多种手段的综合文化侵略方式，对中国实施文化战争。现今看来，诸如《十条诫令》中的那些内容细节在现实生活中真是无孔不入，它们蕴含在洋大片、洋快餐、洋品牌、洋节日、洋语言等各种形式的"洋文化"载体中，处处都在潜移默化地影响着中国人，引导人们向往其衣、食、住、行、娱乐以及教育等一切生活方式和价值观念。

美国在文化战争中输出其生活方式和价值观念，破坏了中国人特别是年轻人对中国文化的认同感和民族的自信心，逐渐丢失了原有的一些美德，漠视传统文化中的优良部分，从而使中华民族的文化传承遭遇危机。

美国对中国实施的文化战争在一定程度上也就是后来人们常常所说的"和平演变"，如今虽然提得少了，但并不是说它不存在了，只不过是人们已经"习惯"了而已。

历史上的文化战争都具有明显的政治目的，即在为侵略者的侵略行径制造合理的舆论，同时弱化被侵略人民的反抗意志，而新时期文化战争的一切手段和目的则更为隐蔽了。

精神支配比军事控制更可靠

一般而言，文化本身并不具有侵略性，但它可以用来充当侵略的工具。当一个国家对另一个国家有步骤、有计划地宣扬、推行其价值观念、政治理念和文化理念时，就

① 此处资料主要摘引自《中国走向——中华民族伟大复兴的难题和抉择》，李伟、刘如君，中华工商联出版社，2008年1月；《中情局"中国十诫"》，《环球》，2001年09期。

可视为是一种文化侵略战争。在战争时期，一个国家强行改变另一个国家的教育方式，这是一种文化侵略；在和平时期，一个国家向另一个国家输出文化产品，并改变其国民的风俗习惯，阻碍其文化传承，这也是文化侵略。

文化战争的目的或是为了经济利益，从销售文化产品中获取利润；或出于政治利益，推广本民族的文化和国家意识形态，支撑本国在国际上的"话语权"。而多数时候，一个国家发动文化战争的最根本目的在于后者，它表面上好像不涉及政治立场和态度，但实际上却在美化自己国家的价值观念和生活方式。当一个国家的国民羡慕、迷恋和追求他国的价值观念和生活方式时，就会对这个国家产生亲近感，进而鄙视、反对本民族的文化价值观念和生活方式，从而形成一种文化领域的新的依附关系。这时发动文化战争的国家也就达到了其目的。

因此，在某种程度上讲，文化战争是各种侵略战争的最高形式。要征服一个民族，就要征服它的文化。文化战争比武力战争更加有效，其形式隐蔽而效果显著，它不用刀枪，是一种看不见硝烟的"隐性"战争。带着坚船利炮的武力战争极易激起被入侵者的强烈反抗，而且也不易摧垮其意志，相反其反抗的意志还会越来越强；而文化战争却没有刀光剑影，并且还可以堂而皇之地说成是"文化交流"，一般也不会引起被侵略者的抵触和对抗。况且文化对人的影响不是一朝一夕的，在潜移默化过程中一旦被接受了，那么对个人和国家的影响就是巨大而深远的。

文化战争潜形于默然，类似于精神鸦片的侵略与征服，它通过大众媒体、教育系统以及电视、电影、流行音乐等各种载体进行价值观念渗透，使得其能够成为一个国家侵略另一个国家的有效利器。即以文明的手段从骨子里和精神上支配一个国家的国民，从而达到征服对方的目的。从历史上看，许多民族的消亡，并不是这个民族的人真的不存在了，而是他们的文化被征服以致消亡了。

作为一种具有强大辐射性和渗透性的力量，文化和经济、军事等要素一样，一直是美国实施侵略扩张的基本手段之一。

美国对华的文化战争不像某些国家的武力战争那样激烈和突出，它是属于"软刀子杀人"的侵略方式。而这种文化侵略的后果也要比军事侵略、经济掠夺严重得多，它是"攻心为上"，用精神手段来"演化"，进而获取"人心"。

美国对中国的文化战争在本质上是对中国人的精神上和心灵上的征服与侵略。与此同时，通过文化战争这种"文明侵略手段"，也更容易和更长久地创造美国在中国的市场机会，更有利于其输出资本，销售商品，扩大在华的经济活动。

因此，文化战争策略能够使美国达到"物质利益与精神利益双丰收"的效果，实现其在华现实利益目标和长远战略目标的有机结合。

拿破仑是一位出色的军事家和政治家,他征战一生,为法国带来了巨大荣耀。拿破仑曾预言"中国是一头睡狮,一旦醒来,世界会为之震动"。但今人遗憾的是,中国人并没有被他的"睡狮论"所警醒,在那之后的一个多世纪里,中国这头睡狮依然做着天朝上国的迷梦,清王朝的无能与腐朽,已经让这头狮子陷入深深的昏迷之中。

在拿破仑一生的征战中,他没有对东方的大清帝国有过觊觎,并且还警醒其他国家不要惊醒这头"睡狮"。但这并不能阻止列强对中国的侵略,就连法国本身后来也发动了对中国的侵略战争。可以说,正是拿破仑曾经的强势崛起,才使得法国在欧洲甚至世界上树立起强大威望,以至于法国在后来侵略中国的过程中有了足够的底气和霸气。

在近代列强侵略中国的过程中,都曾利用宗教作为实现其侵略野心的一种工具,教会和传教士总是充当侵略者的前站和先锋。其中尤以法国最为突出和典型,法国对中国的侵略可以说是一种"宗教战争"。法国在侵略中国的过程中,宗教因素贯穿始终,其在华利益表现为所谓"传教利益高于商业利益",战争的开端都表现为"宗教战争",最终都是"借宗教之名,行政治、经济侵略之实"。

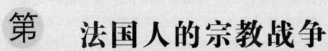

法国人的宗教战争

打到中国去,为传教士讨还血债。

——拿破仑三世

第一节　拿破仑的狂野及预言

"荒野雄狮"的诞生

19 世纪初,1804 年 12 月 2 日,法国巴黎圣母院举行了一场盛大隆重的加冕礼,被加冕的是法兰西第一帝国皇帝拿破仑·波拿巴。

拿破仑坐上皇帝的位子得到了当时绝大多数法国人的支持。法国人之所以选他做皇帝,一个重要原因是他代表了一种能够控制社会的力量,进而能够建立一个强有力的国家。法国人希望拿破仑能为法国带来和平与繁荣,并且征服欧洲。

拿破仑这位寄托了法国人民希望的强力皇帝,于 1769 年出生在地中海科西嘉岛的一个没落贵族家庭,父亲给他取名"拿破仑",寄予着"荒野雄狮"之意。

10 岁的时候,拿破仑被父亲送到军事学校接受教育。1784 年,15 岁的拿破仑就以优异的成绩毕业,被选送到巴黎军官学校,随后只用一年的时间就考取了别人用三年才能取得的军官资格,被任命为皇家炮兵少尉。

16 岁时,拿破仑跟随法国军队到各地驻防。在从军期间,拿破仑阅读了许多启蒙思想家的作品,尤其深受卢梭的人民主权思想的影响,对"自由、平等、博爱"的理念充满激情。

1789 年,法国大革命爆发,人民纷纷拿起武器,推翻法国的君主专制政体。但随后几年之内,法国却被卷入到大规模内战以及同英国的外部战争中。1793 年,24 岁的拿破仑在指挥土伦包围战中获胜,攻下了保王党的堡垒,立下战功,被破格提拔为准将;1795 年,拿破仑成功平定了保王党的武装叛乱,随即荣升为陆军中将兼巴黎卫戍司令,在军界和政界崭露头角。这两次重大战役的胜利充分显示出拿破仑的军事天才。

1796 年,27 岁的拿破仑被任命为法兰西共和国驻意大利方面军的总司令。在意大利,拿破仑统帅的军队成功击退了奥地利帝国与撒丁王国组成的第一次反法同盟,迫使对方签署了有利于法国的停战条约。

取得在意大利方面的战争胜利后,拿破仑的威信越来越高。1798 年,他率军远征埃及,以抑制英国在该地区势力的扩张。但在这次征战中,拿破仑却惨遭失败,法国舰队在尼罗河之战中被英国海军完全摧毁。1799 年,拿破仑放弃征战埃及,返回法国。

此时法国国内保皇派势力日益上升,而在欧洲,第二次反法联盟也逐渐形成。1799 年 10 月,拿破仑回到法国,尽管在出征埃及的战事中溃败,但他依然被当做英雄来欢迎,人们对他此前获得的各种军事胜利仍然记忆犹新。拿破仑利用这种在民间建立起来的威信,以及法国面临的外患局势,回国后一个月就发动了著名的"雾月政变",年仅 30 岁的他成为法国第一执政者。

接着,1800 年 6 月,拿破仑打败奥地利军队,迫使第二次反法同盟解体。

拿破仑上台后,利用欧洲大陆短暂的和平时机,励精图治,发展国力。他对法国政治、经济、教育、法律等方面实施了重大改革,让法国从动荡的局势中稳定下来。这当中影响最大的要数《拿破仑法典》的制定和颁布,这部法典在很多方面体现了法国大革命时期的理想,如在法律面前人人平等、人人无特权的原则性规定。

拿破仑一贯主张做法国大革命的捍卫者,但是到了 1804 年,他宣布法国为法兰西帝国,也就是历史上的法兰西第一帝国,同时宣布自己为帝国皇帝,即拿破仑一世。从此,拿破仑开始走向独裁。

拿破仑的称帝行为无疑引起很多人的怀疑和责难,因为这是对法国大革命时期民主共和革命理想的彻底

拿破仑·波拿巴

背叛。但是拿破仑和法国人民此时所面临的最大困难并不在于国内的"民主共和"问题,而是来自于外国的挑战,多数人承认并支持他当皇帝是因为他们相信"拿破仑能够建立一个强有力的国家",以抵抗外来的威胁。后来的事实也的确证明了这一点。

扩张与失败之痛

法兰西第一帝国建立后不久,1805 年 8 月,奥地利、英国、俄国组成第三次反法同盟,拿破仑亲自率军东进,成功击败第三次反法同盟;1806 年秋,英国、俄国、普鲁士又组成第四次反法同盟,在拿破仑的亲自指挥下,法国军队再次击败反法同盟。自

此,法兰西帝国在欧洲大陆的霸主地位得以确立。

随着连续四次击败反法同盟,整个欧洲都快要变成法国的领土了:拿破仑自己兼任意大利国王、莱茵联邦的"保护人",以及瑞士联邦的仲裁者;他的兄弟们担任了西班牙、葡萄牙、那不勒斯和荷兰的国王;他手下的元帅统领了波兰;奥地利和普鲁士都败在了他的手下。拿破仑为法国带来了有史以来最大的荣耀,把法国带到了一个不可一世的鼎盛时期。

然而,也就在此后,拿破仑对外的反侵略政策逐渐变成了对外殖民扩张的侵略政策。1807 年末,西班牙爆发内乱,拿破仑乘机入侵西班牙。拿破仑的这个举动遭到了西班牙人的坚决反对,他一时无法平息西班牙的动乱和反抗。

正当拿破仑陷入西班牙泥潭之际,1809 年初,奥地利等国组成第五次反法同盟。拿破仑被迫撤离西班牙,率军东征奥地利,并取得了胜利;但到了 1811 年末,法俄关系开始恶化,拿破仑率军进入俄罗斯,最后却被俄军击败。

1813 年,英国、俄国、普鲁士和奥地利组成第六次反法同盟,双方在德国境内展开多次激战。虽然法军取得了一些胜利,但是针对拿破仑的压力却越来越大,反法盟军的攻势不断增强。1814 年 3 月,反法盟军占领巴黎,要求法国无条件投降,拿破仑必须退位。4 月上旬,拿破仑宣布投降,签署退位诏书。

拿破仑退位后被流放到地中海上一个叫厄尔巴的小岛上,法国国内的波旁王朝宣布复辟,路易十八成为法兰西王国国王。

拿破仑失败被流放后并没有就此偃旗息鼓,他一直在谋划东山再起。1815 年 2 月,他逃出小岛,率领一千多人回到法国。也就在这时,本来被派往阻止拿破仑出逃的法兰西王国军队,却转而支持拿破仑。拿破仑随即率军把刚刚复辟的波旁王朝推翻,再度称帝。

但是好景不常,欧洲各国迅速组成第七次反法同盟。1815 年 6 月 18 日,拿破仑军队在比利时滑铁卢战役中,被以英国人威灵顿为统帅的欧洲反法同盟联军全线击溃。1815 年 7 月 15 日,拿破仑再次宣布投降,法兰西第一帝国宣告覆灭,之后路易十八再度复辟。

拿破仑投降后被流放到大西洋的圣赫勒拿岛上,1821 年 5 月 5 日,他在荒岛上去世。

拿破仑是一位出色的军事家和政治家,他戎马一生,亲自参加的战役达到 60 多个(次),而其指挥的多个战役,直到今天在军事史上仍有重要意义。在拿破仑一生的征战中,前期主要是为了抵御外来侵略,带有捍卫法国国家主权和保卫大革命成果的性质;后期虽然也有反抗侵略的成分,但战争的性质已具有明显的侵略性,给欧洲和法国人民带来深重的灾难。

在拿破仑一生的政治、军事活动中，先后多次打垮了欧洲反法同盟的武装干涉，伴随着帝国后来的扩张，法国大革命思想也在全欧洲传播，削弱了当时欧洲大陆的封建势力，起到了破坏封建制度的作用。在拿破仑前期的政治、军事活动中，带有明显的"民主共和"色彩，他因启蒙思想意识而觉醒，并充满热情；但在他后期政治、军事活动中，即在称帝以后，又进入到独裁统治时代，转而背叛了那些民主共和的原则，以致成了"摧残民主与自由的暴君"。

但拿破仑一生毕竟还是为法国带来了巨大荣耀，在多数欧洲人的眼里，他不仅是个征服者，还是个"革命的代表"，是封建社会的摧毁者。法国以及欧洲的人民还是爱戴这位战士，1840 年 12 月，他的遗体运抵巴黎时，90 万巴黎市民冒着严寒迎接他；在多年以后，拿破仑也赢得了对手的尊敬，1855 年，英国女王维多利亚携王储来到拿破仑墓前，女王让王子"在伟大的拿破仑墓前下跪"，以示敬意。

"中国睡狮论"的由来

就在 1817 年 6 月底，即拿破仑被流放到大西洋圣赫勒拿岛后，那位因不肯向中国嘉庆皇帝下跪而被逐出北京的英国使节阿美士德，在回途中正好经过圣赫勒拿岛。当阿美士德听说这里正监禁着赫赫有名的拿破仑时，就很想见一见他，听听这位传奇人物对当时中国问题的看法。

阿美士德遂见到了这位虽然废黜两年，但仍十分气派的昔日皇帝，并向他讲述了自己在中国的遭遇。

阿美士德对拿破仑说道："只有通过战争才能打开中国的大门。"

没想到拿破仑这位曾经征战了整个欧洲的"战争狂人"，却对阿美士德的想法表示深深的担忧，并对英国用战争解决中国问题的想法充满了蔑视。拿破仑说："要同这个幅员辽阔、物产丰富的帝国作战是世上最大的蠢事。""开始你们可能会成功，会夺取他们的船只，破坏他们的军事和商业设施，但你们也会让他们明白他们自己的力量。他们会思考，他们会建造船只，用火炮把自己装备起来。他们还会把炮手从法国、美国甚至伦敦请来，建造一支舰队，把你们打败。"

阿美士德不禁反驳道："中国在表面强大的背后是泥足巨人，实际上很软弱。"

拿破仑却指出："中国并不软弱，它只不过是一只睡眠中的狮子"。"以今天看来，狮子睡着了连苍蝇都敢落到它的脸上叫几声。中国一旦被惊醒，世界会为之震动。"[①]

---

① 此处资料主要摘引自《拿破仑：中国不软弱 一旦被惊醒世界会为之震动》，《环球时报》，2005 年 3 月 4 日；《拿破仑"睡狮论"出自何处?》，司马达，《联合早报》，2004 年 4 月 29 日。

拿破仑关于中国问题的论述产生了极强的轰动效应，尤其是他的"中国睡狮论"，从此传遍了欧洲及世界。

可是，令人遗憾的是，中国并没有被拿破仑的"睡狮论"所警醒，在那之后的一个多世纪里，中国这头"睡狮"依然做着天朝上国的迷梦，清王朝的无能与腐朽，已经让这头狮子陷入深深的昏迷之中。列强也没有被拿破仑的"睡狮论"所吓倒，英国最终发动了鸦片战争并胜出，紧接着列强诸国纷纷入侵到中国的领土上来。

而且在第一次鸦片战争后，中国人并没有按照拿破仑的设想那样，立即"建造船只、生产大炮、请来各国的炮手"，清王朝用大量的白银换来的不是先进的武器与技术，而是毒害国人的鸦片及屈辱。而那些鸦片也让中国人更加沉睡，于是列强们都不禁觉得，"这不仅是一头睡着的狮子，也是一头昏迷不醒的狮子"。

据说，关于拿破仑的中国"睡狮论"，还有另外一个修订版本，认为他最后还补充了一句话："中国是一只睡眠中的狮子，就让它睡着吧。"这个说法也反映出在列强纷纷侵犯中国时，这只"睡狮"并没有立即醒悟过来，还在天朝上国的迷思里继续沉睡。

在拿破仑一生的征战中，他没有对东方的大清帝国有过觊觎，并且还警醒其他国家不要惊醒这头"睡狮"。这也许是他一直忙于欧洲战事无暇顾及东方，也许是真的出于对这个幅员辽阔大国的敬畏。虽然拿破仑在世时没有对中国发动侵略战争，但这不能阻止后来列强对中国的侵略，就连法国本身也发动了对中国的侵略战争。

在拿破仑去世后的 23 年，1844 年，法国强迫中国签订了中法《黄埔条约》；在他去世后的 36 年，1857 年，他的侄子——路易·拿破仑·波拿巴[①]，即拿破仑三世在位期间，法国伙同英国发动了侵略中国的第二次鸦片战争；在他去世后，法国发动了让中国"不败而败"的"中法战争"。

在某种程度上说，正是拿破仑曾经的强势崛起，才使得法国在欧洲甚至世界上树立起强大威望，以至于法国在后来侵略中国的过程中有了足够的底气和霸气，也就是说拿破仑的曾经努力为后来法国侵略中国打下了基础。

路易·拿破仑·波拿巴

另外，也正是拿破仑当年"身先士卒"的榜样作用，才使得他的侄子路易·拿破仑处处仿效自己。1848 年法国"二月革命"爆发后，法国

---

① 路易·拿破仑·波拿巴即拿破仑三世，1808—1873 年在世，1848—1851 年任法兰西第二共和国总统，1852—1870 年任法兰西第二帝国皇帝，他是拿破仑一世的侄子。

建立了第二共和国，路易·拿破仑受到大资产阶级的支持，当选为法国总统。1851年12月，路易·拿破仑发动政变，第二年黄袍加身，宣布建立法兰西第二帝国，自己称帝，号称拿破仑三世。

拿破仑三世在执政期间，极力效仿拿破仑一世的做法，调动千军万马杀向世界各地。1853—1856年，法国参与克里米亚战争，1859年发动了对奥地利的战争，这两场战争都带有浓重的争夺欧洲霸权的性质；1862—1867年，拿破仑三世派兵远征墨西哥，企图使法国殖民主义势力侵入到拉丁美洲；1870年，拿破仑三世向普鲁士宣战，普法战争爆发。

在拿破仑三世的征战中，尤其令中国人痛恶的是，在1856—1860年，法国伙同英国发动了侵略中国的第二次鸦片战争。

第二节　打劫"沉睡雄狮"

法国人的算盘

由于受法国国内动荡局势的影响，以及清政府"闭关"政策的限制，直到1840年中英鸦片战争爆发，法国在中国的势力和影响一直都很有限。

在中英鸦片战争前后，法国正处在"七月王朝"统治时期①，国内政局出现了暂时的稳定，在工业化的带动下，法国经济实现了快速发展。作为一个传统欧洲大国，同时是一个仅次于英国的世界第二号资本主义强国，当在19世纪30年代末，随着英国在华利益的逐渐扩大以及中英冲突的加剧，法国也不甘心落在他人之后，开始考虑其

---

① 1830年7月，法国资产阶级发动革命，推翻波旁复辟王朝，国王查理十世退位，公爵路易·菲利浦登上王位，从此至1848年法兰西第二共和国的建立，史称七月王朝。

在远东及中国的政策。

鸦片战争爆发前夕,1838 年 1 月,法国驻马尼拉领事巴罗前往中国澳门和广州考察,他对中英冲突保持高度警惕,及时将中国的事态报告给法国政府,并建议法国在必要时派遣军舰到中国海域。

1839 年 7 月,在法国政府的支持下,巴罗派人前往广州,建立法国驻广州领事馆,着重搜集中国方面的情报。与此同时,鉴于中国事态的发展,法国国内也出现要求遣使来华的呼声,法国宫廷律师贝莱呼吁政府派遣使团前往中国,树立法国在中国的地位。

1840 年鸦片战争爆发后,法国政府于 1841 年 3 月作出决定,正式派遣远东问题专家真盛意①为特使,前往中国及附近地区进行考察。真盛意此行的主要任务是获取有关中国市场和资源的信息,以便为建立法中贸易关系提供参考,同时监视英国在远东的动向,搜集有关中英战争的情报。

真盛意本人对此也是雄心勃勃,表示要"将这次探险迅速推进到白河口,直到长城脚下,以使中国人明白:从现在起,英国在遥远海域所做的一切,法国有一天也会做到"②。

对真盛意中国之行,法国政府十分重视,专门派出一艘大型驱逐舰"埃里戈纳"号和一艘小型护卫舰"水神"号负责护送,"埃里戈纳"号由海军上校士思利指挥,装有 46 门大炮,400 位水手。

真盛意、士思利率领的遣华使团于 1841 年 4 月 28 日启程,1842 年 3 月 13 日到达中国广州。

到达中国后,真盛意和士思利在搜集有关中英两国信息情报的同时,在与清政府官员的接触中,还主动充当起中英问题的调停者;而在调停的过程中,他们一方面把重点偏向英国,替英国说话,另一方面还积极为法国争取利益。

在与清政府官员会谈时,士思利劝说清政府"要尽早求和,因为你们越是等待,英国人就会越苛求";真盛意在中英缔结和约的问题上也帮忙"出谋划策",竟然赞同、甚至提出诸如"将香港永久地割让给英国、支付英国战争赔款、解决鸦片输入问题"等条款;另外,他们还要求中国方面取消对法国商船所征收的特别税。③

在真盛意、士思利率领的使团到达中国半年后,中英鸦片战争即告结束。在亲眼

---

① 真盛意 1795 年生于巴黎,法兰西第一帝国时曾在军队服役,后去东印度群岛。他对印度和远东问题比较熟悉,因而被法国政府派遣出使中国。

②③ 《法国与鸦片战争》,葛夫平,《世界历史》,2000 年 05 期。

目睹《南京条约》签订的过程后，士思利对华政策的主张明显转向积极，他建议法国政府应采取一种更加强硬的态度："今日中国人所敬畏的是大炮，外交照会奏效太慢。"他还建议法国应该占领中国的海南岛和台湾，声称："法国占领这两个地方，会像占领马克萨斯群岛那样容易。"①

之后，真盛意也多次与清朝官员接触、会谈，试图在中英《南京条约》的基础上为中法两国签订一个临时协定。1843 年 7 月，真盛意代表法国政府，与清政府钦差大臣、两广总督耆英签订了一份《中法临时协定草案》，协定提出：中法两国一经建立商业关系，均可在彼此的港口或通商口岸享有最惠国待遇；在临时协定变成正式条约期间，居住在中国境内的法国人以及在通商口岸的法国船只和商人，其生命和财产将受到特别保护等内容。

就在中、英《南京条约》签订后不久，法国政府对华又采取了一个新的举措，于1842 年 9 月任命外交官拉第蒙冬为法国驻广州首席领事，加强法国在华的影响。

1843 年 7 月，拉第蒙冬抵达中国。不久后，他就在给法国政府的一份报告中建议采取更为积极的对华政策，以扩大法国在远东的势力。拉第蒙冬大胆地指出，英国在亚洲的扩张必定会导致英俄在亚洲的矛盾激化，这就为法国扩大在亚洲的势力提供了机会。在与清朝官员的会谈中，拉第蒙冬还提出了"在商业上享有与英国同样特权"的要求。

在中英鸦片战争前后，法国政府派往中国的真盛意、士思利和拉第蒙冬三人，都试图扩大在华的权益，希望与清政府缔结一个与中英《南京条约》类似的协定，以便为法国争得与英国同等的特权。这为法国政府制定新的对华政策奠定了基础，并为随后中法《黄埔条约》的签订创造了条件。

《黄埔条约》签得很顺利

在真盛意、拉第蒙冬等人之后，1843 年末，法国政府又任命资深外交官拉萼尼率领新的访华使团前往中国。

法国政府在给拉萼尼的训令中指明：今后法国商人要想在中国取得成功，一个首要条件就是"保证在那里获得与其竞争者相同的待遇"，即在贸易方面要与中国谈判并缔结一项与《南京条约》类似的协定；除要在中国谋求商业利益外，法国也要求分享诸如领事裁判权、通商口岸停泊战舰等权利。

————————

① 《法国与鸦片战争》，葛夫平，《世界历史》，2000 年 05 期。

鉴于拉萼尼所负使命重大,法国政府给予其大力支持,为他配备了20位陪侍人员,同时派出6艘战舰护航。1843年12月12日,拉萼尼一行启程。

1844年8月13日,拉萼尼访华使团抵达澳门。到了中国之后,拉萼尼并没有立即去找清政府的官员谈判,而是先找到英国驻华公使兼港督德庇时和美国驻华公使顾盛,以从他们那里得到帮助和指点。德庇时在拉萼尼还未到达中国之前就写信给他,表示愿意在法国对华关系上提供帮助,并将已签订的中英《南京条约》的中、英文资料提供给拉萼尼;顾盛除送给拉萼尼一份中美《望厦条约》序言的副本外,还详细介绍了该条约与中英《南京条约》的不同之处,并向他传授在与清政府谈判过程中的技巧。

在详细研究了《南京条约》与《望厦条约》的内容,掌握了清政府的虚实后,拉萼尼开始采用虚实结合的方法,狡猾地散布各种舆论,一会儿扬言“要中国割地”,一会儿“要北上面见皇帝”,对清政府进行外交讹诈。

经过一个多月的精心准备,1844年10月初,拉萼尼开始与清政府官员耆英等进行正式谈判。在拉萼尼的恫吓下,清朝的谈判代表除“在北京与巴黎互派使臣和割让领土的要求”外,对法国提出的条款大多未经仔细检查即予采纳,只对极个别地方作了些文字的修改。因此,双方的谈判进行得很顺利。

1844年10月24日,耆英和拉萼尼分别代表清政府和法国政府,在一艘停泊在广州黄埔的法国战舰上签订中法《五口通商章程》,即中法《黄埔条约》。

根据《黄埔条约》,法国不但轻易地取得英、美在华已经得到的一些权利,如五口通商、协定关税、领事裁判权以及片面最惠国待遇等,而且还攫夺了一些新特权:如法国人在五口通商之地租赁房屋行栈或在租地自行建造房屋时,其“房屋间数,地段宽广,不必议立限制”,这一点后来成了法国扩大在华租界的借口;规定法国人不仅可以在五口通商之地建造教堂及墓地,而且“倘有中国人将佛兰西礼拜堂、坟地触犯毁坏,地方官照例严拘重惩”,这就是说清朝地方官员必须承诺对法国教堂予以保护。

《黄埔条约》不但是近代中法关系史上第一个不平等条约,也是中国近代第一批不平第条约中最为全面的一个。《黄埔条约》的签订,意味着法国对华政策实现了从窥视观察到直接侵略的转变,确立了法国在近代中国的地位。

至此,到1844年止,中国与当时世界上最主要的三个资本主义国家——英国、美国和法国,都订立了不平等条约。法国对中国这头“沉睡雄狮”的打劫也由此拉开大幕。

代表清政府签订中法
《黄埔条约》的耆英

第三节　法国人的宗教战争

对宗教事业的"执著追求"

1844 年法国拉萼尼使团来华后,在与清政府的交涉中,除了胁迫清政府签订条约外,还处心积虑地扩大法国在华传教事业,以弥补法国在经济和军事方面与英国相比所处的劣势,加强法国在中国的影响力。在给法国政府的一份报告中,拉萼尼这样写道:"在商业贸易方面,英国人和美国人没有给我们留下可做的事情。但在精神文化方面,我认为现在该轮到法国和法国政府采取行动了。"①

拉萼尼的"精神文化行动"具体就是指法国的"宗教战争"策略。在近代,当西方殖民者的魔爪伸向世界各地时,都曾利用宗教作为实现其侵略野心的一种工具,其中尤以法国最为突出和典型。

法国是一个典型的宗教多样化国家,国内有天主教、新教、伊斯兰教、东正教等多种宗教派别。在法国,国内的政治统治与对外的交往政策往往都跟宗教有着密切联系,教会的统一一般也就是政治的统一。

在 16—20 世纪,法国的主要宗教信仰是天主教和新教。从 16 世纪早期开始,法国宗教领域兴起改革浪潮,当时的宗教改革形成了天主教和新教两大主要派别。16 世纪后半期,在 1562—1598 年期间,由于各派的教义和所代表的利益冲突,法国发生了激烈的"宗教战争",新教和天主教之间进行了八次惨烈、血腥的战争。连续八次的宗教战争对 16 世纪的法国造成了严重破坏,直到波旁王朝建立,才平息了两大教派的战乱。

---

① 《法国与鸦片战争》,葛夫平,《世界历史》,2000 年 05 期。

到了法兰西第一帝国和第二帝国时期,也就是在拿破仑一世和拿破仑三世期间,这两位皇帝主要都是利用天主教来巩固国内统治的,并将其作为对外扩张的重要工具。

1799 年,通过"雾月政变"上台的拿破仑一世认为光靠强权专制统治是不够的,必须依靠宗教的力量,以达到维护社会秩序的目的,并着手进行教会改革;1806 年,拿破仑一世发布政令,派 3 名传教士到中国,并发给他们 25 000 法郎旅费。①

拿破仑三世上台后效仿其伯父拿破仑一世的做法,实施拉拢教会的政策来巩固统治。1849 年,拿破仑三世出兵占领罗马,帮助罗马教皇恢复政权,后将一个师的法军留驻当地,保护教廷,直到 1870 年才撤走。

因此,在这一时期法国的政治统治中,对内和对外都特别重视天主教的地位和作用,利用传教士的活动扩张其在世界的影响,巩固国内的统治和世界强权的地位。

法国统治者十分注重天主教的工具作用,这使得在 19 世纪上半叶,法国对中国的侵略与当时直接进行"贸易侵略战争"的英国大相径庭——法国对中国政策的一个重要特征就是在天主教事业的"执著追求"上,而非单纯依靠贸易与武力实施侵略。法国始终围绕传教利益的扩大化,加强对中国的经济、政治、文化侵略。

在中国,天主教自明朝万历十年(1582 年)即已传入中国,但当时并未得到发展。到了清朝初期和中期,清政府为防止教会在中国的非法活动,禁止西洋人在中国传教。

清政府对外来宗教一度采取了严格限制措施。在康熙末年,1706 年,清政府对外来传教士实施"领票制度",规定外来传教士只有持有清政府的"印票"②,并发誓永不返回西洋,方可在华传教,而没有印票的则一律查禁驱逐,且持有印票的传教士也只能在规定的一段时间内传教。

到了雍正时期,由于传教事端和隐患的增加,清政府开始查禁外来传教活动。1724 年,雍正皇帝批准"禁教令",在全国范围内实施"禁教"政策,全面禁止外来传教活动。

到了 1844 年,美国胁迫清政府签订《望厦条约》,其中规定美国人可在中国通商口岸设立医院、教堂,接着法国又强迫清政府在《黄埔条约》中承认对法国教堂要加以保护。所以,自这两个条约签订后,清政府的对外宗教政策开始松动。

---

① 《法国对华传教政策》,第 67 页,[法]卫青心著,黄庆华译,中国社会科学出版社,1991 年 11 月。

② "印票"是清政府发给外国传教士在中国进行传教活动的"执照",上面印有传教士的国籍、年龄、修会、入华时间及领票人许下的"永不返回本国"的承诺等内容,此票可作为他们的证明。

　　尽管中法《黄埔条约》中有关于清政府"义务保护教堂"的规定,让法国达到了初步目的,但法国并不以《黄埔条约》规定的特权为满足,为了扩大天主教在华的影响,拉萼尼与清朝官员交涉时曾多次要求清廷对天主教开禁,废除禁教令,给予宗教自由。

　　虽然对天主教的开禁存在顾虑,但是在拉萼尼的胁迫下,清政府只好答应其要求。《黄埔条约》签订后不久,1844 年 11 月,道光皇帝批准天主教开禁,允许其可以在通商口岸之地传播;1846 年 2 月,经过拉萼尼的催逼,清政府又正式下令,不许各地官吏查禁天主教,同时下令对过去没收的天主教堂,"除改为庙宇民屋者",一律发还给教徒。

　　天主教在中国的传播得到清政府的同意,意味着清朝自康熙末年后一百多年的禁教政策被打开了缺口。尽管清政府在解禁时重申了"惩办习教为匪者和禁止外国人赴内地传教",但这种开禁还是为那些不法的传教士和教徒从事非法活动提供了机会。

"为保护圣教而战"

　　在 19 世纪中叶以后,即法兰西第二帝国时期(1852—1870 年),法国资本主义经济正处于上升阶段。拿破仑三世在位期间,促使法国顺利完成工业革命,世界强国的地位得以巩固。

　　此时,帝国政府力改法兰西第一帝国以后的软弱无力的外交政策,积极活跃于国际争霸和殖民侵略的舞台。到 1870 年,法国成为仅次于英国的第二大殖民帝国,亚洲的中国也不可避免地成为法国再次扩大侵略的对象。

　　在 19 世纪中叶以后的法国侵华过程中,宗教政策是其利用的重要工具。虽然在《黄埔条约》签订后,清政府对宗教政策实行了开禁,但这仍然是一种有限度的开禁,外来宗教的开放基本还是局限在东南沿海的通商口岸,传教士不得离开条约口岸去内地旅行、传教。中国的地方官仍有惩办不法教徒的权力,这使得法国在华并未取得事实上的"保教权"。

　　法国人想充分利用传教士在华的活动,竭力保护天主教在华的利益,急迫希望解决传教士进入内地活动的问题,但清政府的禁令成为其巨大障碍。此时,"只有政治因素和恐惧感才能使中国人作出表示,只有在枪口的威胁下,他们才肯让步"。"只要出动四到五艘军舰,就可以解决这个问题,迫使中国人接受我们的要求"。法国遣使会主教安若望的一份具有半官方性质的备忘录,道出了法国方面将要实施的新计划。①

---

　　①　《法国对华传教政策》,第 658 页,[法]卫青心著,黄庆华译,中国社会科学出版社,1991 年 11 月。

1856年2月,法国天主教神甫马赖在非通商口岸的中国内地——广西西林县非法传教,并从事违法犯罪活动,被地方官府处死。

当时,拿破仑三世也正在为进一步取得教会支持、巩固军事独裁及扩张海外霸权而积极奔走,"马神甫事件"为他提供了一个借口,他提出"为保护圣教而战"的口号,郑重宣布"打到中国去,为传教士讨还血债"。①随即,法国政府委派全权特使葛罗,率领法国远征军与英国军队共同行动,在俄、美的支持下,对中国发动了第二次鸦片战争。

马赖被捕

从1856年10月到1860年11月,历时四年多的第二次鸦片战争,以中国的失败而告终,列强诸国迫使清政府签订了《天津条约》、《北京条约》等不平等条约。

其中,在中法之间签订的条约里,就有关于传教的特别规定。1858年中法《天津条约》第13款规定"信教自由","凡中国人原信奉天主教而循规蹈矩者,毫无查禁,皆免惩治";1860年的中法《北京条约》不但给予传教士进入内地传教自由,且规定"任法国传教士在各省租买田土,建造自便"。

这两个条约中关于传教的特别规定,使得法国拥有了事实上的保教权。从此外国传教士在中国传教,得到了条约上的保障。于是,各地方的教会很快恢复,侵略者的"宗教战争"棋子遍布于中国各地。

到19世纪末,欧美的天主教、基督教和沙俄的东正教,都纷纷来到了中国,先后

---

① 《法国对华传教政策》,第695页,[法]卫青心著,黄庆华译,中国社会科学出版社,1991年11月。

向中国派遣的传教士达到 3 300 人,来华的天主教、基督教的修会、差会约 80 个。仅山东、直隶、山西、河南 4 省属于天主教的会所、教堂就有 4 000 余处;基督教各差会设立的总堂,全国也超过 500 处。这些来华的传教士在中国建立教堂、教会,进行所谓的"布道"工作,贩卖"精神鸦片"。

教会的势力深入中国许多省份,传教士在"传布福音"、"劝人为善"的幌子下,把布道、文化教育、医疗、慈善事业融为一体,为"征服世界"而效力,更有许多人直接参与策划对华的侵略,为列强侵华服务。

在列强对华的宗教战争策略中,其常用的手段如:直接干涉清朝地方内政,和地方官员勾结,欺压百姓,庇护贪官,隐匿盗首,甚至于凌驾地方官吏之上;传教士以"中国通"的身份,做列强侵略中国的谋主,充当侵略者的先遣队,每次签订不平等条约,他们大都参与其中;一些传教士还从事情报特务活动,到处搜集情报,为列强提供中国各方面的信息,等等。

近代以来,在列强诸国侵略中国的过程中,教会和传教士总是充当侵略者的前站和先锋,侵略者又成为教会的背景,中国一旦有对外交涉事件,即有外国宗教家掺杂其间,做重要的参谋活动。

在侵略者操纵下的教会,成为列强干涉中国行政、司法、情报等的重要阵地,宗教也成为列强征服中国的工具。正如美国一位名叫狄考文的传教士所言:基督徒的工作目标……不单在尽量招收个别使徒,乃在征服整个中国。

宗教战争的实质

在法国对中国的侵略战争中,始终都贯穿着"宗教战争"的因素。两次鸦片战争期间,法国对中国的侵略都掺杂着宗教因素,而及至中法战争,其实也与法国的宗教战争策略有关。当时法国借口保护天主教出兵越南,随即导致"中法战争"爆发。再到 1900 年包括法国在内的八国联军侵华战争,也与宗教因素有关,其原因之一就是义和团的反洋教运动。

法国对华的宗教战争还特别注重利用宗教来实现其经济侵略目的。如近代中国的大地产者,除官僚军阀外,就是天主教会。"侵民利,发民财者,大多数皆是天主教徒",他们"广置田宅,经营藩息,川至云贵,其中办事之人,皆理财能手,佃田租屋,概凭大道生财"。[1]据统计,在 19 世纪末年,天主教会在江南占地就约有 200 万亩[2]。他们利用

---

① 《中国教案史》,第 375 页,张力、刘鉴唐,四川省社会科学院出版社,1987 年。
② 《传教士与近代中国》,第 108 页,顾长声,上海人民出版社,1981 年。

侵占的土地对农民进行租佃剥削，征收苛捐杂税，如不按期偿还，就得服劳役。

另外，天主教会还利用霸占的土地，建造房屋，进行房产租赁，以此谋利。教会拥有房产之多，成为当地最大的地主，他们收取高额租费，却又拒纳赋税。19世纪80年代，仅北京西单牌楼以南，宣武门内外，就有130家天主教房产店铺。

而且，随着传教特权的一再扩充，那些传教士也从本国携带着鸦片和其他商品，源源不断地输入到中国，参与到对中国的通商贸易中来。

这样，法国通过教会以及传教士在中国掠夺地产、地租以及商品贸易等手段，实现了收获经济利益的目的。

法国对中国的侵略始终都包含着宗教因素，其对中国的战争可以说是一种"宗教战争"。其在华利益表现为所谓"传教利益高于商业利益"，战争的开端都表现为"宗教战争"，而最终却是"借传教之名，行政治、经济侵略之实"，间接地达到了扩大政治影响、获取经济利益的目的。在一定程度上讲，法国也正是利用宗教战争打败了中国。

当然，法国对华发动的宗教战争也必然会引起中国人的反抗斗争。从19世纪60年代起，群众性反洋教斗争就此起彼伏，成为中国人民反抗外来侵略的重要组成部分。

英国摄影家约翰·汤姆森于1871年拍摄的天津望海楼教堂废墟

1870年6月，天津天主教育婴堂无故死去三四十个婴儿，同时又不断有拐卖幼儿事件发生，于是天津群众纷纷向教堂质问，打死法国驻天津领事丰大业及其秘书西门，打死外国传教士20余人，焚毁法国领事馆、望海楼天主堂、仁慈堂以及当地英美传教士开办的4座基督教堂。

中法战争后，中国反对外国教会侵略斗争的规模越来越大。1886年，重庆3 000多名群众捣毁英、法两国教堂，驱逐传教士；1887年，福建福安县农民组织"义军"，提出"为国复仇"的口号，向传教士和外国教民展开斗争；1891年，长江中下游掀起巨大的反对外国教会斗争浪潮，江苏扬州群众拆毁教堂、驱赶传教士，安徽芜湖也爆发了拆教堂、打教主的行动，短短几个月内，江苏、安徽、浙江、江西等省都爆发了反教会的行动。

在中国人民反抗外来宗教侵略的斗争中，尤以1900年前后的义和团运动最为激烈，这是中国人民的一场反帝爱国运动，也是长期以来反洋教斗争的大汇合。

〔导读提示〕

彼得大帝锐意改革,挑战数百年的愚昧无知,把贫穷落后的俄国带上强盛之路。而其强权专制的作风和侵略扩张的意识也产生了深远的影响,他的为政之道与个人性格在俄国历史上刻下深深的印痕。后来,俄国似乎成了一个只有强权英雄才能带领、巩固经济社会发展的国家。

与彼得大帝处在同一时代,清朝的康熙大帝也是一位锐意改革、励精图治的君主。然而,康熙和彼得在位期间截然不同的改革选择,决定了两个国家后来的不同前途和命运,导致了历史的分道扬镳。进入 18 世纪后,俄国在工业化道路上阔步前进,中国则在小农经济下盛极而衰。

在俄国的侵华战争过程中,自始至终都贯穿着"疆土战争"的策略。遍观中国自鸦片战争后签订的一系列不平等条约,虽然不乏割地赔款的内容,但从来没有一个国家像俄国那样侵吞中国如此多的领土。俄国是近代侵华列强中,侵略野心最大、签订不平等条约最多、侵占领土面积最大、攫取权益最多的国家。

第四章 俄国人的疆土战争

俄罗斯只有两个盟友——陆军和海军。

——亚历山大二世

第一节 彼得大帝的才智与强权

宫廷斗争的胜利者

自 15 世纪始,欧洲的葡萄牙、西班牙、荷兰、英国、法国等国相继雄起,在国际舞台上闪亮登场,竞相角逐。而远离欧洲文明中心的俄国似乎还一直是一副灰头土脸的落后模样。在西欧人看来,俄国就是一个野蛮之邦,俄国人都"土得掉渣"。

但到了 17 世纪初,俄国历史上一位强悍君主的出现,却改变了俄国命运的航向,一举把俄国带到一个鼎盛时期。这位君主就是俄国历史上最杰出的沙皇——彼得大帝。

彼得出生在 1672 年,在他年仅 4 岁的时候,父皇病逝。1676 年,彼得同父异母的兄长费多尔继承王位,但 6 年后,身体虚弱的费多尔也去世了。1682 年,10 岁的彼得与兄长伊凡同时继位,此时因彼得年幼,伊凡痴钝多病,这两位幼年君主都是个"傀儡",国家的大权实际上掌握在彼得同父异母的姐姐索菲娅公主手中。

索菲娅成为俄国的"摄政王"后,便开始排除异己,巩固自己的统治。彼得也被疏远,此时他也尽可能多地走出王宫,投身于他喜爱的"战争"游戏——彼得在莫斯科近郊组建了两个"游戏兵团",一些贵族和宫廷仆人的孩子被招募来做游戏伙伴,他还专门从西欧请来军事顾问,按照西方军事模式培训游戏兵团。尽管这只是一种游戏,但彼得还是从中学到了许多东西,简单的打仗游戏逐渐发展成为复杂的军事演习。

随着彼得的成长,他的"军队"也在壮大,从几十人扩大到几千人,这些年少时的游戏伙伴后来都成了彼得的军队领导核心。

1689 年,"摄政王"索菲娅发动政变,预谋除掉彼得,夺取王位。17 岁的彼得获悉后,亲率他的游戏兵团粉碎了政变,把索菲娅投进修道院,自己开始掌握俄国实权。七年后,伊凡去世,彼得成为俄国无可争议的最高统治者。

彼得掌权之初,俄国城市叛乱、教会对立、农民起义,以及持续了多年的俄国与波兰、土耳其的战争,使得俄国处在极度的动荡之中。当时,俄国政治依然是落后的封建农奴制生产关系,贵族地主是支配一切的统治阶级;俄国的经济还处在手工作坊式起步阶段,农业被束缚在以农奴手工耕作为基本生产方式的低效率状态下;俄国军事还是旧时的贵族军队,因缺乏训练、行动迟缓、纪律松弛、战斗力虚弱,形同虚设。同西欧相比,俄国几乎在所有的方面都落后几百年,似乎还处在黑暗的中世纪时期。

因此,让社会局势稳定下来,军队能力得以提升,经济发展摆脱低效率状态,成为彼得掌权后面临的重要任务。

同时,17 世纪的俄国是一个典型的内陆国家,唯一的北冰洋出海门户每年有 9 个月都处于冰冻期,且远离欧洲,航行艰难;而北方的波罗的海和南方的黑海,都分别由瑞典和土耳其控制,这封锁住了俄国的海洋出口。

彼得敏锐地洞察到,俄国落后的一个关键原因在于没有出海口,这种现状如果继续下去,俄国必将窒息而亡。为了摆脱孤立,加强与国外通商,彼得决心以打开出海口为突破口,使俄国从陆地走向海洋,进而走向世界强国。

彼得大帝

归政之初,彼得于 1695 年和 1696 年两次远征黑海边上的亚述出海口,第一次征战失败,第二次虽然从土耳其手中夺得了亚述,但这并未打通俄国的南方出海口,因为土耳其不仅占据着亚述的门户,而且还拥有一支强大的海军,统治着整个黑海。

从"小学生"到"俄国之父"

为了彻底打败土耳其人和改变俄国的落后面貌,彼得决定亲自到西欧国家去拜师学习。

1697 年,彼得乔装成一名下士,率领由 250 名随从组成的使团出访西欧。彼得到西欧后,看到的是一片繁荣景象。当俄国人还在遭受物质匮乏和连年饥荒的时候,西方已经有了剩余的粮食和丰富的商品,这让彼得受到深深的震动。

在历时一年多的旅行中,彼得考察了荷兰、英国等国的政治、经济、军事和文化科学技术。他怀着极大的兴趣参观各种工厂、博物馆、图书馆和实验室,拜谒宗教领袖、学者和专家,其中包括物理学家牛顿。

所到之处,彼得逢人就说:"我是一个小学生,需要有人来教我。"在荷兰,他坚持下到一家造船厂的工作间,在一个木匠的指导下干了 4 个月的活,最后获得"造船工人"的称号。

1698 年 8 月,彼得中断西欧考察,回国平息索菲娅再度策动的叛乱。索菲娅的叛乱被以极其残酷的手段镇压下去,彼得对叛乱分子进行了残酷审讯和严刑拷打,下令处死那些激烈的反对者。据说,在一些死刑的执行中,彼得曾亲自挥斧行刑。

彼得用冷酷手法稳住了俄国的政局和自己的统治,随后,他开始了俄国的"西化"进程,着手进行各方面的改革。

在政治方面,改革国家行政机构,废除臃肿重叠、职责混乱的机构,取消"波雅尔杜马"(大贵族),建立作为国家最高政权机构的枢密院;

在军事方面,实行义务兵役制,颁布军事法规,设立军衔制,开办各类军事学校,引进国外新式武器;

在实业方面,大力发展采矿业、制造业,鼓励商人向工矿投资,国家对贷款和劳动力等方面予以优惠,准许外国人在俄国开办工厂;

在贸易方面,扶植国内贸易活动,对外实行关税保护政策,限制进口;

在科学文化事业方面,彼得倾注巨大热情,先后开办算术、造船、航海、医护、矿业、工程技术等各类学校,培养专业人才,另外还建立博物馆、图书馆、剧院、科学院,同时引进西方历法,向先进国家派遣留学生;

彼得还出版了俄国第一份报纸,并亲自担任主编。

这位到西欧学习时还自称是"小学生"的沙皇,回来时俨然成了一位学识渊博的"老教师"。彼得还打算用西欧的知识和技术改变俄国人的生活理念和方式,在回到王宫后不久的一天,他突然拿出一把大剪刀,挥刀剪去了一位贵族的长胡须。胡子在俄国人的观念里是"上帝赐予的装饰品",又宽又密的胡子是仪表威严、品德端庄的象征。但彼得禁止男人留长胡须,他还下令让俄国所有的男人和女人扔掉旧式长袍,改为欧洲式的短装;取消妇女必须藏身在家的旧习俗,宣布她们也可以参加社会活动;并举办"舞会",提倡文明交际。

这些改革措施就是俄国历史上著名的"彼得一世改革",其改革的领域是如此广泛,超过了俄国历史上任何一次改革。

彼得一世的改革增强了俄国的军事实力,加强了中央集权,促进了俄国文化教育和科学技术的发展,为俄国资本主义的发展创造了条件。

死气沉沉的俄罗斯,终于出现了新的生气。

在进行国内改革、增强国力的同时，彼得也在不断对外发动军事战争。

1700—1721 年，俄国与瑞典进行了长达 21 年的"北方大战"。最终俄国获得胜利，夺取了波罗的海沿岸的大片领土与出海口。

由于取得了波罗的海的出海口，俄国从此由陆地走向海洋，逐步成为一个濒海强国。而成为一个海洋大国也正是彼得终生的奋斗目标，他的座右铭是"俄国需要的是水域"，"任何一个只有陆军的统治者，他只有一只手，如果他有了舰队，他就有了两只手"。

在"北方大战"期间，为了显示俄国称霸欧洲的决心，1713 年，彼得作出了一个对俄罗斯历史有深远影响的决定，他把有着八百多年历史的首都，从处于内陆的莫斯科迁至濒海的圣彼得堡，使之成为全国政治、经济和文化中心。

1722—1723 年，俄国又与波斯交战，夺取了里海西岸和南岸一带的土地，打开了一些出海口。但其间对土耳其的战争却无功而返，其时，奥斯曼土耳其的强势犹存。

彼得一世的改革和对外扩张把俄国推进到一个新的历史时代，使得俄罗斯"从愚昧无知的深渊登上了世界荣光的舞台"。从彼得大帝开始，俄国开始首次作为欧洲大国走上世界舞台，成为世界列强中的一颗新星。

为表彰彼得对俄国的贡献，1721 年 10 月，彼得被拥护者们和枢密院封为"彼得大帝"和"祖国之父"称号，彼得遂启用了刻有"全俄国的伟大皇帝和祖国之父"的新印章，并将俄国改称为"俄罗斯帝国"。

残酷野蛮的崛起之路

一直以来，世人都被彼得大帝的传奇一生所吸引。作为俄国乃至世界历史上声名赫赫的人物，他在自己任期内锐意改革，挑战数百年的愚昧无知，努力奋斗，把贫穷落后的俄国带上强盛之路，改变了国家野蛮落后的形象。

为了追赶欧洲强国的发展步伐，他曾以学生身份四处寻师问道，在世界历史上，还从来没有一个大国的君主能像他这样，远涉重洋去国外学习先进的科学技术和文化知识。

在彼得大帝的引领下，俄国终于走上了崛起之路。但俄国的崛起之路也是相当残酷的，俄国以及其他国家民众都为此付出了惨痛的代价。

在彼得大帝的统治下，俄国连年征战，募兵苛税，许多人死于战争和劳役；彼得大帝的改革使得上层精英社会享受到许多好处，而普通劳苦大众却一无所获，人民为此付出了巨大的代价；在彼得大帝的改革中，主要集中在军事领域，国家财力大多用在了军事实力上，民用事业上进步并不显著；在彼得大帝一生的征战，如夺取海上霸权，向北、向东扩展疆土等都带有强烈的殖民色彩。

彼得大帝统治下的俄国崛起几乎是在他一个人的意志和命令下进行的。大到城市的建设,小到居民的生活起居,彼得都定下了严格的规章制度,并且利用警察和各级统治机构对国家及社会生活进行监控。这种自上而下的"改革"无疑是将君王个人的意志强加给国家和社会,是一种带有强制性的上层革命,而其之所以能顺利完成这种强加行动,靠的就是以极端措施和恐怖镇压为主要手段的强权专制。

强权专制是彼得大帝统治的一个显著特点。彼得大帝强化了俄国的中央集权,所以俄国虽然同为欧洲国家,但和英国、法国比起来,政府的力量要强大得多,而这样也压制了国内的民主政治。

彼得大帝本人也带有一些暴君统治色彩。为了排除干扰和反对,他动辄抡起"棍棒"惩罚,强迫大臣执行命令,其惩罚措施从小额罚款到没收全部财产,从折磨肉体、流放做苦役,直到处以死刑,应有尽有。彼得大帝的儿子阿列克谢曾在国内守旧派贵族的支持下起来反对他,后逃亡国外,在得到彼得大帝宽恕的许诺下回到俄国,结果却被投入监狱严刑拷问,最后死在狱中。

彼得大帝在改革发展中用尽野蛮粗暴手段,强制性地把俄国打造成了一个强国,这一点也为世人所诟病。列宁曾指出,彼得大帝迅速地促使野蛮的俄罗斯人采用西欧的成果,决不惜使用独裁方式和野蛮斗争手段;俄国著名文学家普希金也曾对彼得大帝评论道:严厉的沙皇让俄罗斯腾空而起,却又用铁笼头将它罩住。

狂风暴雨式的改革,彻底推翻又彻底重建的政治传统,一直在俄国历史中延续下去。彼得大帝的为政之道、个人性格等方方面面都在俄国历史上刻下深深的印痕,他强权专制的作风和侵略扩张的意识对后世产生了深远的影响。

即使到了后来的苏联及俄罗斯时代,政府的力量都被过分强化,斯大林、赫鲁晓夫、戈尔巴乔夫、叶利钦等领导人的个人意志都在起着非常强势的作用。俄国似乎成了一个只有强权英雄才能带领、巩固经济社会发展的国家。

彼得大帝作为一个专制帝王,他用强权专制的方式除旧布新,毫不留情,显示出了残忍冷酷、独断专行的一面。正如马克思也曾认为的那样:彼得大帝用野蛮制服了俄国的野蛮。

据说在去世的前一天,彼得大帝在与一位神父交谈时这样说道:"我希望上帝能宽恕我众多的罪行,为我竭尽全力为子民谋幸福而宽恕我。"

尽管彼得大帝在改革发展中存在着独断专权的问题,但后世的俄国人都认为,彼得大帝是俄国历史上思想最开放、最富有改革精神的帝王,他对俄国的强大起到了独一无二的作用,是俄国最伟大的沙皇。

第二节 康熙大帝的仁儒及短板

盛世之下的隐忧

在俄国的历史上,彼得大帝已经成为一个坐标,他的名字与俄国的崛起紧密相连。同在 17 世纪末、18 世纪初,在东方的大清帝国也出现了一位锐意改革、励精图治,并把清朝带入了繁荣鼎盛时期的君主,他就是康熙大帝。

康熙大帝与彼得大帝几乎处在同一时代,他们幼年命运都很曲折,都是少年登基,后来都具有非凡过人的雄才大略。马克思曾认为 18 世纪有两个伟大的帝主,一个是俄国的彼得大帝,另一个就是中国的康熙大帝。

康熙生于 1654 年,比彼得早生 18 年,幼年时的康熙和彼得一样,颇为不幸。康熙是顺治的第三个儿子,生母佟佳氏是皇宫中一名不受恩宠的庶妃,所以,顺治帝对他的出生并不十分在意。出生后不久,康熙又遭天花病的侵袭,命悬一线,经过救治侥幸存活下来。不幸接踵而至,在他 8 岁的时候,顺治皇帝去世,10 岁时,母亲病逝。

康熙 8 岁时继位,由祖母孝庄皇太后辅佐朝政。1667 年,14 岁的康熙正式亲政。这位年轻的皇帝一经掌权,就显示出强大的治国雄心。

康熙在亲政后不久,就铲除了位高权重、专横跋扈的大臣鳌拜(1669 年),先后平定了吴三桂等"三藩之乱"(1673 年),统一台湾(1683 年),取得雅克萨之战的胜利(1685—1689 年),平定准噶尔部首领噶尔丹叛乱(1688—1697 年)。一系列的战争和平叛,充分显示出康熙是一个年轻有为的皇帝。

同时,在康熙统治时期,他重农治河,兴修水利,巡察黄河,修淮河、永定河;重视文化教育,兴文重教,编纂典籍,亲自主持了许多重要典籍的编纂,如《康熙字典》、《古今图书集成》等,并向来华传教士学习代数、几何、天文、医学等方面的知识。这表现出康熙是一个典型的勤政为民、才华超群的儒家皇帝。

康熙是中国历史上在位时间最长的皇帝,在位 61 年间,他勤于国事,好学不倦,御敌入侵,统一河山。康熙文武双全,既精通传统文化,又涉猎西方科学;既能上马左右开弓,又能治国安邦善于管理。他在位时期,奠定了持续 100 多年的"康乾盛世"繁荣局面。康熙时期是清朝历史上人口最多、疆域最辽阔、国力最为强盛的时期。当时清朝的疆域东起大海,西到葱岭,南至曾母暗沙,北跨外兴安岭,总面积约有 1 300 万平方公里,是当时世界上领土最大的国家。

康熙大帝

康熙励精图治,让大清王朝一度达到繁荣鼎盛时期,然而,他只是重建了中国小农经济,对世界范围内风起云涌的工业革命,他却茫然不知,没有让资本主义工商业经济在中国得到明显发展。

康熙深受中国传统儒家思想文化影响,他对内对外发展政策的一个显著特征就是"见好就收",奉行儒家中庸之道,不寻求更深刻、更远见的发展之路。

而且在康熙王朝时期,在他积极推进改革发展的另一面,也实施了不少阻碍经济社会发展的政策。如:他强化封建专制统治,大兴文字狱,打击文化学者,钳制思想进步;他重农轻商,致使明末以来的资本主义萌芽胎死腹中;他在收复台湾后曾开放了海禁,但是晚年又继续封禁,对外闭关自守。

康熙的闭关锁国政策后来持续影响了整个清朝历史,阻碍了清朝经济社会的发展进步。关于康熙实施封禁政策对后世的影响,在他的孙辈乾隆皇帝答复 1793 年英国马戛尔尼使团访华时,就可以看到康熙的影子。乾隆在被英王要求建立外交和贸易关系的回复中说:"在统治这个广阔的世界时,我只考虑一个目标,即维持一个完整的统治,履行国家的职责;奇特、贵重的东西不会引起我的兴趣——正如你的大使亲眼看到的那样,我们拥有一切东西。"[①]乾隆皇帝还专门颁布了《防范外夷规条》,限制与"外夷"交往。

因此,康熙皇帝在竭力开创盛世局面的同时,其实已经走上了与近代化潮流背道而驰的道路。

---

① 《康熙皇帝与彼得大帝——康乾盛世背后的遗憾》,"前言 康熙的国土征服以及鼎盛时期——乾隆的昙花一现",田时塘、裴海燕、罗振兴,中央文献出版社,2000 年 7 月。

截然不同的改革选择

与彼得大帝统治下的俄国相比，康熙在位时期，大清帝国的国力要远比当时的俄国强大。中俄历史上著名的雅克萨之战就很能说明这一点。1685 年和 1686 年，康熙曾两度派兵攻克雅克萨，俄军被迫投降，最终在 1689 年签订了中俄《尼布楚条约》，维持了东北边境 150 多年的和平。而此时的彼得还是个 13 岁的孩子，正在莫斯科郊外玩他的"战争游戏"。

后来，当彼得大帝掌握俄国实权后，康熙和彼得都处在相同的统治年代，他们鞠躬尽瘁，勤政不怠，都把自己的国家带到了繁荣鼎盛时期。可是，中、俄两个表面上相似的繁荣强盛帝国，却掩盖着实质的差异，康熙和彼得在位期间，他们选择了截然不同的改革路径。

康熙与彼得的一个显著差别就在于对待"西学"的态度上。康熙和彼得一样，曾醉心于西学，善于吸收新知识，他任用西方来的传教士为自己传授天文地理、物理化学、西洋艺术等知识。康熙对他的洋教师们可谓恩宠备至，在宫廷拨给他们专门的房间，提供一切必需品，甚至在外出巡视时，也常常带上传教士。

康熙虽然爱西学，对西方科学有着浓厚兴趣，但这仅止于个人爱好，对科学技术造福于国计民生的重大作用并无充分的认识，在推广西学方面几乎没有作为，并严禁自己之外的人学习。这位英明神武的皇帝，在自己如饥似渴地学习欧美知识时，却不肯把这些足以启蒙的知识推及其臣民。"对于西洋传来的学问，他（康熙）似乎只想利用，只知欣赏，而从没有注意造就人才，更没有注意改变风气；梁任公曾批评康熙帝，'就算他不是有心窒塞民智，也不能不算他失策'。"①

康熙阻塞西学在中国的传播发展，对此的一个担心可能就在于先进的西学一旦传开，将会极大动摇清朝的统治。"他研习西学，从主观上讲，不是为了经世济民改造中国，促进社会发展，而是唯恐汉人因学问而轻视满洲贵族。"②

而彼得对西学的着迷与重视，一开始就来自于其振兴国家的强烈愿望，他将西学视作强国霸业的利器，带着明确的实用目的学习西方强国。他以"小学生"的姿态和政治家的心态远走西欧，寻师问道，引进西学，最终改变了俄国的落伍形象。

与彼得比起来，康熙缺少的就是这样一种姿态、认识和行动，即从思想上重视西学的作用，从制度上为其创造良好的传播条件，并在实践中积极引进，扩大使用。

---

①② 《天朝向左，世界向右——中西交锋的十字路口》，"迷途的帝国——康熙大帝和彼得大帝的治国差距"，王龙，华文出版社，2010 年 2 月。

另外,俄国著名的彼得一世改革几乎涉及所有领域,在这场狂飙突进的改革风暴之下,资本主义迅速发展,终于赶上了世界先进潮流的步伐。

加之彼得在与西方的接触和对抗中,引进西方的先进技术和价值观念,为俄国开辟出一条持续性的、根本性的强国之道,使俄国迅速走上近代化道路,雄踞欧亚,傲视全球。

康熙尽管也是一代明君,他的治国雄才并不比彼得差,甚至在某些方面还远在彼得之上,但在了解外国新事物、引进新技术的远见卓识上,却明显逊色于彼得,他始终没能为中国开辟出一条通往近代化的道路。

清朝从中后期开始,国力就远远落后于西方甚至俄国,这跟康熙晚年墨守成规、缺乏创新、闭关自守等有着密切的关系。所以,康熙对清朝中后期的衰落负有重要的责任。

历史的分道扬镳

康熙大帝与彼得大帝治国之途的差别导致了后来历史的分道扬镳。进入 18 世纪后,中、俄两国渐行渐远,走向不同的发展方向,俄国在工业化道路上阔步前进,中国则在小农经济形态下盛极而衰。

康熙在位时曾为中华民族赢得了强盛尊严,而一百多年以后,大清帝国就陷入油尽灯枯之境,行政体制僵化,社会动荡加剧。中国在西方列强的坚船利炮面前不堪一击。

彼得在位时开创了海洋化、西方化的帝国时代,启动了俄国社会内部的持续发展潜能,把一个黑暗愚昧的俄国引向了一条全新的发展之路。据统计,1700—1820 年,俄国国民生产总值增幅远远超过欧洲和世界的平均速度,也超过了中国。[①]

正如彼得曾经骄傲地所说的那样:"我不能亲手建成和看到一个强大的俄国,但我的继承者一定会沿着这条道路走下去,直到目标的实现。"

彼得大帝死后,俄国皇室一度动荡不安,在 37 年间更换了彼得二世、女皇安娜、彼得三世等 6 位君主。这些君主中没有一个人有勇气和能力肩负起彼得大帝开创的伟业。宫廷的政变,王位的争夺,频繁的战争,致使俄国一度迅速衰落。但在彼得创建的俄罗斯帝国时代催化下,俄国在灾难之后又迅速变得强大起来。

1762 年,33 岁的女皇叶卡捷琳娜二世登上了沙皇的宝座,这位年轻的女皇一登基,就宣称自己是彼得一世的继承者,俄国将重新回到彼得一世开创的道路上。

和彼得大帝一样,叶卡捷琳娜二世采用对内专制、对外扩张的统治方式,追求俄

[①] 《康熙皇帝与彼得大帝——康乾盛世背后的遗憾》,"前言　康熙的国土征服以及鼎盛时期——乾隆的昙花一现",田时塘、裴海燕、罗振兴,中央文献出版社,2000 年 7 月。

国的强大。在她统治的 34 年里,俄罗斯帝国从土耳其手中夺得了通往黑海的入海口,俄国曾三次瓜分波兰;18 世纪 80 年代,叶卡捷琳娜宣布北美洲的阿拉斯加和太平洋上的阿留申群岛归属俄国版图。俄国成为地跨欧、亚、美三洲的超级大帝国,女皇本人则成为俄国历史上第二个被称为"大帝"的君主。

在叶卡捷琳娜二世统治俄国时期,启蒙运动正在欧洲大陆风行,她也受到深刻影响,并把伏尔泰、狄德罗等人的自由、法制观念引进到俄国。叶卡捷琳娜二世从精神层面开化了俄国的统治思想,逐渐进入到一个"开明专制"时期。后人曾评价道,彼得大帝塑造了俄国的躯体,而叶卡捷琳娜二世女皇则塑造了俄国的灵魂。

叶卡捷琳娜二世去世后,1812 年,席卷整个欧洲的拿破仑军队在这个庞大的帝国遭到失败,俄国为整个欧洲挽回了败势。1814 年,叶卡捷琳娜二世的孙子亚历山大一世沙皇,被推举为欧洲神圣同盟的总领,俄罗斯成为欧洲事务的仲裁者,开始称雄欧洲。

进入 20 世纪后,从 1917 年十月革命开始,俄国在不到 20 年的时间里发生了翻天覆地的变化,奇迹般地变成了一个工业化强国。它以令人难以置信的速度,走完了欧美国家需要几十年、甚至上百年时间才能走完的工业化道路。

从彼得大帝改革开始,历经 230 多年的努力,俄国终于第一次凭借综合国力而不仅仅是武力,占据了世界的制高点。

由于先辈们的表率效应和后辈们的效仿作用,康熙大帝和彼得大帝在位时期的治国之策与个人风范的差别在他们后代逐步显现出来。

康熙以后的大清王朝一直在走下坡路。嘉庆元年(1796 年),当乾隆把皇位传给嘉庆时,历史上的"康乾盛世"宣告结束,中国迅速走向衰败。康熙后代的皇帝们个个江河日下,及嘉庆、道光以至宣统,一代不如一代,致使中国落得个任人宰割的悲惨境地。

而俄国从彼得大帝的俄罗斯帝国时代开始,再经过一百多年的持续发展,到了 19 世纪中后期,强大的、极富扩张性的俄国自然也会把衰落的大清王朝纳入到自己的侵略目标之中。

当追溯历史根源,在 19 世纪中后期俄国打败中国的一个重要原因,其实早在一百多年前的康熙大帝和彼得大帝的两人对比较量中似乎就被注定了。正是野蛮不羁、勇于开放的彼得大帝打败了墨守成规、仁义儒雅的康熙大帝。"站在道德的立场,康熙似乎是胜者。但站在治国的立场,他被后来居上的彼得远远地抛在了身后。"[1]

历史不会选择弱者,也难以青睐仁者,它只可能同情弱者或仁者,而最终选择的

---

[1] 《天朝向左,世界向右——中西交锋的十字路口》,"迷途的帝国——康熙大帝和彼得大帝的治国差距",王龙,华文出版社,2010 年 2 月。

却是智者和强者。

与彼得大帝的智慧和强权相比,康熙大帝可以说是一位仁儒之士,但康熙大帝最终没能跨越封建体制,他所开创的盛世王朝与西方先进的技术和理念失之交臂,大清王朝很快步入落日辉煌,由一个洋洋自得的天朝大国急剧坠入落后挨打的境地,竟还要遭到俄国的铁蹄蹂躏。对此,马克思也情不自禁地发出史诗般的感叹:“这真是一种任何诗人想也不敢想的对联式悲歌。”①

第三节　俄国人的疆土战争

“双头鹰”的疆土渴望

俄罗斯国徽的主图案是一只金色的双头鹰,这只双头鹰雄视东西两边,寓意着俄罗斯是一个地跨欧亚两大洲的国家。

据传,双头鹰国徽源自 15 世纪,它是拜占庭帝国君士坦丁一世的徽记。拜占庭帝国曾横跨欧亚两个大陆,双头鹰一头望着西方,另一头望着东方,象征着两块大陆间的统一以及各民族的联合。1453 年,曾辉煌一时的拜占庭帝国被奥斯曼土耳其帝国灭亡,拜占庭皇帝君士坦丁十一世战死后,他的两个弟弟,一个臣服于奥斯曼帝国,另一个带着两个儿子和一个女儿索菲娅·帕列奥洛格逃到罗马。后来,逃到罗马的那两儿一女在其父亲死后,被罗马教皇抚养成人。

当时的罗马帝国为了借助俄国的军事力量抵抗土耳其,便用联姻的方式将索菲娅许配给莫斯科大公国的伊凡三世。索菲娅由此带着东正教和佩戴着拜占庭帝国的

———————————

① 《天朝向左,世界向右——中西交锋的十字路口》,“迷途的帝国——康熙大帝和彼得大帝的治国差距”,王龙,华文出版社,2010 年 2 月。

双头鹰徽记来到俄国。

索菲娅到俄国后，协助伊凡三世把俄国的土地基本上联合到一起，形成了一个疆域辽阔的统一国家。

为表示对罗马帝国的谢意和忠诚，伊凡三世晚年开始自称沙皇，并把双头鹰图案刻在国玺上作为国家徽记，自此一直沿袭下来。

双头鹰徽记意味着统治者雄视亚欧两块大陆，也寓意着统治者对领土、疆域的占有与扩张。俄国自 15 世纪末进入沙皇俄国后，就一直奉行开拓疆土的政策，走上了四处扩张的道路。俄国人的"疆土战争"从此贯穿在整个俄国历史中。

第一代沙皇伊凡三世先后打败了金帐汗国和蒙古军队，从此结束长达 200 多年的异族统治，确立了以莫斯科为中心的独立俄罗斯国家，取代蒙古成为区域霸主。至 16 世纪初，俄国的疆域扩大到北至北冰洋，南至南俄草原，西到波罗的海，东至乌拉尔山。

俄罗斯国徽双头鹰图案

1547 年，伊凡四世被东正教主教宣布为罗马帝国的继承者，从此俄国的最高统治者被正式称为沙皇。伊凡四世在位期间，先后发动了多次远征伏尔加河流域的喀山汗国和阿斯特拉罕汗国的战争，把边界推进到欧洲和亚洲的分界线乌拉尔山。同时，俄国还向西扩张，从古波兰王国夺取了整个乌克兰和白俄罗斯。之后，为了打通波罗的海的入海口，伊凡四世发动了持续 25 年的立沃尼亚战争。[①]

在 16 世纪末，俄国派出远征军，越过乌拉尔山，开始向西伯利亚地区扩张。

当到了 17 世纪彼得一世和 18 世纪叶卡捷琳娜二世时期，俄国的"疆土战争"进入到最疯狂时期。

彼得大帝即位后带领俄国迅速崛起，并展开了俄国历史上第一次大规模的扩张。彼得大帝一生似乎都在用战争的胜利来证明自己的能力和俄国的强大，他所确立的国家战略发生了从地域性蚕食向世界性侵略的转变。他在位期间先后发动了包括两次远征亚速、北方战争、进军普鲁特河、远征波斯、入侵中国黑龙江流域、夺取远东水域、侵占堪察加半岛等战争。通过这些战争，俄国不仅大大拓展了疆域，而且夺取了

---

① 立沃尼亚战争发生在 1558—1583 年，立沃尼亚即现今的爱沙尼亚和拉脱维亚两国所在地，濒临波罗的海东岸。

面向波罗的海、黑海和太平洋的入海口,使俄罗斯由内陆国成为濒海国。

彼得大帝逝世后,俄国政局一度陷入混乱,但俄国沙皇们仍念念不忘对外侵略扩张,加之彼得大帝留下的强大军队势力,使得俄国具备了继续扩张的基础。在东方,俄国除了进一步加强对中国黑龙江流域的入侵外,还在 1741 年越过白令海峡侵入到阿留申群岛和阿拉斯加;在西方,俄国通过与瑞典的战争将帝国的西北边境继续向前推进到库门聂河一线。此外,俄国还不同程度地参加了"英法七年战争"、波兰王位继承战争以及对土耳其的战争等。

到了 18 世纪后半期的叶卡捷琳娜二世统治时期,作为彼得一世扩张精神的继承者,她延续了沙俄历来以军事手段为重点的领土扩张政策。叶卡捷琳娜二世在位期间,正式打开了通向黑海和波罗的海的出海口,击败了俄国的老牌劲敌土耳其和瑞典,兼并了克里木汗国,还和普鲁士以及奥地利一起瓜分了波兰,并且正式占领了北美的阿拉斯加和太平洋上的阿留申群岛。叶卡捷琳娜二世在位的 34 年中,俄国的领土面积达到 1 700 多万平方公里,成为地跨欧、亚、美三洲的超级大国。

看着不断扩大的国家版图,叶卡捷琳娜二世曾豪情万丈地说:"假如我能够活到二百岁,全欧洲都将匍匐在我的脚下!"

叶卡捷琳娜二世

到 19 世纪初,1801 年沙皇亚历山大一世即位后,他坚持与拿破仑争夺欧洲霸权,继续向高加索、黑海和芬兰方向扩张。1809 年,俄国吞并芬兰;1812 年,俄国占领土耳其的比萨拉比亚地区和南高加索地区;1813 年,俄国将格鲁吉亚、阿塞拜疆和达吉斯坦并入俄国。

随着 1812 年拿破仑在莫斯科城下的失败,俄国军队尾追法国进入欧洲腹地,成为最终打败拿破仑的第七次反法同盟的核心国家之一。在战后重新划分和规定的欧洲秩序中,俄国吞并了波兰的大部分领土,深入到西欧地区,成为"欧洲宪兵",取代法国控制了欧陆的霸权。

1825 年,有着"棍棒"沙皇之称的尼古拉一世登基,他继续保持俄国在欧洲取得的霸权地位,并扩大俄国在巴尔干以及南高加索地区的势力。1826—1828 年,俄国通过对波斯的侵略战争吞并了亚美尼亚地区;1828年底到 1829 年,俄国再次入侵土耳其,割占了多瑙河口及其附属岛屿以及黑海东岸的广大地区,将土耳其的势力彻底逐出了南高加索,并强迫土耳其向俄国无条件开放土耳其海峡。

　　1848 年，欧洲主要国家法兰西、德意志、奥地利、意大利、匈牙利等国爆发资产阶级民主民族革命，俄国镇压了各国革命，俨然以欧洲的主宰自居，这加深了俄国同英、法等国的矛盾；1853 年，尼古拉一世发动了旨在占领伊斯坦布尔、彻底吞并土耳其的"克里米亚战争"，更加激化了同英、法等国的矛盾。

　　由于俄国侵略扩张的范围超出了自己的实力，加之英、法的介入，在 1853—1856 年的克里米亚战争中，英法军队打败了俄国军队，法兰西第二帝国重新夺回了欧陆霸权。

转　向　东　方

　　克里米亚战争的失败成为俄国对外疆土战争的一个转折点，俄国因为向西面和南面扩张受阻，从而集中力量转向侵略东方，开始了对中国领土的大规模掠夺和对中亚地区的征服。

　　俄国是最早从陆路侵略中国的西方国家，早在 17 世纪，俄国的势力就已经扩展到西伯利亚地区，并逐渐接近到中国北部边境。

　　受彼得大帝海上强国战略思维的影响，在南方和北方寻找出海口的同时，从 17 世纪末期开始，俄国就一直在东方寻求出海口。中国的黑龙江是西伯利亚东南流入太平洋的唯一可以通航的大河，于是，俄国为夺取黑龙江口而不断对中国东北边境进行侵扰。1650—1680 年，俄国的远征军多次侵入到雅克萨和松花江口一带。此时，清朝的主要发展领地已转向了关内，乘清军入关之际，俄国军队强占了雅克萨和尼布楚等地。

　　1685—1688 年，康熙皇帝派兵收复东北失地，清朝出动大军攻克雅克萨，击溃了侵入东北的俄军主力。1689 年，中俄双方代表在尼布楚进行谈判，在清政府作出让步的情况下，双方正式签订了第一个中俄边界条约——《尼布楚条约》。

　　《尼布楚条约》规定，额尔古纳河以东、外兴安岭直到鄂霍次克海以南的黑龙江流域和乌苏里江流域，包括库页岛在内，都属于中国的领土；清朝同意把贝加尔湖以东尼布楚一带原属中国的领土让给俄国，沙俄答应把侵入雅克萨的军队撤回本国。

　　尽管这次中国在领土上做了一定的让步，但《尼布楚条约》基本上是一个在

《尼布楚条约》签订场景

平等基础上签订的条约,也可作为中俄边界谈判的法律依据。在此后的 150 年间,中俄双方在东部边界上未再有大的干戈,因此保持了 100 多年的正常关系。

《尼布楚条约》签订后 38 年,1727 年,在清朝雍正年间,中俄又签订了《布连奇斯条约》和《恰克图条约》,划定了两国中段在蒙古一带的边界。在这两个条约中,因为清朝谈判代表对边界实际情况一无所知,加之受俄国提供的地图欺骗,使中方受到重大损失,丢失了贝加尔湖以南、恰克图以北的安加拉河流域大片领土。

17 世纪末至 18 世纪,中俄东段和中段边界基本确定下来,当时的中俄西段尚未接壤,中间隔着哈萨克三帐汗国(即今天的哈萨克斯坦)和浩罕汗国(即今天的乌兹别克斯坦)。17 世纪末清朝在平定了准噶尔部的叛乱后,军威大盛,哈萨克三帐汗国和巴达克山国(即今天的阿富汗)要求内附清朝,但却被乾隆皇帝以"上述几国自古非中国所有"为由,拒绝接纳,只要求他们作为藩属国朝贡。进入 19 世纪后,俄国连年出兵,终于征服了哈萨克三帐汗国,从此中俄西段边界开始接壤。此时中国西北边界大致在巴尔喀什湖北岸,向西南延伸包括整个帕米尔地区。

虽然中俄两国的边界一度得到划定,但毕竟是邻国,彼此之间有着几千公里的边界线,这使得双方之间利益攸关,边界关系格外敏感和脆弱。而且由于当时俄国嗜"疆土战争"如命,稍有不慎和风吹草动,两国边疆之间的平衡就会被打破。

19 世纪上半期,俄国开始了工业革命,机器生产逐步取代手工工场,俄国资本主义取得一定发展;1861 年,俄国实行改革,废除农奴制,为资本主义发展扫清了道路,从此走上资本主义快速发展之路。

此时,在中国国内,自鸦片战争之后,大清帝国就以一个孱弱的面貌出现在世界面前,英、美、法等列强纷纷侵入到中国。看到列强在华获得的诸多利益,一向以强势著称的沙皇俄国自然也不甘示弱;并且由于克里米亚战争的失败,俄国对外扩张的重点转向东方,清朝的衰落也自然为俄国的入侵提供了机会。

基于这些背景,自 19 世纪中后期起,俄国人一百多年来一直觊觎中国北方领土的愿望终于有了"恰当的时机",开始大张旗鼓地侵略中国。

19 世纪中期,俄国军事势力侵入到黑龙江下游,霸占了黑龙江出海口庙街,造成占领黑龙江下游地区"既定事实"。1857 年底,俄国设立以庙街为中心的"滨海省",实际控制了黑龙江以北的广大地区。

1858 年,中国正值第二次鸦片战争和太平天国运动,俄国乘机扩张,它打着调停的旗号,以"助华防英"为借口,把军队开进黑龙江的瑷珲城下。5 月,俄国军队逼迫清朝的黑龙江将军奕山签订中俄《瑷珲条约》。通过条约,沙俄割占了外兴安岭以南、黑龙江以北的 60 万平方公里的领土;瑷珲对岸精奇里江(即今俄罗斯的结雅河)东南的一小块地区（后称为江东六十四屯）保留中国方面的永久居住权和管辖权；并将乌苏里江以东包括库页岛在内的大片土地划为两国"共管"——实际上当时那里已经有了大量的俄国军队。

《瑷珲条约》签订两年后，1860 年 6 月，俄国强行占领海参崴；10 月，清政府分别与英、法签订《北京条约》；11 月，俄国又强迫清政府订立中俄《续增条约》，即中俄《北京条约》。该条约规定，乌苏里江以东 40 万平方公里的所谓"共管"土地全部割让给俄国。中俄《北京条约》的签订，致使中国图们江以北数千公里的海岸线全部划给了俄国，中国通向日本海的出海口完全被封死。从此，俄国人打开了东方海洋的大门，库页岛就此改名为萨哈林岛。

1858 年签订的《瑷珲条约》

从《瑷珲条约》到《北京条约》，短短两年时间，俄国就从中国强占了 100 万平方公里的领土。

中俄《北京条约》签订三年之后，1864 年 9 月，新疆发生农民反清起义，俄国趁机出兵新疆。10 月，俄国以武力相威胁，逼迫清政府签订了《中俄勘分西北界约记》。该约记的签订，意味着中国西部的三大湖——巴尔喀什湖、斋桑湖和伊塞克湖，连同周围的 44 万多平方公里的领土，完全被俄国占为己有。

通过中俄《瑷珲条约》、《北京条约》和《中俄勘分西北界约记》这三大不平等条约，俄国从中国夺取了大片领土，但这并未满足俄国"疆土战争"的欲望。

1865 年，中亚浩罕汗国首领阿古柏率兵侵入新疆，占领了喀什噶尔，准备将新疆据为己有。俄国当即以此为借口，出兵占领新疆伊犁地区，对外宣称替清朝暂时"管理"新疆，实际上是要和阿古柏共同分割新疆。清朝这次派出左宗棠率军前往新疆平定叛乱，经过数年战争，1880 年，清军终于打垮了阿古柏势力，收复了除伊犁外的新疆全部地区。

1881 年，清朝派出代表和俄国商谈收回伊犁事宜，经过艰苦谈判，双方签订《伊犁条约》，沙俄同意放弃伊犁，但从中国割去了阿尔泰山以西、额尔齐斯河上游 4 万多平方公里的土地。

《伊犁条约》之后，1882—1884 年，沙俄又陆续强迫清政府订立了 5 个勘界议定书，重新分段勘定中俄西段边界，又从中国割去了新疆霍尔果斯河以西 3 万多平方公里的土地。

于是，通过《伊犁条约》和 5 个勘界议定书，俄国从中国西北地区总计割占了 7 万多平方公里的领土。

到 1885 年,沙俄已将中亚地区尽收囊中。俄国在中亚的南侵之路结束后,重点改为向东发展。接着,俄国人炮制了"帕米尔乃浩罕遗产"的论调,妄图强占该地。1892 年,俄国不顾清军已在此增设哨所而大举出兵,强占了萨雷阔勒岭以西两万多平方公里的领土。19 世纪末,俄国从中国夺去了大部分帕米尔地区,造成了长达百年的帕米尔未定界问题。

1896 年 6 月,中国在中日甲午战争中失败,俄国利用中国战败的困境,借口"共同防御"日本,诱迫清政府签订了《御敌互相援助条约》,即《中俄密约》。该密约规定,允许俄国建造一条由黑龙江、吉林至海参崴的铁路,无论战时或平时,俄国均有权使用该铁路运送兵员、粮食和军械,这就是后来的中东铁路。中东铁路被俄国视为"脊柱",它西起莫斯科,跨越 8 个时区和 16 条欧亚河流,横穿中国东北的黑龙江、吉林两省,长度达 8 000 多公里,向东一直通往海参崴。

《中俄密约》打着共同御敌的幌子,胁迫并骗取了过境筑路的特权,使得俄国的势力进一步深入到中国东北三省,意味着把中国东北变成了俄国的势力范围。

狂妄的"黄俄罗斯计划"

进入 20 世纪后,俄国对中国的侵略进入一个新的阶段。在俄国沙皇尼古拉二世执政期间(1894—1917 年),曾制定了一个计划,那就是从新疆中俄边境的乔戈里峰直到海参崴划一条直线,将此以北的土地全都划归俄国。这就是曾经昭著一时的"黄俄罗斯计划"。

1900 年 7 月,乘着八国联军侵华之机,尼古拉二世宣布自任总司令,以"帮助中华帝国建立秩序和安定"为借口,下令调动十多万军队进攻中国东北,目标直指北京。

在这次侵略行动中,俄军在黑龙江东岸的海兰泡和江东六十四屯制造了骇人听闻的大屠杀血案。

1900 年 7 月 16 日至 21 日,俄军把海兰泡和江东六十四屯地区包围,对数万中国居民进行驱赶和杀戮,最后把剩下的男子集中到黑龙江边,用子弹逼入江中,一一射杀或淹死。一时血流成河,偌大的黑龙江为之染红。有文字曾这样描述:

到达海兰泡时,东方天空一片赤红,照得黑龙江水宛若血流……手持刺刀的俄军将人群团团围住,把河岸空开,不断地压缩包围圈。随即,俄国兵一齐开枪射击。喊声、哭声、枪声混成一片,凄惨之情无法形容,简直是一幅人间地狱景象。

二百余年积蓄,迫为国难,一旦抛空,黄童离家长号,白叟恋产叫哭,扶老携幼,逃奔瑷珲。

江东屯仓,俄兵举火烧平,愁烟蔽日,哀鸿遍野。①

俄军全线侵入到中国东北地区后,到处烧杀抢掠,造成占领东北的"既定事实"。此时清政府已焦头烂额,腐朽不堪,除了软弱的抗议外,已无力采取任何措施。

俄军势力一路南下,直入北京,参与八国联军侵华战争。在 1901 年签订的《辛丑条约》中,俄国获得 1.3 亿两白银赔款,为各国之最。

1902 年 4 月,沙俄与清政府在北京签订《交收东三省条约》,在清政府保证俄国在华、特别是在东北的许多特权后,规定俄国在一年半之内分三期从东北撤军。

1905 年之后,俄国国内局势日益动荡,矛盾日益突出,而即使在这样一种面临即将革命的局势下,俄国对外仍然实施侵略扩张政策,始终对外蒙古和新疆念念不忘。

为继续推进"黄俄罗斯计划",1911 年 12 月,沙俄乘着中国辛亥革命爆发之际,策动外蒙古分裂势力独立,成立"大蒙古国";1913 年 11 月,沙俄迫使袁世凯政府签订《中俄声明》,要求承认外蒙古所谓的"自治权"。虽经袁世凯政府强硬谈判,俄国承认外蒙为中国领土,但沙俄却成为外蒙古的实际控制者,中国对外蒙古只拥有了"宗主权"的虚名。

1914 年 6 月,俄军侵入唐努乌梁海地区;1919 年 8 月,苏俄政府宣布"蒙古现已成为一个独立国家";1921 年 7 月,苏俄出兵帮助蒙古人民革命党成立"蒙古人民革命政府",正式承认外蒙古为完全独立国。当时中国的民国政府当即向苏俄政府提出抗议,予以谴责,不承认外蒙古的"独立",但最终并不能阻止外蒙古从中国分割出去。

1917 年,俄国十月革命爆发,沙皇专制统治被推翻,俄国的帝国时代终结。新成立的苏俄政府多次宣布废除沙皇政府时期强加给中国的各种不平等条约,并宣布放弃沙俄在中国侵占的领土。列宁在 1919 年发表对华宣言时声称:凡从前俄罗斯帝国政府时代,在中国满洲以及别处,用侵略手段取得的土地,一律放弃。至此,沙俄的"黄俄罗斯计划"暂告一个段落。

1924 年 5 月,中华民国和苏联在《中苏解决悬案大纲协定》中规定,将中国政府与此前沙俄政府所订一切条约概行废止,根据相互平等原则重新订约。

但令人扼腕痛惜的是,当时的中国正处于北洋军阀统治时期,内政一片混乱;而当苏俄政权巩固之后,旨在恢复并扩大沙俄时代旧有版图的新一轮扩张又开始了。苏俄后来不但没有遵守《中苏解决悬案大纲协定》,反而将之完全推翻。

---

① 此处资料主要摘引自《历史的转弯处:晚清帝国回忆录》,"伊犁记",西门送客,广西师范大学出版社,2007 年 12 月。

最 大 获 益 者

纵观俄国的整个扩张历史,自始至终都伴随着以占有和扩大领域为核心的"疆土战争"。这种侵略特性的直接结果就是使俄国的领土版图不断扩大,居世界第一位。

在俄国的侵华战争过程中,自始至终也贯穿着其"疆土战争"的战略与策略。而同在19、20世纪列强侵略中国的狂潮中,多数国家都奉行商业殖民主义,把商业利益摆在首位;而当时的俄国和后来的日本却大不一样,这两个国家推行的是土地殖民主义,动辄就要占领中国的疆土,企图吞并中国,使中国亡国亡种。

林则徐在广州禁烟引起鸦片战争后,在被道光皇帝发配至新疆时,他深刻觉察到沙俄蓄谋侵略中国的野心,曾大声疾呼:"终为中国患者,其俄罗斯乎! 吾老矣,君等当见之。"[1]

自清代以后,俄国先后同中国签订了9个属于强加的不平等条约,即中俄《瑷珲条约》、中俄《天津条约》、中俄《北京条约》、中俄《勘分西北界约记》、中俄《伊犁条约》、《中俄密约》、中俄《旅大租地条约》、八国联军侵华时的《辛丑条约》以及中俄《交收东三省条约》,是列强诸国中逼迫中国签订不平等条约最多的国家。

遍观中国自鸦片战争后签订的一系列不平等条约,虽然不乏割地赔款之内容,但从来没有一个国家像俄国那样侵吞中国如此多的领土。统计显示,在俄国侵华过程中,占领的中国领土自东向西主要包括库页岛、乌苏里江以东土地、黑龙江北至外兴安岭土地、贝加尔湖以东土地、唐努乌梁海等,另外包括策划外蒙古的独立。

对照历史,俄国是近代侵华列强中,侵略野心最大、签订不平等条约最多、侵占领土面积最大、攫取权益最多的侵略者。

---

[1] 《俄罗斯政治与外交》,李渤,时事出版社,2008年10月。

年轻的明治天皇成为日本最高领袖时,他所要领导的是一个内忧外患、危机四伏的国家。然而通过明治维新,在短短 20 多年间,一个又小又穷、资源贫乏的偏僻岛国,便迅速发展成为亚洲强国,成为地区一大霸主。而崛起后的新兴日本帝国却走上了一条军国主义扩张道路,它不仅与西方列强为伍,欺凌压迫东方邻邦,而且有过之无不及。

与日本明治天皇所处的时代基本相当,当时中国的清王朝在名义上正处在光绪皇帝的统治之下。光绪皇帝与明治天皇各自登上皇位时,他们的国家都面临着被列强瓜分的危机,他们都同样采取了一系列维新变法的措施,但他们所得到的结果却截然不同。明治天皇的维新运动获得巨大成功,日本从此踏上富强之路;而光绪皇帝的变法运动却惨遭失败,清朝的困境进一步加深。而且这两位君主在位期间,日本对中国发动了多次侵略战争,清政府基本上都被打败。

自 1874 年侵略中国台湾开始,到 1945 年中国抗日战争胜利,近代以来日本侵略中国长达 71 年。日本对中国的侵略是全方位、多层面的,那不仅是一场军事战争,更是一场人性战争,从整体上看就是一场"欲亡中国"的灭绝战争。

第五章 日本人的灭绝人性战争

惟欲征服中国,必先征服满蒙;惟欲征服世界,必先征服中国。

——田中义一(《田中奏折》)

第一节　明治天皇的维新及扩张

美国"黑船"的到来

在近代以来世界列强侵华狂潮中,有两个与中国近邻的国家最为疯狂,它们动辄就要占领中国,一心要把中国置于自己的统治之下。其中一个就是中国东方的日本。

日本这个陆地面积只有 37 万多平方公里的太平洋西岸岛国,之所以能够迅速崛起,盛极一时,并发动对中国的全面侵略战争,在中华大地上搅起惊涛骇浪,这与日本历史上的一位君主有着密切的关系,他就是明治天皇。

明治天皇原名睦仁,出生在 1852 年。他的父亲孝明天皇有着众多的宫妃,睦仁的母亲只不过是其中普普通通的一位,这使得幼年的睦仁难以成为宫廷关注的对象。可是,随着他五个兄弟的相继早逝,睦仁成了孝明天皇的独子,也成为皇室的唯一继承人。

在睦仁的成长过程中,日本正在酝酿着一场千古未有的大变局。1853 年,即睦仁出生的第二年,日本江户(即现在的东京)水域突然闯进来四艘"黑船"——这些船体通身染得漆黑,船上装备着巨大的火炮。日本人从未见过如此庞大的船舰,它像一座座城堡似的耸立在海面。

这四艘"黑船"来自美国。为开辟太平洋航线和抢占东方市场,1853 年 7 月,刚刚跻身于强国之列的美国,便派出东印度舰队司令佩理,率领四艘全副武装的舰船开往日本,希望打开日本的贸易市场。

当佩理的舰队驶入江户水域后,遭到港口护卫人员的阻拦,佩理说是奉美国总统之命,带来了一封想与日本缔结通商条约的国书,要求与德川幕府谈判。守卫人员说日本有禁令,不与外商贸易,如有外国交涉,只能在长崎进行,请把船开到那儿去。但佩理不答应,且态度傲慢,说如不接受国书,就武力登陆,直接交涉谈判。

面对冒着黑烟的蒸汽战舰和盛气凌人的美国人,小小日本国有些惊慌失措。

当时日本的掌权者德川幕府得到消息后,立即召集重臣紧急商议。在想到13年前鸦片战争中受到英国军舰攻击的邻国大清帝国的遭遇后,大臣们不禁有些惧怕——一直以来,日本都在以中国为师,向中国学习,连中国都败给了对手,那么类似的对手应该是非常强大的。经过再三考虑,日本决定暂且收下美国人的国书,并以友好的态度接待了佩理一行。

佩理此行对打开日本贸易市场没有取得任何实质收获,在递送完国书后也就起航回国了。

可是在第二年,1854年3月,美国舰船再次来到日本,这一次他们迫使日本与之缔结了《神奈川条约》。该条约同意向美国开放除长崎外的下田和箱馆两个港口,并给予美国最惠国待遇。

《神奈川条约》是日本历史上签订的第一个不平等条约,日本闭关锁国的政策就此打破。

在19世纪中后期,当西方列强以炮舰为先导,大举向东进犯,把中国变为其半殖民地的同时,中国的东邻日本也未能幸免。

在美国黑船叩开日本国门后不久,英、法、俄等国就蜂拥而至,纷纷仿效美国,开始在这个岛国上争夺利益。从此以后,日本也被纳入到欧美资本主义列强的市场范围之内,成为其商品倾销地和原料供应地。在1854年开港仅仅半年,日本黄金就外流了100万两,国内经济萧条,民怨四起。

当时的日本正处在德川幕府的统治之下。在日本历史上,天皇一直是国家的最高统治者,但从12世纪开始,大权一直旁落在拥有兵权的幕府将军手中。幕府将军常常"尊天子以令诸侯",天皇虽然名义上仍然是国家元首,但已丧失了实权,成为幕府的附庸。

从1603年起,日本进入德川幕府的统治时期,其统治中心在江户,而天皇则住在首都——京都。掌握大权的德川幕府对外实行闭关锁国政策,禁止外国传教士、商人与平民进入日本,严禁与外界通商往来。当时唯一的对外窗口是长崎,只有荷兰与中国的商人被允许在此从事经商活动。

当19世纪中期美国黑船压境日本,以及后来列强侵入日本被迫签订不平等条约后,日本面临着深重的民族危机;而且到了德川幕府统治的后期,日本国内的农民和城市居民不断起义,商人们也认为旧制度严重制约着他们的发展,新生的资产阶级代表要求发展资本主义,纷纷要求改革。

面对国家、民族危机,贫困潦倒的日本宫廷也毫无办法,孝明天皇为国势日衰焦虑不堪。1867 年,年仅 36 岁的孝明天皇去世。随即,16 岁的睦仁继位,成为日本第 122 代天皇,是为明治天皇。

明治天皇睦仁自小就是在日本沦为西方列强殖民地的危险和德川幕府"挟令统治"的双重压力中长大的,他也因此孕育了一颗强壮日本国力和重夺国家统治权的雄心。

从"以中国为师"到"脱亚入欧"

年轻的明治天皇成为日本的最高领袖时,他所要领导的是一个内忧外患、危机四伏的国家。明治天皇心中明白,要振兴日本的国力,夺回自己的权力,首先必须要推翻幕府的统治;而要推翻幕府统治,仅凭自己的力量显然微不足道。

况且睦仁长年生活在深宫之中,小时候身体瘦弱,就连战斗中的炮声都能把他吓坏,甭说是去推翻幕府统治了。

但此时来自外部的压力终于演化为内部变革的动力。日本人民仇视外国侵略者,更痛恨和侵略者相妥协的德川幕府,德川幕府遂成为日本社会讨伐的主要对象。在此情况下,日本国内有识之士打出"尊皇攘夷"的旗号,要求重树天皇的权威,推翻幕府统治,把入侵者赶出国门,实现国家革新。

明治天皇

1867 年 10 月,在明治天皇的授权和支持下,以"三杰"西乡隆盛、大久保利通、木户孝允为首的倒幕派,从明治天皇手里拿到征讨幕府的密诏,以天皇名义调动军队,开始征讨幕府将军德川庆喜。

于是,一场以"王政复古"为名义的"倒幕运动"爆发了。农民、市民、中下层武士、商人、资本家和新兴地主都纷纷加入到"倒幕"运动中来。

1868 年,德川幕府军被打败,德川庆喜交出政权。这样,明治天皇就获得了国家统治实权。

从明治天皇起,日本结束了延续 6 个多世纪的皇室与幕府同时并存的双重政治体制,国家政权归一,天皇重新执政。

在日本这次政治激变中,走上前台的是一群思想开明、眼界开阔的人物,在他们的改造下,明治天皇很快被塑造成一个既符合日本传统、又符合维新精神的理想君主。

在国家新政权刚刚建立之初,明治天皇就率领王公大臣们立下五条誓言:

广兴公议,万机决于公众;

上下同心,大展经纶;

公卿与武家同心,以至于庶民,使各遂其志,人心不倦;

破旧来的陋习,立基于天地之公理正气;

求知识于世界,以振皇基。

这就是日本历史上著名的《五条誓文》,它是一个推动国家变革、开启变法图强大幕的总纲领。

1868 年成为日本历史上具有转折意义的一年,从此日本进入到一个新的时代,这就是明治维新时代。这一年,明治天皇下令将江户改为东京,正式定年号为"明治",1868 年为明治元年。

在大久保利通、西乡隆盛、木户孝允等人的倡议和支持下,明治政府在国家各个方面进行一系列持续改革。

在政治方面,实行"中央集权"政策。政府首先通过"奉还版籍"和"废藩置县"政策,废除全国 250 个地方藩主,取而代之的是 3 府 72 县,地方长官由明治政府直接任免,以此结束了日本长期以来的封建割据局面,巩固了中央集权统治;中央集权建立和巩固后,1889 年,明治政府颁布了《大日本帝国宪法》,这是东亚的第一部近代宪法;1890 年,明治政府开设国会,建立起拥有内阁、宪法和国会的一整套君主立宪制度;另外,明治政府还改革身份制度,废除传统的"士、农、工、商"等级制度。

在经济方面,推出"殖产兴业"政策。政府运用国家政权力量,通过征收高额地税等手段进行资本原始积累;引进西方科学技术,聘请外国专家,按照西方的样板,由国家创办一批以军工、矿山、铁路、航运为重点的新式"模范工厂",同时鼓励私人创办企业;兴办邮局,开设银行,统一货币,扶植工商企业。

在军事方面,实施"富国强兵"政策。政府颁布《征兵令》,实行兵役制,设立军官学校,仿效欧洲国家建立新式陆、海军;在大量购买欧洲先进武器装备的同时,积极兴办近代军事工业;发布《军人敕谕》,规定天皇为军队的最高统帅,奉行军国主义,号召军人信守武士道精神,誓死效忠天皇。

在文化教育方面,推行"文明开化"政策。政府派遣大量留学生和考察团到西方国家留学、考察,翻译西方著作;在明治天皇本人的倡导下,逐渐取消对中国儒家和佛教文化尊崇的中心地位,全面引入西方的思想文化;建立新式教育体系,发布《学制》,规定从小学教育起,全面实行西方的教育制度,发展高等教育事业;废除封建时代遗留的旧习俗,倡导"断发脱刀",天皇带头剪发,在衣、食、住、行方面推动"欧化"风潮,改用西历,定西服为礼服。

在法律方面,除颁布国家的根本大法《大日本帝国宪法》外,1882年,日本实施《刑法》和《治罪法》;1890年废止《治罪法》代之以《法院组织法》、《行政审判法》、《刑事诉讼法》;1891年颁布《民事诉讼法》;1899年实施《商法》。至19世纪末,明治政府基本建立起完备的近代法律体系。

在以"中央集权"、"殖产兴业"、"富国强兵"和"文明开化"等为主要改革内容的明治维新运动中,其核心要点就是遵循"脱亚入欧"的方针,即从过去的"以中国为师、向中国学习"转为"以欧美为师、向欧美学习"。

除了在国家各个层面进行改革外,明治政府还注重对明治天皇个人进行培养。政府在为天皇制定的教育方案中,有传统的中国儒学内容,而更多的是西方现代思想文化,另外还有剑术、角斗术等尚武内容。

据说,在欧美各国政治人物中,明治天皇最崇拜拿破仑。1871年政府派人去欧美考察时,他就特意叮嘱考察人员多收集一些有关拿破仑的书籍带回来。

1871年,明治政府组织了一支近百人的政府使团,前往欧美各国学习考察。在将近两年的时间里,这支使团考察了欧美12个国家,写下了长达百卷的考察实录。为了支撑这次庞大的出行,刚刚成立才三年的明治政府拿出了当年财政收入的2%用于开支。这次出访考察的政府投入之大,官员级别之高,出访时间之长,在日本乃至亚洲国家同西方世界交往的历史上,都可称得上是一次前所未有的行动。

出访使团最后使用了"始惊、次醉、终狂"三个词来概括整个考察过程的感受——"始惊"就是看到欧美发达以后的吃惊程度;"次醉"就是陶醉在西方先进的物质文明和精神文明之中;"终狂"就是下决心发疯似地学习西方先进技术和制度。①

德国是当时欧洲发展最快的后起国家,当日本使团来到德国后,他们似乎寻找到了自己的发展模式。刚刚完成国家统一的铁血宰相俾斯麦,在招待宴会上对日本使团说:如今世界各国,虽然都说要以礼仪相交,但那毕竟是表面文章,背地里实际上是以大欺小,以强凌弱。

这番话让日本人感同身受,他们不仅认同了俾斯麦的"强权政治论",同时也醉心于德国的发展模式,那就是由国家来主导工业发展。自古以来,一直倾向于向中国学习的日本人,这次为自己找到了一位新的老师。后来日本在经济、军事和外交等方面基本上都采用了"德国模式"。

---

① 《大国崛起:CCTV十二集大型电视纪录片解说词》,"日本篇",陈晋、任学安,中国民主法制出版社,2007年1月。

军国主义的种子

明治维新是一场带有资产阶级性质的改革,是日本历史上从未有过的翻天覆地的社会大变革。这场变革是一个持续深入的过程,前后共延续了 20 多年。

通过明治维新,日本由封建社会过渡到资本主义,迅速走上了富强之路。在短短 20 多年间,日本便迅速发展成为亚洲强国,成为地区的一大霸主,一个又小又穷、资源贫乏的偏僻岛国,就实现了经济、社会、军事等方面的脱胎换骨的变化。

明治维新是一个让日本真正登上世界历史舞台的转折点。经过明治维新而渐趋富强的日本,利用一切机会,坚决与列强谈判,逐步废除了与西方列强签订的各种不平等条约。从 1894 年开始修改不平等条约,到 1911 年,日本彻底修改了全部不平等条约。不平等条约的废除,维护和保持了日本国家与民族的独立,使得其成为近代以来亚洲唯一一个避免被完全殖民地化命运的国家。

明治维新在使日本走向强大的同时,也具有不彻底性,产生了一些"致命的硬伤"。

明治政府虽然锐意改革,但却保留了大量封建残余,尤其保留了浓厚的神化天皇思想和武士道精神。明治政府在国内大搞天皇神化运动,在学校教育中,把历史科的重点放在皇室中心主义的灌输上,要求学生每天面拜天皇照片;在人民生活中,明治天皇的照片被发给各县,要求人们参拜,并在皇宫中建神殿,地方上建神社,供人们参拜天皇。1869 年 6 月,以祭奠诸神和已故皇灵的招魂社在东京建立,这就是后来的靖国神社,凡是为天皇而战死的人,包括历次对外侵略战争的阵亡将士,都被列入神社参拜的对象。

另外,明治维新的"强兵"目标使武士道精神广泛传播,忠君服从、不畏死亡、好勇斗狠的武士道精神充斥了整个明治时代。

天皇崇拜和武士道精神泛滥等这些问题,以及随着经济实力的快速提升和军事力量的快速强化,最终导致日本走上对外侵略扩张的军国主义道路,成为亚洲和平稳定的最大威胁。

其实早在明治政府初年,日本就蓄谋向亚洲邻国进行侵略扩张。在明治天皇即位后不久,即发表了一封所谓的《御笔信》,宣称要"继承列祖列宗的伟业","开拓万里波涛",使"国威布于四方"。

明治天皇在位期间,日本对外发动的主要侵略扩张战争包括:

1874 年(明治七年),日本派兵入侵中国台湾,迫使清政府订立《北京专条》;

1875 年（明治八年），日本派兵入侵朝鲜，次年迫使朝鲜签订《江华条约》；

1879 年（明治十二年），日本吞并琉球群岛，将其改为冲绳县；

1882 年（明治十五年），日本迫使朝鲜签订《济物浦条约》；

1885 年（明治十八年），日本强迫朝鲜签订《汉城条约》，同时强迫清政府签订《天津专条》；

1894 年（明治二十七年），日本发动中日甲午战争，中国战败后，被迫签订《马关条约》；

1904 年（明治三十七年），日本与俄国为了侵占朝鲜和中国东北，挑起日俄战争，日本取得胜利，与俄国签订《朴茨茅斯和约》；

1910 年（明治四十三年），日本在清除了朝鲜的反抗力量后，正式以《日韩合并条约》吞并朝鲜。

在这些战争中，尤其是 1894—1895 年间的中日甲午战争和 1904—1905 年间的日俄战争，日本击败了昔日强盛的两个大国——大清帝国与沙皇俄国。甲午战争使日本从中国夺取了大量权益，抢走了台湾，确立了日本在东亚的霸主地位；日俄战争确立了日本对朝鲜和中国东北的控制权，使日本正式跨入世界列强行列，成为世界性强国。而所有这些，又为以后的日本全面侵华战争和太平洋战争埋下了伏笔。

日本在侵占了朝鲜和中国台湾后，大量的资源和赔款流入日本国内。仅甲午战争后日本从中国掠去的赔款数额，就相当于它当年国家财政收入的 4 倍多，而赔款中的一半以上都用在了扩充海陆军备方面。

随着甲午战争、日俄战争的胜利，明治天皇越发确立了至高无上的地位。而明治天皇在位期间发动的所有侵略扩张战争的胜利，又促使日本的野心不断膨胀，加速其走上军国主义道路。

其实到 1890 年前后，明治维新的维新改革阶段已基本结束，此后日本整个国家发展战略发生改变，由原来通过改革来促进发展，变成通过扩张来促进发展。

1912 年 7 月，刚过花甲之年的明治天皇病逝。明治天皇在位的 45 年间，是日本资本主义蓬勃发展和走向现代化的时期，也是日本发展史上的一个重要转折时代。

明治天皇是"倒幕运动"的精神支柱，也是"维新运动"的最高决策人。他在位期间，日本励精图治，致力维新，实现了政治、经济和社会全方位的大改革，最终跻身于世界强国之列。到 20 世纪初，明治维新的目标已基本完成，日本在现代化的道路上不断前进，并为未来的发展奠定了基础。

尽管明治天皇在位期间大权在握，但在维新变法的过程中，他不仅没有掣肘政府，阻碍改革的步伐，而且大力支持政府的举措，起到了锦上添花的作用。明治天皇改革影响之深远，为多国所借鉴，包括后来清政府的"戊戌变法"。

后人用"明治维新"来称呼明治天皇在位期间的历史，这是对他的一种莫大褒奖。1914年，日本政府建立明治神宫，称明治天皇是由人到神的天皇，进一步将其神格化。

而另一方面，明治天皇在位期间，由他主导的维新运动所产生的一些"致命硬伤"，致使日本走上了对外侵略扩张的军国主义道路。对此，他难辞其咎。

1914年，在明治天皇去世后的第二年，第一次世界大战爆发，日本表现得异常"积极"，借此强化了它的世界强国地位。而明治天皇在位期间宣扬的天皇崇拜和武士道精神，其中的专制和扩张因素后来也激化得不可遏制，成为主导日本统治阶层的精神核心，之后又自然地过渡到法西斯主义。

在第二次世界大战中，日本军国主义的铁蹄践踏了亚洲的多数国家，更妄图与德国、意大利法西斯分霸世界，其野蛮和凶残程度让世界震惊，尤其是给亚太地区人民带来了巨大的灾难。

第二节　光绪皇帝的变法及妥协

光绪皇帝的奋力一搏

日本在明治天皇统治期间，通过明治维新迅速崛起，走上了一条富国强兵的道路。与日本明治天皇所处的时代基本相当，在19世纪中后期，中国的清王朝在名义上正处在光绪皇帝的统治之下。

明治天皇与光绪皇帝，他们同样在19世纪中后期登上皇位；他们的国家同样面临着被列强瓜分的危机；他们都同样采取了一系列维新变法的措施。但是，他们所得到的结果却截然不同。明治天皇的维新运动获得巨大成功，日本从此踏上富强之路；

而光绪皇帝的变法运动却惨遭失败,清朝的困境进一步加深。而且在这两位君主在位期间,日本对中国发动了多次侵略战争,清政府基本上都被打败。

光绪皇帝出生在1871年,取名载湉,他是咸丰皇帝的侄子,同治皇帝的堂弟。1875年,同治皇帝病逝,因其膝下无子,按照"兄终弟及"的传统,可由其弟即位,但同治皇帝为独生子,则应从其最亲近的亲属中选出一位继承皇位。当时掌握大权的慈禧太后提出,要立载湉嗣位,没有人敢反对。于是,4岁的载湉继承了皇位,这就是光绪皇帝。

光绪皇帝的生母是慈禧太后的妹妹,而慈禧太后又是咸丰皇帝的妃子、同治皇帝的生母,从这些关系讲,光绪皇帝既是慈禧的侄子,又是慈禧的外甥。而后来光绪做皇帝时因年龄太小,慈禧还做了光绪的养母。

光绪继位时年仅4岁,因年幼无知,他实质上是个"傀儡皇帝",掌握朝政大权的是慈禧太后。而那些盘根错节的皇室亲戚关系也让慈禧太后有了更好的"垂帘听政"机会和借口,她当初提出立载湉嗣位也是出于容易控制光绪,进而控制大清政权的角度考虑的。

因此,自从光绪继位那一天起,他就被慈禧掌控在手心,或当做争权夺利的工具,或作为显示威严的权杖,更多的时候则是一种摆设。所以,童年和少年时期的光绪仅仅是慈禧太后的一枚棋子。而且长年孤独、森严的深宫生活,也让光绪变得性情抑郁、精神不快、身体积弱,留下难以愈治的心病。

光绪在18岁之前主要是在皇宫内读书学习。1889年,他开始亲政,此时他已经成年,慈禧也只能声称"撤帘归政"。

光绪亲政后仍未摆脱慈禧的控制,遇到大事他仍要向慈禧请示,没有多少决定权;慈禧虽名义上归政于光绪,但实际上仍然掌握着大权不放,一如既往地裁决政事。

尽管慈禧在幕后依然操纵大权,但一心想成就大事的光绪还是力图有所作为,以挽救清政府岌岌可危的局面。

光绪亲政后遇到的第一件大事,就是遭逢日本侵略朝鲜,进而侵略中国,即1894年爆发的中日甲午战争。这也是光绪皇帝和明治天皇各自在位期间,中国和日本的一次集中、猛烈交锋。当时光绪皇帝曾违背慈禧太后旨意,决心援朝抗日。但羸弱的国力和腐败的政府,在新兴发展起来的日本军国主义强势进攻下,使清朝在这场战争中完全被打败,1895年被迫签订《马关条约》。

《马关条约》让光绪皇帝受到沉重打击,同时也激发出他力图改革政治和富国强兵的抱负。

《马关条约》签订后,当时齐集在北京参加科举会试的各省举人,一时间群情激愤。1895 年 4 月,康有为、梁启超联合 1 300 多名举人,写下万言书,上禀光绪皇帝,提出"拒和、迁都及变法"主张。这就是著名的"公车上书"。

虽然公车上书没有取得实质性的效果,但却形成了国民问政的风气,之后催生了各式各样的议政团体,当中由康有为、梁启超两人发起的强学会声势最为浩大。

1897 年,德国强占了中国山东胶州湾,随后其他列强纷起效尤,俄国占领旅顺,英国强占威海卫,法国强取广州湾⋯⋯列强诸国掀起了在中国强占租借地、划分势力范围的高潮,中国面临被瓜分的危机。

此时,康有为再次上书,要求变法。康有为曾先后 7 次向光绪皇帝上书,在中国政治思想界产生巨大反响。

在民族危机和变法图存的迫使下,不愿做亡国之君、傀儡皇帝的光绪,终于采纳了康有为等维新派的建议,在取得慈禧太后的同意后,决定实施变法。

1898 年 6 月 11 日,光绪皇帝颁布"明定国是"诏书,宣布变法。诏书说:"试问今日时局如此,国势如此,若仍以不练之兵,有限之饷,士无实学,工无良师,强弱相形,贫富悬绝,岂真能制梃以挞坚甲利兵乎?""须博采西学之切于时务者,实力讲求,以救空疏迂谬之弊。"

"定国是诏"的颁布揭开了"戊戌变法"的序幕。新政从此日开始,到 1898 年 9 月 21 日慈禧太后发动政变,历时 103 天,又称"百日维新"。

在"百日维新"期间,光绪皇帝任用维新人士,根据康有为、梁启超等人的建议,颁布了一系列变法诏书和谕令,有时甚至一日数诏,内容涉及政治、经济、军事、文化、教育等诸多方面。

在政治方面,兴民权,开民智,裁冗官,讲效率。告诫大臣舍旧图新,力行新政,鼓励官绅市民上书言事,严禁官吏阻隔;谕令各省督抚举荐通达时务的新政人才;精简机构,裁减冗员,取消旗人由国家供养的特权。

在经济方面,富国养民,发展经济。在京师设立铁路矿务局和农工商总局,发展铁路,促进农工商业的发展;各省设立农工商分局,购买机器,发展实业;各省整顿商务,筹办商务局,设邮政分局;提倡私人开办工厂;创办国家银行;改革财政,编制国家预算决算。

在军事方面,裁撤旧军队,编练海陆军。采用新法练军,改习洋操;实行征兵制;添设海军,筹造兵轮。

在文化教育方面,改科举,废八股,兴西学。

京师大学堂成立时的门匾

开办京师大学堂(今北京大学),各地设立中小学堂,兼习中西文科;设立矿学学堂,将上海译书局改为官督商办;废除八股,改试策论,开设经济特科;设立译书局,翻译外国新书,奖励科学著作和发明,派人出国留学、游历;允许开设报馆,举办学会;废除缠足陋习,废辫发,改服制。

这些革新政令的一个显著特点就在于学习西方文化、技术和经营管理制度,发展资本主义。新政措施虽未触及封建统治的基础,但在一定程度上代表和反映了新兴资产阶级的利益与要求。

在维新变法过程中,光绪皇帝发布御令,试图形成自上而下的全国改良运动,其中的种种措施及其影响,震动朝野,引起全国关注。但因变法触及封建统治阶层的地位和利益,遇到大多数地方顽固势力和清政府中守旧派以及慈禧太后的阻挠与破坏。

地方政府和中央政府中的一些权贵显宦、守旧官僚对新政措施或阳奉阴违,或避重就轻,或托词抗命,诏旨虽连篇累牍地下发,但守旧派大臣们仍不为所动。两江总督刘坤一、两广总督谭钟麟根本不理睬御令之事,电旨催问,也置若罔闻;刚毅、徐桐等顽固大臣宣称"宁可亡国,不可变法",多次要求慈禧镇压维新派,制裁光绪帝;奕劻、李莲英则跪请慈禧"垂帘听政",甚至宫廷内外传言将废除光绪,另立皇帝。

慈禧太后起初曾表示同意变法,只要变法不出"中学为体、西学为用"的原则,她表示都可以容忍,以显示其俯顺舆情、"改弦更张"之意,达到缓和阶级矛盾以及新旧冲突的目的。但随着变法的深入进行,慈禧害怕变法侵害她的权力,于是设法控制变法。她发出懿旨,迫使光绪将变法的中坚人物康有为等革职,同时任命自己的亲信荣禄为直隶总督,掌握兵权,又要求新任职的二品以上的文武官员向她谢恩。

"戊戌六君子"之谭嗣同和康广仁

最后,以慈禧太后为首的顽固派决意发动"戊戌政变",废除"变法"。1898 年 9 月 21 日,慈禧将光绪皇帝囚禁于中南海瀛台,然后发布训政诏书,再次临朝"训政"。戊戌政变期间,慈禧下令捕杀康有为、梁启超,逮捕谭嗣同、杨深秀等人。9 月 28 日,在北京菜市口,谭嗣同、杨锐、刘光第、林旭、杨深秀、康广仁六人被杀害,史称"戊戌六君子"。至此,戊戌变法的所有新政措施,除开办的京师大学堂外,全部被废止。历时 103 天的维新变法惨遭失败。

由于守旧势力的强大,国家的最高领导

权不在维新派手中,加之维新派及光绪皇帝在实施变法的策略选择上错误,如光绪轻率地改革官制遭到守旧派的猛烈攻击和极端仇视,一些老臣的职权被剥夺,又没有安排新职位,触犯了一些大官僚的利益,他们当然坚决反对。这些原因都促使戊戌变法最终走向失败。

苦闷的皇帝生涯

戊戌变法失败后,光绪皇帝被慈禧太后幽禁在中南海瀛台,他的政治生涯实际上到此已经结束。此后,光绪度过了十年没有人身自由的囚禁生活。即使他名义上仍保持着皇帝的职位,但实际已没有了皇帝的权力。

在光绪皇帝的一生中,他经历了晚清时期中国的各种大事,如中法战争、洋务运动、中日战争、戊戌变法、义和团运动、八国联军侵华、革命党人起义、清末新政和预备立宪等。但在这些事件中,在他少年和童年时期,因年纪尚小,是慈禧太后在垂帘听政;在他中年时期,因被软禁起来,仍是慈禧太后在掌政。所以,光绪皇帝一生只是在他青年时期有过十年的亲政,他实际参与并主持的是一场战争和一场运动,即在中日甲午战争中"主战",在戊戌变法中"求变",但这两件大事最终都以失败而告终。

1908 年 11 月 14 日,光绪皇帝驾崩,享年 38 岁。

据后来的科学技术检测,光绪死于急性砒霜中毒,这说明在其生命的最后阶段,已有人对他下了毒手。关于毒死光绪的凶手,有论者认为慈禧太后作案的可能性最大,因为慈禧唯恐自己先死,光绪复出掌权,尽翻旧案,故而在自己临终前让亲信毒死光绪。

就在光绪驾崩后一天,统治中国近半个世纪之久的慈禧太后也迅即病亡。

在光绪皇帝的一生中,在他有限的亲政时间里,作为一个年轻奋发的君主,他以社稷国家为重,站在国家、民族的立场上,在关键时刻"力主抗日、推行变法",以求自保、自强。尽管这两次努力都归于失败,但光绪始终以鲜明的态度为维护国家的独立和民族的尊严作出最大的抗争,在主观上表明他还是想做一个有为的皇帝。

光绪皇帝是中国封建社会倒数第二个皇帝,作为典型的衰世皇帝,他一生充满了悲剧性。而致使光绪努力失败和人生悲剧的一个重要原因,就在于以慈禧太后为首的封建顽固势力的打压。

光绪皇帝的一生都笼罩在慈禧太后的权力和淫威之中。他虽有励精图治、救亡图存的进取精神,但又对慈禧太后的独断专横逆来顺受,在这种强势面前,他形成了事事妥协的软弱性格。可以说,是慈禧太后造成了光绪皇帝一生的个人悲剧。

光绪皇帝在位 34 年,始终受到慈禧太后的挟制,有抱负却不能施展,一生郁郁寡欢,终不得志。据说光绪在被囚禁瀛台时,看完《三国演义》后不禁对天嗟叹:"朕还不如汉献帝啊!"可见他当时的心境是多么的悲怆和无奈。

差 距 在 哪 里

光绪皇帝在位期间,从结果来看,在内政外交方面几乎皆无建树。尤其是在中日甲午战争中,中国被打败,《马关条约》签订,割地赔款,中国几近亡国。在中日两国历史上的这次激烈交锋中,两国的各自君主是光绪皇帝和明治天皇,而这两位亚洲近代史上的同期君主,同在风云激荡的历史路口,最终所走的道路及所带来的后果却大相径庭。这当中从他们的成长环境、人生个性、教育背景、用人方式等方面来看,似乎就决定了他们各自不同的命运。

光绪是在以慈禧为首的封建顽固、保守势力的包围圈中长大的。光绪长期生活在封闭的宫廷中,长年面对慈禧太后冷若冰霜的面孔和咄咄逼人的训斥,这"使得他变得抑郁多病,优柔寡断,更失去了作为至高无上的帝王独断乾坤的尊严和君临天下的霸气"①。长此以往,光绪后来连听到锣鼓吆喝之声,也吓得脸色大变。

光绪的成长史是一部辛酸的奴化史,长期的封建束缚打压让他形成了懦弱、妥协的性格,使得其天生孱弱,遇事畏缩,在传统淫威和突变事件面前常常胆怯而无力。

反观明治天皇,可以说"是在凶悍的群'狼'簇拥下,喝着'狼奶'长大的"②。其实,明治天皇的童年遭遇并不比光绪好多少。他出生后就成了幕府进行"尊天子以令诸侯"的棋子,幼年时期也是一个胆小怯懦的孩子,战争的炮火声都能把他吓哭。但日本朝廷的改革派却能全力拥戴、支持他,他们意识到对天皇"强健其体魄,野蛮其精神"的武士教育必不可少,于是让他接受剑术、角斗术等各种军事化训练。到 20 岁时,明治已经由一个文弱书生变成了崇尚武功、争强好胜的武士,最终成为一个具有强烈武士道精神的天皇。

中日甲午战争就是明治天皇尚武精神、实施扩张的一次集中展示。这场战争几乎是由明治天皇一手策划和主持的。从 1894 年 7 月明治天皇果断下令对停泊在朝鲜丰岛附近的清军北洋舰队发动袭击,到 1895 年 4 月战争结束,明治天皇亲自督战长达 225 天,他的行为对日本军队的取胜无疑起到了巨大的鼓动作用。

---

①② 《天朝向左,世界向右——中西交锋的十字路口》,"光绪皇帝向左,明治天皇往右——近代中日变革的关键时刻",王龙,华文出版社,2010 年 2 月。

对比来说,光绪皇帝是在慈禧的控制驯化下成长起来的,而明治天皇则是在改革派和武士的拥戴下巩固统治的。光绪和明治截然不同的成长环境和以此养成的人生个性,埋下了他们后来不同造化的人生伏笔。

在光绪和明治成长过程中,他们所受的教育内容也是影响他们后来行为差别的重要因素。

光绪与明治两人都接受了严格的宫廷教育,但光绪主要学习的是中国传统文化中的四书五经、封建伦理、帝王之学、诗词曲赋等方面的内容;而明治天皇既学习了中国儒家经典思想,又更加重点地学习西方文化。尽管光绪对西方的文化也有所了解,而且在戊戌变法过程中也提倡学习西方,并派员出国游历,向西方国家取经,但总体上还是遵循"中学为体、西学为用"的方针;而明治天皇却是切实以西学为重点,注重"东洋道德,西洋艺术",在明治维新的过程中遵循"脱亚入欧"的"文明开化"方针。

正是不同的教育观念和文化背景,造就了光绪和明治不同的知识结构和治国方式,也决定了他们做事的行为差别。

另外,在光绪和明治后来的亲政过程中,尤其是在各自所主持的一些大事件中,他们用人的差别也是导致各自不同结局的重要因素。

光绪在戊戌变法过程中主要依靠的是康有为、梁启超等人。这些人虽博通经史,博闻强识,但他们空有书生激情,却少有为政的沉稳笃深,过于理想化,难以驾驭大局,在尖锐复杂的斗争面前常常束手无策;而明治天皇在维新过程中主要倚重的是以"三杰"西乡隆盛、大久保利通、木户孝允为首的武士阶层,他们都是极具胆略和丰富实践的政治家与实干家,且目光远大、学识广博、知行合一,讲究斗争策略,善于争取各种力量,以对上影响天皇、对下动员全民的积极姿态,把明治维新变成了一场全民革命。

于是,拥有强实后盾的明治天皇可以大刀阔斧地推行改革,以摧枯拉朽的气势发动一场革命;而光绪的身边只是一群手无寸铁、软弱无权的书生,只能闭门造车,在纸上空谈变革。两者之间领导阶层知识能力和支持实力的差别,直接导致了中日两国维新变法的不同命运。

在光绪皇帝和明治天皇的对比中,从表面来看,是明治天皇的强势扩张性格与作风,打败了光绪皇帝的懦弱妥协性格与作风,而实质上却是明治天皇在成长环境、教育背景以及用人方式等方面胜过了光绪皇帝。

第三节　日本人的灭绝人性战争

初　露　锋　芒

以 1868 年的明治维新为起点,日本在 19 世纪末叶迅速崛起于世界的东方,划破了屡受欧美列强侵略而笼罩着亚洲的沉沉黑夜。但崛起后的新兴日本帝国却走上了一条军国主义扩张道路,它不仅与西方列强为伍,欺凌压迫东方邻邦,而且有过之无不及。

日本崛起后之所以全面奉行对外侵略扩张的政策,除了深受其武力崇拜、迷信强权等军国主义思想影响外,另外一个重要原因还在于日本是一个小小的岛国,国土面积狭小,资源严重匮乏,市场范围有限,国内生产生活所需的原料主要依靠进口;同时日本要发展资本主义经济,储备原始积累,就必须扩大对资源和市场的需求范围。对于日本来说,发展资本主义经济的最直接最有效的途径,就是依靠军事力量进行对外扩张,才能快速弥补这种先天性的不足。

因此,当军国主义思想的侵略性和先天自然条件的缺陷性结合在一起的时候,日本就自然而然地表现出强烈的扩张欲和侵略性,最终走上一条对外侵略扩张的穷兵黩武之路。

作为日本的邻国——中国,是一个地域广大、资源丰富、人口众多的国家,是资本主义发展所需要的理想商品销售市场、廉价劳动力和原料供应地;另外,中国自 19 世纪中期以后,国力开始衰落,军事上完全失去了抵御外侮的能力。中国的国情国力特点与日本的侵略扩张要求极相适应,中国也就自然而然地成为日本侵略和掠夺的主要对象之一。

19 世纪后期,日本明治维新运动的维新改革阶段已基本结束,随即进入到"由改革促发展"转向"由扩张促发展"的阶段,而且以侵略中国以及朝鲜为主要目标的大陆扩张政策也基本形成。

日本明治政府建立后确定的第一条对外侵略扩张路线,就是以中国台湾和朝鲜为首要目标。

1871 年 11 月,琉球①的一只渔船在海上遭遇风暴,漂至台湾东部海岸,船上的琉球渔民和当地的高山族人发生冲突,一些渔民被杀害。于是,日本以"琉球是自己的'内藩'"为借口,向中国发出挑衅,大肆鼓噪"征台"论。

1872 年 10 月,日本政府宣布琉球为日本"内藩",由外务省掌管其一切对外关系。

1874 年 4 月,日本政府设"台湾事务局",派西乡从道率 3 000 余人的兵力,在台湾东部登陆,开始侵略台湾。

在台湾人民和清军的抵抗下,日本侵略军被围困,迟迟不能得手。在此情况下,日本又将侵略计划转移到谈判桌上,向清政府实行外交讹诈。1874 年 9 月,日本派出外交代表来北京谈判,以扩大战争进行恫吓,要挟清政府放弃对台湾东部领土的主权,但清政府对此予以驳斥,不肯答应。

而随即在英美等国偏袒日本的"调停"下,清政府被迫以"赔偿日军抚恤费的方式换取日军撤退台湾"。1874 年 10 月,清政府和日本签订《北京专条》,赔偿日本 50 万两白银,日本从台湾撤军。

中日《北京专条》的订立让中国在对外关系方面产生严重负面影响,它使列强对清政府更为蔑视。例如,英国人米契曾这样说道:"这件事告诉了全世界,这里有一个富庶的帝国,愿意出钱而不愿意打仗。"②

日本撤出台湾后,却迅速将琉球划入日本的版图,并于 1879 年 4 月正式占领,将其改为冲绳县。

日本在侵台事件交涉中得逞,这助长了它对外侵略的野心。在此后不久,日本便把矛头指向朝鲜,开始实施"征韩"计划。

当时的朝鲜处于封闭自守的封建王朝统治之下,经济落后,政局动荡。由于跟清王朝是一种宗主关系,朝鲜一直依靠清政府的支持维护统治。

1875 年夏秋之际,日本多次派出军舰侵入朝鲜西海岸,在汉江江华岛附近有意

---

①　琉球自明朝初年就与当时的大明朝建立了"宗藩关系"。1609 年即明万历三十七年,日本藩侯萨摩以武力征服琉球,强迫琉球向萨摩"进贡"。日本在"明治维新"后就以此为借口,积极谋划吞并琉球活动。

②　《中国外交史(1840—1911)》,"第四章　资本主义列强对中国边疆、邻国的侵略与中法战争(1871—1885 年)",王绍坊,河南人民出版社,1988 年 8 月。

挑衅。江华岛上朝鲜炮台被迫开炮还击,实行正当防卫。日本则以此冲突为借口,1876 年初,派兵入侵朝鲜,胁迫朝鲜签订《江华条约》,获得了在朝鲜的领事裁判权、贸易免税权、海岸测量权等权益。这成为日本侵略朝鲜的开端。

1882 年 7 月,朝鲜发生"壬午兵变",朝鲜士兵举行起义反对朝鲜封建统治和日本侵略,起义士兵火烧日本使馆,打死日本使臣。于是,日本又借口"壬午兵变"出兵朝鲜,迫使朝鲜签订《济物浦条约》,除索取赔款之外,还取得了在朝鲜的驻兵权。

1884 年 12 月,日本趁中国忙于中法战争之际,在朝鲜策动亲日派的"开化党"发动"甲申政变",推翻了朝鲜保守派政权,并使其宣布断绝与清政府的关系。保守派连忙请求清政府支援,驻朝清军遂出兵讨伐"开化党",并且击退日军,朝鲜保守派重新掌权。

日本在朝鲜策动的这次政变虽然失败,但却在 1885 年 1 月以武力逼迫朝鲜签订《汉城条约》,并于 4 月诱迫清政府签订《天津专条》。这两项条约不仅让日本强化了向朝鲜派兵的权利,将已攫取的权益"合法化",而且还使日本在朝鲜取得了与清政府同样的对等地位,日本更加"得陇望蜀"。

锋 芒 毕 露

日本"侵台"、"征韩"只是它在亚洲初露锋芒,它侵略朝鲜的目的不仅是要把朝鲜变为日本的殖民地,而且要把朝鲜作为其侵略中国的跳板,以便于下一步的行动计划。

《汉城条约》和《天津专条》签订后近十年,东北亚地区表面上风平浪静,但形势正在悄然变化。日本在加强对朝鲜的经济渗透以及加紧扩充本国军备力量的同时,一直注视着中国的动向,伺机对中国发动侵略。

1894 年春,朝鲜爆发东学党领导的农民起义,提出"灭尽权贵"、"逐灭倭夷"的口号。朝鲜政府请求清政府派兵协助镇压,对此,日本援引《天津专条》中"如果清政府出兵朝鲜,日本亦可出兵"的条款,以保护侨民为由也派兵进入朝鲜,并迅速占领汉城、仁川一线的战略要地。

1894 年夏,朝鲜东学党起义已经平息,清政府对日本提出双方共同撤兵的建议,但遭到日本的拒绝。而且日本还提出要改革朝鲜内政的要求,清政府以"不干涉内政"为由,拒绝了日本的提议。于是,双方形成对峙。此时日本一面不断增兵朝鲜,一面通过外交手段争取欧美列强的支持。

1894 年 7 月 23 日,日军突然发动进攻,占领朝鲜皇宫;7 月 25 日,日军在丰岛海面袭击中国军舰,中日"甲午战争"[①]就此爆发。

---

① 1894 年是干支纪年的甲午年,因此称为"甲午战争"。

由于准备不足、指挥失误等原因,在这场战争的一开始,清军就连连失利,在平壤之战、黄海之战中,清军都遭到失败。

甲午战争期间,当日本国内正处心积虑、倾其全力进行战争时,清朝的统治者并没有把全部心思放在战争中,而且对战争懵然无知。当时掌握实权的慈禧太后在国家危难之时,却大搞60寿辰庆典,不惜使用大量开支重修颐和园,大兴土木,置国家危亡于不顾。

与此相反,日本明治天皇在执政时期,每年从宫廷中拿出30万两白银,并从所有官吏薪水中抽取10%,用于建造军舰。甲午战争前,日本海军的总体实力已超过了中国海军。

日本在取得平壤、黄海之战胜利后,在国内广造舆论,大肆渲染战绩,刺激侵略野心;而清朝方面,士气开始下降,李鸿章推行消极避战政策,慈禧太后也渐趋主和。

1894年10月,日本向中国发起大举进攻。在陆路,日军由朝鲜越过鸭绿江,进攻安东、岫岩等地;在海上,日军由庄河登陆,包抄旅顺、大连。

1894年11月21日,日军向旅顺口发起总攻,旅顺迅即陷落,日军对清军俘虏和当地居民进行了疯狂的大屠杀。对于旅顺大屠杀的惨景,有资料这样描述:

当时英国《泰晤士报》根据其本国武官和记者的报道说:"日本攻取旅顺时,戕戮百姓四日,非理杀伐,甚为惨伤。又有中兵数群,被其执缚,先用洋枪击死,然后用刀肢解。"

另有目击者英国人艾伦记载道:"在我周围都是狂奔的难民。我第一次亲眼看见日本兵追逐逃难的百姓,用枪杆和刺刀对付所有的人,对跌倒的人更是凶狠地乱刺。在街道上行走,脚下到处踩着死尸。天已经黑了,屠杀还在继续进行着,丝毫没有停息的迹象。枪声、呼喊声、尖厉的叫声,到处回荡。街道上呈现出一幅可怕的景象:地上浸透了血水,遍地躺卧着肢体残缺的尸体。"[①]

旅顺大屠杀持续了四天,共杀害了两万余名中国人。在这场屠杀中,全城仅有36人作为掩埋尸体者幸存下来。

日军因其野蛮暴行,被当时世界舆论愤怒地谴责为"披着文明的外衣,实际是长着野蛮筋骨的怪兽"!

1895年3月,在海上,在山东半岛的威海之战中,清军北洋舰队被日军包围歼灭;在陆上,在辽东半岛,日军仅用十天时间,就攻占了牛庄、营口、田庄台等地,清朝百余营六万多大军从辽河东岸全线溃退。

---

① 此处资料主要摘引自《历史的转弯处:晚清帝国回忆录》,"甲午记",西门送客,广西师范大学出版社,2007年12月。

紧接着，日军大有长驱直入北京之势。

在这场已经持续了大半年的交战中，无论是武器装备、战略战术，还是指挥体系乃至后勤保障上，清朝军队根本都无法同日军对抗，日军把清军打得毫无招架之力。

《马关条约》签订场景

随着战争的不断失利，清政府已无心抗战，开始走向乞降和屈服。1895 年 2 月，清政府派李鸿章为全权大臣赴日议和。4 月 17 日，李鸿章与日本内阁总理大臣伊藤博文及外务大臣陆奥宗光，在日本马关春帆楼签订《马关条约》。其主要内容是：

　　割让辽东半岛、台湾、澎湖列岛给日本；

　　赔偿日本军费两亿两白银；

　　增开沙市、重庆、苏州、杭州为通商口岸；

　　允许日本人在通商口岸从事制造业；

　　承认朝鲜"独立自主"。

《马关条约》是自鸦片战争以后，中国丧权最多、损失最大的不平等条约，它给近代中国社会带来严重危害。台湾等大片领土被割占，进一步破坏了中国主权的完整，刺激了列强瓜分中国的野心；巨额赔款加重了中国人民的负担，清政府的独立财政至此破产，靠向西方大国举债度日；内陆通商口岸的开放，使列强侵略势力更加深入到中国内地。

1895 年日本占领之初的台湾

《马关条约》的签订,意味着日本侵略扩张政策进入到一个新的阶段,为以后向亚洲大陆特别是中国的扩张奠定了基础;同时也意味着外国列强对中国的侵略进入一个新的阶段,各国纷纷寻找不同借口,强行向中国租借港湾,划分势力范围,使中国陷入被瓜分的危机。

通过甲午战争,日本一跃成为亚洲强国;而中国则一落千丈,国势颓微。日本占领朝鲜、中国台湾后,在战略上对东北、华东构成直接威胁,日本从此可以从陆、海两路向中国并进。这场战争的结果,决定了东亚这两个主要国家后来半个世纪的命运。

两强相斗　中国遭殃

甲午战争的另外一个重要影响是改变了列强在远东地区的争霸格局,特别是《马关条约》签订后,日本获取辽东半岛,触犯了俄国的在华利益。沙俄对中国东北早就垂涎三尺,于是便联合法、德向日本发出"劝告",要求日本将辽东半岛交还给中国。日本迫于压力,向英、美求援,但英、美既不愿看到日本过于强大,更不愿为它去承担风险,拒绝支持。无奈之下,日本被迫做出让步,与中国签订《辽南条约》,归还辽东半岛,但又索取三千万两白银作为"赎金"。这就是历史上的"三国干涉还辽"事件。

虽然日本暂时退出了辽东半岛,但它对中国东北的侵吞野心并未死心。它便借此退出之机扩充军备,增强实力,为侵略瓜分中国更多利益做深度准备。

1896年以后,日本陆续在中国杭州、苏州、天津、汉口、重庆、福州等地建立租界,其侵略势力深入到华北和长江流域;1899年,日本以台湾为据点,将福建省划为自己的势力范围;1900年,八国联军入侵中国,日本出兵两万人,约占关内联军总数的40%,在1901年的《辛丑条约》中,日本获得三千四百多万两白银的赔款。

同时,在1900年八国联军侵华中,俄国派出了十多万大军,很快占领了中国东北,日本对此耿耿于怀,双方矛盾日益激烈。自甲午战争后,日本就把俄国作为头号敌国,不断积蓄力量,扩军备战,伺机打败俄国。

到了20世纪初,日本的"大陆政策"与沙俄的"远东政策"矛盾越来越尖锐,尤其是在中国东北地区表现最为突出。为争夺中国东北地区,1904年2月,日俄战争爆发。

当时,俄国国内的工人运动高涨,阶级矛盾激化,沙皇政府陷于内外交困的境地,俄国在这场战争中被打败,退到中国东北的北部。

日本虽然打了胜仗,控制了中国东北的南部,但英、美等国不愿看到日本过于强大。在这种情况下,由美国出面斡旋,日俄两国在美国的朴茨茅斯举行谈判。1905年9月5日,两国签订《朴茨茅斯和约》。其主要内容是:

俄国承认日本在朝鲜的独占利益;

俄国将辽东半岛租借权和南满铁路(旅顺至长春等支线)有关特权转让给日本;

俄国将库页岛南部让给日本。

而后,日本政府又强迫清朝政府签订《东三省事宜正约》,迫使清政府承认其从沙俄手里接收的权利,并开放辽阳、铁岭、长春、哈尔滨、满洲里等 16 处为通商口岸,同时准许在奉天、营口、安东三市设立租界。

日俄战争完全是一场非正义的列强战争,交战双方的目的是为了侵占中国东北和朝鲜,以争夺东北亚地区的霸权。这场战争的主战场之一是在中国的东北,由于清政府的衰败没落,在列强的挟持下,无力约束交战双方,根本无力保护国家的主权安全;日俄两国完全无视中国主权,事前根本不同中国商量,事后擅自签订条约,中国毫无主权可言。

日俄战争的结果让俄国的势力大为削弱,日本的势力大为增强,日本实现了对朝鲜的独占,把中国东北南部变成其势力范围,实现了"三国干涉还辽"后"重占辽东"的计划。自此以后,日本力图把东北变成侵略中国的基地,进而发动全面侵华战争。

甲午战争和日俄战争之后,日本确立了在东亚地区的霸主地位以及在世界范围内的强国地位。几番得手,日本军国主义野心更加膨胀起来,于是开始阴谋独占整个中国。

1914 年夏,日本乘第一次世界大战欧美诸国忙于欧洲战事,无暇东顾之际,派兵侵入中国山东,占领原德国租借地胶州湾和胶济铁路沿线,并攻占青岛。

1915 年初,日本向北京袁世凯政府提出旨在灭亡中国的"二十一条"文件要求,企图从政治、军事、经济上全面控制中国。"二十一条"的内容共有五个主要部分:

一、承认日本继承德国在山东的一切权益,山东省不得让与或租借他国;

二、承认日本人有在南满和内蒙古东部居住、往来、经营工商业及开矿等特权,旅顺、大连的租借期限与南满、安奉两铁路管理期限,均延展至 99 年为限;

三、汉冶萍公司改为中日合办,附近矿山不准公司以外的人开采;

四、所有中国沿海港湾、岛屿概不租借或让给他国;

五、中国政府聘用日本人为政治、军事、财政等顾问,中日合办警政和兵工厂,武昌至南昌、南昌至杭州、南昌至潮州之间各铁路建筑权让与日本,日本在福建省有开矿、建筑海港和船厂及筑路的优先权,等等。

"二十一条"的正式谈判从 1915 年 2 月开始。日本以武力相威胁,企图使袁世凯政府全盘接受条款。袁世凯一面派人同日本谈判,一方面逐步泄露"二十一条"内容,在民间制造反日舆论,同时以引起欧美列强的干预。

经过三个多月的交涉,5 月 7 日,日本发出最后通牒,限 48 小时内答复,否则向中国开战。袁世凯指望欧美列强干涉的计划落空，于5月9日递交复文，表示除第五项各条内容外，均接受日本的要求。

"二十一条"一般被冠以"丧权辱国"之定语，5月9日这一天被当时的全国教育联合会定为国耻日，俗称"五九国耻"。

疯狂的"新大陆政策"

进入20世纪20年代后，日本侵华活动又上升到一个新的阶段。1927年夏，日本首相田中义一在东京主持召开"东方会议"，制定了强硬的对华侵略政策。田中义一在《田中奏折》中提出了罕见的、极其露骨的"新大陆政策"，指出日本侵略计划的战略是：唯欲征服中国，必先征服中国东北；唯欲征服世界，必先征服中国。

《田中奏折》提出的对外侵略步骤是：第一期征服中国的台湾；第二期征服朝鲜；第三期征服中国的满蒙（东北和内蒙古地区）；第四期征服中国内地；第五期征服全世界。

该奏折认为，"第一期征服台湾和第二期征服朝鲜"皆已实现，"唯第三期征服满蒙以征服中国全土则尚未完成"。其中还指明："日本除采用'铁血'政策而外，而能排去东亚的困难"。[①]

于是，日本军国主义即按此计划，以"铁血主义"军事战争为核心，加之"贸易"、"移民"、"经营厂矿企业"等一系列形式，不断扩大、加强其在华的侵略势力和范围。

1931年9月18日，日本关东军在沈阳制造"九·一八"事变，发动了对中国东北的全线战争。

1932年2月，日军攻占东北三省全境，侵占了山海关至黑龙江之间相当于日本本土3倍的110万平方公里中国领土；3月9日，日本策划建立伪满洲国傀儡政权，溥仪"登基执政"，并"委托"日本关东军维持"国防"和治安，聘请日本为顾问。

1935年10月至12月，日本在华北地区制造"华北事变"，策动"河北、察哈尔、绥远、山

"九·一八"事变后的
沈阳（奉天）警察局和警察

---

① 《今看日本早期对华侵略政策〈田中奏折〉》，新华网，http://mil. news. sina. com. cn/2005-05-27/1151291926. html。

西、山东"五省和"北平、天津"两市进行"防共自治运动",建立傀儡政权,华北成为日军可以自由出入的"真空地带"。

1937年7月7日,日本侵略军在北平卢沟桥制造"七·七事变",发动全面侵华战争。

"七·七事变"以后,日本动员几乎全部军事力量,采取"速战速决"策略,向华北、华东、华中地区发起战略进攻,相继占领了北平、天津、太原、上海、南京、武汉、广州等一大批城市。

1937年12月,日军攻占南京后,制造了又一起惨绝人寰的大屠杀。12月13日,日军在南京对手无寸铁的民众与放下武器的战俘进行疯狂血腥屠杀,伴之以抢劫、强奸、焚烧等恶劣罪行。日军的恐怖暴行持续了6周,南京城变成了一座人间地狱。据战后远东国际法庭统计,日军在南京大屠杀中杀害的中国人达30万以上。

日军砍杀中国俘虏

在1939年之后的第二次世界大战中,日本军国主义野心空前膨胀,发展到要建立"大东亚共荣圈"、欲图独霸太平洋和印度洋的地步。这其中,对中国的侵略一直是它最重要的目标,把中国视为其扩大战争的"生命线"和"利益线"。

日本的疯狂侵略自然激起中国人民的殊死抵抗。1945年8月,日本帝国主义终于被中国人民和世界反法西斯各国击败,其侵略势力被赶出中国。

自1874年侵略中国台湾开始,到1945年中国抗日战争胜利,近代以来日本侵略中国的战争长达71年,在时间持续上极其长久;而在地域分布上,日本侵华战争范围几乎涉及中国三分之二的国土,其中在1937—1945年的全面侵华战争中,中国只有西藏、新疆两个省级行政区未直接受到战祸摧残,其余省份曾全部或部分沦陷,或局部成为战区,遭到日军铁蹄的蹂躏践踏。

在近代以来世界列强侵华狂潮中,与英、美、法等强国推行商业殖民主义——始终把商业利益作为最终目标不同,日本对中国推行的是一种"亡国灭种"的战争。在日本侵略者所到之处,都是以军事占领为前提,以烧杀抢掠的法西斯主义为手段,以完全殖民化统治为目标,妄图称霸中国。

灭绝人性的战争

日本对中国的大规模侵略和在中国实施的殖民统治,犯下了空前严重的罪行,给中华民族造成了最为深重的灾难和痛苦。综合来看,日本对中国的侵略充满了疯狂性、残暴性、掠夺性和阴险性等种种邪恶特征。

日本对华的侵略充满疯狂性。日军在侵华过程中实施疯狂屠杀,制造了惨绝人寰的大屠杀事件,在中国东起海滨,西到重庆,北起黑龙江,南至海南岛,日军铁蹄所至,生灵涂炭,屠刀所向,尸骨成山。日军在侵华过程中违反人道和国际法,其疯狂暴行数量之多,难以数计,其情状之惨,非笔墨所能形容。如:

在 1894 年 11 月攻占旅顺后,日军杀害了两万余名中国人;

在 1937 年 12 月占领南京后,日军展开烧、杀、淫、掠"比赛",中国平民和被俘士兵被集体射杀、火焚、活埋及用其他方法处死者在 30 万以上;

在侵华战争中,日军对中国城乡进行狂轰滥炸,日军飞机所到之处,长城内外,大江南北,城镇乡村,一片火海,庐舍变为废墟,田园化为焦土,到处残垣断壁,满目疮痍;

在中国人民抗日战争中,为了扑灭中国的抗日力量,日军对抗日根据地展开大规模"扫荡",实行"烧光其房屋、杀光其居民、抢光其财物"的"三光"政策……

日本对华的侵略充满残暴性。日军侵华手段之卑鄙、程度之残忍令人发指,其惨无人道、丧心病狂、灭绝人性程度达到了史无前例的地步。如:

在日军侵华过程中,屠杀中国人的手段就可以说是无所不用其极,包括枪杀、绞杀、毒杀、奸杀、活埋、火烧、砍头、掏心、截肢、挖眼等等,有研究显示,日本侵略者对中国人民所采取的残杀手段多达 250 余种;

日军在侵华时悍然实行细菌战、毒气战,对中国军民实行"活体解剖",拿活人做细菌实验,把带有霍乱、伤寒、鼠疫等病菌的武器投放到中国,造成大量中国军民死亡;

日军在其占领区掳掠和残害中国劳工,强迫中国妇女充当"慰安妇",到处凌辱、奸淫中国妇女……

日本对华的侵略充满掠夺性。日军在侵华过程中表现出空前的贪得无厌,其掠夺中国资源与财富数量之多,非数字所能统计。如:

日军所到之处,肆意掠夺当地矿产资源,控制当地经济命脉,尤其对中国的东北和华北地区影响最甚;

日本通过签订不平等条约,索取大量赔

日军侵华罪行

款来掠夺中国财富；

日军为了支持侵略战争的需要,在中国实行"以战养战"的策略,对中国的各种物产和人力资源进行掠夺……

日本对华的侵略充满阴险性。日本在侵华过程中所表现出的处心积虑以及用心险恶程度,非一般人所能想象。如:

日本侵略者为了达到长久占领中国目的,一方面依靠血腥屠杀、残酷武力来征服,另一方面又攻心为上,利用各种形式的奴化教育,培养服从于日本的顺民;

日本侵略者在沦陷区实行文化同化政策,用效忠日本天皇的军国主义文化取代中华文化,以图摧垮中华民族的国家观念和民族意识,灭亡中华文化;

日本侵略者还通过勾结劣绅,培养亲日势力,利用"以华治华"的政策,通过扶植代理人,来消解中国人的反日情绪和力量……

在近代日本侵华战争中,尤其是在 1937—1945 年发动的全面侵华战争,日本侵略者对中国人民展开了人类史上最凶残的屠杀,对中国的物质财富进行了最疯狂的掠夺与破坏,对中国民族精神和文化进行了最罕见的摧残与毁灭。

日本侵华罪恶罄竹难书,那些不胜列举的血的事实,是日本侵略者刺在中国人身上和心灵上永远的伤疤。

近代以后日本对中国的侵略是全方位的、多层面的,那不仅是一场军事战争,更是一场"灭绝人性的战争",从整体上看就是一场"欲亡中国"的灭绝战争。

日本的"欲亡中国"战争给中国造成的损失与破坏是巨大的和多方面的。概括来讲,它严重破坏了中国国家安全、主权独立和领土完整,给中国造成空前的人员、物质、文化损失,直接中断了中国的现代化进程,对中国社会发展与进步造成严重的滞碍作用。

具体来讲,日本的"欲亡中国"战争给中国造成的损失与破坏主要表现为人口损失与财产损失,以及由此所导致的社会发展停滞三大方面。[①]

在人口损失方面,仅在 1937—1945 年的 8 年间,日军在中国就制造了数万起杀害中国平民的血案,其中较大规模的杀人血案不下 4 000 起,遇难的中国同胞达数千万人。如在第二次世界大战中,以日本侵略中国最为严重,中国是抗日战争的主战场,资料显示,在日本侵略军的屠刀下,中国军民伤亡人数达到 3 500 万,其中死亡约 1 800 万。

在社会物质财富的破坏与毁灭方面,几乎不可能计算准确的答案。有研究表明,

---

① 以下资料主要选自《日本侵华战争造成中国多大损失》,李宣良、梅世雄,《中国青年报》,2005 年 7 月 6 日。

在1937年以后的日本全面侵华战争期间,中国遭受的直接财产损失高达1 000亿美元,间接损失达5 000亿美元。

在滞碍社会发展进程方面,日本的侵略对中国发展进程产生严重阻碍作用,延缓中国社会现代化进程达半个世纪之久。

在近代以来列强侵华战争中,日本对中国的破坏最大、创伤最深。特别是在第二次世界大战中,中国是世界反法西斯战争中遭受损失最惨重的国家,世界上没有其他任何一个国家为了这场战争,付出过像中国这样惨重的牺牲与代价。

日本侵华战争是近代列强侵华史上最为重大、最为悲惨的战争,给中国人民带来无尽的痛苦和灾难。它刻在全体中国人心中的创伤,至巨至深。

自1840年鸦片战争之后,中国闭关自守的古老大门被打开,世界列强从此接踵而来,纷纷向中国发动侵略战争,中国历史从此进入到列强纷争的屈辱时代。列强对中国的侵略历时之长,参与国之多,频率之高,范围之广大,危害之深重,实属世界罕见。

列强诸国在侵华过程中,都带有明显的自身特征。其中,英国对中国实施的是"贸易战争";美国对中国实施的是"文化战争";法国对中国实施的是"宗教战争";俄国对中国实施的是"疆土战争";日本对中国实施的是"人性战争"。中国近代史就是一部"外国侵略中国、外国人打败中国人"的屈辱史。

与此同时,中国近代史也是一部反抗外来侵略的抗争史和追寻救亡图存的探索史。然而,在辛亥革命之前,中国近代史上几乎所有的反对外来侵略的抗争和追寻民族救亡图存的探索,虽起到一定的积极作用,但历次反侵略战争除取得一些局部胜利之外,大多都以中国失败、被迫签订丧权辱国的条约而告结;各种为救亡图存的探索虽有过一些收获,但也多是半途而废,不了了之,没有让中国走上"自强求富"之路。

第六章 国家危机与救亡图存

四万万人齐下泪,天涯何处是神州?

——谭嗣同(1896年《有感》)

第一节　瓜分豆剖接踵来

从"瓜分豆剖"到"联合行动"

自 1840 年鸦片战争之后，中国闭关自守的古老大门被打开，世界列强从此接踵而来，纷纷向中国发动侵略战争，中国历史从此进入到列强纷争的屈辱时代。在 19 世纪中后期这一段时间里，当时世界上主要资本主义强国英国、美国、法国、俄国、日本等都入侵到中国的领土上来。

其中，从 1840 年鸦片战争开始至 19 世纪 60 年代这一阶段，列强侵华的主要目的是打开中国大门，变中国为其商品销售市场和原料供应地，把中国卷入资本主义世界市场体系；进入 19 世纪 70 年代以后，世界主要资本主义国家从自由竞争阶段逐步向垄断阶段过渡，列强对外的侵略扩张政策由以商品输出为主变为以资本输出为主。在这一阶段，列强一方面继续把殖民地作为原料产地和销售市场，另一方面加大对殖民地的资本输出，同时掀起瓜分世界的狂潮。

当时非洲基本被瓜分完毕，亚洲大部分地区也被瓜分，仅剩中国这一大块"富源之地"尚未被瓜分。于是，列强便把矛头指向了中国。

19 世纪七八十年代，列强从侵占中国周边邻国发展到蚕食中国边疆地区，使中国陷入"边疆危机"。其间，英国从印度侵入西藏，又从缅甸入侵云南；法国从越南侵犯广西；俄国从中亚入侵新疆；日本吞并琉球，侵犯台湾。列强侵略中国邻国、蚕食中国边疆地区的一个重要目的，就是为瓜分中国做准备，以在瓜分争夺中占据一个有利位置。

1894 年中日甲午战争爆发后，列强对中国的争夺和瓜分图谋充分暴露出来。当年 11 月，孙中山在创立革命团体兴中会时指出："方今强邻环列，虎视鹰瞵，久垂涎于中华五金之富,物产之饶。蚕食鲸吞,已效尤于接踵;瓜分豆剖,实堪虑于目前。"

1895 年《马关条约》签订后,规定把台湾、澎湖列岛和辽东半岛割让给日本,这刺激了列强瓜分中国的野心,并激化了列强争夺中国的矛盾。由此,英、法、德、俄、日、美等国竞相向中国强占租借地,划分势力范围,掀起瓜分中国的狂潮。

列强对中国的瓜分开始以强占重要港口和海湾为中心,然后划分势力范围。到 1898 年至 1899 年,列强各国基本都在中国划分到了自己的势力范围。

德国强占胶州湾,山东成为德国势力范围;

俄国强占旅顺口和大连湾以及新疆部分地区,长城以北及西北地区成为俄国势力范围;

法国强占广州湾,广东、广西、云南成为法国势力范围;

英国强占香港新界、威海卫,把广东和云南的一部分地区及长江流域划为其势力范围;

日本强占台湾和澎湖列岛,把福建划为其势力范围;

美国当时正忙于向中南美洲扩张,无力插手中国事务,但它通过"机会均等"的"门户开放"政策,取得了与各国同样的利益;

意大利于 1899 年 3 月向清政府要求租借浙江沿海的三门湾,由于列强之间的矛盾以及清政府的拒绝,没有得逞。

列强在华抢占港湾,划分势力范围,建立军事据点,控制了北自旅顺、大连,南至广州、香港的许多战略要地,从而使中国门户洞开,京畿腹心要地处于重大威胁之中。

当时有人绘制了一幅《时局图》,生动形象地表述了中国被瓜分后的残局:图中熊代表俄国,犬表代英国,蛙代表法国,鹰代表美国,日代表日本,肠代表德国。图旁题诗曰:沉沉酣睡我中华,那知爱国即爱家;国民知醒宜今醒,莫待土分裂似瓜。

《时局图》

列强在瓜分中国的过程中,各国之间既互相争夺,又互相勾结,最后总是以牺牲中国的权益来换取它们之间的妥协。当 1899 年美国提出的"门户开放"政策得到列强的认可后,各国列强在一定程度上形成了共同宰割中国的同盟。

到 20 世纪初,中国已基本被列强分割为大大小小的势力范围,而且列强在中国的问题上还采取了一致行动,其显著标志就是八国联军侵华战争的爆发。

1900 年,英、法、美、俄、德、日、意、奥 8 个①世界强国,以中国义和团的"扶清灭洋"运动为由,借口维护本国在华人士的权益,组成联军,向中国发动战争。

八国联军侵入紫禁城

1900 年 6 月初,八国联军从天津登陆,向北京进犯。8 月 14 日,八国联军攻陷北京。第二天清晨,慈禧太后带着光绪皇帝和亲信仆臣,仓皇逃往西安。

北京沦陷后,八国联军在北京实行分区占领。联军统帅瓦德西在紫禁城内设立司令部,统治北京城。八国联军在北京公开抢劫,屠杀无辜,奸淫妇女,无恶不作。

瓦德西曾特许士兵公开抢劫三天,以后各国军队又抢劫多日。联军的暴行使得大量珍贵文物惨遭掠夺和毁坏,皇宫和颐和园里珍藏多年的宝物被抢掠,明代的《永乐大典》和其他珍贵图书被毁达 4.6 万余册,抢劫官库款银达 6 000 万两。中国"自元明以来之积蓄,上自典章文物,下至国家珍奇,扫地遂尽"。

在联军的抢掠过程中,凡是拿得走的贵重物品,一概拿走,凡是拿不走的便一概打碎。瓦德西后来供认:"所有中国此次所受毁损及抢劫之损失,其详数将永远不能查出,但为数必极重大无疑……又因抢劫所发生强奸妇女、残忍行为、随意杀人、无故放火等事,为数亦属不少。"②

1901 年 9 月 7 日,诸国列强胁迫清政府签订《辛丑条约》,其主要内容是:

一、清政府向各国共赔款 4.5 亿两白银,以海关等税收做担保,分 39 年还清,本息共计 9.8 亿两;

二、划定北京东交民巷为使馆区,允许各国驻兵保护,不准中国人在界内居住;

三、惩办义和团运动中参加反帝斗争的官吏,永远禁止中国人成立或加入反帝性质的组织,对反帝运动镇压不力的官吏,"即行革职,永不录用";

四、拆毁天津大沽到北京沿线的炮台,允许列强派兵驻扎北京到山海关铁路沿线要地;

---

① 1900 年,澳洲各殖民地政府响应英国召唤,协同八国联军攻打中国。在此期间,澳大利亚联邦宣告成立。因此,如果把澳大利亚包括在内,1900 年侵略中国的联军可以说是"九国联军"。
② 《瓦德西拳乱笔记》,第 50—55 页,王光祈译,中华书局,1936 年。

五、改总理衙门为外务部,位居六部之上。

八国联军侵华战争以清政府与 11 个国家①签订《辛丑条约》为终。之后,八国联军除留一部分常驻京津、津榆两线外,其余撤兵回国。

《辛丑条约》签订仪式

《辛丑条约》中规定清政府赔款 4.5 亿两白银,这个数字是当时的中国人口总数,以示每人罚款一两白银,以达"警示"中国人之意。

全方位的侵略战争

至此,中国在 1840 年进入近代史以后,世界上几乎所有的资本主义强国都对中国发动过一次甚至多次侵略战争。

列强在对华实施侵略的过程中,一开始往往是凭借军事实力,用战争和威胁手段进行打击、施压,然后以不平等条约的形式将侵略权益固定下来,再凭借不平等条约掠夺、剥削中国人,使中国陷入苦难的深渊。

在中国近代史上,列强对中国侵略的主要内容及表现形式包括军事侵略、经济掠夺、政治控制和文化渗透四大方面。

列强对中国的侵略首先表现在军事侵略上。它们依仗先进的武器和军事技术,或进行武力威胁,或发动战争,或镇压中国革命。列强在侵华过程中,先后发动了六次大规模的侵略战争,即:

一、1840—1842 年,第一次鸦片战争;

二、1856—1860 年,第二次鸦片战争;

三、1883—1885 年,中法战争;

① 除了出兵的 8 个主要国家外,后来比利时、荷兰、西班牙三个国家又加入到签订《辛丑条约》的行列之中。

四、1894—1895 年,中日甲午战争;

五、1900—1901 年,八国联军侵华战争;

六、1937—1945 年,日本大规模全面侵华战争。

除了这些大规模侵略战争外,列强还发动了多次小规模侵华战争。如:

1871 年 7 月,俄军侵占西北重镇伊犁;

1874 年 4 月,日军入侵台湾;

1875 年,英国从缅甸入侵云南,签订《烟台条约》;

1883 年和 1903 年,英军两次入侵西藏。

在列强侵华战争中,侵略者先后制造了四桩惨绝人寰的大屠杀惨案,即:

一、日军旅顺大屠杀:甲午战争中,1894 年 11 月,日军攻陷旅顺后,在四天之内屠杀了两万余名中国人;

二、沙俄江东六十四屯大屠杀:1900 年 7 月,俄军把海兰泡和江东六十四屯包围,对数万中国居民进行驱赶和杀戮;

三、八国联军京城大屠杀:1900 年 8 月,八国联军攻入北京后疯狂屠杀义和团民和居民,据载,仅在北京庄亲王府一地,就有 1 800 多人被屠杀和烧死;

四、日军南京大屠杀:1937 年 12 月,日军攻占南京后,6 周之内杀害中国人达 30 万以上。

在列强侵华战争中,从其规模来看,每次战争的持续时间一次比一次长,涉及地区一次比一次广,危害程度一次比一次深。第二次鸦片战争是第一次鸦片战争的继续和扩大;中日甲午战争又大大超过了中法战争;八国联军侵华战争在国家、军队的数量上都远远超过了以前历次战争;至 19 世纪三四十年代日本发动的大规模侵华战争,则达到了历史的顶峰。

从中国人民的抗战结果来看,只有在最后的抗日战争中取得胜利,其他历次战争除局部取得一些小胜外,几乎都以中国失败而告终。

列强对中国的经济侵略主要表现在强迫清政府与之签订不平等条约进而获取各种经济特权,把中国变成其商品倾销市场和廉价原料基地,以及资本输出地。列强通过条约赋予的特权,以增开通商口岸,剥夺中国关税自主权,强迫贷款,在中国开工厂、办银行、修铁路、开矿山等方式,获取超额利润,将中国拽入世界经济市场,使中国成为西方大国的经济附庸。

列强对中国经济掠夺的最直接表现就是通过不平等条约来割让大片土地和获取巨额赔款。自 1842 年英国通过《南京条约》向中国勒索赔款之后,其后的《北京条约》、《马关条约》、《辛丑条约》赔款数额都在不断提升。据统计,在 1840—1901 年,清政府对外赔款高达 19.53 亿银元,这相当于清政府 1901 年全年财政总收入的 16 倍。伴随着巨额赔款而来的是清政府因无力偿还,不得不举借外债来偿付,忍受高利息盘剥,导致财政负担越来越重,对外国资本的依赖越来越大。加上列强在中国开设的银行,控制和垄断了中国的财政与金融,进一步操控了中国的经济命脉。

列强对中国的政治侵略主要表现在破坏中国的领土、国防、海关、司法、外贸等主权,操纵中国的内政、外交,把中国当权者或实力派人物变成其工具及统治代理人。为控制中国的政治,列强十分注重在中国收买、培植代理人。如在民国初年,袁世凯成为列强统治中国的代理人;袁世凯死后,各派军阀成为列强在中国的代理人。

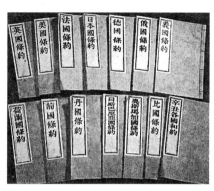

鸦片战争后签订的一系列不平等条约

列强对中国的文化侵略主要表现在利用教会、学校、报刊、书籍等载体,以传教布道、兴办慈善事业等方式进行渗透,强制性地进行文化移植,推行殖民主义奴化教育。列强通过文化渗透从精神上麻醉中国人,并丑化、淡化中国人的民族意识,消灭中国人的反帝爱国思想,以巩固和扩大在华权益。

因此,列强对中国的侵略是多角度、多层次、全方位的。它们通过发动战争、迫签条约、强占领土、开辟商埠、建立租界、控制关税、垄断航运以及输出商品和资本等多种方式,对中国军事上加大打击,政治上加强控制,经济上大肆掠夺,文化上逐步渗透,使中国一步步沦为半殖民地半封建社会。

"差异化"路径选择

列强在侵华过程中尽管都带有军事、经济、政治、文化等共同的侵略内容和方式,但各国在侵华过程中,根据其国情和手段的不同,还是带有明显的自身特征。

其中,英国是侵华的急先锋,它率先以鸦片和大炮打开了中国的大门,在 19 世纪中后期各国侵略者中,一直保持领先地位。英国在侵华过程中最大的特点就是对中国发动"贸易战争",它始终把获取各种通商贸易特权作为侵华的首要目标,注重贸易经济利益。在 19 世纪中后期和 20 世纪初,英国的对华贸易在各国列强中始终名列榜首。进入 20 世纪 30 年代后,英国在中国的强势地位逐渐下降,被自己曾经的追随者美国以及日本替代。

美国是紧随英国炮舰而来的侵略者,它在一开始采取追随英国的策略,当自身势力壮大后,在19世纪末开始奉行"门户开放"的侵华政策。美国在侵华过程中最大的特点是实施"文化战争",它利用教育、宗教等手段,积极传播美国文化,推行美国价值观念、政治理念和生活方式,以"树立良好形象",实现美国在华的最根本和最长远利益目标。20世纪30年代以后,美国在侵华过程中主要与日本展开竞争;第二次世界大战日本投降以后,美国通过援助国民党打内战,成为最主要的侵华国家。

法国差不多是跟美国同步而来的侵华国家。法国在侵华过程中最大的特点是注重"宗教战争",它利用宗教把布道、教育、医疗、慈善事业融为一体,贩卖"精神鸦片",借传教之名,行政治、经济侵略之实。20世纪30年代以后,由于美国和日本的强势入侵,法国在华的地位逐渐下降。

俄国是在第二次鸦片战争中开始大规模侵略中国的。俄国在侵华过程中最大的特点是奉行"疆土战争",自始至终都伴随着以占有和扩大领土与疆域为重点。俄国通过战争、条约、调停等手段,从中国大约分割掉至少300多万平方公里的领土。俄国是近代侵华列强中,逼迫中国签订不平等条约最多、侵占中国领土面积最大、攫取权益最多的国家。1917年俄国十月革命爆发,俄国一些势力始终还保持对中国边疆的渗透和侵吞蚕食。

日本是近代较晚入侵中国的主要资本主义国家,但它却后来居上,很快成为侵华的主要国家。在1937年发动全面侵华战争后,日本迅速占领了大半个中国,到1945年,基本上形成了日本独占中国的局面。日本在侵华战争中最大的特点是推行"欲亡中国"的战争,充满了疯狂性、残暴性、掠夺性和阴险性,是所有侵华列强中最为凶残和野蛮的国家,在中国犯下了空前严重的、罄竹难书的罪行。1945年,随着抗日战争的胜利,日本侵略势力被赶出中国。

德国是欧洲的一个后起资本主义国家,它在1895年中日甲午战争后,借"三国干涉还辽"事件,向清政府"邀功请赏",获得在山东胶州湾的租借地权利,并把山东划分为其"势力范围",后来它还参与了八国联军侵华战争。20世纪初,德国卷入欧洲战争,无力顾及远东,并因在第一次世界大战中战败而退出中国。

因此,在1840—1949年的109年间,在列强入侵中国的过程中,有公然入侵的,也有暗地作祟的;有单独入侵的,也有合伙劫掠的;有直接出兵控制的,也有扶植各种势力作为统治中国工具的;有强迫签订不平等条约的,也有赤裸裸蚕食和鲸吞各种利益的;有军事、政治控制的,也有商品倾销和资本输出的……

近代史上列强对中国的大举入侵,从原因和目的来看,是列强为了满足其资本主义发展的需要,以打开和占领中国的商品市场、原料产地和投资市场,攫取侵略权益,推行对外扩张政策的必然结果,也是列强们争夺世界政治、军事霸权的重要组成部分。当然,中国的落后和清政府的腐朽没落,也是列强敢于对中国发动侵略的原因之一。

从入侵者来看,侵华列强经历了从"一国—多国—一国"的变化。先是以英国单独入侵为主,接着是后起的资本主义国家相继加入,最后是日本独占中国。

从侵略影响来看,列强的入侵引起中国政治、经济、文化和社会的剧烈动荡,破坏了中国的领土、国防、海关、司法、外贸等主权,把中国从一个独立自主的主权国家拖入到半殖民地半封建社会的深渊,给中国带来了无尽的灾难和屈辱。

第二节　天涯何处是神州

抗　争　与　图　存

中国近代史上列强的侵略在给中国人带来压迫、屈辱的同时,也充当了历史的不自觉工具,从反面警醒、教育了中国人,在一定程度上促进了中国人的觉醒、反抗、探索和奋起。因此,中国的近代史也是一部反抗外来侵略的抗争史和追寻救亡图存的探索史,抗争与图存成了一代又一代中国人面临的伟大使命。

中国人的近代抗争史主要表现在抵御外国军事侵略的武装斗争,集中体现在广大爱国官兵和人民群众的反侵略斗争中。

在历次反抗外来侵略的战争中,首当其冲的、最主要的抵抗力量当然还是国家军队,清朝的广大爱国官兵是抵抗外来侵略的主要力量。如:

在第一次鸦片战争中,林则徐、邓廷桢、关天培、陈化成等在广州、厦门、定海、宁波,率领军民英勇抗击英军。

在第二次鸦片战争中,1859 年 6 月,英法联军大举进攻大沽炮台时,直隶提督史荣椿率兵应战,官兵奋起抗击,击毁敌舰多艘。

在中法战争期间,1884 年,督办台湾事务大臣刘铭传率军在基隆、淡水击退法国军舰;1885 年 3 月,在中越边境镇南关,70 岁老将冯子材身先士卒,率兵勇猛冲杀,大败法军,取得"镇南关大捷"。

在中日甲午战争期间,1894 年 9 月,在黄海大战中,致远舰管带邓世昌最后驾舰撞向日军吉野舰,全舰官兵除 7 人获救外,其余将士以身殉国;经远舰管带林永升中弹身亡,舰上官兵在失去指挥官的情况下依然拼死还击,最后全舰官兵除 16 人获救外,全部遇难。

在近代中国的抗争史中,广大人民群众在危急时刻也站出来,或自发行动,或配合官兵,勇敢走向前沿阵地,抵抗外来侵略暴行。如:

在第一次鸦片战争中,1841 年 5 月,英军在广州郊区三元里一带掳掠抢劫,激起当地乡民义愤,数万民众自发

邓世昌

组织起来,与英军展开激烈战斗。

在第二次鸦片战争之后,即太平天国农民战争后期,太平军曾多次重创英、法侵略军。1862 年 5 月,太平军在江苏奉贤击毙法国侵华海军司令卜罗德;9 月,太平军在浙江慈溪击伤"常胜军"统领华尔。

在列强侵略台湾的过程中,台湾人民也奋起反抗。1867 年,美国派兵入侵台湾,台湾人民英勇抵抗,打退美军的进犯;1874 年,日本派兵侵犯台湾,遭到台湾人民痛击。

在中法战争期间,1884 年,香港造船工人举行罢工,拒绝修理受损的法舰,爱国商人也举行罢市,码头工人则不运送法货,以抵制法国对中国的侵略。

1900 年八国联军侵华时,义和团及部分清军与之展开殊死战斗。当年 6 月,义和团在廊坊反击八国联军,造成对方死伤近 300 人,取得"廊坊大捷"。

中国人在武装反侵略斗争中表现出来的不畏强暴、赴汤蹈火、血战疆场、宁死不屈的爱国主义精神,铸成了中华民族坚强不屈的脊梁。

面对列强的入侵,中国人在用武力进行抗争的同时,也在用智力思考、探寻国家和民族的命运与出路。近代中国的探索史主要表现在寻求救亡图存、强国御敌的方法及实践上,集中体现在有志之士和开明官员实施的各种维新变革当中。其中包括早期维新思想、洋务运动、太平天国运动、戊戌变法、清末新政、立宪运动、辛亥革命等。

早在第一次鸦片战争前后,中国就产生了早期维新思想,主张向西方学习,以期富国强兵,抵御外国侵略。如:

魏源提出的"师夷长技以制夷"的思想,主张学习外国先进的军事和科学技术;马

建忠、郑观应等人不仅主张学习西方的科学技术,同时要求吸纳西方的政治、经济学说。

到了19世纪五六十年代,以洪秀全为首的农民阶级掀起的太平天国运动,其中的一些思想主张也是救亡图存的有益探索。如:

在太平天国运动早期,颁布了以平分土地为主的《天朝田亩制度》,要求"凡天下田,天下人同耕",希望建立一个"有田同耕,有饭同食,有衣同穿,有钱同使,无处不均匀,无人不饱暖"的理想社会;在太平天国运动的后期,洪仁玕制订了中国历史上第一个资本主义发展方案《资政新篇》,主张加强中央集权,发展工商业经济。

《资政新篇》

从19世纪60年代至90年代,清朝从中央到地方掀起了一场"师夷长技以自强"的"洋务运动"。它追求富强之术,引进西方先进的科学技术和思想文化,让中国出现了第一批近代军事、民用企业,客观上刺激了中国资本主义的发展。如:

洋务运动前期以"自强"为旗号,采用西方先进生产技术,重点创办了安庆军械所、江南制造总局、福州船政局等一批近代军事工业;洋务运动后期以"求富"为旗号,重点创办了轮船招商局、开平矿务局、汉阳铁厂等一批民用工业。

到了19世纪末,1898年,在维新派的支持鼓动下,清政府自上而下地实施了一场"戊戌变法"改革运动。戊戌变法是一场资产阶级改良运动,也是近代中国的一次思想解放运动。①

晚清政府的最后一搏

进入20世纪后,八国联军侵华以及此前列强掀起的瓜分中国狂潮,让中华民族面临着亡国灭种的空前危机。

外来压力空前严重,国内革命思潮也渐成气候,在严峻的危机面前,清政府从最高统治者到文武大臣,都比以前清醒了许多,终于认识到要对付外国侵略,挽救国家危亡,祖宗之法非变不可了。

1901年1月29日,被八国联军炮火赶到西安的慈禧太后发布"变法"上谕,其中

---

① 关于"戊戌变法"请参照本书上篇第五章第二节"光绪皇帝的变法及妥协"中相关内容。

写道："法令不更,锢习不破,欲求振作,当议更张","取外国之长,乃可补中国之短;惩前事之失,乃可作后世之师。"清政府不得不承认"朝章国故、吏治民生、学校科举、军政财政"等都存在"锢习",各种"法令"都有"更张"的必要。

20世纪的前10年,即晚清的最后十年,是清政府为维护其统治而进行最后一搏的关键时期。面对外来的压迫和国内的求变形势,清政府在1901—1911年对各个方面进行了一系列空前的改革,这些改革被统称为"清末新政"。

清末新政是在慈禧太后的一手推行下展开的,是晚清历史上第一次由政府掌权者实施的改革——因为此前的洋务运动和戊戌变法是在没有得到慈禧的明确、一贯支持下进行的,在当时的中国根本无法顺利推行,而这一次新政则完全是在慈禧太后的支持下进行,因此实施起来就不再有那么多的政治阻力。

清末新军

清末新政在前期(1901—1905年)以社会综合改革为主,在军事、经济、政治、文化教育领域推出了各项举措。如:

在军事上筹饷练兵,编练"新军";

在经济上振兴商务,奖励实业;

在政治上改革官制,整顿吏治;

在文化教育上废除科举,育才兴学。

清末新政前期的内容基本上是戊戌变法的一种深入和发展,这些措施便于西方先进科学技术和思想文化的传播,有利于中国工商业经济和民族资本主义的发展。尽管前期改革的范围还没有触及当时清政府的政治体制问题,仍然没有摆脱"中学为体,西学为用"的基本原则和立场,但这些改革还是为后期的宪制改革打开了局面,奠定了基础。

清末新政在后期(1906—1911年)以政治改革为主,掀起了轰动一时的"立宪运动"。

所谓"立宪",就是建立宪法制度,实行民主政治。当时的宪政国家有两种,一种是共和国家实行的民主立宪,如美国、法国;一种是有君主的国家实行的君主立宪,如英国、日本。其时清政府在中国推行的"立宪"是指君主立宪,即制定宪法,限制君权,推行民主。

1905年7月,慈禧太后在召见大臣时表示:"立宪一事,可使我满洲朝基永久确固,而在外革命党亦可因此涡灭,候调查结果后,若果无妨碍,则必决意实行。"①

1905 年 12 月,清政府派出五位大臣到日、英、法、美等 9 国考察各国宪政。五大臣回国后,在 1906 年立即奏请立宪,他们力陈立宪的好处:"宪法所以安国内,御外侮,固邦基,保人民……且立宪政体,利君利民,独不便于庶官也。"②

1906 年 9 月,清政府颁布"预备仿行宪政"谕旨,决心实行立宪。该谕旨颁布后不久,各地就纷纷建立立宪团体,掀起立宪运动风潮。

清政府宣布"预备立宪"后,人们对此曾充满期待

1908 年,立宪运动进入高潮,立宪派一连发动了几次召开国会的请愿。清政府在 1908 年 8 月宣布预备立宪以 9 年为限,计划在 1909 年进行省谘议局选举,1910 年开资政院,1917 年召开国会,实行宪政。

当时,清政府还颁布了《钦定宪法大纲》,这是中国第一部具有现代宪法意义的法律文件,规定了"君上大权"及"臣民权利义务"。其中"君上大权"规定,皇帝有权"颁行法律、黜陟百司、设官制禄、宣战议和、解散议院、统帅海陆军、总揽司法权"等;"臣民权利义务"规定,臣民于法律范围以内,享有言论、著作、出版及集会、结社等自由,以及臣民的人身、财产、居住等权利均受法律保护。

1908 年 11 月,光绪皇帝和慈禧太后相继去世,宣统皇帝溥仪继位。1909 年 3 月,清政府下诏重申"预备立宪",命令各省当年内成立谘议局。1910 年,由十六省谘议局代表组成的国会请愿同志会,三次请愿要求速开国会;10 月,资政院在北京成立,要求在 1911 年召开国会。清政府不得已将预备立宪期由此前预设的 9 年改为 5

---

① 《辛亥革命前十年间时论选集》,第 2 卷,第 70 页,张丹、王忍之,三联书店。
② 《中国近代宪政宪法史略》,第 55 页,蒋碧昆,法律出版社,1988 年。

年,定于 1911 年成立内阁,1913 年召开国会。

1911 年 5 月,清政府裁撤军机处等机构,组成新内阁。新内阁由庆亲王奕劻任总理大臣,在 13 名内阁成员中,满族官僚 8 名,汉族 4 名,蒙古旗人 1 名,其中皇族成员 5 人。从新内阁人员构成来看,俨然成了"皇族内阁",清政府的"预备立宪"变成了贵族集权。

于是,立宪派的幻想随之破灭,国内民主革命开始高涨。

1911 年 10 月,辛亥革命爆发。随着清王朝的倒台,"立宪运动"也付诸东流。

清末"立宪运动"虽然失败,但它从某种程度上却是中国两千多年封建君主专制走向民主宪政的开端。从预备立宪的改革措施来看,它标志着清政府在向西方学习的主张中,从以前的"用"发展到"体"、"用"兼有。这是晚清时期中国学习西方的一个质的飞跃,终于从经济、军事、文化等社会层面结构向政治深层结构转换,在一定程度上触动了清朝专制统治的根本。

综观晚清最后十年的新政改革,其范围之广、力度之大远远超过此前清朝两百五十余年的变革,那些举措也让王朝末世一度颇具中兴气象。但这却不能挽救腐朽至极的清朝统治,清朝灭亡的命运变得不可避免,清末最后十年无疑是一部事与愿违的历史。随着辛亥革命枪声的响起,也敲响了清王朝覆灭的丧钟。

屡屡失败的抗争与探索

至此,在辛亥革命之前,中国近代史上几乎所有的反对外来侵略的抗争与追寻民族救亡图存的探索,都屡屡失败。

从中国抗争、探索失败的原因看,表象的外部原因是中国的综合实力特别是经济技术水平和作战能力落后。

在 19 世纪中叶,西方资本主义强国经过工业革命,在动力、能源等领域出现重大创新和技术应用,提高了生产力,促使经济、技术飞速发展;而东方封建社会的中国仍旧是小农经济占主导地位,生产工具简陋,生产效率低下,经济发展落后,已被远远地抛在了后面。

经济技术的落后必然导致军队装备的落后。列强在侵华战争中,其武器装备、军队素质、作战能力、指挥策略、后勤供给等军事方面的综合力量都明显超过了清朝的水平。军事实力相差悬殊,中国"技不如人"是近代中国反侵略战争失败的直接原因。

经济技术落后是中国反侵略战争失败的重要原因,但这并不意味着中国在战争中一定会打败仗。除了军事实力因素外,中国在对外反侵略战争中,清政府实行的一些错误方针、政策,也是导致中国一再失败的重要原因。这就涉及清政府的自身问题,即中国反侵略抗争与救亡图存探索屡屡失败的根本原因,就在于中国社会政治制度的僵化腐朽。

1840年以后,在世界列强大举进犯中国的时候,其时统治中国的清王朝,还是一个纯粹的封建君主专制政权。从皇帝到权贵,大多昏庸愚昧,闭关自守,不了解世界大势,不懂得御敌之策,不愿意进行变革;许多官员贪污腐化,营私舞弊,吏治黑暗;不少将帅贪生怕死,克扣军饷,临阵脱逃;统治者害怕人民的抗争以及救亡图存会危及自身的统治,有时甚至不惜出卖国家和民族的利益,压制人民群众和爱国官兵的反侵略斗争,竭力反对、破坏各种救亡图存变革;即使实施了一系列的自救改革运动,但基本上都是在"中学为体、西学为用"的原则下进行的,始终对封建专制制度不予触动。在这样腐朽没落的政府领导和指挥下的抗争与变革,想取得成功似乎是不可能的。

况且在中国近代史上,世界列强对中国的侵略在表面是对中国发动的军事战争,是用军事"硬实力"打败了落后的中国,而实质上列强对中国发动的是"贸易战争"、"文化战争"、"宗教战争"等各种隐性战争,列强其实是在思想、制度、文化、科技等"软实力"方面打败了中国。

社会政治制度的腐朽和经济技术水平的落后,是近代中国反侵略战争和图强变革失败的两个主要原因。而正是因为社会政治制度的腐朽,才使得中国近代社会经济技术落后的状况长期得不到改变,这是最根本的原因。因此,近代中国反侵略战争和图强变革的失败才变得不可避免,也导致了清政府一步步走向衰亡。

自进入近代以后,中国的经济社会已经发生深刻变化。在社会性质上,中国已从一个独立自主的封建国家沦落为半殖民地半封建国家,外来列强与封建统治相结合,使近代中国在成为列强殖民地的同时,又处在本国封建专制统治之下;在社会主要矛盾上,中国从原来的地主阶级和农民阶级的矛盾转变为外国列强和中华民族以及封建地主和人民大众之间的双重矛盾。这种社会性质和社会矛盾阻断了中国的工业化、民主化独立发展道路,阻碍了中国经济社会的发展进步。所以,外国列强与本国封建专制政权的联合统治,是导致了近代中国贫困与落后的基本原因。

近代中国社会性质和主要矛盾的变化也决定了中国在革命性质和任务上,已从旧式的纯粹农民革命进入到资产阶级民主革命,中国人要肩负起反对外国列强侵略和本国封建统治的双重任务。

在这两大任务中,从现实出发,当时中国的落后性决定了中国并不能在一时之间,就能立刻打败外国侵略者,推翻列强在中国的统治。相比较而言,先行推翻清王朝的封建专制统治会更容易一些。而且从长远来看,只有变更社会制度,推翻清王朝的腐朽统治,中国才会有根本出路,才会有反抗外来侵略和实施救亡图存的根本胜利。

在 19 世纪末、20 世纪初诞生的资产阶级革命派,他们把斗争的矛头直接对准了清朝封建专制政权,在辛亥革命中掀起民主革命高潮,一举推翻了在中国延续两千多年的封建专制统治。

新人打败了旧人

下篇

"民主共和"是孙中山一生的信念和始终不渝的奋斗目标。在他的领导下,中国历史实现了从"帝国"到"民国"的转变,古老的中华大地升起了"共和国"的大旗。孙中山在对民主共和的追求中,基本上是以美国模本作为效仿对象的。美国的开国总统华盛顿曾带领美国走上了民主共和之路,但中华民国的开国总统孙中山却没能在中国开辟出一条真实完整的民主共和之路。

与孙中山相对应,康有为希望在中国建立起一套真实完整的君主立宪政体。在戊戌变法及其以前,他是进步的、有洞见的,但在戊戌变法以后,他却变得守旧、顽固起来。康有为的阶级软弱性、士大夫情结和书生意气,使得他把挽救中国危亡的希望以及实现自己的政治理想,始终寄托在清政府和光绪皇帝身上。最终他由一个饱含爱国热情的积极进步分子,蜕落成了一个被时代所遗弃的保皇党人。

孙中山与康有为,同为 20 世纪前后中国思想、政治界中举足轻重的风云人物,他们都设计出各自救国救民的方案,并采取了各自的实践行动,但两人所选择的道路、获得的成果以及所产生的影响都截然不同。而且以康有为为首的保皇派与以孙中山为首的革命派,后来终于激化到水火不相容的地步。

第七章

革命派与保皇派的交锋

世界潮流,浩浩荡荡,顺之者昌,逆之者亡。

——孙中山

第一节　孙中山的信念与奋斗

愈挫愈奋的革命之路

近代以后,世界列强纷纷侵入中国,在"列强打败中国、外国人打败中国人"的同时,"列强之强"与"中国之弱"也激起了一部分爱国开明人士的"师夷长技"之心,他们在中国掀起了一波波向西方强敌学习的热潮。

在 19 世纪中期至 20 世纪初叶中国向西方学习的过程中,相继出现了早期维新派、洋务派、维新改良派、立宪派等各种派别,他们都曾主张放眼世界,向强敌学习"长技",以求中国富强。其中,在清末新政期间,尤其是在后期的立宪运动过程中,与当时立宪派中强烈要求保留"皇权贵族"的"保皇派"相对应,力主推翻清朝统治进而实施"民主共和"的资产阶级"革命派"也不断壮大起来。这一新式的、欲求推翻封建专制的革命派当以孙中山为首。

孙中山,名文,字德明,号日新,后改逸仙。在流亡日本期间,曾化名"中山樵",故世称"中山先生"。

1866 年,孙中山出生在广东省香山县(今中山市)翠亨村的一个贫苦农民家庭。七岁时,他进入当地私塾接受传统教育。在读私塾时,曾听到不少关于太平天国运动的故事,特别对洪秀全十分敬慕,给他幼年留下深刻印象。

后因家境贫困,孙中山受远在美国夏威夷檀香山的哥哥孙眉接济,随母亲去那里学习、生活。

到了美国后,孙中山开始全面接受西式教育,不但学习数学、化学、物理等自然科学知识,也开始接触西方的政治、社会、经济学说,这开阔了他的眼界,使他顿觉"轮舟之奇,沧海之阔"。

1883 年，孙中山回国，先后就读于广州、香港的西医学校，学习医学。

1892 年毕业后，孙中山在澳门、广州等地行医。作为一名忧国忧民的新型知识分子，孙中山对当时的腐败政治深感不满，在行医期间，他经常与好友陈少白、尤列、杨鹤龄等人畅谈时局，批评国事，人们将他们四人称为"反清四大寇"。

1885 年，中法战争让"中国不败而败、法国不胜而胜"，进一步暴露出清政府的软弱无能，也激发了青年孙中山的爱国情怀，他决心"以学堂为鼓吹之地，借医术为入世之媒"，参与到反清活动中去。

1894 年，中日甲午战争爆发，中华民族危机加剧，更激起了孙中山的国家与民族忧患意识，并产生了"弃医从政"的救国念头。这一年 6 月，他不惜长途跋涉，从广东到天津，携带《上李傅相书》，向直隶总督兼北洋大臣李鸿章上书，提出"人能尽其才、地能尽其利、物能尽其用、货能尽其流"四条纲领性改革主张，陈述"治国之大经，强国之大本"。

但这次费尽周折、凝聚着孙中山不凡抱负和远大希望的上书之举，并没有被李鸿章接受，甚至没有得到李鸿章的接见。

上书活动失败后，孙中山游历了北京、天津等地，所见的都是一派腐败没落的景象——当时，前方军队在与日本交战中节节败退，而清朝的统治者却在大肆挥霍浪费，积极筹备慈禧太后的 60 大寿庆典。

失望之余，孙中山从这次政治实践中认识到"知和平之法无可复施"，中国改良没有出路，中国唯有革命！从此他正式放弃了"医人"的医生职业，改而从事"医国"的革命活动。

经过积极宣传和鼓动，在进步华侨的支持下，1894 年 11 月，孙中山在美国夏威夷檀香山创立了"兴中会"。1895 年初，孙中山又到香港，并成立香港兴中会。

兴中会是中国近代史上第一个资产阶级革命团体，它的成立标志着中国资产阶级革命派的初步形成。兴中会以救国为目的，以推翻清政府、建立资产阶级共和国为宗旨，提出了"驱逐鞑虏，恢复中华，创立合众政府"的革命口号和主张。

兴中会成立后，孙中山等人决定在 1895 年 10 月 26 日即阴历九月初九重阳节这天，在广州发动起义。但由于泄密，这次起义被清兵发觉并遭到镇压，陆皓东等会员被捕处刑，孙中山被迫流亡海外。

兴中会的成立和广州起义的发动，意味着孙中山彻底摆脱了改良主义的影响，开始走上民主革命的道路，并把武装斗争作为革命的基本手段。从此，以孙中山为首的资产阶级革命派正式用激烈的革命行动来宣布与清政府的决裂。

广州起义失败后，孙中山被清廷通缉，流亡日本，以后又到欧美各国，在留学生和华侨中进行革命宣传、组织和筹款工作。在此段流亡时间内,孙中山还详细考察、研究欧美各国的经济、政治状况,与进步人士接触。

1896 年秋,孙中山转往英国伦敦,在当地被清廷特务缉捕。后幸得早年在香港西医书院的老师、英国人康德黎相救,才得以脱险。这次事件被称为"伦敦蒙难记",它成就了孙中山一代革命家的美名。

1900 年 10 月,兴中会又组织发动了广东惠州起义,但遭到清政府的严厉"围剿",起义军血战半月,弹尽粮绝被迫解散,起义失败。

广州、惠州两次起义虽然都告失败,但孙中山并未气馁,他又积极在欧美、日本等地华侨和留学生中做宣传动员工作,积聚力量,准备新的战斗。

为增强革命力量,1904 年初,孙中山在美国檀香山加入民间反清秘密会社组织洪门,被封为"洪棍"①,争得了民间会社势力的支持。

随着革命潮流的高涨,继兴中会之后,中国各地相继出现了一些其他资产阶级革命团体,如以黄兴为会长的华兴会,以蔡元培为会长的光复会等。这些革命团体的最高理想都同兴中会一样,谋求推翻清朝的统治,建立民主共和国。然而,这些组织都处于各自为政状态,活动分散,力量不集中,行动不统一。

1905 年夏,孙中山根据当时革命形势发展的需要和革命党人的要求,倡议联合兴中会、华兴会、光复会和其他革命团体,成立统一的革命政党。当年 8 月,孙中山会同黄兴、宋教仁等人,在日本东京成立了统一的革命组织——中国同盟会。同盟会提出了较为完整的革命纲领,即"驱除鞑虏,恢复中华,创立民国,平均地权"的十六字纲领。

当同盟会成立后,资产阶级革命派便有了统一的指导中心。1905 年 11 月,孙中山在同盟会机关报《民报》发刊词等文章中,把同盟会的"十六字纲领"重新归纳为"民族、民权、民生"三大主义,即旧三民主义。其中:

"民族主义"就是要以革命的手段推翻清王朝,即"驱除鞑虏,恢复中华",实行民族革命,把推翻清政府统治作为革命的主要目的之一,变半殖民地半封建的中国为独立的中国。同时,孙中山指出民族主义并不是单纯狭隘的"排满主义",而是要结束清王朝的专制统治,"反满"实际是反对清王朝的反动统治。

"民权主义"就是要仿照欧美的政治体制,建立资产阶级民主共和国,即"创立民国",实行政治革命,建立一个"平等"、"民治"、"国民"的共和国。这是三民主义的核心。孙中山认为中国数千年来都是君主专制的政体,这种政体不是平等、自由的,要

① 在洪门组织,称元帅为洪棍,相当于当家主持者或执行者的意思。

以资产阶级民主共和制度代替封建君主专制制度,进行"政治革命",扫除"恶劣政治"。

"民生主义"就是要立足土地,解决经济发展问题,即"平均地权",实行社会革命,为民生谋幸福。孙中山认为,中国不能只搞政治革命,还必须进行社会革命,解决土地问题,发展社会生产。孙中山将土地问题作为整个社会问题提出来,实际上已经涉及反对封建土地制度的根本问题,在一定程度上反映了农民对土地的要求。

孙中山所倡导的三民主义,是中国近代史上的第一个比较完整、明确的资产阶级民主革命纲领,它提纲挈领地提出"民族独立、民主政治、民生幸福"这三大目标,并且坚决主张用革命的手段来实现,对当时的革命起到了重要的理论支持和宣传推动作用。

同盟会成立后,资产阶级革命派宣传民主共和思想以及革命精神,遭到了以康有为、梁启超等为首的保皇派及改良派的强烈反对。于是,革命派与保皇派分别以《民报》和《新民丛报》为阵地,在政治思想上展开一场激烈的论战。论战围绕着同盟会的三民主义纲领进行,即:要不要以武装革命推翻清政府,要不要建立民主共和国,要不要改变封建土地制度。其中,根本问题是要不要革命。[①]

1907年冬,以孙中山为代表的革命派在与保皇派的论战中取得胜利,大批资产阶级和小资产阶级知识分子脱离了保皇派的羁绊,公开站到革命派的旗帜下,壮大了革命力量。

在思想论战的同时,革命派还在国内外各地发展组织、宣传革命。在1906—1911年间,同盟会在华南各地组织和发动了多次武装起义,如:

1907年5月的潮州黄冈起义,6月的惠州七女湖起义,9月的钦州、廉州、防城起义,10月的镇南关起义;

1908年2月的钦州起义,4月的云南河口起义;

1910年2月的广州新军起义;

1911年4月的广州黄花岗起义。

至1911年武昌起义推翻清朝统治之前,孙中山领导的同盟会接连组织、策划了数十次武装起义。尽管这些起义或因准备不足,或因缺乏群众基础,或因单纯冒险,结果都归于失败,但革命党人前仆后继、英勇战斗的精神,给了清政府以连续打击,有力地促进了革命新高潮的到来。

1911年4月,在广州黄花岗起义失败后,同盟会决定把革命的重心转移到长江

---

① 关于革命派与保皇派的这场论战详见本章第三节"革命派与保皇派的交锋"相关内容。

流域,之后在湖北武汉实现了革命组织的大联合。1911 年 10 月 10 日,武汉革命军发动武昌起义①,并取得了胜利。武昌起义标志着辛亥革命的全面爆发,随后各省纷纷独立响应,清王朝迅速坍塌。

因受到清政府的全力追缉,孙中山长期居留欧美各国。1911 年武昌起义时,他正在美国筹募款项。10 月 12 日,他从报纸上读到了武昌起义胜利的消息,倍感意外。

惊喜之余,孙中山认为今后革命的成败,列强的态度至关重要,尤其是英国与日本的态度,在中国的动向可左右全局。于是,他决定先去游说各国支持中国革命。10 月下旬,孙中山抵达伦敦,请求英国政府阻止日本援助清廷;随后,他转往巴黎,会晤法国朝野人士,争取他们支持中国革命政权。令孙中山失望的是,他请求列强支持中国革命的努力没有得到任何效果,随即决意回国。

由于孙中山是最早提倡以革命推翻清朝统治、建立民国政府的革命家之一,加之他早年就接受西方教育,对西方世界认识较深,在国外享有较高知名度,被

**1912 年就任中华民国临时
大总统的孙中山**

多数外国人视为中国的革命领袖;而且在国内,多数革命者也认为孙中山的声望与能力足以成为革命组织的代表人物。因此,孙中山在 1911 年 12 月回到国内后,立即被推举为中华民国临时大总统。

1912 年 1 月 1 日,孙中山在南京宣誓就职临时大总统,组成中华民国临时政府。

1912 年 2 月 12 日,清朝最后一位皇帝宣统皇帝溥仪退位,中国历史上最后一个封建王朝大清王朝宣告终结。②

中华民国是中国历史上的第一个共和政府,孙中山就任临时大总统后,主持制定和公布了一系列法令,特别是颁布了具有宪法性质的《中华民国临时约法》,这是中国历史上唯一的一部资产阶级共和国性质的宪法文件,确立了"主权在民"和"三权分立"的民主共和制度。

---

① 关于武昌起义详见本书下篇第八章第二节"新军的反正与清政府的掘墓人"相关论述。

② 关于清政府的退出详见本书下篇第九章第二节"清政府的灭亡及历史的回响"相关论述。

为再造共和的努力

辛亥革命让中国告别了世界上历时最长的封建君主专制制度，但中国通向民主共和的道路依然艰难曲折。由于受到外来列强和本国封建势力的打压，以及革命党人本身的涣散无力，加之临时政府在军事、政治、经济等方面的实力非常有限，辛亥革命的胜利果实被以袁世凯为首的北洋旧官僚派窃取。①

1912 年 3 月，孙中山辞去临时大总统职务，让位于袁世凯。袁世凯当上临时大总统后，竭力排斥革命党人，图谋专制独裁。1913 年 3 月，革命党人宋教仁被暗杀，袁世凯成为最大嫌疑元凶。孙中山号召兴师讨伐，力主南方各省起兵反袁。1913 年夏，他发动了反对袁世凯的"二次革命"。但由于实力不足，加之袁世凯施展诱降伎俩，致使讨袁军内部生变，"二次革命"旋即失败，孙中山又被迫流亡日本。

1914 年 7 月，针对二次革命的失败，孙中山认为革命党人纪律松散，"不听从指挥"，就将 1912 年 8 月宋教仁在同盟会基础上组建起来的国民党②，改组为中华革命党。

1915 年 5 月，袁世凯宣布废除《中华民国临时约法》，解散国会，颁布《中华民国约法》，"新约法"规定"国家元首"总揽各项统治权。1915 年 12 月，袁世凯冒天下之大不韪，公然宣布复辟帝制。随即，蔡锷等人组织护国军，开展"护国运动"。在全国人民的声讨下，袁世凯四面楚歌，被迫于 1916 年 3 月宣布撤销帝制，三个月后忧惧而亡。

袁世凯死后，黎元洪继任总统，段祺瑞任国务总理。1917 年 7 月，以段祺瑞为首的北洋军阀，拒绝恢复张勋复辟③时被废止和解散的《中华民国临时约法》与国会。为维护临时约法，恢复国会，孙中山举起"护法运动"旗帜，联合西南桂、滇军阀共同反对北洋军阀。然而南北军阀却互相妥协串通一起，排挤孙中山，1918 年 5 月，第一次护法运动失败。

为了建立一支真正的革命力量，1919 年 10 月，孙中山又把中华革命党改组为中国国民党，发布《中国国民党规约》，规定"以巩固共和，实行三民主义为宗旨"。

1920 年 11 月，孙中山在广州重新举起"护法"旗帜，发起第二次护法运动。1921 年 5 月，他在广州被推举为非常大总统，准备以两广为根据地进行北伐。但这却与主

---

① 关于中华民国临时政府存在的危机详见本书下篇第九章第一节"中华民国临时政府的建立及潜在的危机"相关论述。
② 关于"宋教仁组建国民党"详见本书下篇第十一章第一节"宋教仁的英气与晦气"中相关论述。
③ 关于"张勋复辟"详见本书下篇第十章第二节"黎元洪的'柔暗'与误国"中相关论述。

张"暂缓军事,联省自治"的陈炯明产生冲突。1922 年 6 月,掌握广东军队统率权的陈炯明发动兵变,炮击总统府,孙中山被迫离开广州,退居上海,第二次护法运动又告失败。

接连两次护法运动失败后,孙中山开始考虑与共产国际以及中国共产党合作。1923 年 2 月,孙中山在广州重建陆海军大本营,以大元帅名义统率各军。与此同时,他逐步加紧改组国民党,加强与苏联的合作。

1924 年 1 月,中国国民党第一次全国代表大会在广州召开,大会通过新的党纲、党章,宣布实行"联俄、联共、扶助农工"三大政策,即新三民主义。新三民主义对旧三民主义做了补充解释,其中:

"民族主义"对外主张"中国民族自求解放","免除帝国主义之侵略",对内主张"各民族一律平等",承认"中国以内各民族之自决权";

"民权主义"主张人民享有民主权利,民权"为一般平民所共有,非少数人所得而私有";

"民生主义"主张"耕者有其田",同时提出"节制资本"和"发达国家资本"的工业化要求。

重新阐释的三民主义,在基本原则上与共产党制定的民主革命阶段的政纲基本一致,因而成为国共两党和各革命阶级合作的政治基础,对推动中国民主革命的进程发挥了重要作用。

1924 年 6 月,孙中山在广州黄埔创立陆军军官学校,即黄埔军校,开始训练革命武装干部,为建立革命军队打基础。

1924 年 10 月,冯玉祥发动"北京政变",推翻吴佩孚控制的北京政府和曹锟大总统,同时电请孙中山北上共商国是。而此时的孙中山已是重病缠身,健康急转直下,但为了国家的前途他毅然决定北上,并提出"召开国民会议和废除不平等条约"两大号召,同北洋军阀和外国列强作斗争。

1924 年 11 月,孙中山离开广州,带病北上共商国是。由于一路颠簸和北方严寒,1925 年 1 月抵京后,孙中山病情加重,被确诊为肝癌。[①]

1925 年 3 月 12 日,孙中山在北京逝世,享年 59 岁。弥留之际,他用微弱的声音

① 关于孙中山去世的病因,新近研究认为他并非因肝癌去世,而是原发胆管腺癌转移到肝部导致其死亡。1999 年海峡两岸学者在交流孙中山事迹时,协和医院医生展示了孙中山当初的病历报告,认为其死亡的根本病因在于胆管腺癌。

反复呼喊着："和平……奋斗……救中国！"

在生命最后时刻，孙中山在《致苏联遗书》、《政治遗书》、《家事遗书》三份遗嘱上签字。其中，在《政治遗书》中，孙中山总结了自己40年的革命生涯："余致力国民革命，凡四十年，其目的在求中国之自由平等。"他得出结论认为："积四十年之经验，深知欲达到此目的，必须唤起民众，及联合世界上以平等待我之民族，共同奋斗。"最后发出了"革命尚未成功，同志仍须努力"的号召。

效法美国　执共和主义

正如孙中山在总结自己一生"致力国民革命40年"那样，他的一生都在为国民革命而奔走呼号，为中国民主共和而殚精竭虑，直到生命的最后一刻，他心中惦念的依然是未竟的革命事业。

在孙中山一生的奋斗中，从其创立革命组织的纲领演变来看，如从兴中会的"驱逐鞑虏，恢复中华，创立合众政府"的革命口号与主张，到同盟会的"驱除鞑虏，恢复中华，创立民国，平均地权"的十六字纲领，再到后来的"民族、民权、民生"的"旧三民主义"，最后到"联俄、联共、扶助农工"的"新三民主义"，这些纲领内容的演变，反映了革命派对当时中国革命形势和方式认识的逐渐升华。而尽管革命组织纲领的内容表述在不断发生变化，但始终没有偏离一个中心思想，那就是坚持"民主共和"，推翻封建专制，建立资产阶级民主共和国。"民主共和"遂成为孙中山一生的信念和始终不渝的奋斗目标。

孙中山"民主共和"信念的形成，除了与他年轻时目睹清王朝的衰败落后而产生推翻封建帝制的念头外，还与他早年的教育背景以及多年的欧美经历有着密切关系。孙中山在青少年时期虽然接受过一些中国传统教育，但这并没有对他造成根深蒂固的影响，他年轻时所受的教育主要是美国新式教育，加之后来的长期欧美经历，使他深受与封建思想相对立的资产阶级民主政治思想影响。尤其是美国的"民主共和"政治制度，对孙中山的"民主共和"信念起到了根本性的启蒙和深化作用。

美国的民主共和政治及其实践，是世界政治制度上的一个创举，其《独立宣言》和《联邦宪法》的制定，让美国生产出一套"天才设计、傻瓜也能执行"的政治制度。①

美国民主共和制度的优越性让孙中山直接将其选择为中国的理想政体，"余以人

---

① 关于美国的政治制度详见本书上篇第二章第一节"华盛顿的美德与启示"中相关论述。

群自治为政治之极则,故于政治之精神,执共和主义"①。1903 年,孙中山在檀香山向华侨作演讲时曾明确宣布:"革命成功之日,效法美国选举总统,废除专制,实行共和。"②另外,在《中国同盟会革命方略》中,也规定国家总统由国民公举产生,议会由国民公选的议员组成。这些已俨然说明孙中山是在以美国的政治方案作为中国的效仿榜样的。

另外,在兴中会成立时提出的"创立合众政府"的主张中,其中"合众政府"在某种程度上就是美国"合众国"的意思;在同盟会的纲领后来演变成"民族、民权、民生"之三民主义时,孙中山还常将此比为美国总统林肯提出的"民有、民治、民享"的政治主张。这些都表明孙中山是以美国为榜样,欲求在中国建立民主共和国。

孙中山坚持美国式的民主共和制度,反对在政治体制中留有任何君主因素,一心推翻封建专制统治,创立"民国",建立"合众政府",这种选择和目标在当时是相当超前的。

但由于中国漫长封建专制统治造成的政治上的顽劣和文化上的凝固,使得中国难以具备像美国那样丰厚的民主共和生长土壤。美国的开国总统华盛顿曾带领美国走上了民主共和之路,而中华民国的开国总统孙中山却没能在中国开辟出一条真实完整的民主共和之路,没有建立起真正的民主共和政治。

伟大的中国革命先行者

孙中山的民主共和信念激励、支撑着他为此而奋斗终生。在他一生的前期奋斗中,即在中华民国成立之前,这个过程是在为民主共和制度代替封建专制制度而奋斗。他始终坚持彻底的反封建立场和革命方向,创立革命组织,宣传革命思想,发动武装起义。面对清政府的通缉、保皇派的论战、革命阵营内部的分歧,在充满艰难风险的环境中,孙中山"愈挫愈奋",最终在武昌起义后推翻了清朝专制统治。

在孙中山一生的后期奋斗中,即在中华民国成立之后,这个过程是在为创建民主共和政府与维护民主共和制度而奋斗。从建立临时政府、举行"二次革命"、"护法运动",到建立两广革命政府、组织和改造国民党、实施国共合作、创建黄埔军校,直至最后积劳成疾英年早逝,孙中山抛却个人名利,一心为公,鞠躬尽瘁,死而后已。

对于孙中山奋斗的一生,毛泽东的评价用语是"伟大的中国革命先行者","中国

---

① 《孙中山全集》,第 1 卷,第 172 页,"与宫崎寅藏平山周的谈话",中华书局,1981 年。
② 《孙中山全集》,第 1 卷,第 226 页,"在檀香山正埠荷梯厘街戏院的演说",中华书局,1981 年。

反帝反封建的资产阶级民主革命,正规地说起来,是从孙中山开始的"。孙中山首举彻底反封建的旗帜,起共和而终帝制,推翻了中国历史上延续两千多年的封建专制统治,创立了资产阶级共和国,这是他一生最大的功绩。

值得一提的是,在北京天安门广场上,每逢重大节日如国庆节,都会立起一幅巨大的孙中山画像,与天安门城楼前的巨幅毛泽东画像相向而望,这足见其在中国人民心中的重要地位。

诚然,任何革命的道路都是艰难曲折的,孙中山领导的革命也不例外。他为民主共和奋斗了 40 年,虽成功推翻清政府的统治,建立了中华民国,但他让位于袁世凯,导致革命政权旁落、共和制度倒退,显示出了他的妥协性;在民国政权被袁世凯窃取之后,在与袁世凯及各派军阀的斗争中,孙中山始终处于劣势,难见上风,这显示出了他的悲剧性。

第二节　康有为的理想与蜕变

先进的中国人

在 19 世纪末 20 世纪初的中国救亡图存运动中,与以孙中山为首的"革命派"相对应的是"保皇派",这一力主保留皇权贵族、实行君主立宪的派别当以康有为为首。

康有为原名祖诒,字广厦,号长素,别名西樵山人、天游化人。1858 年,他出生在广东南海的一个官宦家庭,祖父康赞修是道光年间举人,父亲康达初做过知县。在这样的家庭背景中,康有为自幼学习中国传统文化,5 岁时就能背诵唐诗,7 岁时就已经能写文章了,青少年时期颇受"济人经世"的儒家思想影响。

1879 年,22 岁的康有为在游历过被英国殖民者统治了近 40 年的香港后,对于西方文明有了些感官上的认识,觉得"西人治国有法度",不像传说中所谓的"夷狄"那样没有文化。于是,他开始从中国传统儒学转为西学,钻研西方文化。

1882年,康有为到北京参加科举会考失败,南归时经过上海,他进一步接触到了资本主义事物,并收集了不少介绍西方各国政治制度的书籍。经过学习,他逐步认识到西方资本主义社会要比中国封建社会先进得多,就立志要向西方学习,跳出"八股制"的桎梏,把目光转向西方世界,借以挽救危亡的中国。

1888年,康有为再次到北京参加会试,仍旧没有考取。鉴于中法战争后国势日蹙,形势险恶,康有为便借此机会上书光绪皇帝,痛陈国家危局,批判因循守旧,要求维新变法。他提出了"变成法、通下情、慎左右"三条纲领性主张,倡议改革法律,沟通民情,提防小人。可光绪皇帝并没有看到这封上书,康有为的首次上书石沉大海。

1891年,康有为在广州设立万木草堂,收徒讲学,弟子有梁启超、陈千秋等人。同时他开始为变法运动撰写理论,先后写了《新学伪经考》和《孔子改制考》两部著作。其中,《新学伪经考》把封建主义者历来认为神圣不可侵犯的某些教条视为后人伪造的文献,《孔子改制考》则把孔子塑造成满怀进取精神,提倡积极变法改革的典范。康有为希望尊孔子为教主,借此打击封建顽固派恪守的祖训,为维新变法做准备。

1895年初,康有为又到北京参加会试,当得知《马关条约》签订后,他极为愤慨,便联合1 300多名举人,上万言书给光绪皇帝。因为各省举人到京都是由朝廷公车接送,所以这次事件被称为"公车上书"。这也是康有为的第二次上书,在这次上书中,他提出"拒和、迁都、练兵、变法"主张,建议皇帝"下诏鼓天下之气,迁都定天下之本,练兵强天下之势,变法成天下之治"。

在这次会试中,康有为中了进士,被任命为工部主事,而由他牵头的"公车上书"在被送交到都察院后,便再没有了下文。

当年5月底,康有为第三次上书光绪皇帝,再次阐述变法的理由和步骤,提出"富国、养民、养士、练兵"的自强雪耻之策;随后,他又上"第四书",提出"设议院以通下情"的主张。

为组织和发展维新派力量,1895年8月,康有为和梁启超创办《万国公报》[①],宣传"新法之益",不久又创建强学会,讨论"中国自强之学"。

1897年11月,德国出兵强占山东胶州湾,中国被瓜分的危机一触即发。康有为第五次上书光绪皇帝,要求"采法俄、日以定国是,大集群才而谋变政,听任疆臣各自变法",同时发出"不变法即将亡国"的危急呐喊。

---

① 康有为和梁启超创办的《万国公报》因与当时上海外国传教士所办的《万国公报》同名,因此后来改名为《中外纪闻》。

1898 年 1 月，光绪皇帝下令康有为递陈变法意见，被召到总理衙门，由李鸿章、翁同龢、荣禄"问话"。康有为借此机会第六次上书光绪皇帝，呈上《应诏统筹全局折》，认为世界各国的趋势，"能变则全，不变则亡；全变则强，小变仍亡"。并提倡借鉴日本明治维新的做法，进行全面改革。当年 4 月，康有为和梁启超在北京成立保国会，以"保国、保种、保教"为宗旨，号召救国图强。

在康有为等维新派的推动下，1898 年 6 月 11 日，光绪皇帝发布"明定国是"诏书，宣布实行新政。5 天后，6 月 16 日，光绪皇帝正式召见康有为，任命他为总理衙门章京，准其专折奏事。

"定国是诏"的颁布揭开了"戊戌变法"的序幕，从此开始到 1898 年 9 月 21 日慈禧太后发动"戊戌政变"，变法历时 103 天，又称"百日维新"。[①]

康有为

在维新变法期间，康有为屡上奏折，起草诏令，对政治、经济、军事、文教等方面提出多项改革建议，与谭嗣同等人全力策划新政，期望按照西方资本主义国家模式改变中国的政治制度和社会制度，挽救民族危亡。

但这场轰轰烈烈的维新变法运动，却遭到以慈禧太后为首的封建顽固派的反对和镇压，慈禧太后发动了戊戌政变，囚禁了光绪皇帝，并下令捕杀康有为等维新志士，谭嗣同等"戊戌六君子"被杀，"百日维新"湮没于血泊之中。

顽固的保皇党

"戊戌变法"失败后，康有为和梁启超逃亡到日本，继续从事维新变法事业，但重点却变成了"尊皇保皇"。他们创办《清议报》，扩大舆论宣传，想通过日、英、美等国的上层势力，逼迫慈禧太后退位，挽救光绪皇帝。康有为自称持有光绪皇帝的衣带诏，竭力宣传"保皇"主张。

实际上从这时起，康有为已从戊戌变法前的一个激进改革者蜕变为鼓吹开明专制、力图保留皇权贵族的保守改良者。

在康有为刚到日本时，孙中山也正在日本筹备革命。孙中山非常希望借此机会争取康有为加入到革命队伍中来，他多次托人向康有为表示友好之意，请他"改弦易

[①]　关于"戊戌变法"详见本书上篇第五章第二节"光绪皇帝的变法及妥协"相关论述。

辙",携手"革命",推翻清政府,挽救中国。但康有为表示自己奉有光绪皇帝的"密诏",不便和革命党人往来,拒绝与革命派合作对抗清王朝。

迫于清政府的外交压力,日本政府不许康有为在日本长期居留。1899年春,康有为离开日本转往加拿大。在加拿大温哥华,康有为正式拉开了保皇活动,他在一次演讲中称:"惟我皇上圣明,乃能救中国",希望华侨"齐心发愤,救我皇上"。[1]

1899年7月,在光绪皇帝"三十圣寿"之际,康有为在加拿大成立了"保救大清光绪皇帝会",简称保皇会。保皇会以"保救光绪、反对慈禧"为宗旨,康有为是保皇派首领。

保皇会成立后,康有为即以"保皇"作为各项活动的旗帜,其保皇思想首先反对的是以慈禧太后为首的顽固派统治;其次是希望光绪皇帝复政,继续推行变法,在中国实行君主立宪。

进入20世纪后,康有为领导的保皇会"保救皇帝"的内容没有变,而斗争的重点却从以慈禧太后为首的顽固派,转向了以孙中山为首的革命派。

康有为始终坚持君主立宪,反对民主革命。他认为革命会导致"流血之惨",会引起分裂,且革命一起,还会导致外国干涉,而"立宪可以避免革命之惨",中国只能"循序渐进改良",而不能激进革命。

对于保皇派反对革命的言行,革命派义正词严地进行了反击,双方为此在政治思想战线上展开了一场大论战。保皇派主张通过改良的君主立宪方式保留皇帝和清政府,而革命派主张通过革命推翻清政府以求民主共和。[2]

1906年,清政府推出"预备立宪"计划,保皇党人深受鼓舞,极力附和支持。1907年初,康有为把保皇会改为国民宪政会,后正式定名为"帝国宪政会"。帝国宪政会在《章程》中申明:"本会名为宪政,以君主立宪为宗旨。鉴于法国革命之乱,及中美民主之害,以民主立宪万不能行于中国,故我会仍坚守戊戌旧说,并以君民共治、满汉不分为本义。"

1908年9月,清政府颁布《钦定宪法大纲》,保皇会一致拥护。但在《钦定宪法大纲》颁布后不到两个月,还没有来得及实施,光绪皇帝和慈禧太后就相继去世,康有为顿失精神支柱。

1911年5月,清政府宣布成立责任内阁,但却成了名副其实的"皇族内阁","预备立宪"变成一场骗局。

其实,从康有为的个人理想和真切愿望出发,他的本意是要建立真实、真正的君

---

[1] 《从维新变法先锋到复辟保皇死党——试论康有为思想的蜕变》,万平,《电大论丛》,第3辑,中央广播电视大学出版社,2003年8月。

[2] 关于革命派与保皇派的论战详见本章第三节"革命派与保皇派的交锋"相关内容。

主立宪制,而非虚情假意地玩弄政治手段。清政府的"预备立宪"成为骗局后,他也不禁大失所望。

紧接着,1911 年 10 月武昌起义爆发,辛亥革命推翻了封建帝制,保皇派已无皇可保,但康有为仍不甘心。1913 年,他在上海主编《不忍》杂志,积极宣扬保皇复辟言论,坚持认为"民主共和政体不能行于中国",并提出"虚君共和"的口号,以"共和"的招牌,欲求恢复清朝末代皇帝溥仪重新登基。

此外,康有为还创办了孔教会,继续鼓吹尊孔崇儒文化,将孔子视为国粹和国魂,四处活动。当时在大总统袁世凯的支持下,全国上下掀起尊孔读经热潮。袁世凯支持康有为尊孔读经,目的是为自己复辟帝制服务,但康有为却始终认为只有溥仪才能做皇帝。

1915 年袁世凯复辟帝制后,不仅没让溥仪做皇帝,而且公然自称洪宪皇帝,康有为对此强烈反对,毅然参加到讨伐袁世凯的"护国战争"中来。

袁世凯的皇帝梦仅做了 83 天,便在全国一片骂声中死去。随即,康有为加快了让溥仪复辟的步伐。1917 年 7 月,他与张勋合谋,利用时任国务总理段祺瑞和总统黎元洪之间的"府院之争",拥溥仪重新登基做皇帝,这就是"张勋复辟"。但没想到12 天后,在段祺瑞的讨伐下,张勋复辟即告失败。

在与张勋联手复辟失败后,康有为也心灰意冷,从此游走于国内外,在中国政治舞台上几乎消失。

不过,晚年的康有为仍然没有从复辟失败中汲取教训,始终宣称忠于清王室,鼓吹尊孔复辟。1924 年 10 月,冯玉祥发动"北京政变",把溥仪赶出紫禁城,康有为指责其"挟兵搜宫,何以立国",并不顾年迈体弱,由上海赶往溥仪在天津的住所张园,觐见圣躬。同时在康有为 70 寿辰之际,溥仪遣人送来一块牌匾和一柄如意玉,以示祝贺。康有为受宠若惊,当即恭设香案,向北叩谢天恩。

1927 年,康有为在青岛因食物中毒病亡。临终前,他仍向溥仪"上折谢恩",并称"以心肝奉至尊,愿效坠露轻尘之报"。

晚年的康有为曾请著名篆刻家吴昌硕刻过一枚朱文小字印章,别开生面地写道:"维新百日,出亡十六年,三周大地,游遍四洲,经三十一国,行六十万里。"这 27 字生动地概括了他一生的政治努力和漂泊生涯。

人 生 的 蜕 变

纵观康有为一生的政治活动,他都在为中国的君主立宪而奔走呼号,他期望建立起一套真实完整的君主立宪体系,这也是他一生的政治理想及主见。

康有为最早在中国提出了君主立宪思想,并在戊戌变法期间提出了相关的纲领:兴民权、设议会、开国会、更旧法和进行选举。其中就包含限制君权这一君主立宪的核心思想。

康有为对君主立宪模式的选择在戊戌变法前后有所变化。在戊戌变法前,他提倡集权制的君主立宪,这类似于日本和德国的政体模式;在戊戌变法期间,他认为"变法"应"以俄国大彼得之心为心法,以日本明治之政为政法",这意在强调利用俄国彼得大帝的方式进行自上而下的改革,同时借鉴日本明治维新后所确立的君主立宪制模式;在戊戌变法后,尤其是在辛亥革命以后,康有为提倡虚位君主共和,这类似于英国的政体模式。

当然,康有为的君主立宪思想也有很多保守成分,主要表现在对君主权力的崇拜与妥协上,即在保持封建君主的前提下,希望由封建君主自身来推动立宪活动——可以说康有为的整个政治生涯活动都寄希望于清政府内部以及光绪皇帝身上,他希望调和君权与民权之间的矛盾,减缓新生力量对封建专制的冲击,以缓和矛盾。

于是,康有为在实践其君主立宪理想过程中,始终坚持温和的改良主义,反对任何形式的激进革命。

康有为认为一旦革命发生,势必酿成天下大乱。他不仅举出法国大革命的例子,认为法国革命道路的成本太大,社会震动太深,牺牲的人也太多,即"大乱八十年,流血数百万";而且他还举出中国古代农民革命的例子,亦无不"流血成河,死人如麻",如实行革命,必造成生灵涂炭,政局大乱;另外,康有为还认为中国人在专制统治下几千年,民智未开,民众尚未有行民主共和的资格,中国如发生民主革命,必内乱相残,终究会招致列强干涉而自取灭亡。

所以,康有为认为中国只能在循序渐进的改良中建立君主立宪制度,而不能进行激进的民主革命。并且在君主立宪过程中,必须利用现有的君权,通过变革,确立君主立宪制度。即先通过向统治者要求民权,才能逐步建立起君主立宪政体。

在康有为一生的政治活动中,戊戌变法是他的一个分水岭或转折点。

在戊戌变法之前,康有为以坚毅执著的奋斗精神和锐不可当的改革劲头,从一介布衣,一跃做了光绪皇帝的座上客,成为名垂青史的维新领袖。在 19 世纪的最后几年,他领导了中国政治思想界的启蒙运动,从 1895 年的"公车上书",到 1898 年的戊戌变法,他以上书和进谏的方式,在中国政治思想界掀起了一阵阵革新潮流。

及至 1898 年的戊戌变法,康有为的思想水平远超过同时代的人,他凭借自己的维新思想和坚毅个性,得到光绪皇帝的重视和任用,从而掀起一场自上而下的改革运动。其涉及面之广、影响之大是空前的,是鸦片战争以来对中国社会触动最深刻的一次变革。

戊戌变法及其以前，康有为以其所处的时代，看到了国家的危机，并进行了大胆的改革尝试，他所表现出的进步思想、爱国热情和胆识魄力，为世人所钦佩。作为政治改革的探索者和晚清的积极活跃分子，他为推动社会进步发挥了积极作用，在中国近代史上功不可没，是当时先进中国人的典型代表。

但是，在戊戌变法失败之后，康有为不但没有从改良的失败中汲取教训，反而发生了急剧蜕变。戊戌变法失败后，康有为作为保皇派领袖，公然举起保皇旗帜，他虽坚持君主立宪，但倡导改良复辟，维护皇权，反对孙中山领导的资产阶级民主革命，因而背离了中国社会和世界形势的发展主流。

特别是在辛亥革命推翻封建帝制以后，康有为仍然痴心不改。他站在清政府的立场上哀叹"亡国"，以"亡国臣民"自居，对新生的中华民国充满敌意，念念不忘其保皇忠君思想，并企图促成清帝复辟。

因此，对于康有为一生的政治活动，在戊戌变法及其以前，他是进步的、有洞见的，而在戊戌变法以后，他是守旧的、顽固的，其政治思想倒退到反对民权、膜拜君权的地步。最终他由一个饱含爱国热情的积极进步分子，蜕落为一名顽固不化的保皇党分子。

被注定的悲剧

康有为由一个积极进步的思想政治分子，蜕变成保守的顽固党，这与其家庭出身、教育背景、文化结构、阶级属性、人生经历等因素都有很大关系。

康有为出生于官宦门第，高官厚禄，光宗耀祖，这是康氏家族的一大显著特征。在这样的家族出身中，康有为也被寄希望于沿着祖辈的道路，将康氏门庭发扬光大。因此，他自幼便接受了严格的中国传统教育，青少年时期就有了很强的传统文化功底，特别向往经世致用之学。

康氏家族的官宦遗风，潜移默化地在康有为的身上打下深深的烙印；而他自幼接受的忠君纲常文化，也对其人生观和价值观产生了不可估量的影响。封建传统儒家文化贯穿于康有为的一生，这样的家庭出身及教育背景，造就了他浓厚的封建贵族仕宦情结。

成年之后的康有为，尽管接受了西方新式思想文化，形成了维新思想，并试图借鉴西学探索救国救民之道，但他并未抛弃中国旧的传统思想。康有为虽反感科举，但为了家族的荣誉和自身进阶，他又数次参加科举考试。

把对西方世界的认知与中国传统儒家思想结合在一起，是康有为思想文化结构的一个重要特征。而大胆地、始终如一地对中国传统儒家思想推崇与宣扬，也贯穿于他的一生。

封建家庭出身和传统教育经历，儒家正统思想观念及文人理想主义，以及后来的为官从政经历，把康有为塑造成一个典型的封建士大夫形象。中国传统的力量渗入到康有为的血液中，潜意识地支配着他一生的言行，这对他极力鼓吹保皇忠君思想有着深刻的影响。

而作为封建士大夫贵族阶层，康有为不仅在知识文化上有着较高的地位，而且也拥有相当的财产和社会地位，这注定了他与封建统治阶层有着密切的关系。尽管康有为具有反封建专制的愿望和要求，但局限性和妥协性也很明显，一旦发生民主革命，必然会损害自身的利益，所以他在政治上会极力主张君主立宪和维护贵族利益，极不愿看到革命的发生。这种阶级属性是康有为极力主张君主立宪、反对激进革命的根本原因。

另外，在康有为从政为官的经历中，光绪皇帝对他个人的"知遇之恩"也是他奉行保皇思想的原因之一。在戊戌变法期间，康有为从一个小吏，迅速得到光绪皇帝的青睐与任用，并深得倚重。而此前他的仕途经历非常不顺，几次科考都不中，几经上书后，才突然得到光绪皇帝的重用，这使得他在心理上和情感上自然会对光绪皇帝"感激涕零"。因此，对光绪皇帝的"报恩之心"，是推动康有为坚持忠君保皇、反对民主革命事业的重要情感力量。

作为近代中国维新思潮的著名代表人物，康有为是一位时代先锋，曾经代表了先进的潮流和进步的方向。而他的悲剧却在于，一切政治实践活动都缺乏成熟有效的阶级力量支持，不得不依附于专制体制下的封建势力，同时又屈服于国内顽固派和国外列强的压力，使得其采取的行动具有与生俱来的软弱性和妥协性。这是导致康有为一生政治活动失败的客观原因。

同时，作为一个传统的封建士大夫，康有为虽然有深厚的中学和西学功底，但本质上仍是一个传统的官僚知识分子。他骨子里是传统士大夫的精髓，传统的伦理道德、思维方式左右着他的一生。这使得他在本色上仍是一介书生，是一个满腹经纶、心忧天下的知识分子。如若真的是治国安邦、兴利除弊，他也会一筹莫展，难以担当起大变局时代的领袖重任。这是导致康有为政治失败和人生悲剧的主观原因。

而且，作为一介书生，康有为多有书生的激情，却少有为政的沉稳；他有"唯我独尊"的狂生之气，也有"轻狂妄进"的浮躁之气。这使得他在个人性格和做事方式上尽管有自信、坚毅的优点，但也表现出自负、狂妄、虚骄、功利的一面，以至于到后来变得固步自封、保守僵化。

康有为的阶级软弱性、士大夫情结和书生意气，使得他把挽救中国危亡的希望以及实现自己政治理想的对象，始终寄托在清政府和光绪皇帝身上，尤其是把对中国的发展变革与对光绪皇帝的个人感情掺杂纠结在一起。而自 1840 年以后的中国近代史，已经证明了清政府的腐朽没落和封建皇帝的懦弱无能，他们不能带领中国摆脱屈辱没落的危机，也无法让中国走上一条自强求富的道路。这说明从一开始，康有为就选错了他所要寄托和辅佐的目标对象，也从一开始就注定了他的人生悲剧。

第三节　革命派与保皇派的交锋

殊 途 不 同 归

孙中山与康有为，同为 20 世纪前后中国思想、政治界中举足轻重的风云人物，他们都来自于广东省南部，同样忧国忧民，都设计出各自救国救民的方案，并付诸实践，但两人所选择的道路、获得的成果以及所产生的影响都截然不同。也就是说尽管他们的救国救民理想与目标是一致的，但却"殊途不同归"。

孙中山 1866 年出生于广东香山，康有为 1858 年出生于广东南海，两地都位于广东省南部；两人基本都出生在大致相同的时代，孙中山也就比康有为小 8 岁。但两人的出身背景、教育经历、成长道路、职业生涯、思想主张等都各有不同。

孙中山出生在一个贫困的农民家庭；康有为出生在一个封建官僚家庭。两人自幼虽然都接受过中国传统教育，且后来都受到西方思想文化的影响，但孙中山在中国传统教育方面只是受到一些启蒙作用，自小便去美国接受西式教育；康有为自幼就接受全面、系统的中国传统教育，22 岁才开始接受西方文化思想，且一生都受到中国传统思想文化的影响。

孙中山和康有为两人经过学习，都逐步认识到西方资本主义社会比中国封建社会先进；加之外国列强的入侵，清朝的衰败，使这两位年轻人胸中都燃起救国救民之火。西方的强盛，中国的败落，让他们立志要向西方学习，借以挽救危亡中的国家，但他们却选择了不同的救国道路。

康有为选择了通过科举考试、走仕途的方式来达到治理国家和实现个人理想的目的，并把救国与实现个人理想的目标寄托在清政府和皇帝身上，希望通过渐进改良建立起君主立宪制度；孙中山并没有参加科举考试或通过走仕途来实现救国及个人的理想，经过观察思考，他认识到中国改良没有出路，中国唯有革命，从此走上了激进的民主革命道路。

因此，康有为出身于封建官僚家庭，受的传统教育多于西式教育，本质上对封建统治是认同的，也努力想使自己跻身于封建统治阶层；而孙中山出身于贫苦农民家庭，他也算得上是个海外留学生，受的西式教育要多于中国传统教育，他看透清政府的腐朽没落，在本质上不认同封建统治，他立志以民主革命的方式来推翻清朝的统治。

其实，在1895年之前，即在《马关条约》签订之前，孙中山与康有为两人在救国的核心思想主张上差别并不大，他们都曾希望通过清朝统治者的自身改良来挽救民族危亡。即使是孙中山"上李鸿章书"中所倡导的内容，实际上也是改良派的基本主张。改良是两人最初的共识。

中日甲午战争之后，晚清中国走到了历史的转折点，孙中山和康有为怀抱相同的救国救民梦想，站在同一个起点之上，但却走上了两条不同的道路。

康有为在1895年的"公车上书"没有达到预期目的，但他却愈挫愈勇，后来锲而不舍地给光绪皇帝上书，曾先后七次上书光绪皇帝，力陈个人政见。终于在1898年，他的坚持不懈感动了光绪皇帝，得到提拔重用，发动了一场轰轰烈烈的变法运动。

戊戌变法可称得上是康有为一生组织和领导的最大政治事件，也是他人生中最浓墨重彩的一笔。但在"戊戌变法"失败后，康有为远离了中国的政治舞台，开始了海内外的漂泊生涯。而从此时起，他也由戊戌变法前的一个激进改革者蜕变为鼓吹开明专制、力图保留皇权的保皇党。

孙中山在1894年上书李鸿章失败后，在改良的路上掉头而去，开始着手组建革命组织。当年11月他就转向革命，在美国檀香山创立兴中会。与康有为的多次上书活动相对应，在1911年辛亥革命之前，孙中山领导的同盟会发动了数十次武装反清起义。

在康有为和孙中山各自救国道路与政治实践的标志事件中，康有为领导的戊戌变法失败后，便是孙中山领导的革命运动蓬勃兴起。后来的辛亥革命推翻了中国的封建专制统治，取得了带有根本性变化的历史成果。

世纪初的大论战

由于选择了不同的救国之路，以康有为为首的保皇派与以孙中山为首的革命派，后来终于激化到水火不相容的地步，双方遂展开了一场大规模的论争与较量。

从1901年起，革命派和保皇派的论争就开始了。1901年，针对康有为大肆宣传、鼓吹光绪复位的言论，革命派人物章太炎在东京华文报纸《国民报》上发表《正仇满论》，指出清朝封建专制统治日趋腐朽，"革命固不得不行"。

1902年，梁启超在日本主办《新民丛报》，以此作为喉舌，发表大量攻击革命、倡导君主立宪的文章。当年春，康有为发表了一篇题为《答南北美洲诸华商论中国只可行立宪不可行革命书》的文章，攻击革命是"求速灭亡"，而"立宪可以避免革命之惨"，要求保皇派坚持保皇，坚守立宪。

对于保皇派的公然挑战，革命派进行了义正词严的反击。1903年夏，章太炎发表了《驳康有为论革命书》，对保皇派的理论和主张作了深刻批判，其言论更加激烈，直截了当地把光绪皇帝斥为"载湉小丑，未辨菽麦"，并歌颂革命是"启迪民智，除旧布新"的良药。

同年12月，孙中山发表《敬告同乡书》，说明"革命者志在倒满而兴汉，保皇者志在扶满而臣清，事理相反，背道而驰"。孙中山旗帜鲜明地指出："夫革命与保皇，理不相容，势不两立。"[1]

1905年同盟会成立后，革命派开始广泛宣传"驱除鞑虏，恢复中华，创立民国，平均地权"的纲领。保皇派对此更加敌视和恐惧，对同盟会的纲领进行了激烈反对。而此时清政府正计划推出"预备立宪"，保皇派欣喜不已，大规模为清政府"预备立宪"助威呐喊。

至此，革命派与保皇派的界限也泾渭分明，两条道路、两种思想的对立更加尖锐，一场更大规模的论战已不可避免。

于是，在1905—1907年间，革命派与保皇派在政治思想战线上的论战达到高潮。革命派以《民报》为主要阵地，保皇派以《新民丛报》为主要阵地。两派的论战主要在海外进行，日本是主战场，而各自在新加坡、檀香山、旧金山、香港等地的报纸也都投入到这场论战中来。

---

[1]　《从维新变法先锋到复辟保皇死党——试论康有为思想的蜕变》，万平，《电大论丛》，第3辑，中央广播电视大学出版社，2003年8月。

革命派的主要舆论阵地《民报》

革命派与保皇派论战涉及的内容相当广泛,而归纳起来,实则是围绕着革命派的"三民主义"纲领展开的,即主要集中在三个问题上:要不要实行武装革命,以暴力推翻清政府;要不要兴民权,建立民主共和国;要不要平均地权,改变封建土地制度。其中,要不要革命是根本问题。

第一,要不要实行武装革命,以暴力推翻清政府。

这是双方论战的根本问题。革命派始终坚持用暴力的方式推翻清政府,认为只有推翻清政府的反动统治及其专制制度,中国才能求得国家独立、社会进步和人民自由。他们通过列举大量事实,揭露清政府对外出卖国家,对内压迫人民的罪行,强调救国必先"反清排满"。

保皇派则竭力为清政府的统治辩护,认为革命是完全不必要的。他们认为清政府没有罪,有罪的是"慈禧太后、荣禄一等人"。因此,谁要革清朝的命,就是"丧心病狂","无病而引刀自割"。保皇派还强调革命会造成内乱,"流血成河","四万万人必残其半",同时会引起外国列强干涉瓜分,导致中国"亡国"。因而,中国只能渐进改良,不能进行激进革命。

对此,革命派认为只要是革命就不怕流血,并强调民主革命不同于以往的农民战争,是有纲领、有组织的运动,"无恐怖时代之惨状"。革命派自信能够控制局势,使革命有秩序地进行,不会发生内乱。至于列强瓜分中国,革命派指出根本的危险在于清政府的腐败和卖国,所以推翻清朝的革命正是避免中国被列强瓜分的有效途径。

第二,要不要兴民权,建立民主共和国。

保皇派反对民主共和,坚持"君主立宪",把希望寄于光绪皇帝身上,希望光绪复政,继续推行变法维新,挽救国家危亡。保皇派还提出中国"民智未开",中国不是"政府恶劣",而是"国民恶劣",国民缺乏"共和国民"的资格。他们搬出公羊"三世说",认为由"据乱世",必经"升平世"才能达到"太平世",以此在中国"与其共和,不如君主立宪,与其君主立宪,又不如开明专制"。

革命派则认为,当今之世,不是中国"国民恶劣",而是清朝"政府恶劣";不是"民智未开",而是"民智大开";中国人不但有资格当"共和国民",而且有能力实行民主共和政体;并且实行民主共和是世界大势所趋、人心所向的"进化之公理"。如果说当今人民智力低下,乃是君主专制统治长期压制的结果,只有唤起民众,推翻清政府及其封建专制制度,建立民主共和政体,才能救国救民。

针对保皇派的政治改革"循序渐进论",革命派强调中国的政治改革不能期望清政府,而应立足于国民。他们指出自由、平等是人的本性,通过革命实践,人民的政治程度可望迅速提高,一旦破除禁锢,民主意识就会沛然而出。

第三,要不要平均地权,改变封建土地制度。

革命派认为现存土地制度不合理,土地既然属于自然资源,理应由全民共享,就不应该由地主阶级垄断土地,徒手坐食,盘剥百姓。他们还指出,土地集中于少数人之手,造成中国贫富不均,而"贫富相悬"又是社会革命的重要原因。只有平均地权,改变不合理的土地制度,才能调动劳动者的生产积极性,解决贫富差别,推动社会生产的发展。

但保皇派认为地主占有土地是"正当"的权利,平均地权是破坏社会秩序,妨害生产发展,阻碍社会进步。

革命派与保皇派的论战是近代中国政治思想史上的精彩篇章。当初在戊戌变法运动中,也有过一场激辩。当时是以康有为为首的维新派与封建顽固派之间的论战,康有为以新生的锐气在思想上一度压倒了顽固派。然而时间只过了不到十年,当年的维新派,也就是此时的保皇派,却竭力为封建皇权辩护,实际上已蜕变成了封建顽固派的同盟军。

在这场激烈的大论战中,尽管革命派本身还存在着一些弱点和问题,如浓厚的"排满"思想,缺乏坚决的反对列强精神,但他们用暴力推翻清王朝的决心与建立资产阶级共和国的主张,赢得了很多进步人士的支持与拥护。

对于这场激论的结果,保皇派和革命派都曾声称自己获胜。但在1907年冬,保皇派的主要思想阵地《新民丛报》宣布停刊,随后,一些保皇派报刊在难以维继的情况下,也宣告停刊。这在某种程度上也宣告了革命派在这场持续大论战中获得了胜利。

革命派和保皇派的这场论战,持续时间之长,规模之大,涉及问题之广,斗争之激烈,影响之深远,都是空前的。经过这场论战,革命派与保皇派之间彻底划清了的界限,使民主革命思想得到更广泛的传播,为武装推翻清王朝的革命活动做了思想、理论准备。

在这场论战之后,保皇派气势大减,保皇党登报退会的人不断增加。一些原来支持保皇派的华侨转而支持革命派;一些原来持保守立场的报刊,也转而同情革命;论战还使得立宪派中的一些人员纷纷脱离保皇派的羁绊,参加到革命派的行列中来。这让革命派的力量得到持续壮大,革命党的势力"如决江河,沛然而莫之能御也"。

历 史 的 选 择

作为近代中国资产阶级的两大派别,革命派与保皇派各自的主张及活动,反映了资产阶级的不同阶层对中国生存发展模式的选择分歧。保皇派代表资产阶级上层利益，主张君主立宪和渐进改良；而革命派代表资产阶级中下层利益，坚持民主共和与激进革命。作为不同阶层的利益代表，两者所代表的各自阶层利益的差异，是导致各自政治主张不同的根源。保皇派因害怕革命触及自身利益，所以会极力反对革命；而革命派为了争取自身利益，所以会极力要求革命。

当时，对于保皇派的君主立宪及渐进改良的主张来说，尽管曾在西方一些国家如英国取得成功。但是在19世纪末20世纪初的中国，其思想主张已不能解决中国所遇到的矛盾危机了。

其时中国所面临的国内外矛盾都十分突出，几乎濒临亡国灭种的境地。造成中国如此绝境的直接原因在于外国列强的入侵，而根本原因却在于中国社会政治制度的腐朽没落。

清朝的封建君主专制作为一种传统腐朽的统治方式，越来越不能适应中国社会的形势和发展了。其时清政府既没有能力解决国家的贫弱，又缺乏争取独立平等的胆识和勇气，只能满足于苟安，且多数既得利益者希望维持现状，不想做出根本性变革。即中上阶层的统治者是跳不出这个没落阶级意识的窠臼的。因此，寄希望于代表中上阶层利益的保皇派来实现中国的救亡图存是不现实的。

政府最低之职能在于保护国家主权与国民安全，最高之职能在于为人民谋福利。而清朝统治者对外妥协、对内专制的做法，已经使人们对这样的政府难以抱有什么希望了。自1840年以后的中国近代史，也已证明了清政府的腐朽没落，它不能带领中国摆脱屈辱没落的危局，也无法让中国走上一条自强求富的道路。这样的政府已经不再为人民所需了，人民就有权利和义务起来推翻它，以建立起一个新的、符合国家和人民需要的政府。

况且自第二次鸦片战争后，清政府在政治上就已经沦为外国侵略者的附庸与工具。在严重的民族危机面前，清政府不但不能保卫国家和民族的利益，反而却大量出卖国家权益，"量中华之物力，结与国之欢心"，以此维护摇摇欲坠的统治。清政府成为"洋人的朝廷"，让人们越来越形成了一个共识：必须打倒清朝的统治，中国才有出路。于是，革命就逐渐成为广大人民的一种普遍要求。

另外，其时要救中国于危亡境地，必须担负起"反帝反封建"的双重任务。而在这两大任务中，从当时现实出发，先行推翻清政府的封建专制统治要比推翻外国列强在中国的统治更容易一些。而且从长远性来看，只有变更社会制度，推翻清政府的腐朽统治，中国才会有根本出路。

而保皇派的君主立宪及渐进改良主张，难以在短期内从根本上改变中国的封建专制制度。他们热衷于"改良"、"保皇"，大处不动，小处修修补补，实际上是近代以来清朝统治阶层实施的各种以"中学为体、西学为用"为核心的救亡图存模式的延伸与扩大。面对摇摇欲坠之危楼，再给之添砖加瓦，也难有根本性改观。所以，保皇派的君主立宪与渐进改良方式对当时的中国不会起到实质性的效果，只有"推倒重来"。

因此，推翻清政府的统治已成为中国救国救民的必由之路。这也正是革命派的核心主张，他们以推翻清政府的腐朽统治为己任，用血与火的革命方式对付清朝封建专制。革命派坚持民主共和与激进革命，他们提出的"16字纲领"以及发展到随后的"三民主义"，以此作为反清革命的指导思想，较为全面、系统地阐释了革命派关于中国革命的目标、纲领和斗争方式。

尽管革命派的思想和主张还存在着一些弱点与局限性，但总的来说，他们代表的是一种新生力量，是要把中国按照历史发展的方向推向前进。

一般来说，改良或革命都是被迫的，是在原有的统治不能继续，下层民众也接受不了这种统治的时候，才要么改良，要么革命。如果改良走到前面，矛盾就可能缓解；但改良之后如果还解决不了问题，矛盾继续激化，最后就有可能爆发革命。

其实，对于社会发展过程中的渐进改良（改革）与激进革命这两种方式来说，应该说保皇派的渐进改良才是社会发展的常态，革命派的激进革命则是非常态。每一个国家和时代，总是经常处在渐进的改良发展状态中，而激进革命则不能经常发生，否则社会就动荡不安甚至"病态异常"。

可是，渐进改良（改革）只能在同一社会制度内部运行，即在体制内进行，它不以推翻一个社会的制度为目的；而当矛盾发展到不可调和的程度，如果需要推翻旧制度，建立新制度，渐进式的调和改良则是无能为力的，它只能让位于革命的手段。

改良和革命都是社会发展的动力，而革命是社会发展的根本动力，革命能使社会历史的发展产生质的变化。当一个社会的改良进行不下去的时候，往往就可能爆发革命。

近代以来的中国社会历史就面临这样的矛盾逻辑，它需要推翻旧的封建专制制度，需要推翻清政府的腐朽没落统治，实践也证明依靠清政府自上而下的改革无法让中国走上一条自强求富的道路，渐进改良的方式已难以运行下去。所以，革命就成了一种必要和必然，这也就是革命派的革命逻辑。

在清王朝已成为中国走向独立富强之障碍的情况下，革命派掀起以建立共和国为目标的反清革命斗争，是一种正义的、进步的选择。当资产阶级民主革命运动逐渐成为不可抗拒的时代潮流时，以康有为为首的保皇派却站在了革命派的对立面，坚决反对革命，反对共和，心念光绪，痴心保皇，这实际上代表了一种没落的势力，它违背了历史发展的潮流。

"世界潮流,浩浩荡荡,顺之者昌,逆之者亡。"谁正确地代表、适应了历史潮流与方向,迎合了历史的发展逻辑,历史就会选择谁。这就是以孙中山为首的革命派在与以康有为为首的保皇派甚至整个封建旧势力的较量中,最终取得胜利的根本原因所在。

及至 1911 年 10 月武昌起义爆发,革命已经势不可挡,随后在短短三个多月,清王朝便迅速败亡。历史终究选择了革命。

革命派和保皇派之间的思想论战与实践交锋,也是他们各自领袖孙中山与康有为之间的较量。

纵观康有为和孙中山的各自救国道路和主张,康有为始终坚持"渐进式"君主立宪道路,主张改良、变法,希望通过至高无上的皇权实行自上而下的改革,达到救国救民的目的。即使在维新变法失败、流亡海外的岁月里,他也没有放弃自己的路线,坚持以"皇上之腹心"自居,扮演着保皇党领袖的角色。

而孙中山在 1895 年走上民主共和之路后,他始终主张用革命的方式推翻封建君主专制,建立民主共和国,以挽救中国危机。这是一条志在另起炉灶的新式道路,孙中山屡战屡败,屡败屡战,成为中国民主革命的先行者。

对于康有为和孙中山一生的不同对比评价,曾经支持过中国辛亥革命的日本友人宫崎滔天认为:"孙立基于西学,康则因袭汉学。前者质而后者华。质则重实行,华则喜议论。二者见解虽然一致,其教养和性格却不同如斯。"①

而毕竟,康有为和孙中山在中国近代史上都扮演了重要的角色。1949 年夏,毛泽东在《论人民民主专政》一文中,将他们称誉为"先进的中国人",他说:"自从一八四○年鸦片战争失败那时起,先进的中国人,经过千辛万苦,向西方国家寻找真理。洪秀全、康有为、严复和孙中山,代表了在中国共产党出世以前向西方寻找真理的一派人物。"

对于这两位"先进的中国人",如能联合起来共同谋事,那将可能是另外一番别有洞天的景象,历史的航向也许会发生改变。对此,1911 年春,18 岁的毛泽东在他所描绘的中国政治蓝图中,给他们两人做出了这样的分工:孙中山应该成为新国家的总统,康有为应担任起内阁总理一职,另外梁启超可做外交部长。②

这是一个美好的政治领袖架构设计,可历史不容假设,这种设计也只是一种良好的愿望罢了。

---

① 《近代中国大转型的台前幕后:主角与配角》,"康有为与孙中山:谁是主角?",傅国涌,长江文艺出版社,2005 年 7 月。

② 《毛泽东盼孙中山当总统康有为首相》,罗雪挥,《中国新闻周刊》,2008 年 12 月。

〔导读提示〕

"孙氏理想,黄氏实行"。武装斗争是推翻清政府的主要形式,辛亥革命期间革命派发动的军事行动,大多数都是由黄兴亲自组织、策划、实施的。在这些武装起义中,黄兴表现出惊人的胆略和彻底的献身精神,他身先士卒,九死一生,屡败屡战。

在武昌起义之前,革命党人发动的多次武装起义基本都以失败告终,孙中山和黄兴等人在总结经验时,曾认识到武装斗争不仅要靠革命党人自己,而且还应在清军内部活动,尤其是要在新军队伍中开展工作,调动他们的革命意识和积极性。正是这样一个非重点策略的转变,才使得辛亥革命有了成功的可能。在辛亥革命过程中,清政府亲手培养起来的新军,大部分都参与了推翻清朝统治的起义。

导致清王朝灭亡的原因很多,而新军的失控及叛离乃是一个重要原因。没有新军的反正,也就没有辛亥革命的成功。清政府为自救图强和巩固统治而编练的新军,到头来却成为推翻清王朝的主力军,其苦心孤诣培养的捍卫者最终异化为自己的掘墓人,帝国因之而更早地走向灭亡,这不能不说是一种莫大的讽刺和悲哀。

第 八 章

革命进行时

驱除鞑虏,恢复中华,创立民国,平均地权。

——同盟会纲领

第一节　黄兴的实行及前赴后继的武装起义

投笔从戎做丈夫

在辛亥革命时期，有一个"孙黄"并称的说法，"孙"是指孙中山，"黄"就是指黄兴。所谓"孙氏理想，黄氏实行"，说的就是他们之间的一种优势互补关系，同时也强调了黄兴在辛亥革命时期所起到的独特作用。

黄兴原名黄轸，字廑午，东渡日本后改名黄兴，字克强，是为"兴我中华，兴我民族，克服强暴"之意。

1874年，黄兴出生在湖南善化（今长沙的一部分）的一个乡绅家庭，父亲黄筱村是当地一位颇有名气的秀才。

黄兴少年时期好问天下大事，茶余饭后，特别喜欢听长辈们讲太平天国的故事，对太平军的事迹赞赏备至——这一点跟孙中山小时候极为相似，说明太平天国运动对他们革命思想的形成有着极强的引导作用。

除了学习传统文化知识外，青少年时期的黄兴还特别喜爱拳术，注重习武，从小练就一副强健的体魄。

1896年，22岁的黄兴考中秀才。两年后，1898年，凭着优异的学习成绩，他被保送到湖北武昌两湖书院学习。

两湖书院是由洋务派的湖广总督张之洞创办，风气开放鲜活。在此，黄兴学习到了大量的西方自然科学知识和西洋政史知识。

在两湖书院求学期间，黄兴还结识了维新派人士唐才常等人。受到爱国志士和西方民主革命思想的影响，他开始同情当时的维新变法运动，并萌发反清革命思想。

当时，以张之洞为首的汉人官僚势力比较强硬，且与满族贵族之间存在着矛盾，加之深受张之洞的青睐与培养，黄兴因此对以张之洞为首的汉人官僚抱着不小的幻想，希望他们能够改良政治，挽救危亡。

1899年秋，张之洞从两湖书院选派学生出洋考察，黄兴亦在其中，他被派往日本考察教育。

这一时期，义和团运动在中国北方兴起，八国联军正谋划发动侵略中国的战争，列强瓜分中国的气焰甚嚣尘上。黄兴身处异国，心甚忧危，思图补救，可同志太少，孤掌难鸣。1900年夏，黄兴回国，继续在两湖书院学习，同时观察、思考时局。

1900年夏，唐才常组织自立军发动"勤王起义"，结果失败，唐才常等20余人被张之洞残酷杀害。

黄兴听闻悲恸至极，一度大哭。因唐才常起义是被张之洞所镇压，这激起了黄兴对以张之洞为首的汉人官僚的愤恨和对整个封建专制制度的痛恶。如果说在唐才常起事之前，黄兴对张之洞等汉人官僚还抱有一些幻想和希望的话，那么在自立军起事被张之洞镇压后，这一幻想与希望也就破灭了。以后每当拿起笔，他都不禁悲从中来，一种"投笔从戎"的念头油然而生。

自此，黄兴在求学期间加强了对军事的学习。在两湖书院继续求学期间，他特别重视体操学科，每逢练操课，他"临操如临敌阵，短装布鞋，抖擞精神，听命唯谨"。黄兴在课余还认真钻研中国古代军事著作，格外偏好《孙子兵法》。

黄兴在青少年时期对军事及体育的爱好与实练，为他后来成为一个革命军事家打下了基础。

1902年春，黄兴正式被两湖书院选派去日本留学。在日本留学期间，黄兴一方面认真求学，不放松学业；另一方面，他邀请日本军官讲授军事课程，每天清晨练习骑马射击；同时，他还暗中从事革命活动，组建军事团体，培养军事人才。1903年春，黄兴联络湘籍留日学生成立"土曜会"，"以军国民革命的路线相号召"，"以破坏现状为出路"，鼓励学生"挺身杀敌"，他每会必到，实施具体教导。

1903年4月，沙俄侵华加剧，为抗击沙俄侵占中国东北，黄兴与两百多名留学生组成拒俄义勇队，声讨沙俄侵华罪行，号召抵抗沙俄侵略。为避人耳目，义勇队员每天清早秘密聚会练习射击，黄兴亲自教授枪法。因参加义勇队的均是学生，后改为"学生军"；又加之清朝驻日公使的干涉，"学生军"遂更名"军国民教育会"，以"养成尚武精神，实行爱国主义"为宗旨，黄兴自任"运动员"。

在日本求学时，黄兴还参与创办了《游学译编》杂志，组织"湖南编辑社"，"专以输入文明，增益民智为本"，介绍西方科学文化、政治学说和革命历史，宣传民主革命思想。

通过在日本学习西方政史知识以及爱国斗争的实践,黄兴的革命思想渐趋成熟;而且他注重军事训练,组织军事团体,培养军事人才,这为他日后领导武装革命创造了条件。

屡败屡战的革命

1903 年夏,黄兴留日学业完成,遂以"军国民教育会运动员"身份回国,暗中进行反清革命活动,具体负责湖南、湖北两地的革命工作。

黄兴

黄兴回国后,曾到母校两湖书院发表演讲,阐述革命理由,使全场一致叹服。他还将邹容所著的《革命军》、陈天华所著的《猛回头》等革命书籍,分发给军、学各界。张之洞闻之震怒,这个昔日的得意门生竟然要革清政府的命,就责成武昌知府兼两湖书院院长梁鼎芬拿办黄兴,黄兴遂被驱逐出湖北省境。

随后黄兴回到湖南长沙,卖掉自家的 36 亩田地,创办"东文讲习所",讲授革命思想,成立革命团体。

1904 年 2 月,黄兴与陈天华、宋教仁等人在长沙创立华兴会,黄兴被推为会长。华兴会对外宣称华兴公司,对内打出"同心扑满、当面算清"的口号,并以"雄踞一省,与各省纷起"为战略方针,进行反清革命。

华兴会成立后,黄兴四处联络会党,并在外地设立分会,联络其他革命组织,商议在慈禧太后 70 岁生日时,在长沙发动起义。1904 年 10 月,由于起义走漏风声,官府派兵查封了华兴会,起义未发动即告失败,黄兴逃往日本。

1905 年 7 月,经日本友人宫崎滔天介绍,黄兴在日本东京与孙中山见面。双方初次交谈,就甚为投合。随即,这两位辛亥革命时期的核心领袖人物正式结盟。不久,两人便开始商讨建立全国性革命组织的问题。当年 8 月,黄兴与孙中山、宋教仁等人在东京成立中国同盟会,孙中山任总理,黄兴任执行部庶务,相当于协助理事长职务,成为这个革命团体中仅次于孙中山的领袖人物。从此,以孙、黄为轴心的同盟会领导核心正式形成。

同盟会成立后,孙中山即奔赴南洋,宣传革命思想,筹划在华南发动起义,同盟会的日常工作则由黄兴来主持。黄兴把主要精力放在发展革命分子和组织武装起义上。

　　黄兴首先在留学生中积极发展会员,然后派遣会员回国,在各省建立同盟会分支机构,使同盟会的组织迅速遍布全国。到辛亥年武昌起义时,同盟会在国内支部和分会就达 89 个,另外还建立了 100 多个外围组织,分布于全国 21 个省区。

　　在发展同盟会组织过程中,黄兴亲自掌握留日学生的入会工作,从中选拔坚定分子组成"丈夫团",以孟子所说的"富贵不能淫,贫贱不能移,威武不能屈"的大丈夫品格,作为团员应具的素质,培养军事骨干,充实后备力量。

　　在壮大同盟会实力的同时,黄兴还组织、发动了一系列武装起义。在 1906—1910 年间,黄兴先后亲自组织、参加指挥的起义主要有:

　　1906 年 12 月,在湖南、江西交界的浏阳、醴陵、萍乡发动"萍浏醴起义";

　　1907 年 10 月,在广西督战"镇南关起义";

　　1908 年 3 月,在广东发动"钦廉上思起义";

　　1908 年 4 月,在云南督师指挥"河口起义";

　　1910 年 2 月,在广东组织策划"广州新军起义"。

　　自 1905 年同盟会成立至 1910 年,同盟会组织发动的多次武装起义都以失败告终,而各省单独发动的地方举义也遭到残酷镇压。孙中山和黄兴等人认为,这种此起彼伏、各不相谋的军事行动,力量分散,不能给清政府以沉重打击,反而消耗了革命实力,必须加以改进。

　　有鉴于此,同盟会决定集中全部力量,再发动一次大规模起义。1910 年 11 月,孙中山召集黄兴、赵声、胡汉民等同盟会骨干,讨论继续发动起义的问题。最后决定筹集巨款,以新军为骨干,同时联络会党,在广州发动一场大型起义。

　　1911 年 1 月,同盟会在香港成立了广州起义领导机关——统筹部。4 月 8 日,统筹部召开会议,制定起义计划,预定 4 月 13 日发动起义,到时组成一支 800 人的敢死队,兵分十路袭取广州城,由黄兴担任总司令。

　　不料,4 月 8 日这一天,同盟会成员温生才单独行动,枪杀了清朝署理广州将军孚琦,后被捕牺牲。广东当局风闻革命党人起义,采取了严加防范的措施,并大肆搜捕革命党人,形势变得越来越不利。同盟会起义部署被打乱,原定起义计划被迫取消。

　　4 月 23 日,黄兴从香港潜入广州,成立起义指挥部,将起义日期推迟到 4 月 27 日,把原定十路进兵的计划改为四路,黄兴率一路集中力量攻打两广督署,其他三路分别由革命党人姚雨平、陈炯明、胡毅生负责,到时按计划响应。

　　临到起义前,黄兴、林觉民等敢死队成员写下绝命书,表示誓死疆场。这是一次极其悲壮的起义,原计划一千多人的起义队伍,到了起义的当天只剩下黄兴率领的一百多人,而势单力薄的黄兴还是毅然打响了起义的枪声。

4月27日下午5时30分,黄兴率领一百多人的敢死队,臂缠白巾,手执炸弹,吹响号角,攻入两广总督衙门。黄兴原打算活捉两广总督张鸣岐,然后以总督名义号召两广清军反正,但在攻入总督衙门后,张鸣岐已经闻风逃跑,计划落空。黄兴随即下令焚烧总督衙门,之后敢死队在撤出时与大队清军短兵相接,展开激烈巷战。

黄兴率领队伍东奔西突,殊死搏杀。而姚雨平、陈炯明、胡毅生负责的其他三路队伍,在起义发动后并未率部响应,致使黄兴的队伍孤军作战,终因寡不敌众惨遭失败。

在起义中,黄兴右手受伤,断掉两指,但仍坚持指挥,直到剩下最后一人,才避入一家小店乔装出城,负伤逃到香港。

这是一场明知失败而为之的起义,起义勇士与清军展开了破釜沉舟式的生死决斗,造成多人牺牲。起义中牺牲的同盟会会员有名可考者达86人,其中72人的遗骸收葬于广州东郊红花岗,后改名为黄花岗[1],这72人史称"黄花岗七十二烈士",这次起义又被称为"黄花岗起义"。

黄花岗七十二烈士墓

黄花岗一役致使革命力量损失惨重,之后黄兴挥泪用左手写下一篇《蝶恋花·哭黄花岗诸烈士》:"转眼黄花看发处,为嘱西风,暂把香笼住。待酿满枝清艳露,和风吹上无情墓。回首羊城三月暮,血肉纷飞,气直吞狂虏。事败垂成原鼠子,英雄地下长无语。"

---

① "黄花"即菊花,寓意节烈。

广州黄花岗起义失败后,黄兴积极支持中部同盟会的革命活动,主张将革命重心从珠江流域转向长江流域。在武昌起义前,黄兴一直同湖北方面保持联络,鉴于历次失败的教训,他对武昌起义曾持慎重态度,却不料此次起义突现转机。

1911年10月10日,武昌起义爆发,并取得成功。武昌起义之后,清政府惊恐万状,立刻发派重兵向武汉反扑。武汉革命军一时无主,汉口岌岌可危。这时正是"千军易得,一将难求"的关键时刻,黄兴应邀前往武汉领导、指挥革命。

1911年10月28日,黄兴抵达武昌,被推荐为武汉战时总司令。他亲赴前线指挥保卫汉阳、反攻汉口的战斗。在与清军奋战近一个月后,由于清军不断增援,革命军武备缺乏,被迫退至武昌,11月27日,汉阳失守。

黄兴在武汉指挥的战事尽管未能挽回败局,但却为各省独立赢得了宝贵时间,让山西、云南、上海等省区乘机得以独立。

汉阳失守后,黄兴建议战略转移,放弃武昌,转攻南京,避实击虚。但却遭到武汉当地革命党人的反对,而且武昌战局的失利也使得当地将士对他大为不满。黄兴在武昌已经无能为力,只好辞去战时总司令,回到上海。

有史必有斯人

武昌起义引发各省独立,这时急需建立中央政府,以便统一全国革命力量,协调行动。1911年12月,宋教仁、陈其美等人召集各省代表举行会议,推举黄兴为中央临时政府大元帅,主持大局工作。黄兴对大元帅一职再三推让,后改推黎元洪为大元帅,黄兴为副元帅,他仍一再推让。

1912年1月,中华民国成立,孙中山任临时大总统,黄兴任陆军总长兼参谋总长,负责全部军事工作。

1912年3月,在袁世凯窃取革命政权后,临时政府北迁,黄兴被任命为南京留守,主持整编南方各军工作。后因军饷无着,军队哗变,南京留守被撤销,黄兴退居上海。

1912年8月,宋教仁联合其他党派,将同盟会改组为国民党,黄兴任理事。1913年3月,国民党代理事长宋教仁被暗杀。在如何应对"宋案"的问题上,黄兴与孙中山一度出现分歧。孙中山主张立即兴师讨袁,以武装反抗,与袁世凯一决雌雄;而黄兴认为南方各省内部不统一,军队力量薄弱,对讨袁缺乏信心,主张用法律解决。7月初,孙中山在上海再次召开军事会议,决定兴师讨袁。为维护民主共和,黄兴遂表示赞同,"二次革命"爆发。

在二次革命中,黄兴亲自赴南京主持讨袁军事活动,他强迫江苏都督程德全宣布独立,自己被推为江苏讨袁军总司令。1913 年 9 月,南京被北洋军攻陷,二次革命失败,黄兴等国民党骨干分子流亡日本。

1914 年,针对二次革命的失败,孙中山把原因归结于革命党人的"不服从、不统一",他计划将国民党改组为中华革命党,要求党员入党时按指印,宣誓服从命令。黄兴与孙中山组党意见不合,他不赞成重新组党,主张沿用国民党的名号加以整顿,并拒绝加入中华革命党,两人的关系遂出现波折。

最终,黄兴没有加入中华革命党,为顾全大局,他主动做出退让,于 1914 年 7 月离开日本赴美国考察,暂时避开,让孙中山放手去实现其革命方略。

1915 年末,袁世凯复辟称帝,黄兴坚决反对,他在旅美华侨中宣传反袁,并为国内讨袁军筹备军饷。1916 年 6 月,因孙中山、蔡锷等人多次电催邀请,黄兴从美国赶往日本,通电各界,呼吁讨袁,为国内反袁斗争筹款购买军械。6 月 6 日,袁世凯在全国人民声讨中死去。7 月,黄兴从日本返回上海,同孙中山恢复了往日的密切关系,一道致力于讨袁善后和党内团结工作。

由于长年为革命事业操劳奔波,黄兴积劳成疾。1916 年 10 月 31 日,他因胃血管破裂在上海去世,年仅 42 岁。

黄兴逝世后,孙中山悲痛欲绝,第二天即发函海内外哀告黄兴逝世的消息。——过去讣告多由死者亲属发布,而黄兴的讣告则由孙中山单独署名发布,并亲自主持治丧活动。

在黄兴的追悼会上,革命党人章太炎送的挽联写道:"无公则无民国;有史必有斯人。"这位曾经被黄兴骂为"章疯子"的狂人,却对黄兴格外敬重,一度愿拥戴黄兴为同盟会最高领袖。

黄兴的一生只度过了短暂的 42 个春秋,在他的革命生涯中,作为革命主将,他筹谋划策,奋力拼搏,向清朝专制统治发动了一次又一次冲击。

武装斗争是推翻清政府的主要形式,黄兴是辛亥革命时期武装反清斗争的主要组织者和领导者。注重革命的实践和行动,这是黄兴革命生涯的最重要特征,他也因此著称于世。

在辛亥革命期间,革命派发动的主要军事行动,大多数都是由黄兴来组织、策划、领导的。在这些武装起义中,黄兴在每次战役中都表现出惊人的胆略和彻底的献身精神,他一般都会亲临现场,身先士卒,九死一生,屡败屡战。黄兴勇敢顽强的抗击精神为他赢得了很高的声誉,促使他成为同盟会的主要军事领袖。

尽管黄兴领导的武装起义或因准备不足,或因力量对比悬殊,或因饷械不济,或因走漏风声等原因归于失败，但这些起义一方面打击了清政府，加速了统治集团的分化和瓦解；另一方面对整个革命形势产生了重大影响，促进了革命高潮的到来，为革命的最后胜利开辟了道路。

其实，早年的黄兴只是一介书生或一个秀才，对军事并非专业，他通过自学和实践与军事结下不解之缘。自华兴会筹划在湖南起义，他即自任总指挥；同盟会成立后，他组织、领导发动多次起义；武昌起义后，他又被推为战时总司令；南京临时政府成立后，他被选为陆军总长；及至临时政府北迁后，他还做了南京留守。

在辛亥革命期间，黄兴之所以能被推到这样的位置，一方面固然是因为他是同盟会主持日常工作的庶务干事，每次起义都得亲自策划，身临敌前，冲锋陷阵；另一方面也是因为在当时的革命队伍中，军事人才相当缺乏，确实没有人比黄兴更能适合担当这些军事要务，他的军事才能和智慧要强于其他人。

甘当历史的配角

在辛亥革命时期，黄兴是与孙中山齐名的领袖人物；在中华民国建立时，他与孙中山素有"开国两杰"之称。革命党人冯自由对此认为："世称孙、黄为开国两杰，克强诚当之无愧矣。"民主人士章士钊也评价道："无逸仙则无克强，反过来诚无克强则无逸仙。"

但在"孙黄"两人的关系及地位中，黄兴个人却始终甘当历史的配角。在同盟会成立后，内部曾发生过一些争执和风波，如 1906 年，在讨论日后中华民国国旗时，孙中山主张用青天白日旗，黄兴主张用井字旗，他认为青天白日旗与日本太阳旗相近，有日本并华之嫌，双方争执不下；1909 年秋，陶成章等起草《孙文罪状》，对孙中山发难，要求改选同盟会总理；加之在 1913 年应对"宋案"和 1914 年将国民党改组为中华革命党问题上的分歧，两人的关系曾出现过不少波折。

但在这些争执和风波中，黄兴最终基本都尊重、服从了孙中山的威信和地位。他从维护团结和顾全大局出发，对那些风波进行有效化解和平息，从而维护了孙中山在同盟会中的领袖地位，也维护了党内和革命队伍的团结稳定。

黄兴一生不争权力，不争名位，不居功自傲。他具备了做领袖、演主角的大部分条件，但他却甘愿担当配角，不与他人争夺功名。他曾自我评价道："名不必自我成，功不必自我立，其次亦功成而不居。"[①]

---

　　① 《近代中国大转型的台前幕后：主角与配角》，"黄兴与孙中山：配角与主角的最佳模式"，傅国涌，长江文艺出版社，2005 年 7 月。

另外,在"孙黄"两人的对比区别中,孙中山是以"思想理论"著称,黄兴则以"具体实行"著称。孙中山是革命思想的指导者,黄兴则是革命运动的实践者。对此,辛亥革命时期也有"孙氏理想,黄氏实行"的说法,多数人都认为孙中山是"理想家",黄兴是"实行家"。

对于黄兴的"实行",辛亥革命时期出版的《血书》中在《黄兴小史》里写道:"黄非思想家,亦非言论家。实为革命党中惟一之实行家也。故党中最重黄之声望,直可与孙逸仙齐驱并驾矣。"①对此,毛泽东也曾评说道:"湖南有黄克强,中国乃有实行的革命家。"②

而正是有了"理想"与"实行"的区别与互补,才使得孙、黄两人有了合作的基础与条件。两人团结协作,互相支持,共同成就了辛亥革命,进而创立了中华民国。

第二节　新军的反正与清政府的掘墓人

清政府培养了自己的掘墓人

自1905年同盟会成立后,革命党人发动的多次武装起义,基本都以失败而告终,孙中山和黄兴等人在总结经验时,认识到要在新军队伍中开展工作。于是,革命派一度把工作重点转移到新军方面。

新军全称"新建陆军",是清政府于中日甲午战争后编练的近代军队。在1894年中日甲午战争中,清朝北洋海军和湘、淮陆军均遭惨败,为加强陆军力量,维护自身统治以及自救图强,清政府下令由胡燏棻、袁世凯、聂士成、张之洞等人创立新式陆军。

1894年11月底,清政府命洋务派官僚、广西按察使胡燏棻在天津马厂(后移至

① 《近代中国大转型的台前幕后:主角与配角》,"黄兴与孙中山:配角与主角的最佳模式",傅国涌,长江文艺出版社,2005年7月。
② 《湖南受中国之累以历史及现状证明之》,毛泽东,1920年9月。

天津小站)编练一支新式陆军,初称"定武
军",共计 10 营 4 750 人。次年 12 月,袁
世凯接管"定武军",将其扩充到 7 000 余
人,正式改名为"新建陆军"。"新建陆军"
在教习方面完全依照德国营制、操典进行
训练,聘用德国军官充任教练,在装备方
面也全部采用国外新式武器。

1900 年的天津武卫军

另外,清政府还派直隶提督聂士成挑
选 30 营兵马组成新军,按照德国军制进
行训练,初称"武毅军"。1898 年,武毅军
整编为武卫前军,成为清军主力之一。

在京师开练新军的同时,各省地方也开始编练新军。湖广总督张之洞在江南创
设了一支 13 个营 2 800 余人的"自强军",聘请德国军官教习,枪械、兵法均仿照欧
洲。随后他还在湖北编练两个营的洋枪队,并将此向各省推广。

新军之所以"新",是因为它在士兵来源、官兵构成、武器装备、军事训练等方面,
较之于清朝旧式的兵勇制有许多新的特点。

新军在士兵选募方面要求严格,士兵来源征募结合,要求"年龄在 20 到 25 岁间,
身高 4 尺 8 寸以上,力能平举 100 斤以上",体格健壮,无犯罪记录,而且具有一定的
教育水平,招募新兵时,对于知识分子入伍往往优先录取;

新军的军官基本上都是知识分子,一般都是熟悉近代战争的军事学堂毕业生或
归国留学生,具备现代的军事知识;

新军的武器装备采用的是新式"洋枪、洋炮",如快枪、左轮手枪、快炮、望远镜等,
这些装备多购自国外,现代化水平有很大提高;

新军的军事训练以"操法、战法、行军、筑垒"等为基本内容,训练方法仿照德、日
陆军,多由外籍教官或归国留学生教练,在战术、技术方面有很大改观。

总之,新军的特色是完全使用西式和日本的军制、练法以及装备进行编练的军
队,是清朝末期最有战斗力的正规军。

为了在全国推行新军计划,1903 年 12 月,清政府在北京设立"练兵处",随后令
各省设立"督练公所",作为各省编练"新军"的领导机构。

1907 年,清政府制定了在全国编练"新军"36 镇①的庞大计划,后因武昌起义爆

---

①　新军的编制分镇、协、标、营、队、排、棚,各级军官称统制、协统、标统、管带、队官、排长和正副目。"镇"
相当于现在的"军区"或"师"的概念。

发,最终只编练成了 14 镇,共计士兵约 16 万人。

清政府对新军格外重视,各种投入都非常大,也抱有很大期望,然而,让清政府始料未及的是,自己苦心培养的捍卫者——新军,最终却异化为自己的掘墓人——在辛亥革命过程中,新军反戈一击,成为推翻清王朝的主要武装力量。

早期的主要新军起义如:

1907 年 7 月,作为光复会成员的安徽巡警处会办兼巡警学堂监督徐锡麟,在安庆组织、策划刺杀安徽巡抚恩铭,并率领学生军起义,攻占军械所,在激战 4 小时后,起义失败,徐锡麟等被捕就义;

1908 年冬,曾参加江浙光复会的新军将领熊成基发动安徽新军起义,结果失败,熊成基逃往东京;

1910 年 2 月,广州新军内部的同盟会会员倪映典率军起义,后因"子弹罄竭,无法抵御",终至溃散,起义失败。

这些新军起义虽然都归于失败,但随着革命形势的急剧发展,新军阵营中的革命力量也在迅速扩大。到了 1911 年武昌起义爆发前,新军中的革命势力发展得更为壮大。

如在湖北新军中,1911 年 6 月,新军第八镇和第二十一混成协共约一万五千人,纯粹革命党人将近两千人,经过联系而同情革命的四千多人,与革命为敌的至多不过一千余人。[1]

另外在浙江,同盟会会员和光复会会员在新军干部中占有重要地位,并且一般都受到全军上下的信任。其他省份如广西、湖南、云南、贵州、陕西、广东、江苏等省,新军中的革命势力也逐步取得优势。到武昌起义时,除清政府管辖的北洋新军外,其他各省的新军性质已经发生了重大变化,即由清政府控制的、维护清朝统治的武装转化为革命党人掌握的反清革命武装。

山雨欲来风满楼

20 世纪初,在革命党人前赴后继的武装起义以及新军内部不断起事的同时,全国各地反抗清朝暴政的抗捐抗税斗争、抢米风潮、工人罢工等群众运动也在不断兴起,呈现出急剧高涨的态势。

1911 年夏,四川、湖北、湖南等省爆发了"保路运动",反对清政府把铁路干线收归国有,以及把铁路利权出卖给外国列强。

---

[1] 《论清末新军向革命转化》,陈文桂,《厦门大学学报》,1980 年 04 期。

　　保路运动规模最大、斗争最激烈的是四川省。1911 年 9 月，四川保路同志军发动起义，进围成都，与清兵交战，附近州县纷纷响应，数日之内，队伍发展到 20 多万人，形成了大规模群众起义局面。

　　在四川保路运动中，同盟会成员积极引导，主动出击。1911 年 9 月 25 日，同盟会成员吴玉章、王天杰等人宣布四川荣县独立，成立革命政权，这是辛亥革命时期革命党人建立的最早革命政权。

　　1911 年 10 月，清政府派渝汉铁路督办大臣端方率领部分湖北新军入川，剿抚镇压保路运动。①

　　湖北的部分新军被调入川后，就造成了武汉防御力量的减弱，这给武汉革命党人发动起义提供了一个难得的机会。山雨欲来风满楼，一场天翻地覆的革命运动即将在这座貌似平静的城市爆发。

　　湖北是清朝编练新军的主要省份之一，如张之洞所练的"江南自强军"，就是从这里起家的。湖北新军中的军官不少曾留学日本，因而遍布革命党人。湖北革命党人在新军阵营中也进行了大量的革命宣传和组织工作，并建立了革命团体。

　　湖北的革命团体屡经变迁，最后形成了以文学社和共进会为主体的两大组织。其中，"文学社"和文学基本不搭界，它借文学为名，"外则表其交换知识，内则谋其推翻专制"，它以新军士官、同盟会会员蒋翊武、刘复基等为骨干力量；共进会是同盟会分化出来的外围组织，发起人为孙武，其成员主要是新军士兵。文学社和共进会的发起人与骨干大多也是同盟会会员，他们赞成同盟会的革命纲领和领导地位。

　　1911 年 7 月，同盟会中部总会成立，鉴于保路运动引发的国内革命形势发展，该会立即决定在长江流域发动起义，并派人到武汉与文学社、共进会联系。

　　在同盟会中部总会的推动下，1911 年 9 月 14 日，武汉文学社和共进会举行联席会议，实现了两个革命组织的联合，组成起义总指挥部，决定发动起义。

　　当时，在清政府调派部分湖北新军入川镇压保路运动，以及其他营队也被调往别处驻防的情况下，武汉兵力仅剩下七千余人，其中参加文学社、共进会等革命团体和倾向革命的兵士占三分之一以上。因此，武汉的防务变得非常虚弱。而且当时四川犹如鼎沸，武汉人心惶惶，风声鹤唳，盛传"八月十五（10 月 6 日）杀鞑子（皇帝）"。文学社和共进会的领导骨干认为此时的形势对武汉极为有利，是发动起义的绝好机会。

---

　　①　后来，端方带兵行至四川资州时，新军内部发生哗变，1911 年 11 月 27 日，端方被军官刘怡凤斩首。

于是，9月24日，双方在武昌召开秘密会议，决定于10月6日中秋节发动起义，以蒋翊武为临时总司令，孙武为参谋长，并通知湖南届时响应。

由于革命党人的活动被湖北当局察觉，处处提防，形势发生变化；再加上同盟会的重要领导人黄兴、宋教仁等未能及时赶到武汉，起义计划被推迟三天执行。

武昌起义前镌刻的
"中华民国大都督之印"

10月9日，在预定起义的日子里，又发生一起意外事件，孙武等人在汉口俄租界配制炸弹时，不慎引起爆炸，俄国巡捕闻声前往搜查，受伤的孙武和其他在场的人迅速脱逃，但起义的文件、印信、旗帜等重要机密被搜走，武昌起义计划泄露。

随后，俄租界巡捕将查获物品移交给湖北当局，湖广总督瑞澂听后立即搜查，下令全城戒严，按址搜查革命机关，按名册搜捕革命党人。武汉三镇顿时笼罩在一片白色恐怖之中。

情急之下，起义总指挥部的蒋翊武、刘复基等军事负责人立即决定于当晚12时发动起义。然而当晚起义总指挥部被清军包围，军警破门而入，指挥部的负责人刘复基、彭楚藩、杨宏胜被捕，蒋翊武因身着长袍马褂且蓄长辫未被军警注意，侥幸脱逃。而且当晚武昌城内戒备森严，城门紧闭，起义计划未能按时送达各营革命党人手中，因此当晚12时起义的计划落空。

10月10日清晨，刘复基、彭楚藩、杨宏胜三人被湖北当局处决。三烈士被害，使革命党人悲愤到了极点。起义形势如箭在弦上，一触即发。

1911 年 10 月 10 日这一夜

1911年10月10日晚7时左右，驻扎在武昌城内的新军工程八营发生一起士兵哗变事件。这件看似不起眼的士兵冲突，却打响了武昌起义的第一枪。关于当时的情景，有资料这样描述：

就在当晚七点过后，工程营中的排长陶启胜查棚时，发现士兵金兆龙臂缠白巾，手持步枪，似有枕戈待旦之势。陶启胜不禁顿生警觉，怀疑金兆龙图谋不轨，意图造反，就走上前去要缴他的枪，于是两人扭打起来。

在两人揪斗间，金兆龙大呼："同志动手！"同棚的士兵程定国闻声赶来相助，他拿起枪，扣动扳机，一枪击伤陶启胜的腰部。

这便是武昌起义的第一枪。①

枪声响起,该营革命党人总代表、新军后队正目(相当于现在的班长)熊秉坤见状当机立断,高声宣布起义。在他的召集下,革命士兵迅速行动。

因为缺乏弹药,熊秉坤就先率领 40 多个士兵,奔向武昌城外的楚望台军械所,那里藏有大量枪支弹药。到了军械所后,在里面革命士兵的策应下,起义军顺利占领了军械库,获得大量武器。

此时,驻守在武昌城内外各营的革命党人听到起义消息后,纷纷行动起来,加入到起义队伍中,赶向楚望台。

由于孙武负伤住院,蒋翊武脱逃,其他起义领导人或殉难,或被捕,且起义带头人熊秉坤军阶太低,难以服众。因此,聚集在楚望台的士兵因缺乏有权威的领导人指挥,一时秩序混乱。

随后众人公推出曾经参加过日知会的工程八营队官(相当于现在的连长)吴兆麟担任临时总指挥。其时熊秉坤也考虑到自己职卑位低,难以左右局势,于是欣然顺应士兵要求,支持吴兆麟担任总指挥。

吴兆麟受命后,他一边命令加强楚望台一带的警戒,一边派人与城内外其他革命部队联系,准备发动攻夺湖广总督衙门的战斗。

此时参加起义的士兵都明白,若攻不下总督衙门,一旦被总督反捕,都会面临杀头之罪。所以起义军只有一个念头,一定要赶在天明之前把总督衙门攻下来。

10 月 10 日晚上十点半左右,围攻湖广总督衙门的战斗打响,起义军分三路,在猛烈炮火的轰击下,经过三次进攻,到 11 日黎明,终于占领了总督衙门。湖广总督瑞澂已事先打破督署后墙,从长江坐船逃走。

武昌起义中,起义军出发作战

当晚陆续参加起义的士兵达三四千人,而清朝的守卫兵力则超过五千人。起义军经过一夜浴血鏖战,到 10 月 11 日上午,武昌全城光复,武昌起义获得成功。

随后两天,驻守在汉阳、汉口的革命党闻风而动,纷纷发动起义,分别于 10 月 11 日夜、12 日占领了汉阳、汉口。至此,武汉三镇全部为起义军占领。

---

① 此处资料主要摘引自《这才是晚清帝国崩溃的三十二个细节》,"偶然必然:小排长葬送了大清朝",金满楼,中国三峡出版社,2009 年 9 月。

武汉光复后,起义军成立湖北军政府,在当时没有更好的人选情况下,湖北新军第 21 混成协统领(相当于现在的旅长)黎元洪被推举为鄂军都督。①

黎元洪随后以湖北军政府的名义,昭告武昌起义为"对清廷的民族革命,以期永建共和政体",宣布改国号为"中华民国"。

武昌起义后,陈其美组织上海军民起义。
这是南京路上悬挂的五色旗

1911 年 10 月 10 日,这是一个要永远载入史册的日子。这一天,从武昌新军工程营中响起的枪声震惊了全国。这一枪是中国民主主义革命的发令枪,也是埋葬清朝两百多年统治和结束中国长达两千多年封建帝制的宣示性一枪。

武昌起义成功的消息迅速传遍全国,各地无不为之鼓舞和震动。随即各省纷纷响应起义,全国迅猛掀起大起义风暴。

武昌起义后的短短两个月内,湖南、陕西、江西、山西、云南、浙江、贵州、江苏、安徽、广西、福建、广东、山东、四川等省份纷纷宣布独立,建立军政府,脱离清朝统治。当时北方未独立的省份中,有的是清朝统治较强的地方,如直隶、河南;有的远在边陲,革命党势力较弱,如新疆、甘肃。

武昌起义敲响了清王朝的丧钟,之后清政府的统治呈土崩瓦解之势。1912 年 2 月,清朝最后一位皇帝溥仪退位,清朝统治宣告结束。

因 1911 年是中国干支纪年的辛亥年,从武昌起义爆发到 1912 年中华民国建立期间发生的一系列革命事件,被称之为"辛亥革命";而在历史学上,更宽泛的辛亥革命外延,是指从 19 世纪末革命党人从事革命活动开始,到 20 世纪初成功推翻清朝统治期间发生的一系列革命运动。

对于这场革命的价值和意义,尽管其成果后来被袁世凯窃取,中华民国南京临时政府归于失败,但革命者大致已达到了他们所预期的政治目的,即推翻清政府和封建专制统治。对于一个拥有两千余年君主专制传统的国家和人民来说,这实在是一个前无古人、不可多得的创举和胜利。诚如带着辛亥革命的经历走向共产党的林伯渠在纪念辛亥革命 30 周年时所指出的:"对于许多未经过帝王之治的青年,辛亥革命的

---

① 关于黎元洪出任湖北军政府都督请参照本书下篇第十章第二节"黎元洪的'柔暗'与误国"相关论述。

辛亥革命形势图

政治意义是常被过低估计的。这并不奇怪,因为他们没有看到推翻几千年因袭下来的专制政体是多么不易的一件事。"①

新军为什么革了清政府的命

武昌起义基本上是由新军来推动完成的,新军是这次起义的最主要武装力量。武昌起义爆发后,分布在各地的革命党人积极发动新军起义与之响应,这些起义基本上都是由革命党人发起、依靠新军这个主要军事力量来完成的"反正起义"。如:

最先响应武昌起义的是湖南,10 月 22 日,湖南共进会会员焦达峰、陈作新,按照早先与湖北共进会立下的相互响应起义的约定,率领会党和新军组成的队伍在长沙起义,成立湖南军政府;

同一天,陕西同盟会会员井勿幕等人同陕西哥老会联合,发动会党和新军起义,成立秦陇复汉军政府;

10 月 23 日,江西同盟会会员林森等人策动九江新军起义,成立九江军政府;

---

① 《缅怀辛亥革命:二十世纪中国的第一次历史性巨变》,金冲及,《人民日报》,2001 年 10 月 9 日。

10 月 29 日,山西同盟会会员、新军标统阎锡山等人在太原发动新军起义,成立山西军政府;

10 月 30 日,云南同盟会会员李根源联合新军军官蔡锷、罗佩金、唐继尧等人,率领新军发动起义,成立云南军政府;

……

武昌起义后一系列的独立反正起义,其主要军事力量都来自清政府一手栽培的新军。

在辛亥革命时期,除清政府直接管辖的北洋新军外,大部分新军都参与了推翻清政府的反正起义,成为清政府的敌对力量和掘墓人,这种"自种孽缘"的结果显然也出乎清政府的意料。其中的原因,当然还是集中在革命党人、新军以及清政府这三者身上。

首先,新军成为清政府的掘墓人,离不开革命党人的宣传教育和引导同化作用。

新军毕竟是清政府直接控制编练的国家军队,清政府对其高度重视,尤其是思想控制十分严格,对新军灌输的都是"报效皇恩"和"忠于长官"的封建统治意识。要使新军转向革命,举行反正起义,就需要革命党人的宣传、组织、争取,启发他们的政治觉悟,激发他们的革命意识。

革命党人曾采取各种形式向新军传输反清革命思想。如秘密在新军营中散发反清革命书刊,激发他们的反清意识;在新军中担任要职的革命党人,利用职务之便,向士兵灌输革命思想等。

1905 年同盟会成立后,更注重在新军阵营中发展会员。当时清政府为编练新军,派遣了大批陆军留学生去日本学习,据统计,仅在第四、五、六期的士官生中,同盟会就发展了"不下百余人"的会员。[1]

1906 年,一位清政府的官员提出警告,说同盟会在新军中的活动日益频繁,其中包括利用革命歌曲和白话文来煽动士兵。

不仅如此,革命党人还在新军队伍中建立各种形式的公开、半公开组织,以团结新军中的革命分子。如湖北武汉的文学社和共进会,就格外注重深入新军做工作,在武昌起义前,留在武汉的新军多数都被"革命化"。

另外,革命党人还采取"入虎穴、取虎子"的办法,投营入伍,报名当兵,打入新军内部,在新军营中争取担任各级领导职务,建立革命中坚力量,以控制新军。

革命党人通过主动出击策反,在新军内部进行革命活动,向新军宣传革命思想,

---

[1] 《论清末新军向革命转化》,陈文桂,《厦门大学学报》,1980 年 04 期。

起到了革命同化作用,引导新军成为反清的革命力量。这是促使新军成为清政府掘墓人的外部原因。

其次,导致新军成为清政府掘墓人的内因,就在于新军自我革命意识的生发,即这支军队从诞生之始,自身就具有一定程度的革命意识。这是导致新军反正以及成为清政府掘墓人的根本原因。

在新军的入营士兵当中,其来源多数是贫寒家庭的读书人。在 1901 年清政府实施"新政"、大规模编练新军的同时,也废除了科举考试,代之新式学校。这导致一般乡村农家子弟,既不能再在私塾读书,又无力进入新式学校。这些本想依靠读书而改变身份和地位的穷苦子弟,从此被断送了仕途,虽然他们读过一些书,但又无法继续教育,就只好投入新军,以谋出路。"秀才当兵"已成为当时的普遍现象。

科举废除后无出路的知识分子,不能整天呆在乡村家里,在城里又找不到工作,可以说他们是在"既失学又失业"的情况下被迫投军入伍的,在某种程度上说他们就是改革的"牺牲者",因此他们对清政府也"怀恨在心";而且这些知识分子型的新军有一定的文化水平,能读书看报,思想敏锐,容易接受新思想,特别是反清革命思想;加之他们自小耳闻目睹社会不公,容易产生反抗情绪,更易接受"饱含鼓动性"的"革命"宣传。眼看个人和国家前途都不明朗,很多人最后就寄希望于革命。

所以,从新军士兵的出身地位、思想意识等状况来看,他们都是封建制度下的受害者,这是他们之所以能够转向革命的内在根据。

另外,在新军的军官当中,他们主要是国内各式武备学堂的毕业生以及官费派遣出国的留学生。新军的军官基本上也是知识分子型的军人,一般来说,知识分子具有革命先锋和桥梁的作用,在革命潮流激荡的年代,当看到清政府的腐朽没落时,自然也会产生反清思想,就易于倾向革命。

因此,新军中的军官除了少数清朝亲贵子弟以及贪图享乐的人之外,多数人都深怀国家、民族忧患意识,在本国衰落和外国强盛的刺激下,以及在西方民主革命思想的影响下,他们都具有了很强的革命倾向。"其中接受孙中山先生政治主张的人,知道中国要发愤图强,必先推倒清室,因而纷纷加入了同盟会。""即未加入同盟会者,亦均同情革命。"①

于是,在新军的基本成分中,无论是一般士兵,还是各级军官,都有相当数量的人,对于清政府的腐朽统治是愤慨和不满的,对于国家、民族的危机有着强烈的图强愿望,这就使得他们产生了革命化的意识与倾向。

① 《论清末新军向革命转化》,陈文桂,《厦门大学学报》,1980 年 04 期。

正在训练的新军

所以，从一开始，新军在身份地位、文化教育、思想意识上就具备了革命化和清政府掘墓人的内在要求。

最后，清政府一手栽培起来的新军异化为自己的掘墓人，当然也跟清政府自身有很大关系。在革命激荡的年代，清政府威信丧失、调控乏力，自身失去了对新军的控制。

尽管清政府对新军的思想教育格外重视，而且对于革命党人在新军中的活动以及新军内部的革命化倾向，都早已有所觉察甚至相当了解，但是他们在自身衰落退化、革命兴起的形势下，却始终是处于"欲罢不能"、"欲防无计"的困境中。

清政府面对汹涌而来的革命浪潮以及新军的革命化倾向，当然不甘心坐以待毙，但旧有的兵勇防营实在落后、软弱，所以不得不求助于新军，依托新军来镇压革命，维护统治。这使得清政府对新军是处在一种"欲罢不能"的境地。

面对新军的革命化倾向，清政府也采取措施进行整顿挽救，但其采取的措施并不能起到有效作用，有时甚至事与愿违。如在 1908 年安徽熊成基发动安庆新军起义后，清政府立即要求厉行清洗，凡"言论放恣，志趣不正者，即行从严淘汰，不使留遗谬种滥厕行间"。但结果却是，武昌起义的枪声一响，安庆新军便已"运动成熟，急谋响应"。①再如到 1911 年 10 月武昌起义前夕，武汉新军中倾向革命的

---

① 《论清末新军向革命转化》，陈文桂，《厦门大学学报》，1980 年 04 期。

士兵已占总数的三分之一以上。对这种普遍存在的现象,清政府"欲防无计",始终拿不出有效的应对办法。

"欲罢不能"、"欲防无计"的结果是新军逐渐被革命党人所控制,成为他们发动起义、埋葬清王朝的有力工具。

其实,到20世纪初,也就是在清政府最后十多年的历史中,它已经逐渐失去了对地方各省和军队等方面的控制权。

因此,在大变革时代,清政府本身保守僵化,从根本上缺乏有效调控激进运动的政治能力,没有真正有效的制度和理念支撑军人对朝廷的效忠,致使其丧失驾驭现代化军队的能力。所以清廷努力了数年的新军建设,换来的却是新军的起义与掘墓。

新军作为清王朝最后一支国家军队,是中国第一支近代化军队,也是战斗力最强的军队。而接受了新思想、新技能、新知识的新军,却与清朝的统治构成了诸多矛盾。

新军从其士兵来源和后来所受到的环境影响,以及思想上与生俱来就带有的革命化特质与倾向,加之在革命党人的宣传引导作用下,最终被同化为反清的主要武装力量。

而且在政治离心的作用下,腐朽的清政府已失去了对新军这个国家军队的控制,在革命变得势不可挡的形势下,新军的异化与背离已经无法避免。以至于在武昌起义前后,全国新军大多都站在了清政府的对立面上,对结束清王朝的统治起到了釜底抽薪的作用。

导致清王朝灭亡的原因很多,新军的失控及叛离乃是一个重要的、直接的原因。正所谓"外因通过内因起作用","堡垒最容易从内部攻破",没有新军的反正,就没有清政府的灭亡,也就没有辛亥革命的成功。

清政府为自救图强和巩固统治而编练的新军,到头来却成为推翻清王朝的主要力量,其苦心孤诣培养的捍卫者最终异化为自己的掘墓人,帝国因之而更早地走向灭亡,这不能不说是一种莫大的讽刺和悲哀。

〔导读提示〕　在人们的一般印象中,把清王朝送进坟墓的是革命党人。其实,单单依靠孙中山等人领导的革命派,是难以把清王朝赶出历史舞台的。清政府的灭亡是多种力量及因素综合作用的结果。这当中清政府执政思维与方式的落后、不能因势变革而导致衰落则是根本。以此为前提,民众对政府失去信心,中央政府对地方政府、国家军队及国民失去控制力,则成为清政府灭亡的自身逻辑原因,这样的政府灭亡也是迟早的事。

中华民国南京临时政府作出了历史上前所未有的改革,其职能发生了根本的转化,从封建专制统治转化为具有一定程度的现代公共管理能力的文明政府。临时政府实施的各种新政为中国经济社会带来了全新气象,但在这些新气象的背后,也潜伏着一系列深刻的危机。

南京临时政府成立后始终处于内外交困的状态中。在各种势力的重重压力和自身的颓落妥协下,临时政府处处受限,难以为继,前后仅存在了短短3个月共91天,成了名副其实的"临时"政府。新生的民主共和政府只是昙花一现,刚刚见到一线光明的中国,很快又陷入到北洋军阀的黑暗混乱统治中。

第九章

新政府的建立与旧政府的灭亡

不哭,不哭,快完了,快完了!

——载沣(在宣统皇帝溥仪
举行登基大礼时所言)

第一节　中华民国临时政府的建立及潜在的危机

开国前的纷争

1911 年 10 月武昌起义胜利后,在全国得到连锁反应,到当年 11 月底,全国宣告独立、脱离清政府的省份就有 14 个。独立的各省都成立了军政府,建立起属于本省的地方革命政权。

随着各省政权的相继建立,革命党人控制了大半个中国,革命形势的发展要求建立一个统一的中央领导机构,以克服独立各省各自为政的状态。于是,创建全国统一的中央政权很快被提到日程上来。而且创立民国、建立全国统一政权是资产阶级革命的既定目标,也是各省为统一步调、进一步加强对清王朝斗争的迫切要求。

但是,在武昌起义之后,全国在地方上形成了以湖北和江浙为中心的两大地方革命集团,湖北以武汉为中心,江浙以上海为中心。湖北、云南倡议各省选派代表,前往武汉筹议规划中央政府;而江苏、浙江主张在上海筹建中央政府。两地都力图控制即将建立起来的新政权。

当时,首义之区武汉和中部同盟会所在地上海,几乎同时开始了筹建中央政府的活动。1911 年 11 月 9 日,湖北方面以军政府都督黎元洪名义通电各省,请派代表赴武汉商议成立中央政府事宜;同时,集中在上海的革命党人与立宪派,计划在上海筹备临时议会机关,11 月 12 日,江苏都督程德全、浙江都督汤寿潜联合上海都督陈其美通电各省,要求派代表赴上海商讨建立统一政权问题。

11 月 15 日,苏、浙、闽代表决定在上海成立"各省都督府代表联合会",联合会虽承认湖北军政府代行中央军政府职权,但强调各省代表联合会应在上海召开,并提出新的中央政府设于武昌、议会设于上海的建议。湖北方面对此表示异议,派人到上海力争各省代表前往武汉召开会议。而且当时部分省份的代表已经抵达湖北,黄兴、宋教仁等同盟会重要领导人也在武汉,上海方面只好同意在沪各省代表赴武汉召开联合会。

就在武汉和上海的革命党人争相筹备中央临时政府之时,被清政府重新起用的袁世凯在武汉反攻革命党的军事行动逐步取得优势,相继攻陷了汉口和汉阳。

面对袁世凯的强势进攻,革命党人深知清政府只要失去袁世凯的支撑,便会迅速崩溃。因而革命党人计划争取袁世凯"反正",来谋求推翻清政府,并以中央临时政府大总统的位子,动员袁世凯倒戈。1911 年 11 月 8 日,黎元洪致信袁世凯,提出"如赞成共和,当推为第一任之总统"。第二天,正在武昌督师的黄兴也写信给袁世凯,劝他做"中国的拿破仑和华盛顿",并保证南北将会"拱手听命"。

而老谋深算的袁世凯在这时耍起了两面派手法,在北洋军队攻陷汉口、汉阳,取得军事胜利后,他即令停止进攻,以诱迫革命党人接受和谈。双方议定从 12 月 1 日起停战,拟定派出代表讨论大局。

1911 年 11 月 30 日,各省代表联合会在湖北汉口英租界举行,筹备成立中央临时政府。12 月 2 日,会议通过一项重要决议,决定"如袁世凯反正,当公举为大总统"。12 月 3 日,会议通过《中华民国临时政府组织大纲》,提出革命成功后要建立全国统一的中央政府,反对各省建立分割、独立的政权;在召集国民会议、颁布宪法之前,"效法美国"组建中华民国临时政府,设立临时总统。

在汉口各省代表召开会议期间,12 月 2 日,江浙联军攻克南京,人心为之大振;加之在此前汉阳失守后,黄兴及其追随者从武昌返回上海,上海又成了革命党人聚集的中心。随即宋教仁、陈其美等人决定联合江浙立宪派,提出以南京为临时政府所在地建立中央临时政府,并电催汉口代表速返上海。

12 月 4 日,江苏、浙江、上海三省市都督与在沪各省代表召开"共和联合会"大会,选举黄兴、黎元洪分别为中央临时政府大元帅和副元帅,由大元帅负责筹组中央临时政府、主持南北议和等工作。

上海方面公推大元帅、副元帅的做法遭到湖北方面极力反对,不承认其选举的合法性,并通电要求取消黄兴的大元帅职位。而当时黄兴亦表示坚辞不就。这样,上海的选举只好作罢。

随后,武汉和上海两方面经过协商,决定以南京为中央临时政府所在地,建立中华民国临时政府。1911 年 12 月 12 日,各省代表由汉口、上海齐集南京,决定于 16 日选举黄兴为中央临时政府大总统。而这时又传来袁世凯与其议和代表唐绍仪宣布主张"共和"的消息,于是南京代表会决定暂缓总统选举,等待袁世凯"反正来归",并暂时承认之前在上海所选举出来的大元帅与副元帅。

但此时又节外生枝,克复南京的江浙军人以"汉阳败绩"为借口,不愿受"汉阳败将黄兴"的节制,反对黄兴为大元帅,黄兴本人也执意不肯接受。各省代表只好再议由黎元洪为大元帅,黄兴为副元帅。12月21日,黎元洪致电表示接受大元帅名义,并委托黄兴代行大元帅职权。而此时又获悉孙中山即将归国,黄兴遂一再推让副元帅和代行大元帅职权,等待孙中山归来。

新国家的诞生及权力布局

武昌起义爆发后,孙中山在美国得知了消息,他感到惊讶而又惊喜。随即他游说英国和法国,请求其支持中国革命,在没有取得任何效果的情况下,他决定先行回国。

1911年12月25日,孙中山抵达上海,革命党人立即推举他为临时大总统。随后在讨论政府组织原则和方案时,孙中山主张采取美国式的总统制,宋教仁主张采用英国式的责任内阁制,后经各省代表讨论,最终采取了孙中山倡导的总统制。

12月28日,各省代表在南京投票选举中华民国临时大总统候选人,当天没有开启投票箱。29日,选举临时大总统的会议正式召开,上午10时,当场开启候选人投票箱,结果为孙中山、黄兴、黎元洪3人;接着,由到会的17省都督府代表,按每省一票的规定,依次投票选举;结果孙中山得16票,黄兴得1票,黎元洪为零票。孙中山当选为中华民国临时大总统。

当时新国家名称虽在武昌起义后湖北军政府已宣称为"中华民国",但未经正式程序的议决和宣告。根据孙中山的提议,各省代表于12月31日通过决议,正式定国号为中华民国。

1912年1月1日,这是改朝换代的一天。当晚10时,孙中山来到如今的江苏省政协大厦,举行就职典礼。这里曾是朱元璋的"汉王府"、太平天国的"天王府"、两江的"总督府",如今,它又成为中华民国的临时政府所在地。

孙中山郑重宣誓:"倾覆满洲专制政府,巩固中华民国,图谋民生幸福,此国民之公意,文实遵之,以忠于国,为众服务。至专制政府既倒,国内无变乱,民国卓立于世界,为列邦公认,斯时文当解临时大总统之职。谨以此誓于国民。中华民国元年元旦。"

这一段极短的誓词,正式宣告中华民国的诞生。从这天起,中国从"帝制"时代转入"民治"时代。1月2日,南京临时政府通电各省改用阳历,以1912年为中华民国元年。

中华民国的成立,宣判了清王朝和封建帝制的死刑。当时全国22个省中,已有17个省通电起义宣布脱离清政府。

中华民国临时政府各部长人选经反复磋商,最后由孙中山、黄兴提出一个包括革命派、立宪派和旧官僚在内的9名行政部长名单。

中华民国临时大总统孙中山和光复 **17** 省代表合影

1月3日,各省代表举行临时副总统选举会,黎元洪以 17 票全票当选为中华民国临时副总统。当天的会议还就孙中山提出的9位各部总长名单进行讨论。会议对提名宋教仁为内务总长、章炳麟为教育总长持反对意见,孙中山便改提程德全、蔡元培分别为内务、教育总长,获得通过。

中华民国临时政府各部总长及次长人员组成

陆军总长	黄 兴	陆军次长	蒋作宾
海军总长	黄钟瑛	海军次长	汤芗铭
外交总长	王宠惠	外交次长	魏宸祖
司法总长	伍廷芳	司法次长	吕志伊
财政总长	陈锦涛	财政次长	王鸿猷
内务总长	程德全	内务次长	居 正
教育总长	蔡元培	教育次长	景耀月
实业总长	张 謇	实业次长	马君武
交通总长	汤寿潜	交通次长	于右任

从临时政府部长的名单来看,实业总长张謇、交通总长汤寿潜为江浙立宪派代表,司法总长伍廷芳、财政总长陈锦涛为旧官僚,内务总长程德全既为旧官吏又与立宪派关系密切,海军总长黄钟瑛系清朝海军反正起义的舰长。同盟会仅居陆军、外

交、教育三部,并不占优势。这是在当时政治现实下,为平衡各方利益、稳定时局而不得不采取的做法。

随后,孙中山根据同盟会确定的"部长取名、次长取实"的原则直接任命各部次长,在9名次长中,除海军次长汤芗铭外,各部次长都是同盟会的重要骨干。孙中山这样做是为了巩固革命党人的实权领导地位,即在任用"名宿"为部长"以收缙绅之望"的同时,由同盟会员作次长以掌握各部实权。

在临时政府各部总长人员中,由立宪派和旧官僚担任的实业、交通、司法、财政、海军等六部总长均未到任。他们不去就任履职,不愿与革命党人共事,主要原因是未能控制南京临时政府的实权。因此,南京临时政府部长主事者仅陆军总长黄兴、外交总长王宠惠、教育总长蔡元培三人而已,其他各部实权均由同盟会出身的次长代替。即南京临时政府的日常事务,实际上均由同盟会人员主持。

1912年1月28日,中华民国临时政府在南京成立临时参议院,作为临时政府的最高立法机关,议员为各省都督代表。在43名议员中,同盟会成员占34名,约占3/4以上。

因此,从南京临时政府的主要组成人员结构来看,虽然包括革命派、立宪派、旧官僚三种势力,但它不是三种政权势力的混合体,主要权力仍掌握在以孙中山为首的革命党人手中,革命派占压倒性优势。也因此,南京临时政府的性质是一个资产阶级革命政府。

新举措与新气象

中华民国南京临时政府成立后,颁布了一系列有利于推行民主政治和发展资本主义的政策,一扫几千年旧的统治意识,力图清除封建社会遗留下来的陈规陋习。

在社会习气方面,禁止赌博,严禁种植、吸食鸦片;男子剪除发辫,女子劝禁缠足。

在人权方面,焚毁刑具,禁止刑讯;禁止买卖人口和蓄奴;通令保护华侨;提倡男女平等,女子有权参政。

在政治习气方面,宣布各级官员都是"人民公仆",改变政府上下级之间、人民之间的"大人、老爷"称呼,一律以官职相称,民间以"先生"或"君"相称;废止跪礼,改行鞠躬礼。

在文化教育方面,改进教育制度,革新教育内容;提倡男女同校,废除小学读经和跪拜孔子牌位,禁用清政府学部颁行的教科书。

在经济方面,鼓励发展工商业,提倡兴办工厂、矿山、银行等,振兴农垦业;废除清代规定的一些苛税,奖励华侨在国内投资。

在政治法律方面,实施文官考试,整顿吏治,选贤任能;废止《大清会典》、《大清律例》等旧法令。

南京临时政府成立后,在政治法律方面最突出的贡献是《中华民国临时约法》的制定和颁布。

南京临时参议院从 1912 年 2 月开始负责起草约法,3 月 11 日,临时政府正式颁布了具有宪法效力的《中华民国临时约法》。《临时约法》共有 7 章 56 条,按照自由平等的原则,规定了人民的权利与义务。其中规定:"中华民国之主权属于国民全体",而"以参议院、临时大总统、国务员、法院行使其统治权";"中华民国人民一律平等",享有人身、居住、财产、言论、出版、集会、结社、通信、信仰等自由;公民享有请愿、诉讼、考试、选举及被选举等权利;公民履行纳税、服兵役等义务。

《临时约法》对中华民国临时政府的组织原则做了调整和补充,将政府组织原则从总统制改为内阁制,增设国务总理,作为政府首脑;内阁为行政机关,辅佐临时大总统,行使行政权;增设法院,行使司法权;参议院为立法机关,行使立法权,参议院有弹劾大总统和国务员的权利。《临时约法》将政府组织原则从总统制改为内阁制,一个重要原因就是为了防止和限制袁世凯专权,以保障民国。

《中华民国临时约法》是中国历史上第一部具有资产阶级共和国性质的宪法文

《中华民国临时约法》

件,按照西方"三权分立"和"代议政治"的原则来构建国家制度。《临时约法》关于人民权利和自由的一系列规定,表明南京临时政府已初步建立起民主共和国的政治架构,从宪法上规范了国家的民主共和制度,成为民主共和的象征旗帜。

南京临时政府作出了中国历史上前所未有的改革,其职能发生了根本的转化,从封建专制统治转化为具有一定程度的现代公共管理能力的文明政府。那些新政策法令移风易俗,革故鼎新,带来了一系列新气象、新风尚,社会观感逐渐转变。

如在政府的作风上,临时政府内部实行供给制,上自大总统,下至一般职员,都未规定支付薪金,每人只发给军用券 30 元。蔡元培就任教育总长后,有人前往祝贺,正赶上这位总长自己在洗衣服。官员的简朴,由此可见一斑。

新政府的危机

中华民国成立后,临时政府实施的各种新政为中国经济社会带来了全新的气象,然而,在这些新气象的背后,也潜伏着一系列深刻的危机。

中华民国临时政府潜伏的危机主要来自国内、国外以及自身三个方面。

南京临时政府面临的国内危机在临时政府筹建时期就埋下了隐患。在中央临时政府筹建期间,武汉和上海两大中心都极力争夺临时政府所在地,力图控制主导权。武汉以首义之功自居,上海以同盟会大本营自居,两地各自为"是",互不相让,最后以妥协定都南京暂告一段落。

武汉和上海两地的革命党人早已壁垒分明,而及至南京临时政府成立后,武汉和上海、南京之间始终是一种"貌合神离"的状态,武汉方面对人事安排存在着极大不满。南京临时政府成立后,曾补选黎元洪为副总统,其目的就在于调和武汉方面的不满,不过武昌首义的志士甚多,仅让黎元洪一人做个副总统,在武汉方面看来很不公平。

如当时湖北共进会的领导人、湖北军政府军务部长孙武,对策划武昌起义贡献也很大,南京临时政府成立前,他曾特地从武昌赶到上海,希望能做陆军部次长。可是陆军部总长黄兴曾在武昌指挥作战失利,受到湖北方面的责难,因而在组织临时政府时一度有意排斥湖北方面的革命党人,自然也就很难接受孙武做次长,于是孙武便被摈弃。孙武一怒之下返回武昌,联络失意的湖北革命党人和少数政客成立"民社",拥黎元洪为首领,从此成为同盟会政敌,埋下民国初年政治纷争的种子。

新政府内部潜伏的人事危机除了在地域方面存在纠葛外,在政府权力组成方面也存在着激烈派系斗争。

南京临时政府的政权组成包括革命派、立宪派和旧官僚三种主要政治势力,但由于立宪派和旧官僚未能控制南京临时政府实权,并不想与革命党人真正合作,还给以难堪。如内务总长程德全认为革命派"一意孤行,颇难说话",称"病"从未到部履职;实业总长张謇对实业部不感兴趣,根本不去南京就职。

而且在武昌起义后,地方独立各省的军政府多数都被立宪派和旧官僚所掌控,南京临时政府及临时大总统孙中山,对地方各省事实上不能行使有效的中央政府权力,许多中央政令都会遭到一些省份的反对,致使"政令不畅"。

另外,临时大总统孙中山和各省代表所组成的参议院之间,也始终存在着相当的距离。这些代表一般直接听从各省都督的旨意,跟中央政权难以形成有效的合作。

地方各自为政、遇事立异,各省都督不听命中央,立宪派与旧官僚不愿真正合作,使得南京临时政府很不完整统一。革命派仅仅控制了中央政权,对于地方却力不从心,常常"政令不出都门"。

于是,中央与地方、地方各省之间以及各派系间的不合作,给南京临时政府预伏了极大的分裂危机,导致机构运转障碍重重。

南京临时政府面临的国外危机源自列强对中国革命的阻挠和对临时政府的遏制。

外国列强对中国革命一向采取的是破坏和阻挠态度。在武昌起义爆发时,英、美、日、法等国驻远东的舰队,一度纷纷驶向汉口,向革命军施压,后由于列强之间矛盾的激化,没能互相勾结起来干涉中国革命。

辛亥革命期间,各国列强虽然在名义上对中国的"内乱"表示"中立",但它们却披着"中立"的外衣,借口"保护"外侨,向中国各口岸、租界和使馆区增派大量兵力,向革命党人施压,对中国革命进行干扰和破坏。如日本政府就曾为清政府提供大量武器援助,帮助镇压革命,同时企图宰割中国,将革命派的势力范围限制在长江以南,而在华北、内蒙古和东北一带保持帝制,建立一个亲日政权。

南京临时政府成立后,关于新政府的对外政策主张,孙中山在 1912 年 1 月 5 日发布的《告友邦书》中,主张维护民族尊严,愿与各国人民平等交往,益求和睦。同时为取得列强的支持与承认,南京临时政府表示此前清政府与各国所订条约继续有效,至期满为止;清政府所借外债,照旧偿还;各国所得权益,照旧尊重。临时政府的这些妥协做法是希望得到列强的承认与支持,欲求"各国更笃交谊,静待民国之成,并盼予以承认"。

其实,革命党人始终都对列强抱有幻想,希望其支持中国革命或对中国革命持中立态度。因此,从同盟会纲领、湖北军政府宣言到南京临时政府的政纲和对外宣言,都没有明确提出反帝纲领。不仅如此,还反复强调承认清政府与列强签订的一系列不平等条约,承诺承担清政府的对外借款。

但列强对于民国政府的妥协大多不予理会,视为无足重轻,始终不肯承认南京临时政府的合法性。而且列强在中华民国成立后,仍然在利用各种手段加紧对中国的侵略和干涉。1911 年 1 月,在俄国和英国的煽动与支持下,外蒙古、西藏宣布"独立";日本也加大对华干涉,准备与俄国分割东三省。

这些来自列强的外来压力使得新政府在外交上处处被动,不得不向列强作出妥协退让。

在外国列强的遏制和内部各省的分离下,南京临时政府陷入到严重的财政危机中。南京临时政府成立后,新政权废除了此前清政府加给人民的许多苛捐杂税,同时为鼓励发展工商业,原先的一些工商业税收也已废除;而当时的两项重要税收——关税和盐税又控制在列强手中,他们拒绝转交给南京临时政府;地丁等常税又被独立各省截流;临时政府拟向商界筹款,却遭到张謇等人阻挠,以"勿扰商"为名拒绝向临时政府提供贷款;临时政府向列强乞求贷款,又遭到冷落。

当时南京临时政府每年的开支需要多少,按照实业总长张謇的预算,包括军费、中央行政、外交经费及其他共2亿两;即使把海关税、盐税、江浙粤给中央的补贴等算在内,最多不过一亿出头,还有8千万两的财政空缺。

南京临时政府建立后曾试图发行国债渡过难关,但这些国债几乎没有人购买。如在1912年1月8日,临时政府发行了一亿元的中华民国军需公债,可临时政府刚成立一周,当时人们还不明白中华民国与大清国有何不同、总统和皇上有何区别,这种国债尚无法取信于民,因此几乎没有什么人购买。最后这笔公债只卖掉7%,不要说建国所需,就是对于政府一年的开支也是杯水车薪。

税收无源,告贷无门,新政府几乎断绝了财政收入。当时驻扎在南京周围的军队"嗷嗷待哺,日有哗溃之虞",每日至陆军部索饷者不下数十起,致使陆军部长黄兴"寝食俱废"。

除了面临以上这些国内外的现实压力与危机外,南京临时政府更深刻的危机还在于作为其领导核心同盟会身上。

在辛亥革命过程中,革命派一直没有一个坚强统一的领导核心。同盟会虽然在反清革命中起到了很大作用,但是它从成立时起在思想上、组织上就不是很统一。会员中有派别的不同,如华兴会、光复会的一些人与同盟会存有门户之见,在同盟会之外仍保留着自己独立的组织体系。武昌起义前夕,同盟会实际上已经处于涣散、分裂的状态。

同盟会在取得革命政权之前,一般都把"驱逐鞑虏"即推翻清政府当作是最高纲领,以此作为革命的对象和目标。而在辛亥革命成功推翻清政府以后,同盟会成员的进取意志被冲弱,思想混乱,内部矛盾日益严重,队伍变得涣散、保守甚至颓落,妥协倾向不断滋长。有人甚至认为清朝已经被推翻,革命目的已经达到,主张解散同盟会。如曾发表过《驳康有为论革命书》的章炳麟就提出"革命军起,革命党消"的口号,宣布退出同盟会。

1912年3月,针对同盟会的涣散、混乱问题,孙中山开始改组同盟会,由以前的秘密社团转为公开组织,新纲领规定"以巩固中华民国,实行民生主义"为宗旨;1912年8月,在宋教仁的主持下,同盟会又被改组为国民党,宗旨改为"实行平民政治"。

然而，改组后的同盟会把一些旧官僚、政客和立宪派拉入组织，内部派系林立，庞杂涣散，在思想、组织上均没有起色。而此时的立宪派、旧官僚和各种投机分子又转而拥护袁世凯，孙中山等少数坚持革命初衷的人，处境孤立。

并且，革命党人还没有认识到革命政权的重要性，犯了革命政权上的幼稚病。他们错误地认为只要变君主专制为民主共和就算达到了革命的目的，而忽视了政权应掌握在革命阶级手里的问题。一些革命党人还自视清高，害怕别人说"有权力思想"，认为革命已经成功，可以"功成身退"了。

于是，当辛亥革命后清政府轰然倒下的时候，革命党人自己也变得踉跄不稳。立宪派、旧官僚、袁世凯正是利用了这一点，迫使革命派让权，致使辛亥革命的成果被抛空。

名副其实的"临时"政府

南京临时政府成立后始终处于内外及自身交困的状态中。在内部，独立后的各省各自为政，地方违抗中央，立宪派和旧官僚、旧军阀从中瓦解，财政严重匮乏；在外部，外交上得不到承认与支持，还遭到列强的打压和遏制；加之革命派自身涣散无力，派系纷争，没有取得广大基层民众的支持。新政府面临的这些内外及自身的压力与危机，导致临时政府处处受限，难以为继。

而与此同时，同盟会始终没有建立和掌握一支有组织有力量的革命军队。辛亥革命是推翻清王朝的暴力斗争，建立和掌握一支有组织、有力量的革命军队是非常必要的，但是革命党人却没有这样的军队。事实上，革命党长期处于"有党无枪"的状态。

革命党人主要依靠的是新军和会党，对帮会、军阀等各种非正规革命力量抱有幻想，而在革命前又没有从组织上将其改造为自己的军队，也就不可能将其完全掌握在自己手里。新军中的一些革命分子在起义后掌握了权力，就演变为地方军阀；一些会党在革命后居功自傲，扩大了他们固有的消极影响。

另外，在辛亥革命过程中，革命党人从一开始便没有发动广大人民群众参加革命斗争，甚至还压制和打击下层群众自发的反封建斗争。南京临时政府成立后忽略了广大农民阶级的利益，没有革除封建土地所有制。同盟会"平均地权"的主张，在临时政府的所有法令中都没有得到反映，临时政府没有提出任何可以满足农民对土地要求的政策和措施，反而以保护私有财产为借口，维护官僚、地主所占有的土地财产，反对农民自己起来"夺富人之田为己有"。

因此，在辛亥革命后，占人口绝大多数的中国农民没有享受到革命成果，广大的农村地区依然如故。南京临时政府未能积极反映农民的利益和要求，也就不可能获得最广大农民阶级的支持，由此导致革命在中国最广大农民中缺乏坚实、广泛基础与支持,一旦遇到内外胁迫,就会处于孤立无援的境地。

这时,列强在清王朝大势已去的情况下,选中手握兵权的袁世凯作为他们在华的代理人,大力予以扶植;袁世凯作为清廷的高官,在当时官僚中又以"开明"著称,因此得到旧官僚和立宪派的支持,甚至一些革命党人也转而支持他。

在重重压力之下,南京临时政府成立后的政治焦点很快转移到袁世凯的身上,革命党人也幻想争取袁世凯"归正",以换取革命早日成功。

袁世凯手握重兵,拥有当时中国最强大的武装力量北洋军队,且其本人奸黠狡诈,诡计多端;而革命党人虽然也有自己的武装力量,但远不如袁世凯的北洋军队强大,且革命党人大多是知识分子出身,在政治上单纯、幼稚,根本不是袁世凯的对手。南京临时政府在与袁世凯的较量中,可谓是"秀才遇到了兵",于"理"于"力"都不是对手。

在这些背景下,以孙中山为首的革命派被迫作出妥协退让。1912 年 1 月 22 日,孙中山声明只要清帝退位,袁世凯宣布赞成共和,即向临时参议院推荐袁世凯为临时大总统。袁世凯得到孙中山的保证后,就加紧逼迫清帝退位。

1912 年 2 月 12 日,清朝最后一位皇帝溥仪退位;次日,袁世凯向南京临时政府正式声明赞成共和;2 月 14 日,孙中山向临时参议院辞职;2 月 15 日,临时参议院在南京全票选举袁世凯为中华民国第二位临时大总统。[①]

为了束缚袁世凯,防止其搞独裁专制,孙中山在辞职咨文中附了三个条件:

一、临时政府地点设于南京,为各省代表所议定,不能更改;

二、辞职后,参议院选定新总统亲到南京受任之时,大总统及国务各员乃行解职;

三、临时政府约法为参议院所制定,新总统必须遵守颁布之一切法制章程。

袁世凯当选临时大总统后,孙中山立即催促他到南京就职,而袁世凯因实力主要在北方,他深知离开了北洋军队,就失去了一切资本,所以有意拖延,迟迟不肯南下;孙中山便派蔡元培为专使北上迎接,袁世凯却暗中指使北洋军队在北京、天津、保定制造兵变,以此为借口拒绝南下就职,并声称"袁氏尚未离京,已有此乱,若真离去,恐酿大变",借以对革命派进行要挟;而且当时外国列强也乘机调兵入京,制造紧张气氛,以支持袁世凯。

无奈,南京临时政府被迫放弃建都南京和临时大总统到南京就职的要求。1912 年 3 月 10 日,袁世凯如愿地在他最熟悉、根基稳固的北京宣誓就任临时大总统,后任命唐绍仪出任国务总理。次日,孙中山公布《中华民国临时约法》,以防止和限制袁世

---

① 关于袁世凯逼迫清帝退位以及夺取辛亥革命政权详见本章第二节"清政府的灭亡及历史的回响"相关论述。

凯专权,保障民国。25 日,唐绍仪组织新内阁,在新内阁中,内政、陆军、海军、财政、外交等部均由袁世凯的亲信或拥护者担任,同盟会只分配到教育、农林、工商等几个点缀性席位。

4 月 1 日,孙中山正式解除临时大总统职务。5 日,临时参议院议决临时政府和该院迁往北京。南京临时政府就这样结束了它短暂的生命。

至此,新生的中华民国表面上完成了国家统一,而政权却落到了北洋军阀代表袁世凯手里,辛亥革命的成果被袁世凯窃取。

中华民国南京临时政府从 1912 年 1 月 1 日诞生,到同年 4 月 1 日夭折,前后仅存在了短短 3 个月共 91 天,成为名副其实的"临时"政府。

在中外各种势力的压力和自身的颓落妥协下,新生的民主共和政府只是昙花一现,刚刚见到一线光明的中国,很快又陷入到北洋军阀的黑暗混乱统治中。

孙中山领导的南京临时政府的失败,在某种程度上说明了辛亥革命的失败。辛亥革命仅仅赶跑了一个皇帝,推翻了一个政府,却没能改变封建主义和军阀官僚政治的统治基础,"共和"的价值与意义在这个四万万人口的国家还是一个陌生的词汇。对于辛亥革命带来的消极后果,从纵向来看,直接表现为袁世凯的专权和多年的军阀混战割据;从横向来看,俄、英等国乘机勾结外蒙古与西藏反动势力分裂中国,列强对中国的侵略乘机加强。

第二节　清政府的灭亡及历史的回响

清政府的最后救命稻草

1908 年 11 月 14、15 日,光绪皇帝和慈禧太后相继去世。按照慈禧生前的安排,光绪的侄子、年仅两岁多的溥仪继承皇位,年号宣统;光绪的弟弟载沣,也就是溥仪的

摄政王载沣与其子溥仪、溥杰

父亲,被封为摄政王,主理朝政大事。

在宣统皇帝溥仪举行登基大礼时,年幼的他没见过那么庞大的阵势,竟被吓得哇哇大哭;而年轻又没有经验的载沣也有些手足无措,他抱着登基的溥仪哄着说:"不哭,不哭,快完了,快完了!"

殿内群臣闻此不祥话语,一个个都被惊愕。果不其然,3年后,清王朝就在辛亥革命的惊涛骇浪中完结了。

1911 年 10 月 10 日武昌起义的枪声,打破了北京紫禁城的宁静,清政府惊恐万状。为了镇压武昌起义,清政府立刻把北洋新军精编成三个军,一军守卫皇城,另两军被派往武汉。被派往武汉的两个军中,一支由陆军大臣荫昌率领,在武汉三镇光复的第二天就日夜兼程南下;另一支由军咨府正使冯国璋统领,作为预备部队,随时听候调遣。

由于荫昌没有带兵打仗的经历,又是满人,而且这些被派往武汉的北洋新军都是由袁世凯一手编练起来的,将领大多都是袁世凯的旧部,所以他们基本不听荫昌的指挥,军队的行动非常迟缓。朝廷上下感到形势的严峻,内阁总理大臣奕劻和协理大臣那桐、徐世昌等人一再上奏朝廷,要求重新起用袁世凯,加快进军速度。[①]此时,外国列强也竭力催促清政府重用拥有军事号召力的袁世凯。

在内外一片"非袁莫属"的声音中,10 月 14 日,摄政王载沣颁布谕旨,授予袁世凯湖广总督职务,督办"剿抚"事宜,负责指挥湖北全省的军队和各路援军。

但此时的袁世凯却玩起了"将军计",他认为湖广总督的职权太小,拒绝了清政府的这一任命。他的目的是想重新组织清政府责任内阁,授予指挥水陆各军及军队编制的全权。

在内外的压力下,10 月 27 日,清政府发出上谕,封袁世凯为钦差大臣,授予他指挥湖北军事的全权。由于革命形势发展迅速,袁世凯也不安起来,于是接受了这一任命,迅速调兵遣将,发号施令。

袁世凯刚刚被起用,北洋新军即展开猛烈进攻,且取得不小胜利。1911 年 11 月 1 日,北洋军攻下汉口,革命军被迫退守汉阳。同日,清政府宣布解散"皇族内阁",摄

①　关于清政府重新起用袁世凯的原委详见本书下篇第十章第一节"袁世凯的权谋及皇帝梦"相关论述。

政王载沣交出全部军政大权,改任袁世凯为内阁总理大臣。

11 月 16 日,袁世凯组织了新内阁。随即,袁世凯又在列强的支持下,迫使摄政王载沣辞职。就这样,清政府的军政大权全部落到了袁世凯手中。

袁世凯的策略与筹码

袁世凯在同清政府讨价还价以及获得军政大权的同时,又开始诱迫革命党人停战就范。他积极拉拢湖北军政府都督黎元洪,提议双方停战,"和平了结"。

北洋军攻占汉口后,11 月 2 日,袁世凯就提出和谈。当时,革命党人也积极争取袁世凯的反正,来谋求推翻清政府。他们以即将成立的中央临时政府大总统的位子,来动员袁世凯倒戈。但头两次谈判,因袁世凯一再坚持君主立宪而破裂。

11 月 27 日,北洋军又攻陷汉阳,使得武汉形势严重告急,革命大有被扼杀的危险。而此时袁世凯已抱定"剿抚兼施"的策略,他并没有立即攻占武昌,而是形成一时间南北对峙的局面,为双方的和谈留下余地。

此时的袁世凯计划利用手里的北洋军从中操控,一方面利用革命军来要挟清廷,另一方面又借清廷的势力来威胁革命军,既打又拉,将革命军和清廷置于自己的控制之下。

12 月初,袁世凯和革命党人同意谋求和谈,双方准备派出代表讨论大局。

1911 年 12 月 18 日到 31 日,袁世凯派出代表唐绍仪,与南方革命派代表伍廷芳,在上海举行了五次会谈,史称"南北议和"。

南北议和的主题是"实行君主立宪还是民主共和",其实对于立宪与共和之争,也只是表面现象,关键在于由谁来掌握政权。双方都曾达成结束清政府统治的默契,争论的中心只是由哪一方掌握即将建立起来的中央政权。革命派已经屡次公开表示,如袁世凯反正,赞成民主共和,即推举他为临时大总统。对此,袁世凯也心领神会,一方面,他以倡导君主立宪向南方革命党人讨价还价;另一方面,他又以革命党人要求实行民主共和,逼迫清帝退位。这就是袁世凯在谈判中的策略和筹码。

在南方革命派一再坚持"民主共和"的原则与前提下,12 月 27 日,袁世凯接到在唐绍仪关于"不承认共和,即无法开议"的电报,他当天就把此信息转给清政府,要求朝廷尽快召开会议对此表态。在 28 日的御前会议上,清政府同意召开国会讨论共和政体问题。

袁世凯在北京稳住阵脚后,便回过头来对付革命党人。而就在此期间,各省代表在南京议定并成立了中央临时政府,选举孙中山为临时大总统。对于南方选举临时大总统一事,袁世凯甚为恼火,这无疑让他的总统梦落空。随即,袁世凯又倒向清政府的一边,向南京临时政府施压。

袁世凯对南方革命势力展开了强势威胁,他唆使冯国璋、段祺瑞等部将发出"誓死抵抗"的信号,并撤销唐绍仪的议和代表资格,故意制造决裂的势态。同时,他勾结外力,谋求各国相助,逼迫革命党人退让。英、美、日、俄等国也曾以照会方式,胁迫南方革命党人"必须尽可能迅速地达成足以停止目前冲突的协议"。

在北洋军队咄咄逼人的形势下,面对国内外以及自身的种种压力与危机,南京临时政府以及孙中山被迫作出妥协退让。

1912 年 1 月 15 日,孙中山致电南方和谈代表伍廷芳,要他转告袁世凯:"如清帝实行退位,宣布共和,则临时政府决不食言,文即可正式宣布解职,以功以能,首推袁氏。"

袁世凯得到南方的确切保证后,便马上利用革命的威势向清政府"逼宫",要求清帝退位。

于是,南北双方随即达成一项默认协议:革命党人同意让出大总统,袁世凯同意赞成共和,并逼迫清帝退位。

最后的"讨价还价"

1912 年 1 月 16 日,袁世凯率全体阁员上奏朝廷,要求隆裕太后和宣统皇帝立即召开皇族会议,统筹全局,速拿主意。

其时,袁世凯内心"踌躇满志",而外表上却是以一副沉痛无奈的样子,在向隆裕太后奏陈时,他一度哽咽着说:内部革命非兵力所能平定,外部强邻虎视无法抵御,朝廷无地以容。袁世凯还以法国革命为例,提请皇室尽快退位,"路易十六如能早顺民心舆情,何至子孙靡有孑遗"。

关于袁世凯这次上奏朝廷逼迫皇室退位的情景,宣统皇帝溥仪后来在《我的前半生》一书中曾做了这样的描述:

有一天在养心殿的东暖阁里,隆裕太后坐在靠南窗的炕上,用手绢擦眼,面前地上的红毡子垫上跪着一个粗胖的老头子,满脸泪痕。我坐在太后的右边,非常纳闷,不明白两个大人为什么哭。胖老头很响地一边抽缩着鼻子一边说话,说的什么我全不懂。

后来我才知道,这个胖老头就是袁世凯。这是我看见袁世凯唯一的一次,也是袁世凯最后一次见太后。如果别人没有对我说错的话,那么正是在这次,袁世凯向隆裕太后直接提出了退位的问题。①

---

① 《我的前半生》,爱新觉罗·溥仪,群众出版社,2007 年 1 月。

而就在此时,革命党人以为清政府迟迟不肯退出,系袁世凯从中作梗,于是便决定刺杀袁世凯。就在 1 月 16 日袁世凯上奏回朝的路上,行经北京东华门丁字街时,遇到同盟会京津分会组织的炸弹暗杀,袁世凯卫队长等十人被炸死,而其本人幸免于难。

隆裕太后

袁世凯受此惊吓后,即称病不再入朝,借此向清政府施压,同时在暗处指挥幕僚加紧逼迫清帝退位;另一方面,袁世凯还派人向革命党人表示效忠革命,希望革命党人不要再对其进行暗杀活动。

当隆裕太后闻听袁世凯的陈情之后,一时间痛哭流涕,不知所措,遂决定于 1 月 17 日和 18 日召开皇族御前会议。

在这两天的御前会议上,只有受到袁世凯贿买的庆亲王奕劻和贝子溥伦等少数人赞成民主共和,主张在取得皇室优待条件下,“自行逊位”;而恭亲王溥伟、肃亲王善耆、辅国公载泽以及良弼、铁良、载沣等多数人,极力表示反对民主共和及退位。隆裕太后也是毫无主见,惟有抱着年幼的宣统皇帝哭泣。

袁世凯得知此情况后,一面继续上奏朝廷进行威吓和引诱,说大势已去,如长此拖延,皇室指日可灭,退位则可享受种种优待;如不赶快赞成共和,则优待皇室的条件都将没有了。另外,袁世凯还以列强干涉进行威胁,说什么外蒙古已脱离中国,如再不决定态度,东三省亦将难保,且南方拟自行召集国民会议,各国势必承认。

1 月 19 日,袁世凯派外交大臣胡惟德、民政大臣赵秉钧、邮传大臣梁士诒等为内阁代表,列席隆裕太后召开的第三次御前会议,在会上继续威逼恐吓。

在这一天的御前会上,赵秉钧等人按照袁世凯的意旨,提出了一个方案:取消南京临时政府和北京君主政府,在天津另组一个统一政府。袁世凯希望以这种方案达到“既能迫使清帝退位又能推倒南京临时政府”的目的,由他独掌大权。

而袁世凯这个一箭双雕的计谋显然弄巧成拙。清朝的王公贵族几乎一致反对;良弼等皇族亲贵中的一些顽固分子还在会后积极活动,组织所谓的“宗社党”,誓与革命为敌,同时准备组织新内阁,用以对抗袁世凯;一些清朝亲贵则痛斥袁世凯与革命党里应外合,指责其欺负宣统皇帝和隆裕太后这对孤寡母子。

而且南京临时政府也反对袁世凯在天津建立政府的方案,并提出临时政府必须设在南京、清帝不得干预临时政府组织事宜等条件。

袁世凯没想到自己的计谋被揭穿,竟两面受挫,十分狼狈。

1912年1月22日,孙中山又发表声明,只要清帝退位,袁世凯赞成共和,自己即行辞职,并向临时参议院推荐袁世凯为临时大总统。

得到孙中山的保证后,为摆脱窘境,袁世凯又加紧逼迫清帝退位的步伐。他用金钱贿赂隆裕太后身边受宠的太监张兰德,让其威吓隆裕太后:如今大势已去,如果革命派杀到北京,则皇室性命难保,而如果同意让位,则可享受优待条件。

在袁世凯的授意下,不少省督和驻外官员纷纷电奏朝廷,要求清政府实行民主共和。袁世凯还让段祺瑞和冯国璋等军人进行"逼宫",称军心动摇,民主共和思想难以遏止。

1月26日,受袁世凯指使,段祺瑞等47名北洋将领联名致电内阁和各王公大臣,要求清政府明降谕旨,宣示中外,立定共和政体。段祺瑞斥责一些王公大臣"败坏大局,阻挠共和",警告清室"杀身之祸且在目前"。

也就在1月26日这一天,皇亲贵族顽固派、"宗社党"首领良弼在家门口被革命党刺客彭家珍炸成重伤。彭家珍当场牺牲,良弼两天后死亡。这一事件让皇亲贵族惶惶不安,那些反对清帝退位的皇室亲贵胆战心惊,纷纷逃离北京,潜居青岛、大连、天津等地的租界中。

万般无奈之下,隆裕太后哀求赵秉钧、胡惟德等人,恳求袁世凯保全她与宣统母子性命,封袁世凯为一等侯爵。而此时袁世凯却故意刁难,不肯接受,说人心离去,军事困难,外交棘手,请收回成命;另外,冯国璋亦要辞退禁卫军总领,表示不再负责京师治安。

1912年2月12日这一天

到这时,清帝退位似乎已经是"板上钉钉"的事情了。1912年1月29日和30日,清政府接连召开御前会议,决定"逊位"事宜,以取得优待条件。王公大臣对于清帝退位也无人再敢持异议。

2月3日,隆裕太后授予袁世凯全权,要他与南京临时政府商定清帝退位条件。袁世凯于当天立即发电报给伍廷芳,催促南京临时政府将清室优待条例速定下来。

经过南北双方的多次讨论,2月9日,双方确定了《关于大清皇帝辞位后之优待条件》的最后修正案,其主要内容是:

一、大清皇帝辞位之后,尊号仍存不废。中华民国以待外国君主之礼相待。

二、大清皇帝辞位之后,岁用400万两。俟改铸新币后,改为400万元,此款由中华民国拨用。

三、大清皇帝辞位之后,暂居宫禁。日后移居颐和园,侍卫人等,照常留用。

四、大清皇帝辞位之后,其宗庙陵寝,永远奉祀。由中华民国酌设卫兵,妥慎保护。

五、德宗皇帝未完成工程,如制妥修。其奉安典礼,仍如旧制。所有实用经费,并由中华民国支出。

六、以前宫内所用各项执事人员,可照常留用,唯以后不再招阉人。

七、大清皇帝辞位之后,其原有之私产,由中华民国特别保护。

八、大清皇帝辞位之后,原有禁卫军,归中华民国陆军编制,额数俸饷,仍如其旧。

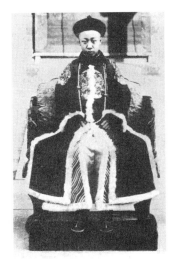

宣统皇帝溥仪

2月11日,清廷表示接受皇室优待条件,决定退位。

1912年2月12日,宣统三年十二月二十五日,隆裕太后带着6岁的皇帝溥仪,在养心殿举行了清朝的最后一次朝见礼。这次朝见礼采用了内阁首次改用的三鞠躬礼,由外交大臣胡惟德领着众臣向隆裕太后和宣统皇帝三鞠躬,就算是给太后和皇上行大礼了。然后隆裕太后将清帝《退位诏书》交给胡惟德,布告全国,宣布清帝退位,实行共和政体。

《退位诏书》中写道:"国体一日不决,民生一日不安。今全国人民心理,多倾向共和。南中各省,既倡义于前,北方将领,也主张于后。人心所向,天命可知……今外观大势,内审舆情,特率皇帝将统治权公诸全国,定为立宪共和国体。"这是清王朝颁发的最后一道诏书。

就这样,统治中国268年的大清帝国,在隆裕太后和宣统皇帝这对孤儿寡母的泪水中宣告结束了。

至此,历史的车轮终于将清政府碾作尘埃,中国历史上最后一个封建王朝大清帝国寿终正寝。

清帝退位后,由于列强的支持和革命派的妥协退让,使得大地主大买办阶级和北洋军阀的代表袁世凯夺得中国最高统治权。从此,中国进入北洋军阀统治时期。

街亭悬挂的清帝退位诏书

推翻清王朝的六大主要力量

在清王朝的最后命运时刻,袁世凯起到了最直接的推手作用。可以说,清政府的最后命运几乎完全掌握在了袁世凯的手中。然而,在清王朝的最后灭亡过程中,袁世凯只是起到了一个直接推手的作用,把清政府推向覆灭境地的,却远不止袁世凯这支力量。清政府的灭亡是多种力量及因素综合作用的结果。最终推翻清政府的大致包括了革命党人、新军、立宪派、外来列强等这些主要力量及因素。

推翻清政府的首要力量当属革命党人。自20世纪末,以孙中山为首的革命党人发起旨在推翻清政府的革命活动,推动了民主革命运动的迅猛发展,动摇了清政府的统治基础。尤其是在武昌起义后,散布在各地的革命党人,在极短时间内纷纷举行起义响应武汉光复,促进了革命形势的大爆发,使得清政府顾此失彼,疲于应付,最终走向崩溃。革命党人是推翻清政府的主导力量及因素。

推翻清政府的第二支力量是新军。在辛亥革命时期,清政府亲手栽培的新军大部分都参与了推翻清政府的反正起义,成为清政府的掘墓人。新军是推翻清政府的主体武装力量,他们从内部瓦解了清政府的统治基础。[①]

推翻清政府的第三支力量是农民群众。在辛亥革命期间,全国各地群众自发组织的反清斗争也呈现出高涨态势。如广大农民举行的抗粮抗租抗捐抗税斗争和保路运动,风行各地的抢米风潮,以及少数民族的反清斗争等,都将反清革命推向高潮。农民群众的反抗斗争是推翻清政府的基层力量,他们从社会底层动摇了清朝的统治。

推翻清政府的第四支力量是立宪派和旧官僚。这支力量原本是保守的,他们主张君主立宪,保留皇室贵族,不希望革命的发生。但清政府在1906年推出立宪运动后,迟迟没有实质性进展,于是有的人对专制和平过渡到民主丧失了信心,转而加入革命阵营,促使革命进程大大加快。而且立宪派和旧官僚在地方政权中有着很大的权势与影响,武昌起义后,他们采取"和平夺权"的方法,宣布地方各省独立光复,加速了清政府的灭亡。尤其是南方省份的独立,就是靠立宪派控制的谘议局倒向武昌,拥护革命。立宪派和旧官僚的背弃是促使清政府灭亡的一支重要内部力量,他们从社会高层即统治阶级内部动摇了清政府的统治。

推翻清政府的第五支力量是外来列强。列强为了培育清政府充当其在华统治的工具,一度对清政府采取了扶植、支持的策略。但随着革命形势的发展,尤其是在武昌起义后各省纷纷独立,列强认识到清政府已失去了镇压革命的能力,感到失望,进

---

① 关于新军成为清政府的掘墓人的论述详见本书下篇第八章第二节"新军的反正与清政府的掘墓人"。

而采取疏远甚至打压的手段，致使清政府走向灭亡。列强放弃对清政府的支持是导致清政府走向覆灭的重要外部因素。

外来列强放弃清政府这一统治中国的工具后，就开始寻找新的代理人，拥有军事实权的袁世凯成为这一角色的最佳人选。于是，列强们转而帮助袁世凯夺取政权。

因此，推翻清政府的第六支力量就是袁世凯的离异和背叛。在决定清政府最后命运的关键时刻，老奸巨猾的袁世凯翻云覆雨，左右逢源，软硬兼施，见风使舵。他依靠自己掌控的军队力量、洋人的支持以及灵活的政治权术操纵一切。一方面，他利用清廷的力量来挟革命党人议和妥协，最终夺得大总统的职位，迫使革命派妥协；另一方面，他以革命派的势力要挟清政府，使满族贵族交出权力，自己获得军政大权，最终逼迫清帝退位，让清政府走向覆灭。

由此观之，辛亥革命的胜利和清政府的灭亡有革命党人的主观努力，而新军的反正，农民群众的暴动，立宪派与外国列强对清政府的抛弃及袁世凯的背离等，也都是十分重要的力量和因素。这些是推翻清政府的主体力量及因素。

另外，在推翻清政府的力量中，还包括新兴知识阶层、民间会党分子、海外华侨、士绅和商绅、外国友人等这些辅助性力量及因素，他们的参与支持壮大了革命的力量，加速了清政府的灭亡。

在晚清时期，中国传统的"士"、"农"、"工"、"商"社会结构秩序逐渐解体，绅商、学生、无产者等新的社会群体纷纷出现；特别是在晚清最后十年，诸如新军、留学生、谘议局等这些新的组织，代表着一种新的力量，而且他们最后都演变成为清王朝的异己力量，成为清政府的"掘墓人"。

所以，在辛亥革命推翻清政府的过程中，革命派积极领导和牵头，发挥主导先锋作用，其他革命的和非革命的因素积极响应与支持，使中国的政治、社会出现了前所未有的沸腾局面。这些力量及因素都在不同程度上支持、促进了民主革命运动，削弱了清朝的封建专制统治，最终形成合力，引发了一场政治大革命，推翻了清王朝的统治。

在人们的一般印象里，把清王朝送进坟墓的是革命党人。其实，单单依靠孙中山等人领导的革命派，是难以把清王朝赶出历史舞台的。正是由于各种力量形成的合力，才会有推翻清王朝以及封建帝制的巨大历史成果。

清政府灭亡的自身逻辑

清政府的灭亡是多种力量及因素综合作用的结果，上述力量及因素主要是导致清政府灭亡的外生力量或外部原因，而导致清政府灭亡的关键原因还在于其自身，自身因素才是把其推向灭亡境地的根本原因。

大清王朝自乾隆末年开始,就逐步走向了腐化衰落。其中的根本原因就在于清政府统治政策的保守僵化,执政能力的衰退弱化。在西方国家普遍进入工业化革命的时候,中、晚期的清朝统治者还只抱着"老祖宗"的传家宝来执政,对于科学技术和西方新型思想茫然不知,并且对外实行海禁,闭关锁国,拒绝外国先进思想和技术的传入;尤其是到了晚清时期,政府在一系列问题上始终不能与时俱进,失去了早期那种锐意进取的开拓精神,趋向保守僵化,导致清王朝明显落后于同时代的西方国家;到了清朝末年,腐朽专制的清王朝则陷入到严重的统治危机中,大清江山处在风雨飘摇之中。

清王朝在持续衰落和退化过程中,导致民心逐渐丧失。中、晚期的清政府在内政和外交方面失策颇多,这让民众对它失去信心和希望,进而丧失了民众的支持与拥护。

其中,在内政方面,为挽救自身命运和增强国力,清政府也曾努力革新图强,实施了不少改革措施,如洋务运动、戊戌变法、清末新政等,但此等来自统治阶层内部的改革,已不能根本改变中国迅速沦为半殖民地半封建的命运,这些救亡图存的活动均以失败告终,没有让中国跟上西方进入工业化时代,中国仍然远远落后于西方。清政府各种为救亡图存的探索虽然有过一些收获,但也多是半途而废,不了了之,没有让中国走上"自强求富"之路。这些都会导致民众对政府失去信心和希望。再加上长久以来存在的官场腐败,以及晚清愈演愈烈的权商勾结,都加深了民众的怨恨情绪。

在外交方面,自1840年鸦片战争之后,清政府在对外事务上,尤其是对各种侵略战争的反抗都遭到失败,严重影响了晚清政府对民众的向心力。加之一系列丧失主权条约的签订,使民众对清政府失望透顶,以至于民心尽丧。近代以来中国对外的历次反侵略战争除取得一些局部胜利外,大多以中国失败、被迫签订丧权辱国的条约而告结。一次次战败,一次次屈辱条约,这样的政府必然会遭到人民的唾弃。

获得民心及民众支持的最低限度应该是让民众得到某种程度的默认或容忍,否则政府的统治就难以维持。但清政府对内无力图强奋起,对外无力抵御侵略,它在人民心中的威信日益降低。民众看到了清政府的腐化无能,进而绝望,就会从默认其统治渐渐转变为无法容忍其暴政。于是民众就会觉得这样的政府已无药可救,与其在它的统治下亡国或遭罪,还不如起来推翻它,建立一个新的政府,或许会是另外一番景象。

因此,在这种情势下,一旦有人出来牵头闹革命,就会得到民众的支持与响应;一旦时机成熟,革命者奋力一击,统治者就会被瓦解灭亡。在武昌起义后一个多月内,全国就有十数省宣布独立,清王朝已陷入土崩瓦解。此时革命派的"一击而中",其实是由于清王朝的"不堪一击"。因此,尽管孙中山本人也认为武昌起义"乃成于意外",但革命的发生实属社会发展的必然结果。

就此而论,清政府的灭亡虽是全方位的综合问题,但政府执政思维和方式的落后、不能因势变革而导致衰落则是根本。以此为前提,民众对政府失去信心,中央政府对地方政府、国家军队以及民众失去控制力,则成为清政府灭亡的自身逻辑原因,这样的政府灭亡也是迟早的事。

历 史 的 回 响

从另一个角度而言,同南京临时政府走向失败一样,清政府也是在内忧外患中走向灭亡的。

一般而言,一个国家遭受到致命打击,主要因素无非来自内乱和外患两个方面,即内部矛盾和外部矛盾。自 1840 年鸦片战争之后,清朝内部就产生了太平天国运动、义和团运动以及少数民族地区农民起义等内忧因素,即内部矛盾不断出现;外部则遭到鸦片战争、甲午战争、八国联军侵华战争等各大列强的入侵,即外部矛盾接踵而至。这些内忧外患不仅改变了中国的命运,也改变了清政府的命运,加速了清王朝的灭亡。

当内部矛盾和外部矛盾集聚到一定程度时,再有一个新的矛盾出现就会导致整个矛盾的总爆发,最终让整个矛盾体走向崩溃。到 20 世纪初,清政府已经成为集各种矛盾于一身的腐朽政权,当辛亥革命这个新矛盾一经出现时,就引爆了清政府这个矛盾体,导致各种矛盾全面爆发,致使其崩溃覆灭。

大清王朝原本是一个专制体制下的封闭系统,而自从被列强打开国门后就成了专制体制下的开放系统。专制与开放又形成一对矛盾,国门洞开后,内生外变带来的压力是颠覆性的,所有的颠覆性汇于一点,便导致了系统内部的激烈冲突和极端不稳,在无法控制的情况下,它最终必然会走向崩溃。清政府最终就在辛亥革命这场无法控制的激烈斗争中,整个系统轰然崩塌。

对此,马克思也曾评论道:闭关自守的中国,就像一具木乃伊,一直密闭在棺材中,不与外界接触,一旦与新鲜空气接触,就立即腐烂。

对于清王朝的灭亡,如果再按照英国历史学家汤因比提出的文明"生命周期"理论来对照分析,在辛亥革命前后它也走到了生命周期的死亡阶段。

清王朝自嘉庆皇帝开始,最高统治者就发生了蜕变堕落,如道光、咸丰、同治、光绪等皇帝,他们失去了当初开国者的那种奋力开拓的进取精神,这也导致了国力的衰落;紧接着,各种矛盾的积累引发了国内革命的爆发;然后在内部革命与外来侵略的冲击下,内外危机迸发,最终导致清王朝解体、灭亡。

其实自 1840 年清王朝的大门被西方列强用枪炮打开以后,清朝就进入到国家生命周期的衰落阶段,至 1912 年这个王朝结束,晚清社会都是在动荡中度过。晚清政治腐败,动力枯竭,政权在风雨中摇摇欲坠,清政府的覆灭已是历史的必然。

武昌起义的爆发是一起偶然事件,而如同一切宏大的历史一样,偶然事件的背后,一定是必然的逻辑在发生作用。辛亥革命是一次仓促成功的革命,其"破坏"的威力似乎倒是其次,主要是清朝政权气数已尽。

从清王朝的灭亡可以看出,一个国家和民族从兴盛到衰落,无不是从自闭保守、歌舞升平、精神萎靡、丧失民心开始的;而一个国家和民族要传承久远而不衰败,无不需要一种开放兼蓄、忧患望远、不懈进取、以民为重的精神与胸怀。

〔导读提示〕 袁世凯是清末民初政坛上一位呼风唤雨的人物,他一生官运亨通,平步青云,一路走向了权力的巅峰。袁世凯一生极尽权谋之术,无论是外国列强,中央朝廷,还是革命党人,各路豪杰,抑或流氓帮会,都被他玩弄于股掌之间。尽管袁世凯在推动中国走向近代化的道路上做了一些实事,也是推动中国近代化的有功之人。可是,在中国人的心目中,他却是一个背信弃义的奸叛之人,他的名字成为近代中国反动政治的同义语。

在中华民国初年的政治舞台上,活跃着三大主要政治力量,除了以袁世凯为首的北洋集团和以孙中山为首的革命派之外,第三大政治势力就是以黎元洪为首的湖北革命阵营。

黎元洪是一位极富传奇性和戏剧性的人物。他糊里糊涂地从一个名不见经传的清朝军官,一夜之间被逼成为革命政府的首位都督,日后还莫名其妙地当了副总统,乃至大总统。尽管黎元洪一生两任大总统,三次选为副总统,屡次问鼎最高权力,但他却位尊言轻,名高而实不符,有地位而无光彩。由于黎元洪的谨厚慎微、优柔懦弱,在他当权期间,纵容了各种反动行为的滋长,以至于误国。

第
十
章

北方的阴谋

是他害了我! 是他害了我!

——袁世凯(在临终前含糊
其辞的念叨语)

第一节　袁世凯的权谋及皇帝梦

一路走向权力顶峰

1911 年 10 月武昌起义后,迫于内外各方面的压力,清政府不得不"屈尊枉驾",重新起用袁世凯,赋予他统摄一切军政的大权,镇压革命起义。但袁世凯却运用政治手腕,把清政府和革命派玩弄于股掌之间,最终不仅把清政府逼出历史舞台,还把民国大总统的权位纳入手中。袁世凯因此成为清末民初中国政坛上一位呼风唤雨的人物。

袁世凯,字慰亭,号容庵。1859 年,他出生在河南省项城县一个世代官宦家族,父祖多为地方显贵,权重一方。袁世凯父亲袁保中是地方名绅,叔父袁保庆是淮军将领,官至江南盐巡道①。因袁保庆膝下无子,袁世凯在 7 岁时就过继给叔父做了养子。

袁世凯虽是富家子弟,但家族门风重视读书科举,父辈对袁世凯督促甚严。养父袁保庆先后到济南、南京等地做官,袁世凯自幼也随之游走读书。可袁世凯生性顽皮,不爱读四书五经,倒喜爱兵法书籍,好舞枪弄棒,骑马射箭。

青少年时期的袁世凯虽不喜欢念书,但不等于他无视功名,实际上他自尊心极强,一心想着出人头地。不过,他的文章学识实在太差了,在 1876 年和 1879 年的两次乡试中都未考取。

在科举无望的情况下,袁世凯决计弃文从武,把心思从科场转到疆场。1881 年 5 月,22 岁的袁世凯前往山东登州,投靠养父袁保庆的结拜兄弟吴长庆。吴长庆为淮

---

①　盐巡道的职务是负责督销官盐,历来是重要的、炙手可热的肥缺。

军统领,督办山东防务,曾与袁保庆交往甚密。袁世凯来到登州时,吴长庆不仅收留了他,而且还备加照抚,提拔重用。

经过一段时期的军伍生涯,袁世凯学到了不少军事常识和作战经验。1882 年,朝鲜发生"壬午兵变",朝鲜国王请求清政府支援。吴长庆受命前往镇压,袁世凯随军东渡朝鲜平乱。

驻朝期间,袁世凯头脑灵活,办事机敏、干练,有胆略权谋,表现出颇高的外交、军事才能,赢得了吴长庆的信任。吴长庆在给清廷的呈报中给袁世凯以高度褒奖,说他"治军严肃,调度有方,争先攻剿,尤为奋勇"。

1884 年,朝鲜又发生"甲申政变",袁世凯入宫救驾,平定了亲日派的"开化党"人作乱。

因镇压朝鲜内乱和整顿军纪有功,在李鸿章的举荐下,袁世凯以"通商大臣暨朝鲜总督"的身份驻朝,会办朝鲜防务。

在总督朝鲜期间,袁世凯维系了清廷在朝鲜的宗主权,并有效遏制了日本和沙俄对朝鲜的渗透。督办朝鲜成为袁世凯人生的发迹阶段,从此,他崭露头角,深为清廷朝野瞩目,尤其深得李鸿章的重视和赏识。

1894 年,中日甲午战争爆发,袁世凯随军撤出朝鲜,在东北负责后勤供给。

甲午战争失败后,清政府决计编练新军。因袁世凯在督办朝鲜时期表现突出,有"知兵"之名,1895 年,军务处大臣荣禄、李鸿章等向朝廷举荐袁世凯,让他负责督练新军。

1895 年 12 月,袁世凯奉命到天津小站操练新军。他聘请十多名德国、日本教官,又从天津武备学堂中挑选百余名学生任各级军官。袁世凯本人每天都身穿军服,足蹬马靴,腰扎皮带,斜挂佩刀,白天观操,夜晚巡营,一旦发现违法乱纪者,严惩不贷。袁世凯督练的这支军队后来发展成为北洋新军,为清末陆军主力,是当时中国最先进的武装力量。

在编练新军的过程中,袁世凯培植了一批私人亲信,加强对军队的控制。其中的将领以后大多成为清末民初的军政要人,形成北洋军阀的班底,如段祺瑞、冯国璋、曹锟、张勋等。而袁世凯则是这支军队的家长和领袖,这支军队后来也成了他个人的军事力量和政治资本。

小站练兵是清末新式军队发展的转折点,也奠定了袁世凯一生事业的基础。如果说袁世凯发迹于朝鲜,那么他真正起家,则是在天津小站编练新军,他因此成为威震一方的陆军统帅。编练新军让袁世凯声名鹊起,他日后能够顺利前行,一步步迈向权力的顶峰,最重要的一点就是得益于他一手创建起来的新军。

1898 年,光绪皇帝和维新派发动戊戌变法,袁世凯思想新颖,同情变法,而且他练兵又卓有成效,受到维新派的重视。在慈禧太后发动戊戌政变前,维新派曾寄望于袁世凯,策动他发动兵变,出兵围攻慈禧太后所居的颐和园,拯救光绪皇帝。9 月 18日,谭嗣同密访袁世凯,动员他用武力保卫光绪,击败以慈禧太后为首的顽固派,袁世凯当面慷慨答应了谭嗣同的请求。

可是,后来当袁世凯听说慈禧太后发动政变,再出训政,捉拿康有为等人时,不禁被吓倒,他以为密谋已经败露,为保全自己,不受牵连,他先向慈禧的亲信、直隶总督荣禄和盘托出了谭嗣同"围园杀后"的密谋,荣禄再呈于慈禧太后。慈禧闻之大惊,下令逮捕康、梁诸人,诛杀"六君子"。[①]

戊戌政变由慈禧太后发动,虽然不是因袁世凯告密而发生,但正是袁世凯的告发,才使得维新运动导致毁灭性灾难。政变起初,慈禧太后在上谕中只是斥责康有为"莠言乱政",并未申斥谭嗣同等人,而"莠言乱政"的罪名并不严重,开始对康有为的处分也仅是停职待参,而谭嗣同劝袁世凯出兵"围园杀后"则属严重的谋逆大罪。袁世凯的告密无疑起到了推波助澜的作用,致使戊戌政变事态扩大,光绪皇帝失去政权并遭软禁,包括"戊戌六君子"在内的大批维新党人被革职捕杀,导致维新变法前功尽弃。

袁世凯虽非主动告密,但他把"围园杀后"密谋和盘托出,总算"将功补过"。无论如何,告密是忠于皇太后和清朝的表现,他因此不但未被顽固派追究罪责,而且受到宽容和重用。

1899 年冬,义和团运动爆发。因义和团在山东的排外行为引起各国不满,清廷被迫撤换纵容拳民的山东巡抚毓贤,代之以袁世凯,率领新军前往济南。这是袁世凯首次出任地方大员,袁世凯到任后,认定义和团为"左道邪教",破坏社会安定。他一改之前毓贤的纵容态度,对拳民大力镇压,令其在山东无法立足,逃往天津、北京一带。

1900 年,八国联军发动侵华战争,山东在袁世凯的治理下则维持稳定。袁世凯还积极参与刘坤一、张之洞等人发起的"东南互保"运动,使山东免遭战祸。这些都为袁世凯赢得了更高的声誉。

---

① 关于袁世凯背叛维新派的历史,曾有多种说法,此处主要参照选用了《戊戌变法中袁世凯告密真相》一文中观点,戴逸,《北京日报》,1999 年 6 月 23 日。

　　1901年，李鸿章去世，临终前他向清廷保荐袁世凯："环顾宇内人才，无出袁世凯右者。"于是，袁世凯接替李鸿章，被任命为直隶总督兼北洋大臣。

　　袁世凯遂成为群臣首领，权势更加显赫，一跃成为中外所瞩目的实力派人物。

　　1901年《辛丑条约》签订后，清政府迫于内外形势，开始实施"新政"。袁世凯极力拥护新政，并借机扩大自己的势力。

　　1902年，袁世凯兼任清政府政务大臣和练兵大臣，在河北保定编练北洋常备军，即北洋军。同在这一年，他在保定建立了巡警总局和分局，参照外国形式拟定了中国最早的《警务章程》。

　　1903年，在袁世凯的建议下，清政府在北京成立了练兵处，庆亲王奕劻为总理练兵大臣，袁世凯为会办大臣，实权实际上掌握在袁世凯手里。袁世凯为新建陆军建立了一整套规章制度，并规划编练36镇。

　　到1905年，袁世凯已把北洋军编练成6镇，每镇12500余人，除第一镇系满族贵族铁良统率的旗兵外，其余5镇都在袁世凯的控制之下，重要将领几乎都是他在天津小站练兵时期的亲信军官。

　　在清末新政期间，袁世凯还兼任督办电政大臣、督办铁路大臣以及会议商约大臣。他大力亲办新政，包括废科举、建学校、办工业等。1905年，清廷根据袁世凯的建议，在北京、天津建立巡警制度，4年后，全国各大城市都有了巡警；同年，袁世凯筹划修建中国第一条自主建造的铁路——京张铁路，他出面筹钱，并任命当年"留美幼童"詹天佑为总工程师兼办路务。

　　通过编练新军和办理新政，袁世凯得以"内结亲贵，外树党援"，积极扩张权势，很快形成了一个以他为首的庞大北洋军事政治集团。

　　以袁世凯为首的北洋集团势力的扩张，对掌握中央政权的满族亲贵集团构成严重威胁，招致了朝野的猜忌与排挤，皇室亲贵多次上疏，要求削减袁世凯的权势。

　　1906年，袁世凯主动辞去各项兼差，并将北洋军的部分军队交给陆军部直接管辖；1907年，袁世凯被调离北洋，到北京任军机大臣兼外务部尚书，成为中枢重臣。

　　1908年11月，光绪皇帝和慈禧太后相继去世，年幼的溥仪继位，其父醇亲王载沣摄政。载沣因为惧怕袁世凯势力的扩张影响到清朝的统治，更因为在戊戌政变中，他认为是袁世凯出卖维新派，致使光绪皇帝被慈禧太后幽禁至死，因此对袁世凯格外痛恨。成为摄政王后，载沣立即解除袁世凯的所有差事，令其回籍"养疴"。

　　袁世凯也知其势不利，亦称有病返回河南，过起了赋闲垂钓的隐居生活，表示不再过问政治时事。

这是袁世凯人生的一段低落时期。但袁世凯回籍归隐后貌似与世无争，实际上却时刻关注着北京的动向，暗地里仍关心政事。他并不甘心自己的失利与失败，表面上虽无所事事，实际上却以敏锐的政治嗅觉，观察分析时局的发展与走向，伺机东山再起。

果不其然，1911年辛亥革命爆发，各省纷纷独立。北洋新军成为清政府唯一可以抵抗革命的力量，加之国内外形势所迫，清政府被迫重新起用袁世凯，先任其为湖广总督，旋即任其为内阁总理大臣，主持军政。

革命当前，清朝统治摇摇欲坠，袁世凯手中已掌握了足够的政治筹码，他认为这是夺权的有利时机。于是他利用南北对峙形势，凭借北洋军事势力和列强的支持，耍起两面派政治手腕，玩弄权术，左右开弓，软硬兼施，攫取权位。一方面，他联络革命势力及其旧部，倒戈一击，逼迫清帝退位；另一方面，他向革命派施压，欺骗舆论，表示接受共和，取得中华民国临时大总统职位。①

扼杀民主共和

1912年3月10日，袁世凯在北京就职临时大总统，他终于取得全国最高统治权。袁世凯虽然当上了中华民国临时大总统，但是他认为在中国无法实行民主共和，

就任中华民国第二届
临时大总统的袁世凯

对他来说，与同盟会妥协以及承认民主共和，只不过是为了夺取权力和扑灭革命而施展的一种策略而已。他一上台就暴露出专制独裁的野心，不择手段地扩大个人权力。

1912年8月，袁世凯公布了参议院制定的国会组织和议员选举法，下令在全国进行国会议员选举。

当时，同盟会为扩大力量，抗衡袁世凯，在宋教仁主持下，于1912年8月改组为国民党。国民党是当时反对袁世凯的唯一大党，其主要势力在广东、江西、安徽、湖南及江苏等省。宋教仁为代理理事长，主持日常事务。

尽管袁世凯千方百计削弱国民党的力量，但在1912年底至1913年初的国会大选中，国

---

① 关于袁世凯逼迫清政府退位和窃取民国政权的内容请参照本书下篇第九章第二节"清政府的灭亡及历史的回响"相关论述。

民党仍然获得胜利。国民党因此踌躇满志，准备利用在国会的优势，组织政党内阁，削弱袁世凯的权力，并预定由宋教仁出任内阁总理。

国民党在国会选举中获得优势，使袁世凯大为气恼，这将成为束缚他的工具。更何况宋教仁是一个不受羁绊的革命党人，他当上内阁总理，势必会使自己处处受限。宋教仁也表现出"驾驭袁世凯"的雄心，欲通过国会把他变成"傀儡"。

1913 年 3 月 20 日，宋教仁在上海突然遇刺身亡，全国大哗。宋教仁被刺案侦破后，牵连出袁世凯政府的内务部秘书洪述祖、国务总理赵秉钧等人。

宋教仁被刺身亡后，国民党人群情激愤，称袁世凯是"绝大之凶犯"，一致谴责袁世凯。孙中山、黄兴等也认为是袁世凯授意暗杀，而袁世凯则极力否认。①

孙中山见袁世凯如此专权跋扈，心中恼怒，1913 年 7 月，他发动"二次革命"，武力讨伐袁世凯。袁世凯则向外国列强借款，借此发动内战，打压革命党人的力量，并用了不到两个月的时间就镇压了孙中山的"二次革命"。

袁世凯在镇压"二次革命"后，更加得势专权，开始破坏民主共和制度，加紧独裁专制统治。1913 年秋，他强迫国会改变"先订宪法、后选总统"的立法程序，一意坚持先进行正式大总统的选举，然后再正式立法。

1913 年 10 月 6 日，国会在军警、流氓的逼迫下，选举袁世凯为中华民国第一任正式大总统，次日又选出黎元洪为副总统。

对于选举大总统的当天情景，有资料这样描述，从中可以看出袁世凯用心之良苦和手段之卑劣。

1913 年 10 月 6 日，北京宣武门的大选会场上，被袁世凯收买的便衣军警、地痞流氓数千人，打着"公民团"的旗帜，将国会团团包围。会场气氛十分紧张、沉闷。

在选举现场，国民党、进步党及各小党派议员共计 759 人，根据总统选举法，得满投票人的四分之三者才能当选总统。第一次投票，袁世凯得 471 票，黎元洪得 154 票，没有人达到规定当选票数，只得进行第二次投票。第二次投票结果，袁世凯得 497 票，仍然没有当选。

时已至下午，有的议员要求回家吃饭，"公民团"则把住前后门，不准离开，并大声叫喊："今天不选出我们中意的大总统，就休想出门！"

此时，进步党本部送来两担面包点心，说是给拥护袁总统的议员们食用的，被允许送进去；国民党本部也送来食物，却送不进去，公民团成员破口大骂"饿死活该"，国民党议员只能挨饿。

---

① 关于"宋教仁被刺案"详见本书下篇第十一章第一节"宋教仁的英气与晦气"相关论述。

一些议员看到公民团成员虽外穿便衣,但军裤、皮靴和短枪赫然可见,方知形势严重,便放弃了抵制的意图。

第三次投票时,天已经黑了,议员们不得不在袁世凯和黎元洪之间做出选择,袁世凯终于达到规定票数,以 507 票勉强当选。

随即,选举主席汤化龙大声宣告袁世凯当选中华民国第一任正式大总统。"公民团"听说选举完毕,高呼"大总统万岁",领了报酬一哄而散。

这时已是晚上九点,议员们饥肠辘辘,仓皇而去。①

四天后,1913 年 10 月 10 日,就在武昌起义两周年的日子,袁世凯就任中华民国第一任正式大总统,举行了隆重的就职典礼。这天上午,袁世凯身穿陆海军大元帅礼服,头戴叠羽帽,乘坐八抬彩轿,在前清皇帝登极的太和殿宣誓就职,文武官员高呼"万岁"。随后,由一大群文官武将簇拥着,前往天安门城楼观看阅兵。

在国会战战兢兢地为袁世凯披上了一件合法总统的外衣后,袁世凯便觉得没有必要再来掩饰他对国会的憎恶了。当选正式大总统后不久,袁世凯过河拆桥,1913 年 11 月 4 日,他下令解散国民党,收缴 438 名国民党议员的证书、证章,使得国会不足法定人数无法开会而名存实亡。

1914 年 1 月 10 日,袁世凯以"增修约法"为借口,下令解散国会。其实早在就任临时大总统时,袁世凯就屡次抱怨《临时约法》对他限制过严,并千方百计企图修改。1914 年 2 月,他以"人民滥用民主自由,民意舆论全失真意、人民政治认识尚在幼稚时代"为由,欲废止《中华民国临时约法》。他同时成立"约法会议",炮制出一个所谓的《中华民国约法》,于 5 月 1 日起公布施行,取代《临时约法》。

新《约法》改内阁制为总统制,规定"大总统总揽统治权",凡一切内政、外交、军事、制定宪法和官制、任免大权,都由总统独揽。

1914 年 12 月,"约法会议"通过《总统选举法》修正案,规定总统任期为 10 年,任届没有限制,新任总统亦由在任总统推荐。

这样,袁世凯不仅可以终身独揽统治权,而且还可以传之子孙。袁世凯头上除了剩下一块"中华民国"的招牌外,其他一切已和专制皇帝没有区别。

在对内实行专制的同时,为求得列强的支持,袁世凯对外则采取了妥协的态度。如在 1915 年 5 月,他答应了日本旨在灭亡中国的"二十一条"中的大部分内容。

---

① 此处资料主要参见《告诉你一个真实的袁世凯》,李宗陶,《南方人物周刊》,2009 年 11 月 4 日。

昙花一现的皇帝梦

袁世凯当上中华民国正式大总统之后,将国会和《临时约法》这两个民主共和制度的象征全部消灭,再经过一番国内外的准备,遂着手复辟帝制活动。

1915 年 8 月,袁世凯授意他的美国顾问古德诺等人出面,先后发表《新约法论》、《共和与君主论》等文章,鼓吹"中国如用君主制,较共和制为宜",公开要求让袁世凯当皇帝。

接着,袁世凯又指使亲信杨度纠合立宪党人和革命派的背离者成立"筹安会",大肆鼓吹只有改行帝制才能"固国本而救危亡"。为了盗用"民意",袁世凯又授意梁士诒等人成立"全国请愿联合会",两次请愿尽快决定国体。

1915 年 10 月到 11 月,在袁世凯的指挥下,各省选出国民代表 1 993 人,进行国体投票,结果全部拥护君主制。12 月 11 日,各省代表假民意请求袁世凯就任中华帝国皇帝,并递上"推戴书":"谨以国民公意,恭戴今大总统袁世凯为中华帝国皇帝。"袁世凯则装腔作势表示推让,以"无德无能"婉拒;当天下午,各省代表再上"推戴书",袁世凯遂于第二天"不情愿"地同意了代表们的请求,发表接受帝位申令,高唱"民之所欲,天必从之",正式接受推戴。

1915 年 12 月 13 日,袁世凯宣布恢复帝制,建立中华帝国,行君主立宪政体。他把总统府改为新华宫,改 1916 年为"洪宪"元年,自封洪宪皇帝,计划在 1916 年元旦登基。

当时,北京最大的绸缎庄"瑞蚨祥"承制了袁世凯的龙袍、娘娘服、众妾的嫔妃服和皇子皇女服。据说袁世凯的那件龙袍代价是 70 万金,仅一双文袜,就值 4 000 金。

袁世凯准备登基

经过三年的精心策划,袁世凯终于抛掉"民国"的招牌,把皇帝的帽子戴到了头上。

袁世凯恢复帝制的行为激起全国人民的公愤,引起大范围的讨伐。不仅孙中山、梁启超等人坚决反对帝制,大造反袁舆论,包括他的心腹、北洋将领段祺瑞、冯国璋等也深为不满。

1915 年 12 月,原云南都督蔡锷与唐继尧在云南组成护国军,发动"护国战争",

讨伐袁世凯。①接着，贵州、广西相继响应。

此时，北洋军阀内部也发生了分化，袁世凯手下的两员大将段祺瑞和冯国璋，对帝制都抱消极态度，冯国璋甚至暗中和护国军联络。同时，英、美、日、德等国也表示反对袁世凯称帝，改变对其支持的态度。

在这种形势下，袁世凯被迫于1916年3月22日宣布取消帝制，废除"洪宪"年号，恢复"中华民国"年号，而仍以"大总统"的名义发布命令。袁世凯从称帝到取消帝制，总共经历了83天，他的皇帝梦仅此昙花一现。

在宣布恢复民国后，袁世凯起用段祺瑞为国务卿兼陆军总长，企图依靠他团结北洋势力，支持自己继续担任大总统。但各省不承认袁世凯有继续做总统的资格，全国范围内反袁的声势不断扩大，广东、浙江、陕西、湖南、四川、广西等省纷纷通电宣告独立，或与袁世凯个人断绝关系。

广西的陆荣廷、湖南的汤芗铭、四川的陈宦，这些都是袁世凯曾经倚重的大将，他们的背叛给袁世凯以沉重打击。而且冯国璋等人也表示不再支持袁世凯，段祺瑞还逼他交出军政实权。这些都是袁世凯一手提拔的部下，他们的公然反对，让袁世凯更难以接受，这表明北洋集团内部已经分崩离析。

袁世凯很快陷入众叛亲离的困境，欲继续做大总统亦不可能。一时间，他急火攻心，忧愤成疾。1916年6月6日，因尿毒症不治，袁世凯在举国声讨中病亡，时年57岁。

三大功绩与三大背叛

袁世凯是近代中国历史上一位有名的政治人物，他的一生令人注目。纵观袁世凯的政治生涯，他经历了督办朝鲜、编练新军、拥办新政、解官回籍、专制复辟等主要阶段。

在袁世凯的一生中，其官运可谓亨通，一路从朝鲜通商大臣，升至山东巡抚，一跃又成为直隶总督兼北洋大臣，再授外务部尚书、军机大臣，成为权倾朝野的重臣；武昌起义后，清政府被迫重新起用他，从解官归隐到再度出山，他先任湖广总督，旋任内阁总理大臣，而后又逼迫清帝退位，当上中华民国临时大总统，一年后又爬上了正式大总统宝座，正所谓步步高升。

袁世凯的人生基本上是一个持续上升的过程，除了早年科考不得志和中年被解职回籍这两个不如意之外，其他阶段基本上都是一帆风顺，平步青云，一路走向了权力的巅峰。

---

① 关于"护国战争"详见本书下篇第十一章第二节"蔡锷的国格与人格"相关论述。

　　袁世凯一路飞黄腾达、走向权力巅峰的过程,某种程度上也是他发愤图强、建功立业的过程。在袁世凯的一生中,他建立了三大主要历史功绩。

　　首先,袁世凯开创了中国现代军警制度,是中国现代军队、警察的创始人。袁世凯在编练新军期间,建成了中国近代第一支新式军队,促进了中国军事现代化,提高了军队战斗力;袁世凯是第一个在中国建立警察制度的人,他用警察取代衙役管理社会治安,是社会管理体系的一个重要进步。

　　其次,袁世凯在督办新政期间,大力推行新政,成绩显著。他力主废除科举,创办新式学堂,发展教育;他支持创办实业、发展商业,鼓励开矿、办厂、修铁路、兴科技;并在行政、司法等方面进行改革,探索地方自治,推进地方政治革新,如在 1907 年,他主持了中国历史上首次地方选举——天津市政选举。

　　最后,袁世凯不自觉地充当了清王朝灭亡的直接推手。尽管袁世凯在武昌起义后背叛了清政府,在道义上备受指责,但正是他的背叛和逼宫,加速了清王朝的灭亡。在某种程度上讲他是推翻清政府的重要功臣,推动了历史前进的步伐。

　　另外,袁世凯在维护国家利益方面亦有贡献。如他在督办朝鲜期间,阻止和延缓了日本对朝鲜的吞并,维系了清政府的宗主国地位;民国初年,外蒙古在俄国的唆使下独立,并造成内蒙古局势不稳,袁世凯坚持强硬谈判,外蒙古于 1915 年 6 月取消独立,俄国在名义上承认外蒙古为中国领土。

　　总之,尽管有许多公心私念交织其间,但袁世凯在推动中国走向近代化的道路上,的确做了很多实事,是推动中国近代化的有功之人。

　　然而,尽管袁世凯一生建立了不少功绩,在很多方面作出了贡献,但在中国人的心目中,他却是一个背信弃义的奸叛之人。与袁世凯一生的三大功绩相对,他一生中也有三大背叛。

　　袁世凯的第一大背叛是在戊戌变法中背叛了维新派和光绪皇帝。在 1898 年戊戌变法中,袁世凯与维新派和顽固派都有密切关系,但他却耍起两面派手法,最后把"围园杀后"的计划告密,致使维新派遭到毁灭性打击。袁世凯用"六君子"的血染红了自己的翎顶,在戊戌变法中充当了奸人叛徒的角色。

　　袁世凯的第二大背叛是在辛亥革命中背叛了清政府。在 1911 年武昌起义爆发后,清政府任命袁世凯为内阁总理大臣,赋予他重大权力,但他又耍起两面派手法,一面镇压起义,逼迫革命派妥协,另一面向清政府施压,逼迫清帝退位。最终他不仅背叛了清政府,还夺得了中华民国大总统的位子,窃取了辛亥革命的胜利果实。

　　袁世凯的第三大背叛是在民国期间背叛了革命派以及民主共和。在 1912 年 3 月就任临时大总统后,他就开始破坏民主共和制度,不择手段地加强个人权力,镇压革命势力,解散国会,毁弃《临时约法》,一步步集中权力,最终复辟帝制,背叛了革命派苦苦奋斗而来的民主共和。

袁世凯一生的这三大背叛,是最为后世所诟病的。在他的一生中,背叛是和权力欲望相互作用的,当他的权力越来越大时,他的权力欲便无限膨胀,从开始当总理,后来当总统,直到最后做上皇帝。一个人在其一生中背叛一次并不难,难的是他次次背叛,却能次次得逞。袁世凯就是这样一个屡叛屡逞的政治贩子,他因此也成为一个不折不扣的投机分子,一个机会主义者。

袁世凯一生之所以能屡屡背叛得手,且一路官运亨通,从个人主观原因来讲,就在于他是一个有心计、善权谋的人。袁世凯一生极尽权谋之术,为达目的,几乎不择手段。

袁世凯和部分政府官员及外国使节合影

武昌起义爆发后,袁世凯在攻打武汉时,他忽而猛烈攻击,忽而又按兵不动,忽进忽退,让人难以捉摸,曾有人探问他的真实意图,他得意地讲道:你们知道拔树的方法吗?专用猛力去拔,是无法把树根拔出来的;过分去扭,树一定会折断。只有一个方法,就是左右摇撼不已,才能把树根的泥土松动,不必用大力就可以一拔而起。清朝是棵大树,还是几百年的老树,要想拔这棵又大又老的树,是一件不容易的事。闹革命的,都是些无知的年轻人,有力气却不懂得如何拔树,闹君主立宪的人懂得拔树却没有力气。我忽进忽退,就是在摇撼大树,等到泥土已经松动了,大树不久也就会拔出来了。这就是袁世凯所谓的"拔木之术"。

在逼迫清帝退位、打压革命派等几乎每一个关键政治活动中,袁世凯都会玩弄权谋,其中既有赤裸裸的进攻,也有甜言蜜语的拉拢,既有借刀杀人,又有过河拆桥……袁世凯可谓满脑子都是中国传统的治术,政治伎俩繁杂多变。

在晚清与民初的历史上,对最高政坛的操控,除了慈禧太后外,就属袁世凯了。他精于权谋,工于心计,这为其实现不断膨胀的政治抱负提供了必要的手段和条件。

为了巩固自己的独裁统治,袁世凯认为单靠权谋手段是不够的,他还加强以孔孟之道为中心的封建专制主义思想统治。如他下令"尊崇伦常",提倡"礼教",尊孔复古。这些封建礼教思想成为北洋政权的主要精神支柱,并逐渐渗透到政治和社会生活的各个方面。

可以说,袁世凯是 20 世纪初中国政坛上极富权谋的"政治明星",他翻云覆雨的政治手腕、阴谋多变的政治面孔以及拥兵自重的实力雄心,大有搅四海内外,倾上下天河之势。

谁 害 了 谁

袁世凯一生经历丰富、复杂多变,这导致后人对他的评价也是褒贬不一,难下定论。

政治人物大多重权谋轻道德,自古如此,这一点似乎难以指责。因此,当撇开政治权谋和道德因素外,袁世凯确有任事之才、治军之能,实为近代中国的一位务实干练能臣。站在客观历史的角度讲,袁世凯对近代中国政治、经济、军事、教育等改革发展都起到了一定的积极作用。因此,在袁世凯的一生中,他是一个有政治抱负和历史功绩的人。

但是,在袁世凯当上中华民国临时大总统后,为巩固个人独裁权力,扼杀民主共和制度,使刚刚诞生的中华民国失去持续健康发展的机会,最后还悍然复辟帝制。这些毋庸置疑都是反动的。

复辟帝制使得袁世凯成为典型的反面角色,他的名字成为近代中国反动政治的同义语。换言之,袁世凯之所以被钉在历史的耻辱柱上,主要是因为他开历史的倒车,跟长期以来人们公认的民主共和相违背,违反了历史发展进步的规律和方向。

于是,尽管袁世凯一生取得了很多成就,但却无法遮掩他扼杀民主、背叛共和的这一巨大罪行。称帝之举堪称袁世凯政治生涯中所犯最大之错误,是他一生无法抹去的污点。这导致他一切功绩和威望都彻底破产,不仅毁灭了他的前程,也毁灭了他本身应有的英名。

加之袁世凯背叛维新派、清政府和革命派,以及与日本签订丧权辱国的"二十一条",这些使得他戴上了"背叛、卖国、窃国"之"三大罪名"。而这些在传统中国人看来都是极不道德、极不忠诚的行为。因此,"背信弃义、出卖主权、复辟帝制",袁世凯的这三大罪行,使得他在传统历史中成为一个十恶不赦的人。

从袁世凯的一生来看,其实在他生命的绝大多数时间里,都可以算得上是个强势有功的政治能人。在他就任临时大总统之前,即未搞专制复辟之前,他基本上都以正面形象示众的,无论如何都看不出他是一个十足的反面角色。只是他晚节不保,在他当上中华民国临时大总统之后,他几乎发生了质变,此后完全沦为了历史的罪人。

据说,袁世凯在咽气前曾不断地重复说:"是他害了我!是他害了我!""他"是谁?

是发起护国战争的蔡锷？是背叛自己的老部下冯国璋、段祺瑞？还是为了要接班的"太子"袁克定？抑或是其他幕僚、朋友？这个"他"所指是谁，语焉不详，让后世之人琢磨不透。不过，在他生前复辟帝制失败后，他曾对一位幕僚吐露道："总之，我历事时多，读书时少，咎由自取，不必怨人。"①

正如他生前所说的，一切都是"咎由自取，不必怨人"，那个"他"也许就是他自己，是他自己害了自己——袁世凯迷信权力，沉迷帝制，追求独裁权力，导致了他个人的失败和悲剧，致使自己害了自己，最终坠入了历史的深渊。

袁世凯不仅害了自己，也害了后世。他生前编练新军，拥兵自重，造就了一大批军阀。这些军阀既不忠于朝廷，也不捍卫国家荣誉和利益，几乎没有参与反对外来侵略的民族战争。而且在袁世凯死后，北洋军队不断分裂，以致堕落成一支对内自相残杀、对外妥协退避的"老爷军"，导致中国陷入十几年的军阀混战割据之中。②

袁世凯是个"不学有术"之人，他的政治权谋手段可算得上一流，处世手腕老辣至极，但他看不到历史的大势，他虽有一时的战术成功，却没有把握历史潮流的战略成功。袁世凯去世后，中国陷入了一个"彼此互斗"的大战乱悲哀时期，给中国人带来了无尽的灾祸。

第二节　黎元洪的"柔暗"与误国

寒微少年　军界新秀

在中华民国初年的政治舞台上，除了以袁世凯为首的北洋集团和以孙中山为首

---

① 《告诉你一个真实的袁世凯》，李宗陶，《南方人物周刊》，2009 年 11 月 4 日。
② 关于"军阀混战割据"详见本书下篇第十二章第一节"军阀大混战"相关论述。

的革命派之外,第三大政治势力就是以黎元洪为首的湖北革命阵营。该势力以武昌首义自居,以湖北为基地,以北洋派和同盟会以外的第三种力量顾盼自雄,但又与这两者保持着"剪不断,理还乱"的关系。

黎元洪,字宋卿,原名秉经。1864年,他出生在湖北省汉阳县黄陂镇。黎元洪幼年时家境贫寒,生活艰辛。他曾和姐姐一起讨饭,饥饿难挨时到别人菜地里偷萝卜,因怕被发现,他拔出萝卜后将叶子拧下来放在原处,用土虚掩上,好像萝卜没人动过一样。

后来,黎元洪的父亲黎朝相到直隶投军,以饷银接济家用,生活才有了转机,黎元洪因此得以进入私塾念书。贫寒的家境与清苦的生活,促使黎元洪勤勉发奋,常常苦读到深夜,希望有朝一日考取科举,出人头地。

1883年,黎元洪考取天津水师学堂,这是由李鸿章创办的新式海军学校。黎元洪在此刻苦好学,各科成绩名列前茅,而且他为人朴实厚重,吃苦耐干,深得严复、萨镇冰等师长的赏识。

1888年,黎元洪以优秀的成绩从天津水师学堂毕业,先后在北洋水师、广东水师任职。

1894年7月,中日甲午海战爆发,黎元洪所在的广东水师"广甲"号战舰也投入战斗。由于管带吴敬荣贪生怕死,战斗打响后不久,"广甲"号与"济远"号战舰仓皇逃离作战水域,在逃跑途中于大连湾三山岛附近搁浅,黎元洪等十余名官兵跳海逃生,后被一位渔民救起。他步行回到旅顺,又到天津候职,却因临阵逃脱之罪被监禁数月。

出狱后,黎元洪先去上海,后到南京。当时张之洞在南京主持编练自强军,即南洋新军,需要招募人才,黎元洪前往应募。北洋水师学堂毕业的黎元洪让张之洞眼前一亮,称赞他举止稳重老成,见解缜密周详,是不可多得的干练之才。当即任命黎元洪监督修建炮台工程,后又任命他为南京炮台总教习。

黎元洪的发迹,得力于张之洞的大力提携。黎元洪也为张之洞筹练新军尽心尽力,张之洞对他极为赏识,曾亲自手书"智勇深沉"条幅相赠,以示器重,并向朝廷褒奖他"忠勇可靠,堪当重任"。

1896年,张之洞由两江总督调任湖广总督,黎元洪也回到故乡湖北,成为张之洞的心腹和主将。

1898—1901年,黎元洪三次受命赴日本考察陆军建设及兵工生产情况,不仅在军事知识与技能上收益不小,思想与眼界也大为开阔。黎元洪深深认识到日本军事、科技之发达,回国后制定了中国陆军改革的第一个法规《湖北练兵要义(十条)》。他还极力建议张之洞派员到日本学习,张之洞采纳了他的建议,到 1906 年,湖北地区派出留日学生达 1 360 人,占全国派日留学生总数的 1/4,居于首位。

也正是这些经过学习和洗礼的留学生,把日本的先进技术和西方的先进思想带到湖北新军中来,成为日后辛亥革命的中坚力量。

1906 年 4 月,黎元洪出任湖北新军第 21 混成协统领,兼管马、炮、工、辎各队事务。平日治军,黎元洪勤勉有方,他对待士兵宽厚,从不克扣粮饷,特别重视有文化的士兵;他还专门设立被服厂,制发军服,因此所辖部队穿戴整齐,与其他队伍服装破烂不堪的状况形成鲜明对比。

黎元洪

由此,黎元洪获得士兵广泛拥戴,威信极高。当时的社会舆论称赞他是"忠厚长者"和"稳健派"。

1905—1908 年,清政府举行了三次秋操演习。参加演习的清军分为"北军"和"南军",北军主要是北洋军,由段祺瑞等人指挥;南军从湖北、河南新军中抽调,由黎元洪等人指挥。在这三次演习中,黎元洪指挥得体,调度有方,三大秋操演习均击败北军,获得最优等奖励,因此声誉鹊起,成为全国名将。

从 1907 年张之洞奉调入京后,黎元洪实际上已成为湖北新军中真正能够一呼百应的首领。谨厚而又开明,知兵而又驭兵有方,深得上级提拔和下级拥戴,是黎元洪在湖北官场和军界中平步青云、迅速升迁的重要条件,也为他后来在政治上更大发迹打下了基础。

辛亥革命之前,黎元洪虽是清朝新军将领,是清政府的军事执行工具,但他毕业于水师学堂,还三次东渡考察日本,见识过世界强国的先进与强大,因此思想较为开放前卫。

黎元洪对革命党人一直采取开明与怀柔的态度,湖北新军中的革命党人,多数都是黎元洪所辖的第 21 混成协的士兵。对于军中出现的新思想,他一般不会反对,甚至还鼓励士兵接受新思想;他也从不严刑滥杀,甚至多次以惜才为由,以中庸之道保护过湖北新军中的革命党人。如在 1904 年,日知会总干事刘静庵与黄兴来往的联络书被截获,报告黎元洪后,他便示意刘静庵托病离开;1907 年,革命党人季雨霖因响应同盟会的萍浏醴起义而入狱,黎元洪将其保释。

黎元洪虽然不是革命党,不支持革命,但也不曾对革命党进行打击和镇压,而且表示同情,在力所能及的情况下,总是尽力保全他们。黎元洪的这种态度和政策客观上为革命保护了人才,积蓄了力量。革命党人能将大批知识分子、青年学生输入到湖北新军,在新军中进行反清革命宣传,与黎元洪的这种开明态度不无关系。

1911 年春保路运动发生后,黎元洪以湖北军界代表的身份参加了湖北各界保路团体组织的“保路协会”,并积极支持进京请愿,表现出较为开明的形象。

被刀枪逼着当都督

1911 年 10 月武昌起义爆发前夕,湖北已经是山雨欲来风满楼,湖广总督瑞澂连续召开会议,与黎元洪等人商讨防务,缉捕革命党人。

黎元洪早就知道他的 21 混成协中有不少革命党人,因此更为提心吊胆。10 月10 日这一天,他一直蹲守在混成协 41 标大营中,戎装坐镇,以防不测。

可是,就在当晚,黎元洪统辖的第 21 混成协工程八营打响了武昌起义的第一枪。枪声划破暗夜长空,迅速得到了武昌城内外革命党人的响应。革命党人组织起义军,迅速占领了楚望台军械库,接着向总督衙门发起猛攻。

当时黎元洪一下子有些六神无主。如果发令率队弹压,与起义军对抗,在这种情况下,他担心士兵能否都听从他的指挥,万一不测,恐怕连自己的命都保不住了。思前想后,他觉得自己所能做的只能是尽力阻止属下加入革命,以示对朝廷尽忠。

于是,黎元洪亲率队官巡视营门,下令禁止出入,并下达“革命党人进攻则还击,退去则不追击”的“严阵以待”命令。

大约在晚上 11 点半,工程八营的革命党人周荣棠翻墙闯入第 41 标大营,高喊“革命成功,同胞速去进攻督署”。黎元洪气愤至极,抽出军刀,将周荣棠杀害。可以理解的是,这是黎元洪在情势所逼之下杀一儆百的权宜之计——客观来讲,正是黎元洪当时的“不镇压、不抵抗”政策,在一定程度上促成了武昌起义的成功。如果当时他不是按兵不动,而是发令镇压,那将会有多少革命党人流血牺牲。

黎元洪想借杀一儆百的手段震慑士兵,但却压不住自己心头的恐惧。午夜时分,革命党人的大炮开始向 41 标营地轰击,他自知大势不可挽回,便命令将官各自回营,带兵出外避炮。军官们如遇大赦,顿时四散,许多党人士兵趁机加入浩浩荡荡的起义队伍中去。

黎元洪在部属的劝说下也离开营房,他害怕起义士兵拿他问罪,不敢回家,就换了一身衣服躲在参谋刘文吉家。

一夜的紧张、惊恐,使黎元洪难以定下心来,考虑今后的前途去路,他一筹莫展,不禁黯然神伤。

正当黎元洪为自己以后的命运不安时,革命党人也在为"群龙无首"着急。当晚起义爆发时,众人公推曾参加过日知会的工程八营队官吴兆麟任临时总指挥。而眼下摆在革命党人面前的首要任务,就是要尽快建立一个军政府机构,以便通电全国呼吁响应。这就需要一个德高望重、为全国所熟知的人物出面做都督,才能号召天下。

但此时共进会与文学社的领导人孙武、蒋翊武等人一时无法联络;革命党人一直吁求的孙中山、黄兴、宋教仁等,或在国外,或在上海,缓不济急;现任临时总指挥吴兆麟只是队官,资历不足,在党人看来难孚重望。因此,推举一位德高望重的人担任湖北军政府都督稳定局势,成为迫切需要解决的问题。

湖北革命党人在起义前曾对革命军的都督人选进行过讨论,但没有确定结果。武汉地区的革命党一直未形成一个统一、稳固而有威望的领导核心,由谁出任都督,文学社与共进的领导人之间也始终未能达成共识。

就在这时,10 月 11 日上午,有士兵向吴兆麟报告,说发现了黎元洪的下落。

正在为都督人选问题而焦虑的革命党人听到这一消息后,愁眉立解,他们认为黎元洪在湖北"孚众望、得军心",此时让他出任都督,应是最合适的选择。

本来黎元洪也曾是革命党人在起义前酝酿过的都督人选之一。1911 年 4 月,文学社召开筹备武昌起义的秘密会议,就提议起义成功后,可由"慑伏清廷、号召天下"的黎元洪出任军政府大都督;5 月,共进会开会讨论起义问题时,也有以黎元洪为都督的提议。但他们在起义前没有做出决定,也没有对黎元洪做过策反工作。

于是,吴兆麟等人当即派人前往刘文吉家请黎元洪出来"主持革命大计"。当黎元洪得知起义军要推举他出任军政府都督,指挥队伍对抗清廷时,竟然被吓得浑身紧张,表示坚决不做此"叛逆之事"。当时的情景,曾有这样的描述:

党人士兵迅速来到刘文吉住处,一起涌入。

黎元洪不明底里,又自知无法再躲避,就迎上前去说:"我带兵时并不刻薄,你们为什么还要为难我?"

士兵回答:"我们来是特请统领出主大计,不是恶意。"

黎元洪方知生命无虞,又说:"革命党人才济济,为何还用我。"

士兵答:"统领平素而得人心,极孚众望,还请统领出面领导一切。"

黎元洪仍固执不从。一名党人颇不耐烦,厉声喝道:"你若顺从就有活路,否则只有死路一条!统领请自择。"

黎元洪不敢再说什么,只好在众人的簇拥下走出刘家。

黎元洪到达楚望台时,吴兆麟指挥一排士兵举枪鸣号,以示欢迎。①

黎元洪被"请"到起义临时总指挥部楚望台时,仍然拒绝做都督,并且劝吴兆麟:"你叫大家各回各营,事情闹大了更不得了。"

随后革命党人请出湖北谘议局议长汤化龙等立宪派人士,合力推举黎元洪为湖北军政府都督。但黎元洪仍不顾苦苦相劝,连声推辞,执意不从。

这时,革命党人将预先拟好的安民告示拿出来,要黎元洪以都督的名义签字,黎元洪唯恐被人利用加害,连声说"莫害我,莫害我",就是不敢签字。这时有士兵气愤至极,拿枪逼着他签字,他仍然不签,最后只好由革命党人替他代签。

10 月 11 日下午,在武昌的主要街口,都贴出了以"中华民国军政府鄂军都督黎元洪"名义发布的大字安民告示。

布告张贴之后,武昌城内人头攒动,群情振奋。"都督黎元洪"的大名不胫而走,传遍大街小巷。

一夜之间,黎元洪由清军协统变为革命军政府的都督,革命党人竟然要用刀枪逼迫这位旧军官做自己的领袖,确实令人不可思议,就连黎元洪本人也难免接受不了。

对于黎元洪来说,革命党人选中他,是存在着某种偶然的机遇,他本人还不知道这究竟是祸还是福;而对于革命党来说,他们推选黎元洪主要是看重他的身份和地位,用他的名望来稳定民心,慑服清廷,号召天下。以黎元洪名义发布的安民告示,在武汉地区产生巨大轰动,这从另一个方面也证明了黎元洪在武汉的威望。

刚被革命党人强推为都督的黎元洪,终日愁容满面,心事重重,沉默不语。黎元洪内心处于激烈的矛盾斗争之中,他虽然深知清政府的腐败和落后,头脑中也存有些许排满思想,但是对革命知之甚少;在他看来,革命党人虽然取得武昌起义的成功,但是想对付清军的反扑,实为难事。他不想再做清政府官吏,但也不想蹚革命党人的浑水,而如今已经被逼上了船,进退实在两难。

随着革命形势的迅猛发展,大大出乎了黎元洪的意料,10 月 12 日,武汉三镇全部为起义军占领。以武昌为中心的革命大有形成波澜壮阔之势。黎元洪不得不对革命党人实力刮目相看,对清政府的信心严重动摇。他心中思忖:与其既当革命党人的"高级囚徒",又被清廷看作"低级叛徒",不如索性把命运押向革命党人一边。

于是,黎元洪的态度开始有了转变。10 月 13 日下午,在革命党人的劝说鼓动下,他剪掉了辫子,这意味着他已基本答应了做湖北军政府的都督,决心投身革命。

---

① 此处资料主要参见《柔暗总统黎元洪》,李书源,吉林文史出版社,1995 年。

13 日晚，黎元洪主持了革命党人的军事会议，发表了任职后的首次演说："今日革命军起义，是推翻清朝、恢复汉土、废除专制、建立共和的开始……我等身为军人，从此须抱破釜沉舟的精神，扫除一切顾虑，坚决去干。"他还发誓："自此以后，我即为军政府之一人，不计成败利钝，与诸君共生死。"①

从一开始极度不愿接受到慷慨激昂应允，黎元洪只用了三天时间，就实现了人生阶级立场的转变，由一个清政府的军官转变为民国初年维护共和的革命人士，从此走上了反清革命道路。

黎元洪出任都督，使起义队伍有了一个领导核心，及时填补了武汉革命党人群龙无首的局面，维系了军心，稳定了局势；黎元洪出任都督还给汉族官绅、军人树立了一个榜样，可以引导他们附和起义，得到他们的支持与响应，从而减少抗拒革命的阻力，起到孤立清政府的作用。

黎元洪宣誓就职湖北军政府都督后，就开始指挥武汉战事。1911 年 10 月 17 日，清政府派海军提督萨镇冰率海军抵达武汉江面，协助此前派往武汉的北洋军进攻武昌。萨镇冰是黎元洪在天津水师学堂时的老师，师生感情甚好，因此黎元洪写信劝其反正。黎元洪的策反很有成效，萨镇冰为之动情，在此后的战事中，萨镇冰与湖北将士有了某种默契，海军发炮多远射荒郊或水面，减轻对革命军的压力。

由于黎元洪是海军出身，同学众多，因而他给海军各舰舰长写信，请求加入革命，影响颇大。在黎元洪的策动下，清朝海军随后在九江宣布归顺反正。

武昌起义后，清政府连派重军镇压，10 月底，袁世凯指挥北洋新军主力挺进武汉，革命形势一度恶化。10 月 28 日，同盟会领导人黄兴、宋教仁等赶到武汉，协助武汉指挥作战。

大敌当前，黎元洪与黄兴的合作大大激发了士兵的斗志。但由于力量对比悬殊，汉口保卫战持续一个半月后，还是以失败告终。

在 10 月底 11 月初，袁世凯一方面指挥北洋新军展开猛烈进攻，并取得不小胜利；另一方面派人与黎元洪讲和。此时，革命党人也计划争取袁世凯的反正，来谋求推翻清政府。黎元洪也动员袁世凯倒戈相向，推翻清廷，并以"第一任之中华共和之大总统"进行动员。

于是，从 12 月初开始，双方同意停战，准备和谈。1911 年 12 月 18 日，南北议和谈判在上海正式开始。

---

① 《论武昌首义中的黎元洪》，李小文，《广西师范大学学报》（哲社版），1992 年 03 期。

民国初年的"同床异梦"

在南北议和谈判的过程中，1911 年 12 月 29 日，各省代表会议在南京选举孙中山为临时大总统。对此，不仅袁世凯极为不满，黎元洪也有不悦，但大势所趋，黎元洪也只好致电孙中山表示祝贺。

1912 年 1 月 1 日，中华民国南京临时政府成立，1 月 3 日，黎元洪被各省代表会议补选为临时副总统，同时兼任湖北都督；2 月 20 日，南京临时参议院正式连选黎元洪为临时副总统。

当上中华民国副总统之后，随着个人地位的巩固和全国形势的变化，黎元洪完全换了另一副面孔。他开始加快"山头"建设，大立门户，结党营私，日益与南京临时政府和革命党人分道扬镳。

在南京临时政府中，除了黎元洪出任了并无实权的副总统外，武汉首义的革命党人无人出任要职，这引起了湖北方面的很大不满。如首义元勋、共进会的领导人孙武，由于没有得到重要职位的安排，倍感失望冷落。于是，他联络一批失意的党人与投机政客，组织了一个"民社"政团，推举黎元洪任理事长。

民社的成立，使以黎元洪为首的武汉阵营有了公开的政团组织形式，他们以此为基础，与南京临时政府分庭抗礼，鼓动武昌和南京分裂，与同盟会抗衡。

从此黎元洪"抱定主义，另立门户"，垄断湖北政权，并倾向于"联袁拒孙"。通过民社，黎元洪将一批失意蜕变的革命党人拢在一起，对南京临时政府和孙中山处处拆台，对袁世凯则多方逢迎。此后身为临时副总统的他，与南京临时政府做起了"同床异梦"。

南京临时政府成立后，在以孙中山和袁世凯各自为首的南北方争权夺利的过程中，以黎元洪为首的湖北势力也加入其中，成为中华民国建国后第三大争权势力。

如在围绕建都于北京还是南京的问题时，南北展开了一场尖锐斗争。南北僵持不下，对黎元洪是个刺激，他提出了建都武昌的主张。但是，黎元洪建都武昌的主张应者寥寥，遭到了南北的共同反对。

这时黎元洪才感到，在南北争持中，他不过是一个配角，无法独树一帜。于是，他又改变策略，退后一步，提出国都暂设北京，将来可迁往武汉的新方案。而这个新方案再次遭到冷落。最终，袁世凯在这场定都之争中获胜，黎元洪便附和袁世凯定都北京。

眼看着袁世凯在南北之争中居于优势，黎元洪便改变了"独树一帜"的策略，不再以武昌的名义单独争取权力,开始倾向袁世凯的一边,逐步沦为其帮凶。

黎元洪在转向附和袁世凯的同时,也开始镇压湖北革命党中的异己势力。

当时湖北同盟会成员祝制六等人对黎元洪集中权力和偏向袁世凯的言行非常不满,暗中组织了一个"改良政治团",提出改组都督府的要求,还计划以暴力改变湖北政局。

黎元洪不能容忍这个反对他的团体存在,于1912年7月出动大批军警,将同盟会的祝制六、江光国、滕正纲三人抓获,随即杀害;1912年8月,黎元洪又与袁世凯合谋,将湖北阵营中持激进意见的同盟会会员张振武等人杀害。

在黎元洪的统治下,首义之区的武汉又重新被笼罩在黑暗之中,政治气氛阴沉恐怖。黎元洪的屠杀行为将他"忠厚长者"的面具彻底掀掉,舆论和各界人士纷纷声讨黎元洪,举国上下口诛笔伐"袁民贼"、"黎屠夫"。

1913年3月宋教仁被暗杀后,孙中山发起二次革命。对于二次革命,黎元洪一开始摆出一副调停者的架势,而主旨却是为袁世凯帮腔,指斥国民党。

1913年7月二次革命爆发后,黎元洪摘下了调和的面具,完全沦为袁世凯的帮凶。除了在舆论上为袁世凯帮腔外,他还派出鄂军直接协助北洋军,进入江西助战。

在袁、黎的合力镇压下,二次革命历时两月便告失败。国民党的地盘几乎全部易手,北洋势力发展到长江中、下游地区,势力空前膨胀。

在黎元洪的协助下,袁世凯终于打败了南方的国民党。全国除西南几省外,均在北洋的统治之下。

1913年10月,袁世凯通过不正当手段当上了中华民国正式大总统,黎元洪也当选为正式副总统,仍兼任湖北都督。

此时,国民党的失败,已逐渐使黎元洪失去了在袁世凯与国民党中间的制衡作用。而袁世凯处心积虑要达到的是北洋一统天下,不容异己的存在,当他用这种眼光去看黎元洪时,就感到黎元洪有些碍眼了。

袁世凯视黎元洪盘踞湖北为心腹之患,一心要去掉这块隐患。为了使黎元洪就范,1913年12月,袁世凯以"磋商要政"为辞,"邀请"黎元洪赴北京就职。

黎元洪当然不愿意离开湖北老巢,而且此时他已预料到袁世凯的险恶之心,就以无人接替或交接麻烦为由搪塞拖延,不肯离开湖北。袁世凯却来了个"霸王硬上弓"的手段,半是邀请,半是挟持,于12月8日派他的心腹段祺瑞到武昌,"迎接"黎元洪进京。

无奈之下,黎元洪只得登车北上。12月10日,黎元洪尚在北上途中,袁世凯就公布了以段祺瑞暂代湖北都督的命令。

不出所料，黎元洪到了北京以后，袁世凯将其安置在瀛台，加以控制。黎元洪对国家大事丝毫没有决策权，每天无公可办，无事可做，只能以散步、读书、阅报、写字消磨时日。

由雄踞一方、把握实权的都督一下子沦为袁世凯的政治俘虏，黎元洪心中不免激起阵阵哀怨。据黎元洪的副官回忆，黎元洪在读书时有时会"突然掩卷大放悲声"，其内心的愤懑可想而知。

尽管袁世凯对黎元洪采取了离间和幽禁的策略，但他认为这个副总统还是有利用价值的。1915年，袁世凯积极谋划恢复帝制，为了取得黎元洪的支持，他对黎元洪极尽拉拢之事。

他不仅常约黎元洪出来畅谈政事，以示亲密、重视，而且还以"政治联姻"加强对黎元洪的控制。他强求与黎元洪结为儿女亲家，将自己的第九子袁克玖与黎元洪的女儿黎绍芳定为姻缘。

当黎元洪深刻认识到袁世凯的反动本质以及对自己的险恶用心之后，就开始反对袁世凯的行径。在袁世凯为称帝之事去瀛台拜访他时，他义正词严地说：辛亥革命为推翻帝制、建立共和，死者何止千万，如今大总统回头再做皇帝，如何对得起这些先烈？

而黎元洪此时的反对已无济于事，1915年12月，袁世凯宣布恢复帝制，建立中华帝国。同此前积极拥袁不同，在这场荒诞的复辟帝制闹剧中，黎元洪表现得格外坚决，始终不肯与袁世凯合作。

袁世凯登上帝位后发布的第一道策令，就是册封黎元洪为"武义亲王"，黎元洪对此冷眼以对，公开表示拒绝接受册封。黎元洪心中明白，如果接受这个带有浓厚封建专制色彩的封王，必将遭到全国人民的唾骂。自己虽没有勇气正面反对帝制，但也不愿意落个"复辟"的骂名，于是坚决不做"武义亲王"。

之前黎元洪在袁世凯面前一直推诿软弱，唯独在称帝这件事上，他毅然决然地强硬起来。袁世凯也没有想到，一直在自己面前唯唯诺诺的黎元洪，竟然在最关键的时刻不支持拥立自己。1916年，袁世凯称帝失败，不久病亡。

苦涩的总统生涯

袁世凯之死，给了黎元洪问鼎最高权力的机会。按照《中华民国约法》"大总统出缺时，应有副总统继任"的规定，以及袁世凯在临死前"总统应该是黎宋卿（元洪）"的遗嘱，黎元洪顺理成章地接替了袁世凯，出任中华民国大总统。

本来,在袁世凯死后,北洋派系要求推举北洋元老徐世昌或内阁总理段祺瑞为总统,他们反对北洋系以外的人,尤其是南方革命党人、也包括黎元洪在内就任大总统,但在法理和形势上,却由不得他们反对,黎元洪就任大总统成为大势所趋。可北洋派并不甘心拱手把总统位置让给黎元洪,他们只把黎元洪看作是一个过渡时期的傀儡总统。

随着袁世凯的去世,北洋军阀很快分裂为直、皖、奉三大派系。段祺瑞是皖系的首领,同时身为国务总理,他个性刚愎强悍,自恃手中掌握着军权,不把总统黎元洪放在眼里。

黎元洪自然不甘做傀儡,他暗地里聚集力量与段祺瑞抗衡。当时,第一次世界大战爆发后,日本怂恿中国对德宣战,以求进一步控制中国。段祺瑞亲日,企图借参战得到日本的经济、军事援助,以加强实力;而亲英、美的直系军阀和黎元洪则按英、美的要求,坚决反对参战。

在是否要参加一战对德国宣战问题上,以黎元洪为首的总统府与以段祺瑞为首的国务院之间争执不下,一时酿成"府院之争"。

为了达到参战目的,段祺瑞将其手下的十几个省的督军召集到北京,组成"督军团",以武力威胁,逼迫黎元洪同意参战;黎元洪也不甘示弱,下令撤销段祺瑞国务总理的职务。

段祺瑞被撤职,与其亲近的各省督军不答应,纷纷反对黎元洪,宣布独立,拥护段祺瑞在天津成立"独立各省军务总参谋处",扬言要饮马北京,踏平总统府,逼迫黎元洪辞职。

黎元洪见此情势,一时无助,为了稳定局势,他邀请曾在自己面前表示过忠心的安徽督军张勋进京斡旋调停。

1917 年 6 月 7 日,张勋率领 4 300 余人的"辫子军"自徐州北上,调停"府院之争"。而张勋入京后,不仅背叛了黎元洪的初衷,逼迫他解散国会,还紧锣密鼓地搞起复辟活动来。7 月 1 日凌晨,张勋全副前清大员打扮,率康有为等 50 余人乘车入紫禁城,拥戴废帝溥仪登基,重新挂起大清龙旗。

张勋复辟给了段祺瑞重新登台的机会,黎元洪无奈之下重新任命他为总理,讨伐张勋复辟。于是,段祺瑞迅速组成讨逆军,进京讨伐张勋。7 月 12 日,讨逆军攻入北京城内,张勋复辟失败,前后仅持续了 12 天。

黎元洪引狼入室,造成张勋复辟丑剧,事后只好引咎辞职。1917 年 8 月 28 日,他离开北京赴天津,回到英租界内的私宅。

黎元洪的第一次总统任期仅一年多时间,就这样在悲愤中结束,从此息影天津达五年之久。

黎元洪在蛰居天津的这段时间里,中国政局又如走马灯般地转了几个回合。

张勋复辟失败后,在段祺瑞与冯国璋的合作下,重新组成北京政府,直系军阀冯国璋出任代总统,而实际权力仍然掌握在以段祺瑞为首的皖系军阀手中。

北京政府在组成后不久也产生分化,直系与皖系之间矛盾日益尖锐。皖系以日本为后台,直系以英、美为外援,双方明争暗斗,形成新一轮的"府院之争"。

在段祺瑞的操纵下,1918 年 10 月,皖系将直系派总统冯国璋赶下台,"选举"北洋元老徐世昌为总统。

1918 年 12 月,冯国璋病逝,直系两员悍将曹锟和吴佩孚成为直系新首领。直、皖两系矛盾继续恶化,终于在 1920 年 7 月兵戎相见。直系联合奉系将皖系击败,控制了北京政府。

然而直、奉之间也好景不常,1922 年 4 月,直、奉间恶战一场,结果奉系败北,直系控制了北京政府。

1922 年 6 月,曹锟、吴佩孚赶走了总统徐世昌。徐世昌下台后,本来曹锟想立即当总统,倒是吴佩孚想得深入全面一些,主张召集国会,把黎元洪请出来复位,用"恢复法统"的名义来作为过渡,以为直系的统治披上合法的外衣。而且这样也利于曹锟在黎元洪"任满"之后,"名正言顺"地取得总统之位。[①]

曹锟同意了吴佩孚的主张,通电全国表示翊戴黎元洪,要求他复位当总统。当时大小军阀及政客们也都函电黎元洪,纷纷对他表示拥戴,请他再度出山。

于是,五年前被北洋军阀打入冷宫的黎元洪又被推向了政治前台。而如同武昌起义时被推上军政府都督和 1916 年当上大总统一样,黎元洪对这一次的因缘际会也没有任何思想准备。

在全国一片拥戴声中,黎元洪决定复出。1922 年 6 月 11 日,黎元洪来到北京,在中南海怀仁堂举行复职总统典礼,开始了他的第二次总统生涯。

黎元洪第二次当上总统后,力主"统一"和"废督裁军",召开旧国会,恢复旧"法统",并电请孙中山北上共商国是。黎元洪意气风发,大有重新干一番事业的胆魄和气势。

可是,这种良好的自我感觉转瞬即逝。黎元洪很快发觉自己只是一个临时工具,他与国会以及直系之间矛盾错综复杂,而且直系内部曹锟和吴佩孚两巨头之间也出现微妙分歧。黎元洪虽然大搞平衡,也不免左右皆难。处在夹缝中的他不禁感慨:他们把我弄上来,又是叫我活受罪!

---

① 关于北洋军阀之间的争权夺利斗争详见本书下篇第十二章第一节"军阀大混战"中相关论述。

仅仅一年之后,1923年6月,曹锟认为黎元洪的过渡期已经完成,便策划踢开黎元洪,自己上台做总统。

为此,曹锟导演了一幕幕"闹剧"。他先是派几百名军警到总统府索饷,后指使北京警察罢岗,连总统府的电话线、自来水也强行掐断;接着曹锟不惜沿用袁世凯的手法,组织一堆乱七八糟的"市民请愿团"、"万人国民大会",到天安门乃至总统府门前打标语,要求黎元洪下台。

无奈之下,黎元洪被迫于1923年6月13日离京赴津。同第一次出任总统一样,他的第二次总统生涯也仅仅只有一年左右的时间。

黎元洪回到天津后,在政治上并没有死心。1923年9月,黎元洪在上海召集各省督军会议,计划在上海另组政府,但各省督军不买他的账,不支持在上海组建政府。

在上海组建新政府的尝试失败后,黎元洪进退失据。而且在1923年10月,曹锟通过贿赂议员,正式当选为总统。因此,黎元洪心情沮丧,对扰攘的政治彻底灰心丧气。

在咀嚼了酸甜苦辣后,黎元洪终于抛却了"总统梦",绝意远离政坛角逐,打算继续投资自己的实业。

黎元洪在政治上失意时曾一度把兴趣转向实业投资,并获得了巨大的收益。据统计,黎元洪先后投资的企业达70余家,包括金融、矿产、食品、贸易、运输等许多行业,投资的地区包括北京、上海、天津、山东、浙江等14省市。

晚年的黎元洪在政治上寡欲清心而鲜有困扰,但身体却因糖尿病和高血压而每况愈下。加之1926年北伐军兴起,特别是蒋介石的军队打着没收煤矿产业、征收军饷名号,派出整委会,胁迫黎元洪报效一百万元军饷,购买八十万元公债。黎元洪又气又恼,心情郁闷,病情加重。1928年6月3日,黎元洪在天津病逝,享年64岁。

被逼的悲剧人生

在中国近现代史上,黎元洪是一位极富传奇性和戏剧性的人物。他糊里糊涂地从一个名不见经传的清朝军官,一夜之间成为革命政府的首位都督,日后还莫名其妙地当了副总统,乃至大总统。他以独特的形势登上民国政坛,历任要职,屡次问鼎民国最高权力,成为中国历史上唯一一个两任大总统、三次当选副总统的政治明星。

黎元洪一生几度因缘际会,频频光顾国家权力顶峰,这给他带来了无限风光,可也让他尝遍酸甜苦辣。他的一生充满了矛盾性和争议性。

在黎元洪的一生中,武昌起义后尽管他是被迫出任湖北军政府都督的,但他很快顺应了历史潮流,为武昌起义的胜利起到了无法替代的作用;接着他策反清朝海军归顺,反劝袁世凯倒戈,在辛亥革命推翻清政府、缔造共和的过程中,起到了重要的推动作用;后来在袁世凯复辟帝制的闹剧中,他消极抵制,拒受册封,对袁世凯也起到了一定的扼制打击作用;他在两任大总统时,能与段祺瑞、曹锟等军阀进行一定程度的斗争,以及重新起用段祺瑞镇压张勋复辟,也都具有维护共和、反对独裁的动机与目的;另外,黎元洪在当政时期,主张"军民分治"与"废督裁兵",率先实行"省长制",以及讲求法治、民主和实业的精神,都代表了时代的进步潮流。

凡此种种,应该肯定黎元洪曾经做出过的历史功绩。尤其是他在参与辛亥革命、反对袁世凯复辟帝制这两件大事上,说明他还是支持民主共和的,在大是大非上并不糊涂。故孙中山曾称赞黎元洪为"民国第一伟人",章太炎甚至赞他是"继明太祖而兴"的开国元勋。

但黎元洪在辛亥革命后也做过一些违背民意的事。如他在当上中华民国临时副总统后,大立门户,结党营私,日益与南京临时政府抗衡;在民国建立初期,他攘夺首义政权,离间残害革命力量,阴谋杀害革命人士,致使首义之区黯然失色;他与袁世凯一度狼狈为奸,充当袁氏的帮凶,为虎作伥,反对和镇压孙中山的"二次革命"。

毫无疑问,这些他都负有不可推卸的责任,是为世人所唾弃的,严重背离了革命党人当初推举他做都督的意愿,因此在他身上也刻下深深的反面印痕。

纵观黎元洪的一生,他是极其幸运的。他总是在未曾预料的情况下坐上高官显位,在无法设计中担任了重要角色。可黎元洪的一生又是不幸的。和别的政治人物不同,他虽两次出任大总统,三次选为副总统,先后与民初的多位政治家同台,平生牵涉许多重大历史事件,但他位尊言轻,职高权弱,名高而实不符;他一生有良好时运却鲜有作为,有地位而无光彩。

黎元洪的一生多半充满悲剧色彩,其悲剧在于凡事不能自己做主张,多数时候都是一个被逼的傀儡角色。从武昌起义后被群龙无首的士兵强逼做了湖北都督,到被袁世凯逼迫离开湖北老巢,甚至后来两次当上大总统,都是被逼上位的,最后又两次被逼离开北京。每到一个关键显赫的位子,黎元洪似乎都是被逼无奈,身不由己,成为别人手中的政治工具。

黎元洪的悲剧来自于时势,他是典型的"时势造英雄"。正是辛亥革命以及民初政坛诡谲多变的时势,将他推上历史舞台,又将他逼出历史舞台。他总是在不可意料、缺乏准备的情况下被推上前台,然后在别人的操纵下硬着头皮往前走,最后又被赶下台。

在黎元洪的政治生涯中,正好处在北洋军阀当政时期,在袁世凯、段祺瑞这些北洋武夫眼里,黎元洪只是一枚可供利用的棋子,需要时奉若神明,不用时弃如敝屣。

在当时的政治环境下，黎元洪始终被遮掩在各色强势人物的阴影下，在各种势力的夹缝中求生存。

黎元洪当政时期也力图做一些有益于共和、有益于人民的好事和实事，但北洋军阀始终掌控着实权，处处对他进行牵制，致使他难有作为。这一切也只因他是个手无重兵的光杆司令，在当时"军权＝政权"的年代，纵使他有满腔热情与抱负，也只能纸上谈兵。

黎元洪一生的悲剧也来自于个人的性格。由于出身寒微，青少年时期经历了许多磨难，加之后来的时势所逼，特定的成长环境和时局使他形成了"谨厚慎微、优柔懦弱"的性格特征。

一个人的性格对他的政治行为必然会产生重要影响。黎元洪的这种性格在早期即辛亥革命前，为他在湖北军界及社会上获得了声誉，如"忠厚长者"和"稳健派"的声名，成为他不断攀升的一个重要原因；而到了一定的层次，当走向更高的位置时，这种性格就使他在行动上表现出消极被动和犹豫不决，易受别人的影响，易被他人利用，因而会在政治上误事。

由于黎元洪谨厚慎微、优柔懦弱，加之谋略欠缺，当面对军阀打压排挤时，自己却无心无力制止，还会进一步助长他们的嚣张气焰。在这种性格的作用下，即使是有再好的因缘际会摆在面前，他也不能好好把握利用，进而扭转乾坤，趁势固本，相反还会给险恶之人留下可乘之机，纵容他们的各种反动行为，以至于误国。

对于黎元洪的"柔懦"性格，思想家严复曾称之为"柔暗"。对于他这一性格所导致的误国后果，严复曾论道："黎公道德，天下所信。然救国图存，断非如此道德所能有效。何则？以柔暗故……遍读中西历史，以谓天下最危险者，无过良善暗懦之人。下为一家之长，将不足以庇其家；出为一国之长，必不足以保其国。"①

---

① 《严复集》，"《与熊纯如书》三十八、四十六"，中华书局，1986 年。

〔导读提示〕

在辛亥革命的胜利果实被袁世凯窃取后,针对北方的种种阴谋,南方的革命党人发起了各种抗争。这当中除了孙中山和黄兴这两位重要人物之外,最具代表性和影响力的当属宋教仁和蔡锷。

宋教仁是个有强烈政治抱负的民主政治家,他热切希望在中国建立起真正的民主宪政制度,实行以议会、政党和法制为基础的内阁政治。只可惜他生在一个没有规则的混乱年代,跟当时暴力逻辑支配的政客、军阀、党徒们格格不入。虽然他年轻气盛、才华过人,但他却手无寸铁,空有激情。从1911年秋辛亥革命爆发到1913年春被暗杀,宋教仁犹如一颗流星划过中国的黑暗夜空,最终成为中国宪政制度试验的牺牲品。

蔡锷戎马一生,为国尽瘁。在护国运动中,他"以必死之心,为国民争人格",不畏强暴,进行了艰苦卓绝的斗争。蔡锷的精神核心是坚持民主共和,"共和即友,专政是敌"。不管是谁当政,只要他挑战民主共和原则,蔡锷就会站出来不惜动用武力反对。"为四万万国民争人格",在几千年的中国历史中,只有他喊出了如此坚定的涤荡人心之语。

第十一章

为四万万国民争人格。

——蔡锷

第一节　宋教仁的英气与晦气

立志于政法的"狂生"

1913年3月20日晚10时45分,上海火车站一声枪响,刚刚在中国有史以来第一次国会选举中获胜的国民党代理事长宋教仁,倒在了血泊中。

在辛亥革命的胜利果实被袁世凯窃取后,针对北方的种种阴谋,南方的革命党人发起了各种抗争。这当中除了孙中山和黄兴这两位重要人物之外,还有宋教仁,而他的结局却可能是所有抗争者中最为不幸的。

宋教仁,字遁初,号渔父,曾化名宋谦、宋炼。1882年,宋教仁出生在湖南省桃源县上坊村的一个耕读世家。

宋教仁自小天资聪颖,6岁入私塾,接受传统儒家教育。1892年,宋教仁10岁时,父亲去世,家境渐差,依靠母亲抚育成人。

1899年,17岁的宋教仁进入桃源漳江书院读书,特别爱好兵、刑、法等诸家学说。课余时间,他常与同学纵谈国家大事,每到动情之处,总是滔滔不绝,言辞甚为激烈,大家都称他为"狂生"。

1902年冬,宋教仁考取武昌中学堂,这是湖广总督张之洞设立的新式学堂。宋教仁在学堂里喜爱政治、法律、地理等学科,因此眼界大开,见识大增。

在武昌中学堂,宋教仁接触到一些革命人士,产生了革命思想。就在1903年夏他入读武昌中学堂时,恰逢黄兴从日本回国宣传革命,宋教仁听了他的演讲后十分佩服,决心跟黄兴走反清革命道路。之后,两人相识并成为挚友。

当时,黄兴因激烈的反清言论遭到湖北当局驱逐,无奈回到湖南长沙。接着,宋教仁也愤然离开武汉返回湖南。他与黄兴来往甚密,并在长沙、常德一带做革命团体的联络工作。

1904 年 2 月，宋教仁与黄兴、陈天华等人在长沙创立华兴会，黄兴被推举为会长，宋教仁被推举为副会长。

华兴会成立后，立即着手扩大组织，准备武装起义，宋教仁显露出优秀的组织才能。1904 年 7 月，他在武昌发起创建革命小团体"科学补习所"，以此为掩护，在新军和学校中开展革命活动。

1904 年 10 月，华兴会发动的长沙起义计划失败，宋教仁与黄兴逃往日本。在日本东京，宋教仁先进入日本政法大学学习，后入早稻田大学留学生部预科学习。留学期间，他专心研究政法、经济学科。

当时，宋教仁感于国内人心消沉，想用文字来激动人们的心弦，就邀约陈天华等人，于 1905 年春创办《二十世纪之支那》杂志，系统地宣传反清和民主革命思想。

1905 年 7 月，宋教仁和孙中山结识，他积极支持孙中山组建同盟会。当年 8 月，同盟会在东京正式成立，孙中山任总理，宋教仁任司法部检事长。①由宋教仁创办的《二十世纪之支那》杂志改为《民报》，定为同盟会的机关报。

同盟会成立后，宋教仁的声望不断上升。作为《民报》的撰述员，他埋头撰写下不少揭露清政府腐朽没落和发扬自由独立思想的文章；另外，他还译述了不少宪政方面的书籍，包括《日本宪法》、《英国制度概要》、《美国制度要览》、《各国警察制度》、《德国管制》等。其时，还没有人像他那样花费大量的时间、精力去学习、翻译这些著作，这奠定了他在宪政和法律方面的知识基础，为他后来绘制中国的政治蓝图做了必要的准备。

1907 年春，宋教仁潜往辽宁安东，筹建同盟会辽东支部。同年夏天，他策划在沈阳发动武装起义，结果因招兵走漏风声，起义计划失败，又潜回东京。

在东北活动期间，宋教仁获悉日本企图吞并"间岛"。②为了揭露日本的阴谋，他引用各家著述及报刊资料，并化名日本人打入日本秘密组织"长白山会"，获取日本人伪造的"间岛"归宿假证据，写成《间岛问题》一书。该书以充分的材料和确凿的证据，论证了"间岛"自古以来便是中国的领土，揭穿日本妄图把该地区占为己有的阴谋。后来，清政府根据这本书提供的有力论据，在中日"间岛问题"谈判中获胜。

---

① 同盟会参照行政、立法、司法三权分立的原则设置机构，设执行、评议、司法三部。

② "间岛"原意为开垦的土地，朝鲜语译为"间岛"，主要包括中国延吉地区，此处原是满族人发祥地，因满人入关内迁后，此地就被禁封了。

民国蓝图的设计师

1910 年,长江中下游革命力量骤增,由于寄身异域,不易开展工作,宋教仁回到上海。经于右任、陈其美邀请,他在《民立报》任主笔,署名"渔父"或"桃源渔父",以犀利的笔锋,撰写大量宣传革命的文章,批评时政,分析国际形势。

1911 年 4 月,广州黄花岗起义失败,革命精英损失惨重,同盟会的军心受到动摇。宋教仁对此前的军事行动进行了反思,与陈其美等人筹划出"革命三策":

一、效仿法国大革命,直接占领北京,号令全国,实行中央革命,此为上策;

二、在长江流域,各树潜力,同时并举,创立政府,然后北伐,此为中策;

三、在边陲各省起义,此为下策。

经过分析,一致认为"中策"可行,即把革命的中心从珠江流域转移到长江流域。1911 年 7 月,宋教仁与陈其美、谭人凤在上海组建同盟会中部总会,作为领导中部起义的指挥中心,策动长江流域的武装起义。

宋教仁

同盟会中部总会的成立对长江流域革命形势的发展和武昌起义的爆发起到了巨大的推动作用。宋教仁亲任中部同盟会总务干事,派人往来于上海、两湖各地,以共进会与文学社为基础,在两湖新军间宣传革命。

1911 年 10 月武昌起义成功后,宋教仁非常兴奋,他在上海大造革命舆论,积极策应长江中下游举义响应。

10 月 28 日,宋教仁与黄兴从上海赶到武汉。那时湖北革命军正受挫折,局势危急,黄兴被推举为战时总司令,负责率师反攻;宋教仁被推举负责外交事务,他用政治技巧和对世界公法的熟悉,成功斡旋各国,保证列强在武汉严守中立。

在武汉期间,宋教仁还主持了湖北军政府所有公文的制定颁布工作,其中由他主持起草的《鄂州临时约法》,共计 60 条,体现了近代西方三权分立的基本架构和精神,对人民的基本权利和义务都有详细规定。由于时局动荡,《鄂州临时约法》在当时并未付诸实施,但它却为后来《中华民国临时约法》的起草设计提供了蓝本。

1911 年 11 月底,汉阳保卫战失利,宋教仁和黄兴离开武汉,往来于上海和南京之间。

1911 年 12 月,南京光复,宋教仁出任江苏都督府政务总长,他与陈其美等人决定联合江浙立宪派,提出以南京为临时政府所在地,筹备建立中央临时政府。

在筹建南京临时政府过程中,在讨论政府组织方案时,孙中山主张采取美国式的总统负责制,而宋教仁主张采用英国式的责任内阁制。宋教仁认为美国是联邦制国家,地方对中央的约束大,而中国是中央集权国家,又有两千年的专制传统,故应实行内阁制,要对国家元首的权力进行限制。他分析说:"主张内阁制,以期造成议会政治也。盖内阁不善而可以更迭之。总统不善则无术更易之。如必欲更易,必致动摇国本。"孙中山则认为:"内阁制乃平时不使元首当政治之冲,故以总理对国会负责,断非此非常时代所宜。"①

其实,内阁制与总统制的区别就是分权制与集权制的区别。经多次讨论,后来各省代表否决了宋教仁主张的内阁制,赞成采用孙中山提倡的总统制。

另外,因责任内阁制设立总理,宋教仁坚持内阁制被认为是想当内阁总理,传言都说他的权力欲太重。以至在 1912 年中华民国南京临时政府成立后,孙中山提名宋教仁为内务部总长,各派都把他看作是一个威胁,遭到多数人反对而未获得通过,最后改提程德全代替内务总长,宋教仁仅被委派为法制院院长。

宋教仁出任法制院院长后,积极投入到各项法令的制定工作中。南京临时政府的多数法律条文,都是出自他的手笔。特别是《中华民国临时约法》,其中就包含了他在起草《鄂州约法》中的一些重要观点。

在制定《临时约法》时,袁世凯取代孙中山出任临时大总统已成定局,出于限制袁氏专权的考虑,孙中山等人最终接受了宋教仁的主张,把政府组织原则从总统制改成了内阁制,对总统权力作了不少限制。

致力于政党政治

1912 年 3 月,袁世凯在北京就任临时大总统,按照《临时约法》的要求组织了责任内阁,由唐绍仪出任第一任内阁总理,宋教仁被任命为农林总长。

尽管内阁总理唐绍仪与袁世凯有很好的交情,也是袁世凯当初认可的最佳人选,但唐绍仪也有自己的政治理想和抱负,他常利用内阁与袁世凯据理力争,结果两人很快反目为仇。于是,唐绍仪被迫出走天津,旋即辞职。

唐绍仪辞职后,宋教仁、陈其美、蔡元培等四个同盟会阁员因不满袁世凯的统治,也联袂退出内阁。这样,仅存在了三个月的唐绍仪内阁就解散了。

---

① 《资产阶级革命家宋教仁的一生》,李英庭,《广西大学学报》(哲学社会科学版),1980 年 02 期。

接着,袁世凯于1912年6月29日任命表面上无党无派的陆征祥出任内阁总理,力图达到由他任意操纵内阁的目的。

1912年7月,同盟会本部召开夏季大会,宋教仁当选为总务部主任干事,成为同盟会实际主政者。

责任内阁制的核心在于议会政治,而议会政治的重心又在于政党制衡。唐绍仪内阁失败后,宋教仁认为,如果能够组成一个强大的政党,在国会中占有绝对多数议席,再由这个政党组成责任内阁,使反对袁世凯的势力在国会里占有多数席位,然后通过合法的选举产生反对袁世凯的内阁总理,从而就能达到限制袁世凯专权、且由革命党人掌权的目的。简而言之,就是通过政党政治和议会政治反对袁世凯专权。

因此,宋教仁将组织政党视为责任内阁的头等大事,一心致力于造党。

在征得孙中山、黄兴的同意后,1912年8月,宋教仁以同盟会为核心,联合"统一共和党"、"国民公党"、"国民共进会"、"共和实进会"等党派,合并组成国民党。孙中山被推选为国民党理事长,黄兴为副理事长,宋教仁当选为理事。

此时,国民党主要领导人孙中山和黄兴把主要精力都放在实务建设上,对政治兴趣淡漠,唯有宋教仁还在为政治、国事奔走呼号。因此,孙中山委托宋教仁代理国民党理事长,具体管理党务。

国民党取"服务国民"之意,以"巩固共和,实行平民政治"为宗旨。在国民党的政纲中,宋教仁表明了自己责任内阁制的主张:总理由国会中多数党的领袖担任,并由其选择其他阁员;内阁对总统的命令有附署权和起草权。这样,内阁就可以把总统的权力大为削弱,在国家的政治生活中,内阁起实际支配作用。

国民党成立后,宋教仁马上作出详细计划,派人到各省成立支部,组织选举,取得国会、省、县议会的支持。他本人也以国民党负责人的身份,四处发表演说,宣传自己的政治主张,为国民党议会选举造势。

宋教仁所到之处受到热烈欢迎,各地选举越来越有利于国民党,宋教仁当选内阁总理的呼声也很高。当时到处是"政党内阁非国民党莫属"和"内阁总理非宋莫属"的呼声,宋教仁成了举国瞩目的风云人物。

在1912年12月至1913年2月的中华民国首次国会大选中,国民党在参众两院的初选和复选中都获得了巨大胜利,最终取得了参众两院总议席870席中的392席,得票率高达45%,共和党、民主党、统一党三大主要党派合计仅占223席,总和也不及国民党议席的三分之二。

在这次国会选举中,国民党取得压倒性竞选胜利,使全党一片欢腾,也令宋教仁兴奋不已。他亲到长江流域的湖南、湖北、江西、安徽、江苏等省,发表演说,抨击袁世凯政府的内政外交,反复宣传国民党的政见,为建立责任内阁,实现民主政治大造舆论。其言论风采,倾动一时,在国民中取得了极高的威信。

在宋教仁看来,胜利的曙光已在眼前,组阁的梦想也即将实现。当他满怀信心准备组阁,实现他的政治抱负时,危险也正在一步步向他逼近。

血染民主共和

由于宋教仁率领国民党在国会竞选中获得多数席位,有资格组阁,且能以多数党领袖身份出任内阁总理,这触犯了袁世凯的专制统治利益。而且宋教仁也计划联合章太炎等人,准备在1913年的正式大总统选举中,推举黎元洪取代袁世凯。袁世凯深深感到了宋教仁和国民党对他的威胁,他绝不甘心让宋教仁组织国民党内阁来干预他的统治。

于是,袁世凯先是试图拉拢宋教仁,早在1912年7月陆征祥辞去内阁总理时,他就曾请宋教仁担任内阁总理,条件是放弃政党内阁主张,但被宋教仁坚决拒绝。

后来袁世凯召见宋教仁,亲自送上50万元的支票以及贵重礼物,请他自由支用,但宋教仁除用了二三百元外,将支票如数退还;袁世凯还为宋教仁订制西装,连尺码都量得非常准确,宋教仁对此全部退回不受。

袁世凯见收买不成,便把宋教仁看成与他过不去的最大障碍。其实在袁世凯眼里,孙中山并无多大威胁,他只是宣传自己的主义,而宋教仁则热衷于议会民主、政党政治,鼓吹责任内阁。宋教仁在政治上表现出倔强的进取精神、极强的活动能力以及丰富的政治知识,使得袁世凯将其视为最大的政敌。宋教仁的好友谭人凤曾说过:"国民党中人物,袁之最忌者唯宋教仁。"——袁世凯不怕孙中山,就怕宋教仁。

其实,早在宋教仁为国民党议会竞选发表反对袁世凯政府专权言论时,就使袁世凯大为恼怒与嫉恨。而国民党又在国会选举中获胜,宋教仁以国民党代理理事长身份,成为国会中多数党的领袖,不出意外的话,他必然成为新责任内阁的总理。宋教仁将成为一个难以对付的敌手,而对于袁世凯这样一个极富权谋的政治贩子来说,他必定会想一切办法除之而后快。

1913年3月20日,宋教仁回湖南探亲后经上海去北京。在上海,他突然接到袁世凯发出的"即日赴京,商决要政"的急电,遂决定由上海乘火车速去北京。

3月20日晚10时45分,宋教仁在上海火车站与前来送行的黄兴、于右任、廖仲恺等人一一握别。正要上火车时,突然被一名刺客开枪射中。两天后,22日凌晨,宋教仁与世长辞。

关于宋教仁被暗杀的情景，有资料这样描述：

3月20日晚10点左右，宋教仁在黄兴、于右任等人的陪同下，来到沪宁火车站准备北上。由于当时很多当选的国会议员也都从上海出发去往北京，因而车站特设了议员休息室，宋教仁等人便先在那里稍作休息。议员休息室里的气氛很热烈，每个人的情绪都很高昂，谈论着民国未来的美好蓝图。

此时天空下起了小雨。10点40分左右，在大家的簇拥下，宋教仁与黄兴并排走在前面，一路说说笑笑，准备进站上车。

当走到车站入口检票处时，突然一声枪响，宋教仁一下子靠在了铁栅栏上，手扶着腰部，痛苦地喊道："我中枪了，有刺客。"正说着，又闻两声枪响，这两枪的子弹都落在地上，并未伤人。

车站顿时大乱，这时只见一个穿黑呢军装的男子，从人群中迅速逃窜，消失在迷蒙的雨夜中。

等到大家镇定下来后，发现宋教仁已经歪倒在地上，双手紧紧地捂着腰部，血流了一地。

前来送行的人急忙把宋教仁送往沪宁铁路医院。经检查，宋教仁从背后中枪，子弹斜穿腰部，肾脏、大肠均被击中。

经过手术，宋教仁体内的子弹取出，更可怕的是，这颗子弹上竟然有毒！

3月22日凌晨，宋教仁伤势恶化，双手发冷，只以黯淡的目光环顾四周，做依依不舍状……凌晨4点48分，宋教仁闭上了双眼。黄兴、陈其美、于右任等在场的人皆情不可抑，失声痛哭。[①]

宋教仁逝世时年仅31岁，高才英年，如日中天，做梦也没有想到会这样不明不白地被暗杀。

在临终前，宋教仁对袁世凯还抱着幻想与希望，他请黄兴代发电报给袁世凯，陈述自己被杀经过，并真诚地希望袁世凯"开诚心，布公道，竭力保障民权，俾国会得确定不拔之宪法，则虽死之日，犹生之年"[②]。

宋教仁突然遭遇暗杀，是刚满15个月的中华民国的一件耸人听闻、触目惊心的事，当时在社会上掀起巨大震动，有报纸上这样形容：举国惶惶，挥泪如雨，报纸记载，笔为之秃，墨为之涸。

---

① 此处资料主要参见《晚清尽头是民国》，"刺杀新民国：宋教仁谋杀案之谜"，思公，广西师范大学出版社，2009年9月。

② 《资产阶级革命家宋教仁的一生》，李英庭，《广西大学学报》（哲学社会科学版），1980年02期。

毫无疑问,这是一桩精心策划的政治暗杀,目的是要致宋教仁于死地。宋教仁之死引起举国震惊,几乎所有在朝、在野的政治人物都对此作出了反应。以孙中山、黄兴为首的国民党人更是义愤填膺,其他党派也有人对这种卑劣的暗杀行为十分愤慨,纷纷要求"严缉元凶,付之重典",及时捉拿凶犯。

接下来"宋教仁案"的破获,竟出乎意料的顺利。宋教仁被暗杀后,上海的革命党人协同地方当局以及租界巡捕房,一道搜寻凶手。就在宋教仁去世后的第二天,上海巡捕逮捕了重大嫌疑犯应桂馨,此人是上海青帮的一个头目,并在他家中抓获了枪手武士英。令警方大吃一惊的是,和武士英使用的手枪一起被搜查出来的,还有应桂馨与当时国务总理赵秉钧以及内务部秘书洪述祖联系的关于谋刺宋教仁的多封信函和电报,而这些电报、信件都与北京政府有关。

这就意味着,宋教仁被刺,其策划者极有可能是内阁总理赵秉钧,而临时大总统袁世凯也有推脱不掉的责任与无法洗清的嫌疑。

加之宋教仁平时就与袁世凯政府不和,袁世凯对其收买又没有得逞,因而当时多数国民党人都认定袁世凯是"宋案"的幕后黑手。当时曾有一副挽联这样写道:"前年杀吴禄贞,去年杀张振武,今年又杀宋教仁;你说是应桂馨,他说是洪述祖,我说确是袁世凯。"

一般分析认为,由于宋教仁与袁世凯政府的矛盾越来越激烈,袁世凯手下的党羽也越来越坐立不安。于是,袁世凯便指使国务总理赵秉钧、秘书洪述祖,用金钱收买流氓应桂馨,坐镇上海,应桂馨又收买枪手武士英潜至上海火车站,最后暗杀了宋教仁。

在国民党的坚持下,上海地方法庭决定于1913年4月25日公开审理"宋案"。然而,就在开庭审理前一天,凶手武士英竟在监狱里中毒身亡。这显然是要杀人灭口,掩盖真相,干扰司法。而且后来,赵秉钧迫于社会舆论压力辞职,但在1914年2月又出任直隶总督,在到任9天后却被毒死在总督衙门。关于宋教仁被刺案,变得越来越神秘,几名涉案犯或下落不明,或逃到租界,人证都消失,线索也越来越少,最终不了了之。

宋教仁之死引起一浪高过一浪的抗议。1913年5月,孙中山从日本回到上海,主张立即"武力讨袁",进行"二次革命"。

1913年7月,二次革命正式爆发。由于国民党政治基础不牢,武装力量薄弱,二次革命持续到当年9月即告失败。

宪政试验的牺牲品

宋教仁是20世纪初叶中国政治舞台上一颗耀眼的流星。从1911年秋辛亥革命爆发到 1913 年春被暗杀,在这短短一年多的时间里,他犹如流星一般划过了中国的黑暗夜空。

宋教仁一生有三大主要功绩。首先,他在上海发起成立中国同盟会中部总会,促成了武昌起义的胜利;其次,在民国成立后,他组建国民党,在国会大选中取得了胜利;最后,他一直致力于责任内阁制的倡议与实践。

宋教仁一生奋斗的最大特点,是在革命破坏旧世界的同时,就格外注重对新社会的建设。这种建设主要体现在政治建设方面。这也是他和孙中山等革命党人的一个重要区别——孙中山后来所注重的建设主要是经济建设,宋教仁所注重的是政治建设。

在宋教仁的政治建设中,总体上是按照民主宪政的思路来设计和实行的。他希望在中国建立起一个以议会制、政党制和法制为基础的民主制度,以民主宪政代替君主专制,对政权形成有力的制约。

宋教仁宪政思想形成于东渡日本时期。在日本留学期间,他最感兴趣的就是西方国家的议会政治和国家制度,并花费了大量的时间和精力去阅读、研究,还翻译了多个国家的宪政著作。经过学习,宋教仁对各国的政治制度、政权组织形式等有了比较全面的了解,形成了系统化的宪政理念。

宋教仁的宪政思想基本上包括责任内阁、政党政治和依法治国三部分。

宋教仁主张责任内阁制与他亲身体验了日本的政治制度,以及深入了解责任内阁制的母国——英国的政治制度有直接关系。英国在经历了长期的王权和民权斗争后,在 17 世纪就确立了议会制的基本框架。在这种政治框架下,议会是最高权力机构,政府的合法性来源于议会。这种制度设计的一个突出的特点是"议行合一",一党或多党联盟只要在议会选举中获得多数的胜利,它就获得组阁的权力,获胜的政党领袖可担任首相或总理。

在宋教仁政治理念中,完全融入了英国议会至上和内阁负责的精神与要义。他之所以极力主张责任内阁制,就是因为内阁制能够对国家元首起到限制作用,国家的运行可以不依靠元首起决定作用。宋教仁认为,在总统制下,任何一个当上总统的人都有可能走向集权、甚至独裁,而内阁制在制度安排上能对最高权力进行有效约束,为政府的科学合理运行提供政治保障。实际上,中华民国南京临时政府成立时采用了孙中山建议的总统制,但在《中华民国临时约法》颁布后,为了限制袁世凯专权,又把政府组织原则改成了内阁制。

袁世凯当上中华民国临时大总统后,他也按照《临时约法》的要求组建了内阁。但第一届唐绍仪内阁仅存在三个月就解散了。

　　唐绍仪内阁夭折后,宋教仁从中吸取教训,认为责任内阁理应由议会中居于多数席位的政党或政党联盟来组建。这也就是他的政党内阁主张,并积极投身于政党政治活动。但他的政党政治活动触犯了袁世凯的统治,因此遭到了敌视和暗算,最终被刺杀身亡。

　　宋教仁宪政思想的第三个特点就在于强调立法的重要性。在法制建设方面,宋教仁建树良多。从《鄂州临时约法》的草创,到《中华民国临时约法》的制定,以及出任南京临时政府法制院院长,民国初期多数法律条文都由宋教仁来起草。

　　因此,有人尊其为民国蓝图的设计师,甚至称他为中国的杰弗逊。宋教仁被刺身亡后,孙中山在挽联中写道:"作公民保障,谁非后死者;为宪法流血,公真第一人。"

　　宋教仁是个有强烈政治抱负的民主政治家,他热切希望在中国建立起真正的民主宪政制度,实行以议会、政党和法制为基础的内阁政治。然而,最终他却成为中国宪政制度试验的牺牲品。

　　宋教仁心怀民主宪政理想,耗尽自己的良知与才智。只可惜他生在一个没有规则的混乱年代,与当时暴力逻辑支配的政客、军阀、党徒们格格不入。虽然他年轻气盛、才华过人,但他却手无寸铁,空有激情。他理想化地以为只要一部"约法",一个"政党",借着"责任内阁"的名义,便可以对袁世凯进行控制,在中国就能建立起宪政制度。这在当时的中国其实是不切实际的,在全无民主经验和实践的中国,宋教仁的存在和做法只能被当政者视为威胁和隐患,必然遭到排挤甚至暗害。

　　因此,也有人说宋教仁死于"锋芒太露,英气未敛",尽管他"学问品行均卓绝一时",但"只以年少气盛,好讥议人之长短,遂深触当道之忌",最终也导致了自己的晦气人生。

　　宋教仁政治理想的泯灭是近代中国政治的一幕悲剧。他的死击碎了当时中国的民主宪政梦想,造成了中国民主政治的倒退以及反动势力的猖獗。这也显示出混乱时期政治斗争的非理性残酷,预示着在中国这块古老的土地上,要建立一个真正的民主共和国还将经历很多曲折和艰难。

　　宋教仁的死也使当时的中国失去了和平发展的机会,使南北军事对峙无法避免,致使以孙中山为首的革命党人与袁世凯彻底决裂。以"宋教仁案"为导火索,接着发生了"二次革命",把斗争引入到武力解决的轨道,开启了中国此后一连串政治、军事冲突,阻断了中国的和平发展之路。继之国家分裂,南北对立,军阀混战,革命与反革命起迭不断,兵祸连连,几十年不休。

第二节　蔡锷的国格与人格

反省驯良懦弱的民族性格

民国初年,针对袁世凯的专权,在南方的各种反抗中,除了孙中山、宋教仁等领导的革命派外,还有一支特别重要的力量,那就是在西南地区蔡锷领导的"护国军"。作为"护国军"的领袖,正是他组织、领导的"护国运动",直接粉碎了袁世凯的"皇帝梦"。

蔡锷,原名艮寅,字松坡。1882 年,他出生在湖南宝庆(今湖南邵阳市)的一个贫寒农家,父亲粗通文墨,爱好读书。

蔡锷 6 岁开始跟着父亲读书,接受启蒙教育。一年后进入私塾,读四书五经。1895 年,13 岁的蔡锷便考中了秀才,一时间乡人争相传颂,赞其为"神童"。

16 岁时,蔡锷考入长沙时务学堂。梁启超是时务学堂的中文总教习,他遂成为梁启超的弟子,接受了维新思想。在时务学堂,蔡锷虽然年纪最小,但无论算术、英文,还是经史子集,成绩都极为优异,而且关注时政,心怀国家,深得梁启超器重,两人建立起深厚的师生友谊。

1898 年 9 月,戊戌变法失败,梁启超与康有为被通缉,逃往日本,长沙时务学堂被关,蔡锷也因此退学。

第二年,蔡锷收到梁启超从日本写来的信,邀他到日本求学。蔡锷十分高兴,1899 年秋,他和几位同学一起前往日本学习。

到日本东京后,蔡锷先跟随梁启超学习了一段时间,接着进入东京大同高等学校,学习政治、哲学。这个时期,蔡锷还给《清议报》撰稿,发表大量思想激进的文章,议论时政。

蔡锷在赴日之前,已参加了唐才常领导的反清秘密组织"自立军"。1900 年 8 月,唐才常准备在武汉举事起义,蔡锷和几位同学也回到国内参与其中。当时唐才常认为蔡锷过于年轻,不能打仗,便派他到湖南做起义联络工作。结果,武汉自立军起义遭到张之洞血腥镇压,唐才常兵败被杀。蔡锷因在湖南,幸免于难。

"自立军"起义失败,将士惨遭杀害,蔡锷悲痛不已。随即他重返日本,将原名"艮寅"改为"锷",取"砥砺锋锷,重新做起"之意。蔡锷认为革命应"重实行,耻空谈",于是他进入日本陆军成城学校学习军事,立志"从军救国"。

在这期间,蔡锷还形成了一套自己的救国主张。1902 年 2 月,他在梁启超创办的《新民丛报》上,发表了题为《军国民篇》的文章,认为中国之所以"国力孱弱,生气消沉",主要是由教育落后、思想陈旧、体魄羸弱、武器低劣等原因造成的。若要改变这些弊病,必须实行"军国民主义",即要反省驯良懦弱的民族性格,提倡尚武精神,铸造强健体魄。因而提出对全民进行军事教育和军事训练的建议,以提高国民素质。

1902 年 11 月,蔡锷考入东京陆军士官学校。他思想活跃,成绩突出,和另外两名留学生蒋百里、张孝淮一起被誉为"士官三杰"。

1904 年 10 月,蔡锷学成回国。在国内,蔡锷先后在江西、湖南、广西担任新军教官,督练新军。他精于骑术,每天脚穿长筒靴,腰挎指挥刀,扬鞭跃马,威风凛凛,深受官兵钦佩。

1911 年,蔡锷前往云南,担任新军第 19 镇第 37 协统领。当时,云南和全国一样,大批同盟会会员和从日本归国的青年军官,分布在新军当中。他们频繁活动,积极策划和组织反清革命。

蔡锷当时虽未参加任何革命组织,但却受到日益高涨的革命形势影响,暗中与同盟会保持联系,对革命党的活动给予同情和协助。蔡锷在日本留学时,就曾结识黄兴;1908 年,黄兴到广西发动镇南关起义,蔡锷在广西督练新军,彼此就进行过联络,蔡锷还秘密运送大批武器交给革命党人,帮助他们发动起义。

1911 年 10 月武昌起义后,云南同盟会会员也策划起义响应,他们邀请蔡锷参加革命的组织、领导工作,推举他为临时革命总司令。蔡锷欣然同意,对革命活动进行周密部署。10 月 30 日重阳节之夜,云南起义成功,史称"云南重九起义"。随后起义官兵组

蔡锷

成云南都督府,公推蔡锷为都督。

蔡锷就职云南都督后,积极革除弊政,整顿财政,兴办教育,开发实业,使云南呈现出一派生气勃勃的景象。而且云南在起义后兵力严整,士气旺盛,尤其是新军训练有素,是起义各省中少有的建制完整的精锐武装。

与袁世凯的恩怨纠葛

1912年3月,袁世凯当上中华民国临时大总统,蔡锷一度对他寄予很高期望。3月25日,蔡锷电贺袁世凯,称他"闳才伟略,群望所归"。4月11日,蔡锷还在给各报馆的电文中称袁世凯是"一代伟人,中外钦仰"。

蔡锷如此敬重袁世凯,一个重要原因是袁世凯在当时对清政府是持决裂否定态度的;加之袁世凯的确有过人才华,尤其是在清末新政时期,他练新军、废科举、办新学、修铁路,着实做了不少实事,这些都让蔡锷印象深刻。在乱象丛生的民国初年,蔡锷认为袁世凯是一个能够匡扶社稷的能人。所以他对袁世凯格外敬重,明确表示拥护袁世凯。

在民国初年一片反袁声中,蔡锷对袁世凯并无恶感,其中也有一定的私人感情原因。据说,戊戌政变之后,蔡锷要到日本留学,"湖南长沙出来只借得二毛钱,到了汉口借亲戚洋六元,由汉到京,袁项城借给他洋一千元"①。可见,蔡锷当年之所以能东渡日本留学,是得到过袁世凯的资助的,因此他从一开始就对袁世凯存有感激之心。这种私人感情也是他敬重、支持袁世凯的一个重要原因。

蔡锷对袁世凯的支持主要是在1915年之前,即袁世凯还未进行专制复辟之前。如在孙中山让位袁世凯后,在定都问题的争论上,他多次发表通电,表示支持袁世凯建都北京;在"二次革命"时期,他反对孙中山用兵,主张"宋教仁案"应组织特别法庭解决,严禁军人干预,并称"万一有人发难,当视为全国公敌";当"二次革命"爆发后,蔡锷仍通电指出"讨袁"理由不成立,认为"二次革命"是一种"乱暴势力","同种相残,杀机大启",是国家之祸害。

尽管蔡锷对袁世凯抱着赞赏与支持的态度,但袁世凯并不真心实意地把他当作忠诚的拥护者。当袁世凯镇压完"二次革命"后,全国只剩下远在边陲的云南、贵州等省还没有被北洋政府所控制。因而袁世凯对拥有强硬军事实力的蔡锷是存有戒

① 《近代中国大转型的台前幕后:主角与配角》,"蔡锷:不争主角争人格",傅国涌,长江文艺出版社,2005年7月。

心的。

而恰在此时，蔡锷感于云南地处边陲，难以施展抱负，他便给时任袁世凯政府司法总长的恩师梁启超写信，希望调出云南。当闻听蔡锷有进京的念头时，这正中了袁世凯的下怀，他立刻下令把蔡锷调到北京。

1913 年 10 月，在梁启超的帮助下，蔡锷辞去云南都督一职，调到北京。进京前夕，他推荐唐继尧接替云南都督。

袁世凯这种旨在削弱地方心腹之患的政治伎俩，在两个月后也同样用在了黎元洪的身上。1913 年 12 月，袁世凯以"磋商要政"为辞，"邀请"黎元洪进京就职。只不过与黎元洪的被动相比，蔡锷是主动要求进京的。

蔡锷到京后，袁世凯只是给他委任了一些虚职，表面上对他优礼有加，实际在暗中对其严加监视。袁世凯先后给蔡锷封了一连串的官衔，如政治会议委员、参政院参政、将军府将军、全国经界局督办等，还几乎每天召见他，说是磋商要政，其实是防他有变。

蔡锷到京后也很快意识到了袁世凯的意图，但他也智虑极深，为保全自己，在京期间，他几乎不发表什么政见，只是按部就班地工作、生活。对袁世凯的一些破坏民主共和行为，如解散国会，废除《临时约法》等，尽管心存不满和反对，但他尽量"默不作声"。

在 1915 年 8 月以后，袁世凯称帝之心日益暴露，他指使亲信、幕僚成立"筹安会"，紧锣密鼓地进行称帝活动。此时，蔡锷再也忍不住了，他极力反对袁世凯称帝，对袁世凯的一些幻想与希望也随之破灭，决定发动讨袁活动。

虽然心里不满，欲求反抗，但蔡锷表面上仍装出若无其事的样子，经常打麻将、吃花酒，与京城名妓小凤仙厮混，"终日沉湎于曲院，以示颓唐"，甚至还领衔签名支持袁世凯恢复帝制。

这些其实是蔡锷迷惑袁世凯耳目的假象，在暗中他却多次潜赴天津，与同样持反对称帝态度的梁启超等人秘密集会，并与云、贵两省军界密电联络，商量"讨袁护国"计划。他们还初步定下发动武装起义的战略设想：一旦袁世凯公开称帝，云南便立刻宣布独立，然后依靠云贵及广西的力量攻下四川、广东，后在湖北会师，实施北伐。

1915 年 11 月 11 日，蔡锷以"养病"为借口，秘密离开北京赴天津，之后途经上海、香港，绕越南河内，于 12 月 19 日返回了自己的大本营——云南。

蔡锷远走高飞离开北京后，袁世凯顿为紧张，他对身边的亲信说"蔡锷深谋远虑"，"此人之精悍远在黄兴及诸民党之上，即宋教仁或亦非所能匹"，并感叹"纵虎出柙"，言辞之间包含担忧之意。

为国民争人格

蔡锷回到云南昆明后,立即与唐继尧等人商量讨袁"护国运动"。其实在蔡锷回到云南之前,针对袁世凯称帝行为,滇军中的唐继尧等骨干力量从 1915 年 8 月中旬开始,就酝酿发动讨袁起义。另外还有李烈钧等大批反袁人士入滇,共同谋划反袁战争。

蔡锷的归来加速了云南讨袁护国战争的进展。1915 年 12 月,他在云南护国寺召集旧部,慷慨致辞:"袁势方盛,吾人以一隅而抗全局,明知无望,然与其屈膝而生,毋宁断头而死。此次举义,所争者非胜利,乃四万万众之人格也。"①

就在袁世凯 1915 年 12 月中旬发表"接任帝位的申令"仅十余天,还没有来得及登极,云南便揭竿而起,举起反袁义旗。

12 月 25 日,云南通电全国宣布独立,号召天下共讨国贼。云南誓师之日,蔡锷、唐继尧等誓称:"一绝对不争权力,一不作亡命之想,果若战败,唯有全军战死。"旨在维护民主共和的"护国战争"正式打响。

护国战争共组织了约两万人的"护国军",分成三个军,蔡锷、李烈钧分别任第 1、第 2 军总司令,唐继尧任第 3 军总司令。其中,第 1 军进攻四川,第 2 军进攻广西、湘西,第 3 军留守云南,乘机经黔入湘,最后各军在武汉会师北伐。

云南发动讨袁护国战争的消息传到北京后,袁世凯大为震惊和愤怒,他急令北洋军和川、湘、粤等省军队共约 8 万人,从川、湘、桂三路攻滇,企图一举歼灭护国军。

1916 年初,蔡锷领导的第 1 护国军从云南出发,入川作战。在四川纳溪、泸州一带,蔡锷军队与袁世凯的军队展开激战。

蔡锷组织指挥的四川战役,是整个护国战争中最为激烈的战役。特别是在 1916 年二三月间,双方战事十分激烈,护国军处境一度相当危急。当时军队生活的艰苦,令人难以想象,作战士兵衣不蔽体,食无宿粮,平均每日睡觉不到三个钟头。2 月底,蔡锷不顾身患重病,亲赴纳溪前线指挥,与士兵同甘共苦,坚持战斗。

在同袁世凯军队鏖战三个月后,蔡锷率领的护国军击败北洋军,逼迫对方停战议和,取得四川战役的胜利。

与此同时,在 1916 年 2—3 月,李烈钧所率领的第 2 护国军,在滇、桂边境的广南、富宁地区,也打败了袁世凯政府派来的军队。

---

① 《民国那些事儿》,"第二章 蝶缠身:你方唱罢我登场——萍水相逢成一梦",史冷金,陕西师范大学出版社,2007 年 1 月。

蔡锷和李烈钧领导的护国军陆续击溃北洋军,使得袁世凯的军队接连受挫,三路攻滇计划相继失败。

云南宣布独立并发动护国战争后,贵州、广西等省也相继宣布独立。此时,外国列强亦"警告"袁世凯放缓称帝。袁世凯迫于内外压力,于1916年3月22日宣布取消帝制。

袁世凯撤销帝制后仍居于总统位置,为彻底推翻袁世凯的统治,1916年5月8日,已独立的滇、黔、桂、粤等省在广东肇庆成立对抗北洋政府的军务院。不久,陕西、四川、湖南等省相继宣布独立,各省纷纷通电要求袁世凯退位。6月6日,袁世凯在绝望中忧惧而亡,护国战争取得成功。

袁世凯死后,黎元洪任大总统,宣布恢复《临时约法》和国会。7月14日,广东肇庆军务院撤销,护国战争随之结束。

从云南开始的护国运动是辛亥革命的继续,推翻了袁世凯复辟帝制的"洪宪"王朝,制止了封建帝制死灰复燃,再造了民主共和。

护国战争结束后,1916年7月,黎元洪任命蔡锷为四川省督军兼省长。但蔡锷去意已决,加之积劳成疾,他的肺病和喉结核症加重恶化,无法坚持工作,到成都就职后不到一个月就辞职就医。

1916年9月,蔡锷赴日本治疗。11月8日,因医治无效,蔡锷在日本福冈病逝,终年34岁。

1917年4月12日,蔡锷魂归故里,国民政府在长沙岳麓山为他举行国葬。这是民国历史上第一次为个人举行国葬。

蔡锷逝世,全国唁祭。蔡锷的死让恩师梁启超悲痛欲绝,他在追悼会上沉痛地说,蔡锷之所以反袁是"为国民争人格",其"心地光明,毫无权利思想",并在挽联中写道:"国民赖公有人格,英雄无命亦天心。"

在蔡锷去世的七天前,即1916年10月31日,黄兴因积劳成疾,在上海去世,年仅42岁;再加上被暗杀时才32岁的宋教仁,还有英年早逝的陈天华等人,这些为缔造共和的精英们如匆匆流星,划过天际。陈炯明当时为黄兴、蔡锷的逝世合写了一副挽联:"两君子,首造共和,再造共和,遥睇周原咸释赐;一周间,先逝七日,后逝七日,九歌楚些为招魂。"

奉行"三大主义"

蔡锷戎马一生,为国尽瘁。他短暂的一生最受世人瞩目的功绩,无疑是云南辛亥重九起义和讨袁护国战争。尤其是在护国运动中,蔡锷"以必死之心,为国民争人格",不畏强暴,不避艰险,进行了艰苦卓绝的斗争。

除了发动和领导云南重九起义与反袁护国斗争外,在蔡锷的一生中,为探索救国图强之路,举凡在军事教育、宪政研究等方面都颇有建树。突出表现在其"军国民主义"、"军人不党主义"和"民主共和主义"三大方面。

在日本留学期间,蔡锷就提出"军国民主义"思想,要求从教育着手改造国民性,通过军事教育提高国民素质;在云南任职期间,他曾汇考中外律例,制颁《简明军律》、《军队手牒》等,强调军人"宜忠国家,宜敦信义,宜重俭朴,宜守纪律,宜尚武勇";在调任北京后,他热心于军事学术活动,与阎锡山等人组织军事研究会,研讨各种军事问题。

蔡锷的"军人不党主义"倡导军人在政治中严守中立,反对军人任意干涉政治,以免造成国家政治的动荡。蔡锷对军人入党深为忧虑,认为军人如果入党结社,政党竞争很容易以武力为后盾,破坏共和,推倒内阁,妨碍正常的政治生活。

鉴于民国初年政党林立,党同伐异,各派意见分歧,水火不容,特别是军队和会党混杂,这样极容易发生兵变。所以,蔡锷主张解散各党,另外结合政见相同的分子组织健全的政党。他还从自己开始,首先宣布退出由他亲手创办和领导的统一共和党,之后谢绝加入一切政治组织。

蔡锷的"军人不党主义"反映了近代中国军队与政治建设的密切关系,从中也可以发现军队这个因素成为推动或阻碍近代中国政治发展的决定性力量。

除了"军国民主义"和"军人不党主义"这两个思想标准外,在蔡锷的一生中,自始至终影响他作出人生选择和看待问题的根本标准是"民主共和主义"。

自辛亥革命以后,蔡锷曾以通电形式公开发表不少政见,虽然政见前后有所变化,但他坚决支持民主共和这一立场从未动摇和改变。

在 1913 年进京前,蔡锷用通电形式发表大量政见,其中的核心思想都是坚持民主共和。如在 1911 年 11 月,蔡锷就提出"中华民国政府急宜建设",定国名为"中华国",定国体为"民主国体","建设次第,由军政时代进于约法时代,递进而为民主宪政时代"①;1912 年 1 月,南京临时政府成立后,蔡锷致电孙中山,提出破除省界,破除党见,唯才是举,变革要稳健、渐进等主张。

1913 年进京以后,为了避免袁世凯的猜忌,蔡锷一般很少发表政见。而在 1915

---

① 《近代中国大转型的台前幕后:主角与配角》,"蔡锷:不争主角争人格",傅国涌,长江文艺出版社,2005年 7 月。

年以后,当袁世凯大张旗鼓地搞专制复辟、践踏民主共和时,蔡锷就坚决反对,并起兵讨伐。

1915年12月,蔡锷回到云南举义,在他发布的各种通电、布告中,主要思想都是要求"铲除帝制、重建共和"。最终,他通过护国战争,破除了袁世凯的复辟帝制活动,粉碎了其洪宪皇帝梦,让民主共和理念再次深入人心,使帝制永绝于中国。

在蔡锷的一生中,从他对袁世凯的态度变化来看,也能反映出他始终是一个民主共和主义者。

在一开始,蔡锷支持袁世凯完全是建立在他能与清廷决裂、共建共和的基础上的。后来,只要袁世凯是拥护民主共和的,不管他是真心的还是虚伪的,只要他在言行举止上还是不反对或背叛民主共和,蔡锷就会站在他的一边,支持他建立一个强固有力的政府。而当袁世凯一旦另有图谋,背叛民国与共和时,蔡锷就会挺身反对,毫无退让余地。

一般认为蔡锷和袁世凯的关系似乎有种说不清的感觉,其实,蔡锷的态度很明确,他个人只忠于民主共和以及民国,而不管是谁当政,只要他挑战民主共和原则,他就站出来甚至不惜动用武力反对。"共和即友,专政是敌",这就是蔡锷对待袁世凯的原则与标准。

当然,也不否认蔡锷对袁世凯怀有一定的私人感情,对其抱有一定的幻想。如一开始他支持袁世凯,就有感恩当初袁世凯对他资助的成分。后来在护国运动的压力下,袁世凯被迫取消帝制,蔡锷虽然坚决反对他继续当总统,但也说袁世凯对自己"礼遇良厚",自己对袁世凯"多感知爱"。

而私情不能大过公义,尽管蔡锷对袁世凯有一定的个人感情,但为了保卫民主共和,就不能"兼顾私情",听任袁世凯推崇帝制,大搞复辟。所以,蔡锷起义反袁,目的就是维护民主共和,是为了公义。如果不是袁世凯背叛民国与共和,悍然称帝,以蔡锷之仁义、稳健,是断然不会发动反袁护国战争的。

蔡锷的精神核心是坚持民主共和,在起兵反袁时他曾说过"要为四万万国民争人格"。在几千年的中国历史中,只有他说出了如此坚定的、掷地有声的涤荡人心之语。袁世凯至死都不能理解蔡锷之所以反对他称帝,竟不是为了一己的野心或私利,而是"为国民争人格"。

蔡锷一生反对帝制,坚持共和,争的不是个人权力,是出于他的良心,出于他对共和的忠诚。他生前经常说的一句话是:"人以良心为第一命,令良心一坏,则凡事皆非。"蔡锷一生心地光明、纯洁,不留恋权势,不慕高官厚禄。

　　蔡锷是中国近代史上难得的一个"打硬仗"的军人，而在那个有枪便是王的乱世中，蔡锷也是一位罕见的没有军阀思想的将领。在蔡锷的心目中，他把国家价值和民主共和理念放在同样的高度，他坚持以国家为本位，反对分裂战争。这在当时军阀混战割据的乱世中是非常难得的。

　　蔡锷一生以共和为重，以国家为重，心地光明，不为私利而争，这既体现了他的国格，也体现了他的人格。

　　蔡锷的国格与人格感召世人，但在民国军阀混战的乱世中，他个人的魅力、能力以及影响力即使再大，也无法改变当时的乱局。蔡锷死后，军阀们的分裂战争有恃无恐，他们打着民主共和的幌子，以军控党，以武力为后盾，肆意干涉政治，争权夺利，造成国家动荡不安。

　　特别是蔡锷曾经的部下、西南军阀唐继尧，在护国战争功成之后，他仍继续出兵四川，抢夺地盘，欲把四川乃至整个西南据为己有。据说言谈之间还"深以蔡死为幸"，这不能不让世人感到遗憾和悲哀。

〔导读提示〕 辛亥革命后,中国各派军阀为了争权夺势,连年混战,派系斗争一直没有停止过,造成中国政治混乱,时局动荡。清王朝在被推翻之后,中国又进入另一个充满暴力和混乱的时期。

北洋时期是中国历史上最为混乱复杂的历史时期之一。其间,不仅北洋军阀内部为了权力分配而各树派系,大搞斗争;而且各路军阀之间你方唱罢我登场,各色人物龙争虎斗、层出不穷,上演了一幕幕尔虞我诈、彼此互斗的闹剧。北洋军阀统治结束后,以蒋介石为代表的国民党新军阀开始崛起,中国又一度陷入到新的军阀混战之中。

自辛亥革命后建立起来的中华民国,那是一个波诡云谲的纷乱年代。民国年间,中国内外战争不断,革命、政治风潮跌宕起伏,一波未平,一波又起,人们陷入到一个接一个的令人眼花缭乱的革命之中。这些革命一次比一次暴烈。长年的战乱、冲突,给政治、经济、社会以及人们的生命都带来巨大的灾难。经过民国那段激流动荡之后,中国的历史大局也该到了"分久必合"的时候了。

第
十
二
章

军阀混战与国民革命

同室操戈,相煎何急?!

——周恩来

第一节　军阀大混战

武夫当国的乱局

1912 年 3 月 10 日，袁世凯在北京就任中华民国第二任临时大总统，从此，中华民国进入"北洋政府"统治时期。北洋政府因其操控者袁世凯和以后的继任者都是北洋军阀而得名。此后至 1928 年张学良宣布"东北易帜"，同意加入南京国民政府，这一段民国历史都被称为"北洋时期"。

北洋政府与北洋军阀各个派系的兴衰有密切关系，以各派掌权时间来划分，大致经历了"袁世凯统治、皖系统治、直系统治、奉系统治"四个主要时期。

1912 年 4 月至 1916 年 6 月，北洋政府处在袁世凯的统治之下。袁世凯上台后，尽管他肆意破坏民主共和，不择手段地巩固、扩张个人势力，建立起北洋军阀的独裁统治，最后还悍然发动复辟帝制活动。但在这期间，北洋集团还保持着大体上的一致，确立了以袁世凯为核心的统治地位，内部纷争较少；而且北洋政府的统治力相对强大，也还是一个可以号令全国的政府。

1915 年末，蔡锷发起的"护国运动"，使袁世凯称帝之梦破灭，其统治也随之结束。但护国运动并未动摇北洋军阀的统治基础，北洋军阀仍控制着中央政权。

1916 年 6 月袁世凯去世后，他生前极力维系的那种专制主义统一被倾覆，一时无人能够统领整个北洋军队及政权，也无法稳住中国统一的局面，中国陷入到十余年的群雄纷起、兵祸连结的军阀混战割据状态。

北洋时期是中国历史上最为混乱复杂的历史时期之一。其间，不仅北洋军阀内部为了权力分配而各树派系，相互依附，进行种种争权夺势的斗争；而且各路军阀之间你方唱罢我登场，各色人物龙争虎斗、层出不穷，上演了一幕幕尔虞我诈、彼此互斗的闹剧。

在北洋时期,活跃在中国政治、军事舞台上势力较大的军阀有六系,即皖系军阀、直系军阀、奉系军阀、桂系军阀、滇系军阀、晋系军阀。

袁世凯死后,北洋军阀公开分裂成许多派系,其中在北洋政府内部主要分裂成以段祺瑞为首的皖系和以冯国璋为首的直系两大派。

皖系因其首领段祺瑞是安徽合肥人而得名。段祺瑞在日本支持下,1920年前实际把持着中央政权,控制着安徽、山东、陕西、福建、淞沪、浙江等省区。

段祺瑞

直系因其首领冯国璋是直隶河间人而得名。冯国璋在英、美的支持下,控制着直隶以及湖北、江西、江苏等长江中下游地区。1919年冯国璋死后,曹锟、吴佩孚继为直系首领。

在北洋集团内部分裂的同时,原先依附于北洋势力的各地军阀也纷纷独立称雄,分别把持着或大或小的地方势力。其中,东北的奉系成为与皖、直两系鼎足而立的又一重要势力。

奉系首领张作霖是奉天海城人,故称奉系。张作霖原是东北的一支土匪武装头目,先后受清政府

冯国璋

招安和袁世凯改编,成为北洋军队一支力量,一般也将其列为北洋军阀的一派。奉系依靠日本支持,控制着东北三省。

另外,与北洋系统有关的军阀还有以阎锡山为首的晋系军阀,控制着山西;以张勋为首的"徐州势力",控制着徐州、兖州地区。

与北方的北洋军阀相对立,在南方,势力较大的军阀有以唐继尧为首的滇系和以陆荣廷为首的桂系,滇系控制着云南、贵州,桂系控制着广西、广东和湖南部分地区。

除了这六系规模较大的军阀外,其他的地方军阀还有以冯玉祥为首的西北军,以"二刘"刘湘、刘文辉为首的四川势力,以"五马"马福祥、马鸿宾、马麒、马麟、

张作霖

马廷骧为首的西北势力等。

北洋时期全国主要军阀势力简表

军阀派系	代表人物	势力范围	主要战争	扶植势力
皖系军阀	段祺瑞	安徽、山东、陕西、福建、浙江	1920 年直皖战争	日本
直系军阀	冯国璋、曹锟、吴佩孚、孙传芳	直隶、湖北、江西、江苏等长江中下游地区	1920 年直皖战争，1922年、1924年直奉战争	英国、美国
奉系军阀	张作霖、张学良	奉天、黑龙江、吉林	1922 年、1924 年直奉战争	日本
晋系军阀	阎锡山	山西	1926 年与奉军联合攻打北伐国民革命军；1927年北伐战争	日本
滇系军阀	唐继尧	云南、贵州	1917 年护法战争	英国、美国
桂系军阀	陆荣廷	广西、广东、湖南	1917 年护法战争，1920年、1923年粤桂战争	英国、美国

就这样，整个中国被分割掌握在各大军阀手中。这些不同派系的军阀或为了争夺中央政府的控制权，或为了保持与扩大自己的地盘，在列强的操纵支持下，尔吞我并，相互倾轧，进行着连年不断的战争。

在这些军阀中，皖系、直系、奉系这三支北洋劲旅控制了北方的中原和东北等中国大部分地区，同时也控制了中央政府，只有他们有实力争夺中央政府的执政权。在北方以外的南部和西部地区，那些军阀一般没有统治全国的力量，因此重点在于保存实力，伺机作战扩张。

混战割据的年代

1916 年袁世凯死后，全国在名义上仍接受北洋政府的支配，而北洋政权实际上由不同时期的军阀所控制。在一开始，因皖、直两系的首领段祺瑞和冯国璋都是袁世凯手下的干将，所以争权夺利斗争也最为激烈。

袁世凯去世后，副总统黎元洪继任总统，段祺瑞出任国务总理。此后至 1920 年直皖战争爆发，皖系军阀段祺瑞掌控着北洋政府的实权。

在皖系军阀统治期间，先是段祺瑞与黎元洪发生"府院之争"，接着张勋借调停之际大搞复辟运动，段祺瑞又率兵打败张勋；张勋复辟失败后，黎元洪引咎辞职，直系的冯国璋任代理大总统，而段祺瑞以"再造共和"的功臣自居，继续任国务总理，把持中央政权。

皖系掌控北洋政府期间，段祺瑞继承袁世凯的衣钵，企图建立皖系军阀独裁统治。他对内奉行"武力统一全国"的政策，并拒绝恢复张勋复辟时被废止和解散的《中华民国临时约法》与国会，另外提出召集由各省军阀指派的"临时参议院"；对外以参加第一次世界大战为名，投靠日本，出卖国家权益，大借外债，扩充军队，妄图以武力制伏国内敌对力量。

皖系的对内对外政策激起南方革命派及西南军阀的反对。1917 年 7 月，孙中山提出"拥护约法、恢复国会"的主张，举起"护法"旗帜，要求重新建立民主法统。8 月，孙中山在广州组织军政府，联合西南军阀唐继尧、陆荣廷，发起讨伐段祺瑞的第一次"护法运动"。

但是，西南军阀并不是真正要拥护民主共和，只想以护法为幌子，借孙中山的威望保存和壮大自己的势力。随即南北军阀串通，排挤孙中山，孙中山愤而辞职。不到一年，第一次"护法运动"失败。

护法运动的失败让孙中山对军阀有了深刻的认识，得出了"南北如一丘之貉"的感叹。

南方发起的护法运动失败后，北洋军阀内部皖系和直系的矛盾日益加剧，时任代理总统的冯国璋和总理段祺瑞展开新一轮"府院之争"。而且当时皖系虽然控制了北京政府，但不能控制北洋各派，对非北洋系的各地军阀更是鞭长莫及。皖系军阀在扩张的同时，其他大小军阀也在扩充各自的实力，直、奉两系的扩展尤其迅速。特别是直系，兵精将良，武器充足，在政治、军事上越来越占据优势。

1918 年 10 月，段祺瑞把以冯国璋为首的直系势力挤出中央政府，推出北洋元老徐世昌为总统。冯国璋下野后，1919 年 12 月病逝，直系两员大将曹锟和吴佩孚成为直系新首领，他们不甘久居人下，与皖系矛盾斗争日益尖锐。

为了争夺中央政权，1920 年 7 月，直皖战争爆发。结果直系与奉系结盟，打败了皖系，曹锟、吴佩孚成为北洋政府的实际掌权者。

在 1920—1924 年，北洋政府处在直系的控制之下。直系是打着反对皖系"武力统一"的旗号上台的，然而当其上台后，也以中央政府的名义实行"武力统一"。这一做法遭到各大非直派的反对，纷纷以"民主"、"自治"等名义进行对抗。

特别是昔日倒皖的盟友奉系，与直系在地盘和权力分配以及组阁等问题上出现矛盾，互相指责，愈演愈烈。1922 年 4 月，第一次直奉战争爆发，结果直系击败奉系，继续控制中央政权。

直系接连打败皖系和奉系，使得其势力和影响力大增。接着直系先打着"恢复法统和国会"的旗号，逼总统徐世昌下台，迎黎元洪复任大总统；继之又逼宫黎元洪下

北洋政府要员

野,收买贿赂国会议员,于 1923 年 10 月通过贿选,让曹锟当上了大总统。

在这一时期,1921 年春,孙中山出任广州军政府非常大总统,委任粤军首领陈炯明为陆军部长,再次举起护法旗帜。6 月,广州军政府发动粤桂战争,打败桂系,统一广西。孙中山计划由桂入湘北伐,而此时陈炯明却与湖南军阀赵恒惕结成反孙联盟,在后方牵制北伐力量。1922 年 6 月,直系军阀策动陈炯明发动军事政变,孙中山从前线返回广州时,陈炯明炮轰总统府。孙中山被迫离开广州,第二次护法运动失败。

此时,在直奉战争中败下阵来的奉系退出关后,张作霖宣布东北自治,整军经武,实力大增;皖系也不甘寂寞,欲卷土重来。加之当时南方的孙中山准备北伐,由此形成了孙、皖、奉"反直三角同盟"。而且直系内部也因争权夺利而逐步分裂,冯玉祥自成一派,并与反直势力暗通。

1924 年 9 月,第二次直奉战争爆发。奉军大举进攻,直军作战不利。并且冯玉祥在 10 月发动北京政变,囚禁总统曹锟,使直系腹背受敌,结果兵败南下。于是,奉系控制了北洋政府。

奉系上台后,推出皖系首领段祺瑞临时执政,但实际仍在背后操纵政权。由于分权不均,其他派系均不服,各派之间的斗争此起彼伏。

直系在第二次直奉战争失败后,另一将领孙传芳成为最有实力的首领。1925 年 10 月,孙传芳组织浙、闽、苏、皖、赣五省联军,自任总司令,以东南 5 省首领自居,重新纠集直系势力。

1926 年初,奉系与冯玉祥的国民军发生矛盾,这一矛盾的激化,又使奉、直两系在围攻国民军的共同目标下"联合"起来,共同反对冯玉祥,将冯玉祥的势力挤出华北。

从 1916 年袁世凯死亡到 1926 年广州国民政府进行北伐,这一阶段是北洋军阀派系斗争与混战最为激烈的时期。皖、直、奉三个主要派系更迭与联合执掌着国家政权,它们既为争夺最高统治权而互相争战,又为共同镇压革命而彼此联合。

1926 年前后,南方国民革命兴起,人民革命潮流滚滚而来。1926 年 7 月,广州国民政府领导下的国民革命军发起北伐战争,讨伐北洋政府及其领导下的各路军阀。1927 年,北伐军消灭了直系军阀吴佩孚、孙传芳的主力。不到半年时间,北伐军就控制了全国半壁江山。[1]

1927 年 6 月,张作霖在北京组织"安国军政府",自任大元帅,联合各派军阀,对抗国民革命军北伐。

而此时蒋介石、汪精卫又发动"清党"、"分共"斗争,在 1927 年相继发动"四一二"和"七一五"反革命政变[2],致使北伐一度停顿,给了北洋军阀喘息之机。

1928 年,国民党各派再度联合,继续进行北伐。1928 年 6 月,奉军战败,张作霖见大势已去,率兵退出京津一带,向东北收缩。6 月 4 日,张作霖在回沈阳途中,在皇姑屯被日本关东军炸弹炸死。

同年 12 月 29 日,张作霖之子张学良宣布"东北易帜",表示接受南京国民政府领导,北洋军阀集团至此覆灭。

由于北伐战争的胜利进军,北洋军阀集团的各种势力以及其他军阀在各地相继溃败,国民党政权代替了北洋军阀统治,实现了全国形式上的统一。

破坏力量造成的乱象

从 1912 年袁世凯窃取中华民国政权到 1928 年张作霖退出北京,北洋军阀统治中国长达 16 年。在这 16 年中,中国政治混乱无序,历劫繁多,闹剧连台。据统计,在北洋军阀 16 年的统治中,一共换了 13 位总统,46 届内阁。这 16 年中国遍地枭雄,战争、政变、暗杀、学潮、工潮等纷乱现象接连发生。

在北洋军阀统治时期,尤其是在袁世凯去世后,其特征是军阀混战、割据、争权。从 1916 年袁世凯死亡到 1928 年奉系军阀被北伐军打败,这 12 年中国基本处在军阀

---

① 关于"北伐战争"详见本章第二节"国民大革命"相关论述。

② 关于蒋介石、汪精卫发动反革命政变详见本章第二节"国民大革命"相关论述。

混战割据状态中。

在军阀混战割据时期,中国被各大军阀分割成了大小不同的势力范围。据估计,当时在中国拥有自己势力范围的军阀们,就有百余人。他们有的控制着一两个地区,有的控制着一个省,而势力强大的则控制着两个甚至多个省。势力范围对军阀来说俨然是一个独立王国,军阀们就是无冕之王,是名副其实的土皇帝。此时的中华民国政府尽管在名义上还是一个国家政府,可是所控制的也仅仅是当政军阀的势力范围而已。至于其他地区,则是有心无力。

军队对军阀来说是命根子,有兵则有权,有权则有一切。军阀们因军治政,以军代政,依靠军队控制着中央或地方政权。军阀在地方上集军权、政权、财权于一身,名义上表示接受中央政府的管制,实际上拥兵自重,各怀心腹,独占一方,割据称雄。一旦遇事不平,常常兵戎相见;一不开心,就兴兵动武,打胜者就拥有王道。

在军阀混战割据时期,"一年三小仗,三年一大仗"成为常态,小到摩擦,大到血战,总是不断发生。统计显示,在 1916—1928 年间,中国军阀之间发生的有一定规模的混战就达 140 多次。如果把一些小型战争也计算在内,仅四川一省在这段时期就发生了 400 余次内战。①

在这些战争中,除了一些大型内战涉及中央政府的控制权外,其余绝大部分都只是为了扩大势力范围或者保护自己的控制区,以争地养兵为目标。

在军阀混战割据过程中,虽然有些军阀在自己的势力范围内实施一定程度的改革,发展经济,稳定秩序,但这都是为了壮大自己势力而采取的权宜之计。多数军阀对百姓采取的是巧取豪夺、搜刮民脂民膏的政策,以补充军队的给养,维持战争。

另外,各路军阀为巩固加强本派系和个人的权力与利益,不仅凭借军事实力,而且还要弄政治手腕,盗用民主旗号,利用国会、议员、宪法、选举等作为牟取集团和个人私利的工具。他们往往把"统一"作为一种口号或招牌,希望以自己为中心来"统一"其他派系。而其真正目的却是要骗取民心,为扩充势力寻找借口。

因此,军阀是一种社会破坏力量。他们的存在致使国家处于一盘散沙中,军阀混战割据造成政局动荡,使社会生产无法正常进行,经济发展自然受到阻碍,人们生活在暴力、苛捐杂税的罪恶深渊之中,导致国家、人民陷于朝不保夕、叫苦不迭、辗转呻吟的绝境,给广大人民带来无穷灾难。

---

① 《中国:一个世界强国的复兴》,"不存在的共和政体",[德]康拉德·赛茨著,许文敏、李卡宁译,国际文化出版公司,2007 年 4 月。

断裂时代的反动代表

近代中国之所以出现十余年的军阀混战割据局面,袁世凯的死亡导致传统权威倾覆只是一个非主要因素,根本原因在于中国的半殖民地半封建社会性质,即在于国内和国外两个方面。

在国内方面,虽然辛亥革命推翻了封建君主专制制度,建立了共和政体,但这并未完成中国革命的反封建任务,没有改变中国半殖民地半封建社会性质。当时落后的封建自然经济仍居于绝对优势,封建政治势力和意识形态在中国仍有雄厚的根基和顽强的生命力。

在半封建的中国,具有分散性的农业经济,使各地区可以自给自足地独立存在,这为军阀割据提供了客观条件和物质基础。封建自然经济是军阀赖以存在的土壤,那些军阀本身就是一定范围内封建地主阶级利益的代表,而大大小小的地主从经济上支持本地区的军阀,同时又在军阀的武力庇佑下,维护自身在地方上的政治特权。于是,军阀就很容易割据一方。

在国外方面,列强分而治之、划分势力范围的侵华政策是导致军阀混战割据的外部原因。为维护和扩大侵华权益,列强一般采用了扶植代理人的办法,清政府和袁世凯都曾是列强侵略、控制中国的工具。袁世凯死后,列强开始寻找新的代理人,由于列强之间存在着矛盾,因此他们需要各自的代理人;而且各大军阀恰也需要列强的支持,来壮大自己的力量,以抗衡打压对手。这样,在列强的扶植下,各派军阀投靠不同的国家,而不同的国家在争夺中国过程中又存在着矛盾冲突,进一步加剧了军阀混战割据。

中国各地经济的不统一和列强各自支持在中国的代理人,也是导致中国军阀混战割据的经济和政治原因。对此,毛泽东曾论道:"这种现象产生的原因有两种,即地方的农业经济(不是统一的资本主义经济)和帝国主义划分势力范围的分裂剥削政策。"[①]

所以,中国的军阀混战割据是中国半殖民地半封建社会性质的一种表现,是封建经济残余和列强殖民统治共同作用的结果。

也因此,中国的社会性质和民国初年列强在华侵略势力的影响,决定了这些军阀集团在政治上不仅是封建势力的代表,同时又与列强有着密切的联系——他们不仅是地主阶级以及由此转化而成的买办阶级的代表,又是列强在中国进行殖民统治的工具。

---

① 《毛泽东选集》第 1 卷,第 49 页,人民出版社,1991 年 6 月。

另外,中国军阀混战割据的形成,也与断裂时代的制度、价值缺失有关。清末民初,延续数千年的中国政治、社会制度突然解体,作为权威象征的王权体制遭到空前的怀疑和冲击,中国因此陷入一种制度断裂、价值混乱的多重困惑时期。辛亥革命在推翻封建皇权的同时,也打破了传统的权威,而一旦权威被破,建立一个新的权威必须要付出时间成本。"旧者已亡,新者未立",传统规则已遭破坏,新的秩序尚未建立,在这种"青黄不接"中就产生了一种断裂。恰恰在这一特殊的历史时期,中国军阀兴起,于是就产生了军阀分裂统治的局面。

换言之,在一个旧的统治秩序被破坏、新的统治秩序尚未建立前,往往会出现军阀混战割据的局面。也就是说,"传统断裂"和"制度失范"是军阀混战得以产生的时代背景。

所以,近代中国军阀势力的产生是中外反动势力结合以及时代断裂的产物,它们是中国落后、反动生产关系的政治代表,这也决定了其对内对外政策的反动性。

在军阀统治时期,他们对内实行独裁专制统治,如在北洋政府时期,先是袁世凯复辟帝制,后来北洋军阀的历届统治者都效仿袁世凯,实行武力专制统治;对外则投靠列强,出卖国家权益,换取列强的支持来扩充实力,进而操控政权。

军阀之间的混战也是各国列强在华的争夺,他们投靠列强本是企图能从那里得到帮助,结果反被列强用来维护其在中国的统治。这致使中国国内局势进一步混乱恶化,加剧了动荡和分裂。

因此,这些近代的军阀往往具有双面的反动性,他们既不忠于国家,不坚定捍卫国家荣誉和利益,也不参与反对外来侵略的民族战争。他们对内相互镇压自戕,对外勾结退让。

于是,军阀也是一种反动力量,在民国历史进程中扮演了让人唾骂的角色。也正是这种反动性,使得列强在华势力日益加强,导致中国人民的抗争与探索屡遭挫折。

当回顾历史,军阀不是近代才有的,军阀割据在东汉末年就产生过,他们相互吞并后形成三国鼎立局面;另外,唐朝末年的藩镇之乱,其实也是军阀割据。

近代中国乱世的一个重要原因,在于中国社会在艰难进行现代化转型的同时,无法保持政治稳定性。辛亥革命之后,像以前汉、唐王朝覆灭所经历的一样,清朝被推翻之后,中国又进入另一个充满暴力和混乱的时期。

在一个权力格局尚未形成的阶段,军阀混战割据似乎成为一种必然。在军阀混战割据之下,军阀们陷入"弱肉强食、优胜劣汰"的自然规律,最终会由一个实力最为强大的军阀来完成统一。即后来的蒋介石集团通过北伐战争,结束了北洋军阀混战割据的局面。

北洋军阀统治结束后，以蒋介石为代表的国民党新军阀势力开始崛起，军阀派系势力在国民党军队中依然根深蒂固。1927年，以蒋介石为首的南京国民政府建立，它代表着大地主大资产阶级利益，以及列强在华的新代理人，北洋军阀被国民党新军阀所代替。

在南京国民政府建立的最初两年，虽有过一段短暂的相对稳定统治，但之后不久，国民党军队的蒋、冯、阎、桂四大派系，为争夺中央政权和扩充地盘，彼此间矛盾对立，在1929—1930年，爆发了多次大规模战争，中国又一度陷入到新的军阀混战割据之中。①

第二节　国民大革命

开辟新的道路

自袁世凯建立起北洋军阀统治后，针对其各种反动专制行为，南方以孙中山为首的革命党人，同北洋集团展开了一系列斗争。如1913年的"二次革命"，1917年和1921年的两次"护法运动"，而这些为维护和再造民主共和的反抗斗争却都以失败告终。

当时，与北方的"北洋政府"相对应，孙中山等革命党人于1917年8月在南方成立了广州军政府，以此与北洋政府相对抗。

广州军政府先后发动的两次护法运动都宣告失败，让孙中山意识到要使革命成功，必须寻找新的道路。

① 关于新军阀混战割据详见本章第二节"国民大革命"中的相关论述。

由于两次护法运动依靠的都是南方军阀力量,第一次是滇系唐继尧和桂系陆荣廷,第二次是粤系陈炯明。而这些军阀只是企图利用孙中山的威望和护法旗帜,来巩固各自的权力和地位,并不真正支持孙中山推翻北洋军阀统治的目的。因而他们的个人目的一旦达到,就会与北洋军阀勾结起来,与孙中山分道扬镳。

因此,孙中山认识到,靠军阀打倒军阀的道路是行不通的,要打倒军阀,以及推翻列强在中国的统治,没有军事武装力量就不能达到目的,必须拥有真正的革命力量。

当时,恰逢俄国十月革命成功以及中国共产党力量兴起,于是,孙中山决定接受共产国际和苏俄政府的援助,与共产党合作。

国民党一大代表步出会场

1921年冬,孙中山在广西桂林与共产国际代表马林会面,从此打开了与共产国际以及苏俄直接联系的通道,也建立了与中国共产党的联系。

1923年6月,中国共产党第三次全国代表大会确定了全体共产党员以个人名义加入国民党、与国民党建立革命统一战线的策略方针。国共联合阵线逐步建立起来。

1924年1月,国民党在广州召开第一次全国代表大会,海内外两百名代表参加,出席开幕式的有165人。代表中有共产党人陈独秀、李大钊、毛泽东等。孙中山以总理身份担任大会主席,指定胡汉民、汪精卫、李大钊等组成大会主席团,苏联顾问鲍罗廷也出席了大会。

这是孙中山首倡革命以来集合海内外各阶层代表于一堂的空前盛事。大会通过国民党新的党纲、党章,提出了"联俄、联共、扶助农工"的"新三民主义"纲领,还通过了接受共产党员和社会主义青年团员以个人身份加入国民党的决定。

此次大会标志着第一次国共合作正式建立。之后,在革命统一战线的旗帜下,各阶层中的革命力量开始聚集,与北洋军阀形成尖锐对立。

1924年6月,国民党陆军军官学校即黄埔军校成立,蒋介石任校长,廖仲恺任党代表,共产党人周恩来担任政治部主任。黄埔军校聘任了一批苏联顾问,并以苏联红军为榜样,实行军事和政治并重的教育方针。这样就有了国民党自己控制的军队,在1924—1927年,黄埔军校共举办六期,招收学员1.2万多人,为革命培养了大批军事和政治骨干。

黄埔军校遗址

高歌猛进的北伐战争

国民党一大的召开,标志着国共两党实现合作以及各革命阶级统一战线的建立,国民大革命即第一次国内革命战争也由此兴起。

1925 年 3 月 12 日,孙中山在北京逝世,之后国民党于 7 月 1 日在广州成立国民政府,汪精卫、胡汉民、廖仲恺等 16 人为委员,汪精卫任主席。国民政府宣布其职责是履行孙中山遗嘱,对内开展国民革命运动,消灭军阀势力;对外废除不平等条约,消灭列强在中国的势力。

国民革命军(北伐军)构成

序 列	军 长	党代表	来 源
第一军	何应钦	缪 斌	黄埔学生军
第二军	谭延闿	李富春	湘 军
第三军	朱培德	朱克靖	滇 军
第四军	李济深	廖乾五	粤 军
第五军	李福林	李朗如	闽 军
第六军	程 潜	林伯渠	湘 军
第七军	李宗仁	黄绍竑	桂 军
第八军	唐生智	刘文岛	湘 军

在广州国民政府的领导下,1925 年 8 月 18 日,国民政府军事委员会依照苏联"以党建校,以校领军"的模式,以黄埔军校学生为骨干,将所辖各地方军队名目取消,统一命名为"国民革命军",简称"国军"。

国民革命军成立后不久,在 1926 年前后,北洋军阀的不断混战不仅使其内部因同室操戈而自我削弱,也激发了人民的反抗,促进了人民的革命斗争,形成了全国性革命高潮。在此情势下,国民党认为北伐时机已经成熟。

1926 年 7 月,广州国民政府发出《北伐宣言》,决定实施北伐。《北伐宣言》陈述了进行北伐推翻北洋政府的理由,宣言中说:"迄于今日,不特本党召集国民会议以谋和平统一之主张未能实现,而且卖国军阀吴佩孚得英帝国主义者之助,死灰复燃,竟欲效袁贼世凯之故智,大举外债,用以摧残国民独立自由之运动……忍无可忍,乃不能不出于出师之一途矣。"

7 月 9 日,国民革命军的 8 个军约 10 万人,分西、中、东三路,从广东出师,正式北伐。北伐军由蒋介石任总司令,李济深任参谋长,白崇禧任参谋次长。

北伐的对象是北洋军阀张作霖、吴佩孚和孙传芳三大势力。当时北洋政府控制在以张作霖为首的奉系军阀手中,占据着京津、东北一带;直系军阀吴佩孚控制着湘、鄂、豫等省和陕、冀部分地区;直系军阀后起之秀孙传芳占据浙、闽、苏、皖、赣等长江中下游地区。

北伐军开赴前线

北伐军以广东和广西为根据地,以"集中兵力、各个击破"为战略方针,计划首先消灭吴佩孚的势力,然后歼灭孙传芳的部队,最后推翻张作霖的统治。

北伐军在西路上部署主力部队,向吴佩孚盘踞的湖南、湖北进军。此前第四军叶挺独立团和第七军一部等作为先头部队,已出兵湖南,于 1926 年 7 月胜利进入长沙;8 月,西路北伐军进入湖北,经过浴血奋战,于 8 月下旬攻下汀泗桥、贺胜桥等军事要隘,击溃吴佩孚主力;9 月初,北伐军集结武昌城下,迅速占领汉阳和汉口;10 月 10 日,北伐军占领武昌。至此,吴佩孚主力部队基本被消灭。

北伐军中路部队进展缓慢,蒋介石的嫡系第一军在南昌附近屡遭挫折,被孙传芳的部队打得溃不成军,不得不向西路军求援。于是,在打败吴佩孚的势力后,西路的第四军和第七军从两湖地区挥师东进江西,攻打孙传芳的部队。经过艰苦战斗,11

月,北伐军占领九江、南昌,一举歼灭了孙传芳的主力。

在东路福建战场,原来留驻粤闽边境的第一军两个师,在中路部队占领九江、南昌时,乘势向福建发动进攻,于12月中旬进占福州。同时,浙江等省的军阀部队也纷纷倒向北伐军。

另外,在北伐军攻占汉阳、汉口的同时,西北的冯玉祥率领军队于1926年9月17日在绥远五原誓师,宣布全体将士集体加入国民党,参加国民革命。并绕道甘肃东进,参加北伐,同北伐军呼应,很快控制了西北地区。

北伐军一路高歌猛进,所向披靡,势如破竹。在不到半年的时间,先后打垮了吴佩孚和孙传芳的主力,控制了南方大部分省区,占领了半个中国,并进展到长江流域和黄河流域部分地区。

"清党分共"与新军阀混战

就在全国革命形势不断高涨、与北洋军阀矛盾即将解决之时,新的矛盾上升并迅速激化。由于对待共产党的态度不同,国民党内部分裂为左右两派。以蒋介石为首的右派对共产党采取敌视态度,大肆进行"清党""分共",将共产党从军队内清除。

1927年1月1日,国民党把国民政府从广州迁往武汉,建立武汉国民政府;而右派代表蒋介石则坐拥南京,与武汉的汪精卫分设政权,彼此抗衡。

1927年4月12日,蒋介石发动"四一二"反革命政变,指使青帮、洪门等帮会以及军队,在上海逮捕、处决共产党人;同时,令李宗仁、李济深分别在广西、广东开展"分共"运动。

"四一二"政变中被关押的民众

接着,蒋介石以武汉国民政府受共产党控制为由,于4月17日正式宣布在南京另组国民政府,胡汉民任主席,但实权操纵在军事委员会委员长蒋介石手中。南京国民政府成立后发出的第一号命令,就是"清党",下令通缉陈独秀、吴玉章等共产党人。

针对蒋介石的分裂政府和反共行为,汪精卫一开始表示强烈反对,并坚持容共。蒋介石发动"四一二"政变后,汪精卫发表讲话,痛斥其武力清党行为,表示"反共即是反革命"。随即,武汉国民政府下令开除蒋介石的党籍,并计划派兵征伐南京,"宁汉分裂"正式爆发。

"宁汉分裂"致使北伐一度中断。随后,经过李宗仁及朱培德等从中斡旋,武汉与南京避免开战,决定暂时分头继续北伐。

1927 年 6 月中旬,北方的冯玉祥先后会访武汉及南京国民政府,最后决定支持南京的蒋介石,并在他的军队中展开"分共"运动。

1927 年 7 月,武汉汪精卫政府决定取缔共产党,并罢黜鲍罗廷和其他苏联顾问。7 月 2 日,武汉政府宣布解散共产党机关;13 日,共产党决定撤回武汉国民政府的共产党员;15 日,汪精卫政府不顾国民党左派宋庆龄、邓演达的反对,悍然举行"分共会议",宣布"清共",与共产党决裂。随即对共产党员和革命群众进行大屠杀,还提出"宁可枉杀千人,不可使一人漏网"的血腥口号。这就是汪精卫发动的"七一五"反革命政变。

至此,蒋介石和汪精卫反共合流,第一次国共合作彻底破裂。

针对蒋介石和汪精卫的反共行为,1927 年 8 月 1 日,周恩来、贺龙、叶挺、朱德、刘伯承等领导北伐军 3 万多人,在江西南昌举行武装起义,即南昌起义。

对于南昌起义,武汉政府事后承认疏于防共,随即宣布加紧通缉共产党员。8 月 8 日,武汉汪精卫政府开始大肆逮捕处死共产党人,实行武力"分共";8 月 14 日,东路北伐军在徐州战役失利,蒋介石被迫辞去北伐军总司令职务。与此同时,武汉政府与南京政府开始谈判整合。武汉政府于 8 月 19 日宣布迁往南京,汪精卫于 9 月初亲抵南京,宁汉正式复合,史称"宁汉合流"。

汪精卫到达南京后,却遭到李宗仁、白崇禧为首的新桂系及多位国民党元老的排斥,很快被迫下野。

1927 年 12 月,国民党中央执行委员会在上海召开国民党二届四中全会预备会,恢复了蒋介石北伐全军总司令的职务。

1928 年 1 月 4 日,蒋介石到任,继续领导北伐。北伐军在占领河南后,支持北伐的冯玉祥以及阎锡山率手下军队并入国民革命军战斗序列,"国军"重新编为第一、二、三、四集团军,分别由蒋介石、冯玉祥、阎锡山及李宗仁任司令,蒋介石为总司令。

1928 年 4 月,奉系军阀张宗昌的部队在滦州被北伐军打垮,亡走大连。眼见大势已去,6 月 4 日,张作霖撤离北京,退出山海关。当张作霖乘坐的专列到达沈阳附近的皇姑屯时,被日本关东军隐埋的炸弹炸毁,张作霖身负重伤,当日死亡。

6 月 8 日,国民革命军进入北京,长达 16 年的北洋政府统治宣告结束。12 月 29 日,张作霖之子张学良通电"东北易帜",宣布效忠南京国民政府。至此,北伐成功告捷,北洋军阀集团覆灭。

北伐战争推翻了北洋军阀的统治,使中华民国在形式上完成了统一,但又出现了充当中外反动势力代理工具的蒋介石集团,建立起新的军阀统治。国民党新组建的由蒋介石、冯玉祥、阎锡山及李宗仁为司令的四大集团军,各自又变成了新的军阀。他们各怀野心,为争夺中央政权和扩充地盘,彼此间的矛盾不断加剧,进而爆发新的军阀混战。

当时,蒋介石虽然是南京中央政府的最高统治者,但实际能控制的地区只有长江下游的几个省。为巩固和扩大统治,蒋介石以中央的名义削弱其他派系的势力,打击反对派,树立自己的垄断地位。这势必激化同其他各派之间的矛盾,于是便诉诸战争。

1929 年 3 月,为争夺两湖地区,"蒋桂战争"爆发。蒋介石以南京政府的名义下令讨伐桂系李宗仁,他坐镇九江,亲自督师进攻武汉。4 月,蒋介石军队控制了两湖地区;随后,蒋介石派军从湘、粤、滇三路进攻广西;5 月上旬,李宗仁组织"护党救国军",通电反蒋,并派兵进攻广东;6 月下旬,蒋介石派军支持粤军,打败了李宗仁的桂系。

蒋桂战争后,"蒋冯战争"又起。1929 年 10 月,冯玉祥部下将领宋哲元等通电讨蒋,蒋介石遂下令征伐。在当年 10—11 月,蒋冯两军在豫西展开激战。战事发动后,原来答应与冯玉祥联合反蒋的阎锡山,却转而投靠蒋介石,结果冯玉祥兵败退回陕西。

1929 年 11 月,在蒋桂战争中曾被蒋介石起用为师长的张发奎,与桂系李宗仁联合,重新组成"护党救国军",进攻广东。12 月,蒋介石派何应钦率军入粤,战胜张发奎和李宗仁的"张桂联军"。这次战争又被称为第二次蒋桂战争。

1929 年这一年,国民党各派系几乎都卷入了内战的漩涡,枪炮声没有一天停止过,战火烧遍大半个中国。这几次军阀混战,均以蒋介石胜出。但由于反蒋势力依然存在,并未屈服,一场新的军阀混战正在酝酿之中。

1930 年,终于爆发了更大规模的军阀战争,即蒋介石与冯玉祥、阎锡山之间的中原大战。

1930 年 1 月,阎锡山打出反蒋旗帜,得到汪精卫、冯玉祥、李宗仁等人的支持;3 月,阎、冯、李三大派系的 50 多名将领发出逼蒋下野通电,并推阎锡山为中华民国陆海空军总司令,冯玉祥、李宗仁和张学良为副总司令,领导反蒋;4 月,蒋介石以国民政府主席名义,下令罢免阎锡山各项职务,并以总司令名义通电讨伐阎锡山和冯玉祥;5 月中旬,阎、冯军队与蒋军在豫皖鲁苏交界地区的津浦、陇海、平汉线上展开激战,中原大战正式爆发。

中原大战历时七个月,战事激烈,各方伤亡惨重。最终,蒋介石联合张学良,打败了冯玉祥、阎锡山以及李宗仁的军队。

经过1929—1930年的新军阀混战,蒋介石打败了同他抗衡的各派军阀,取得了明显的优势。此后,反蒋势力尽管依然存在,但失去了与蒋介石抗衡争雄的实力。

蒋介石在军事上的胜利,巩固了他在政治上的统治。随着蒋介石统治地位的加强,他开始把"围剿"中共作为主要任务。

同室操戈　相煎何急

从1924年1月国民党一大的召开,标志着第一次国共合作的建立,到1927年蒋介石与汪精卫先后发动"四一二"和"七一五"政变,意味着第一次国共合作的全面破裂,这是第一次国内革命战争时期。这一时期中国社会的主要矛盾是人民大众与北洋军阀之间的矛盾,革命的主要对象就是北洋军阀。

第一次国内革命战争后,国、共两党正式决裂,开始了长达十年的武装冲突。从1927年至1937年,中国进入第二次国内革命战争时期①。

蒋介石上台后,对外投靠英、美,对内"围剿"中共,建立起新的"一党专政"统治。南京国民政府坚持实行反共清共政策,大肆屠杀共产党人和工农群众。

针对蒋介石的反共暴行,共产党方面在1927年8月1日举行南昌起义,打响武装反抗国民党的第一枪。紧接着,南昌起义后第六天,8月7日,共产党在湖北汉口召开紧急会议,即"八七会议",这次会议纠正了陈独秀的右倾机会主义,确定了开展土地革命和武装反抗国民党的总方针。

随后,共产党领导和发动了秋收起义与广州起义,创建红军,开辟农村革命根据地,进行土地革命,由此开辟了一条农村包围城市、武装夺取政权的道路。

从1930年底到1931年9月,共产党领导的工农红军粉碎了国民党蒋介石的三次"围剿"。1931年11月,中共在江西瑞金建立中华苏维埃政权。

同年,日本发动"九·一八"事变,侵占中国东北,接着扶植溥仪做傀儡皇帝,建立伪满洲国,对东北实行殖民统治。

在此情况下,共产党号召全国人民武装抗日,而蒋介石却坚持不抵抗政策,提出"攘外必先安内"的口号,并于1932年6月和1933年10月发动了对共产党的第四、五次"围剿"。红军粉碎了第四次"围剿",在第五次反"围剿"中,由于王明"左倾"冒险主义的影响,推行进攻中的冒险主义和防御中的保守主义,使红军遭到严重损失。

第五次反"围剿"失利后,1934年10月,红军除留一部分在南方各地继续坚持游

---

① 又称"十年内战"或"土地革命战争"。

击战争外,主力被迫进行长征。

1935 年 1 月,红军长征到达贵州遵义,召开了政治局扩大会议,即遵义会议,结束了王明"左倾"路线,确立了毛泽东在全党的领导地位。

1935 年 10 月和 1936 年 10 月,红军第一方面军和第二、四方面军击退了国民党的围追堵截,先后到达陕北,胜利完成长征。

1935 年,日本侵入华北,实行"华北五省自治",中华民族危机日益严重。在这个亡国灭种的生死关头,1935 年 8 月 1 日,中共发表《八一宣言》,号召停止内战,共同抗日。

1935 年 12 月,中国共产党在瓦窑堡召开政治局会议,制定了抗日民族统一战线的方针。而此时蒋介石仍然坚持"攘外必先安内"的政策,并将张学良率领的东北军和杨虎城统领的西北军调到陕甘一带攻打红军。

张学良和杨虎城由于受到共产党抗日民族统一战线政策及全国人民抗日救亡运动的影响,与红军实现了停战,并多次要求蒋介石联共抗日。但蒋介石不顾劝说,仍坚持反共内战。

1936 年 12 月 12 日,张学良和杨虎城在西安扣押了前去督战的蒋介石,发动"西安事变"。12 月 24 日,蒋介石被迫接受"停止内战、联共抗日"的条件。由此,揭开了国共两党由内战到和平、由分裂对峙到合作抗日的序幕,大规模内战暂告结束。

1937 年 7 月,"卢沟桥事变"爆发,日本发动全面、大规模侵华战争,中华民族与日本侵略者的矛盾上升为中国社会的主要矛盾。1937 年 9 月 22 日,《中共中央为公布国共合作宣言》发表,提出发动全民族抗战口号;23 日,蒋介石发表了承认中国共产党合法地位和国共两党合作抗日的谈话。至此,以国共两党合作为基础的抗日民族统一战线正式形成。这是国共历史上的第二次合作,由此开始了全面统一的抗日战争。

自 1927 年国民党在南京建立政权后,中国进入十年内战时期,也就是第二次国内革命战争时期。在此期间,国共对峙与中日对抗是中国社会的两大主要矛盾。以蒋介石为首的国民政府对内发动"剿共"战争,同时进行军阀混战,排斥异己;对外则推行屈从列强政策,换取英、美支持。

在第二次国内革命战争后期,即在日本侵略日益加深、中华民族危机加重的情势下,国共两党终于结束对抗,实行共同抗日。在此期间,国民党内部也发生分化,1933 年 5 月,冯玉祥与中共合作组成察哈尔民众抗日同盟军;1933 年 11 月,李济深、蔡廷锴等发动抗日反蒋的"福建事变",组建福建人民政府,宣布与红军一致对外抗日。

1937 年至 1945 年,是中华民族统一战线、奋力抗击日本侵略的历史。据统计,在抗日战争期间,中国军队与日军共发生 22 次大型会战和上万次中小战斗。经过这

8年艰苦抗战,中国人民终于取得抗日战争的胜利。

在国共合作抗日期间,在民族大义面前,国共两党在名义上保持着共同对日的势态,但国民党不断制造摩擦,如1941年的"皖南事变"。

1940年10月,何应钦、白崇禧以国民政府军事委员会的名义,下令黄河以南的新四军、八路军在一个月内全部撤到江北。共产党从维护抗战大局出发,答应将皖南的新四军调离。1941年1月6日,新四军9 000多人由云岭出发北移,行至皖南泾县时,遭到国民党军8万多人的伏击,新四军除约2 000人突围外,大部分被俘或牺牲。叶挺与国民党军队谈判时被扣押,项英被杀害。皖南事变发生后,周恩来愤然写下"千古奇冤,江南一叶;同室操戈,相煎何急?!"的题词。

抗日战争胜利后,国共两党又走向了对抗。从1945年8月到1949年9月,中国进入第三次国内革命战争时期,即三年解放战争时期。

1945年抗日战争结束后,国共之间矛盾不断升温,南京国民政府一边假意和谈,一边积极抢占地盘,权欲极盛的蒋介石准备再次发动战争,争抢统领全国的政权。

1945年10月,国共双方在重庆进行谈判,为避免再发生内战,双方代表曾先后签订《政府与中共代表会谈纪要》即《双十协定》和《停战协定》。但双方未能就共产党政权及军队的合法性达成共识,不久国共内战全面爆发。

在经历辽沈、淮海、平津三大战役后,国民党军队节节败退。1949年,人民解放军渡过长江,占领南京总统府,蒋介石被迫退至台湾。

毛泽东与蒋介石在重庆谈判期间

1949年10月1日,中国共产党人在北京宣布建立中华人民共和国。这是自鸦片战争后中国历史发展的根本转折,经过长期的革命斗争,中国人终于争取到了国家的独立。

在20世纪20—50年代的三次国内革命战争中,第一次国内革命战争即北伐战争(1924—1927年),是国共第一次合作领导下进行的反对北洋军阀的战争,也是反帝反封建的革命斗争。

第二、第三次国内革命战争是国共之间的内战,自1927年到1949年间,国共之间发生过多次战争、冲突。

国共之间的内战基本分为两大阶段。在第一次国共内战即第二次国内革命战争中(1927—1937年)，国民党取得胜利，迫使共产党大范围转移。后来由于西安事变、日军侵华加剧等原因，国共再次合作，共同抗日(1937—1945年)，内战暂停，但摩擦仍然存在。

抗日战争结束后，国共爆发第二次内战，即第三次国内革命战争，也就是三年解放战争(1946—1949年)。此次战争的结果是共产党取得胜利，于1949年10月1日建立中华人民共和国政权，国民党败退至台湾。至此也形成台湾海峡两岸时至今日的长期分离局面。

历 史 的 归 宿

自辛亥革命后建立起来的中华民国，那是一个波诡云谲的纷乱朝代。民国年间，中国内外战争不断，革命、政治风潮跌宕起伏，一波未平，一波又起。各派势力纷争不断，彼此游荡在不是你死就是我亡的刀枪战火之中，一切只能靠马背上论输赢，战火遍及全国，华夏大地电闪雷鸣。

民国历史恰似一部悬疑迭生的连续剧，充满着戏剧元素。从南方的革命派推翻清朝统治，到北方的袁世凯夺取革命政权，再到南北对立及军阀混战割据。其间，不是南方革命了北方，就是北方阴谋了南方，再不就是各自内部的互斗。

民国年间，人们陷入一个接一个的令人眼花缭乱的革命当中。这些革命一次比一次暴烈，兵荒马乱，政治失序，内忧外患，民不聊生。长年的战乱、冲突，给政治、经济、社会以及人们的生命带来巨大的灾难。

暴力革命固然快意恩仇，但扼杀人类生命，空耗人类文明。一个国家和民族非要走到用武力革命来解决彼此的矛盾对立，那实在是一种大不幸。然而，所谓天下有道，则庶人不议；天下无道，则庶人议，即谓不平则鸣——当有人能拿起武器来推翻这个社会上的种种不平与反动时，那似乎又是正义与幸运的。

用政治学家萨缪尔·亨廷顿的话来说，那就是"一个真正毫无希望的社会，不是受到革命威胁的社会，而是无法进行革命的社会"。从这一点上讲，民国那个承上启下的激流动荡年代至少还是有希望的。

也正所谓历史上的"天下大势，合久必分，分久必合"的循环往复之说，统一与分割在相互作用下交替前进，一旦发展到了极端程度，距离新的和平与统一也就不再遥远了；"始割据，终兼并"，经过民国的那段激荡分裂后，中国的历史大局也该到了"分久必合"的时候了——中国共产党领导建立起来的中华人民共和国，就是这个历史循环往复中统一格局的再次复合。

各章节进一步阅读、参考与摘引资料

序一

1.《甲申三百年祭》,郭沫若,人民出版社,2004 年 4 月。

2.《郭沫若、毛泽东与〈甲申三百年祭〉》,《党史信息报》镜周刊 612 期,2004 年 3 月 17 日。

3.《毛泽东选集》,第 3 卷,人民出版社,1991 年 6 月。

4.《重温人亡政息的历史教训》,王戎笙,《求是》,2004 年 09 期。

5.《〈甲申三百年祭〉成为共产党整风文献的前后》,吴越天,《世纪风采》,2009 年 09 期。

6.《〈甲申三百年祭〉与晚明政治史的启示》,毛佩琦,《北京日报》,2004 年 4 月 12 日。

上　篇

第一章

第一节

1.《大国崛起》,"英国篇",唐晋主编,人民出版社,2007 年 1 月。

2.《大国崛起:CCTV 十二集大型电视纪录片解说词》,"英国篇",陈晋、任学安,中国民主法制出版社,2007 年 1 月。

3.《亚当·斯密:苏格兰的世界公民》,王立彬,《人物》,2007 年 02 期。

4.《国富论》,[英]亚当·斯密著,谢祖钧译,新世界出版社,2007 年 1 月。

5.《现代国际贸易理论的思想基础——谈亚当·斯密在国际贸易理论方面的贡献和学术地位》,王佃凯,《国际商务》(对外经济贸易大学学报),2005 年 02 期。

第二节

1.《天朝向左,世界向右——中西交锋的十字路口》,"两个女王的沧桑成败——慈禧太后哪点不如维多利亚女皇?",王龙,华文出版社,2010 年 2 月。

2.《鸦片战争中英双方决策过程比较研究》,严忠明,《广西社会科学》,2003 年 12 期。

3.《鸦片战争实录》,陈舜臣,重庆出版社,2008 年 11 月。

4.《维多利亚女王——"日不落帝国"缔造者的一生》,[英]斯特雷奇著,罗卫平译,贵州人民出版社,2004 年 12 月。

5.《正说清朝十二帝》,阎崇年,中华书局,2006 年 9 月。

6.《那一次,我们挨打了》,端木赐香,山西人民出版社,2007 年 12 月。

第三节

1.《中国近代经济史统计资料选辑》,严中平等编,科学出版社,1955 年。

2.《英国资产阶级纺织利润集团与两次鸦片战争史料》,严中平,《经济研究》,1955 年 01 期。

3.《帝国主义侵华史》,第 1 卷,丁名楠等,人民出版社,1973 年 12 月。

4.《鸦片战争前中英通商史》,[英]格林堡著,康成译,商务印书馆,1961 年。

5.《关于十九世纪三十年代鸦片进口和白银外流的数量》,李伯祥等,《历史研究》,1980 年 05 期。

6.《中外贸易冲突与鸦片战争》,黄逸平、张复纪,《学术月刊》,1990 年 11 期。

7.《中国近代对外贸易史资料》,第 1 册,姚贤镐,中华书局,1962 年。

8.《18 世纪英国为买中国茶叶支付上亿两白银》,王刚,《先锋国家历史》,2008 年 5 月。

9.《这才是晚清:帝国崩溃的三十二个细节》,金满楼,三峡出版社,2009 年 9 月。

10.《鸦片泛滥七十年——从虎门销烟到万国禁烟会》,张爱华,《社会观察》,2009 年 03 期。

11.《剑桥中国晚清史(1800—1911 年)》,"中英关系部分",费正清、刘广京,中国社会科学出版社,1985 年。

12.《贸易战争:经济全球化进程中的贸易冲突与摩擦》,吕博,中国经济出版社,2009 年 8 月。

13.《历史的转弯处:晚清帝国回忆录》,"鸦片记",西门送客,广西师范大学出版社,2007 年 12 月。

14.《论鸦片战争前中英贸易的特征及其影响》,杨丽,《河南大学学报》(社会科学版),2002 年 03 期。

15.《马克思恩格斯选集》,第 4 卷,人民出版社,1972 年。

16.《中国人史纲》,下卷,柏杨,同心出版社,2005 年 9 月。

第二章

第一节

1.《华盛顿传》,[美]约瑟夫·J. 埃利斯著、陈继静译,陕西师范大学出版社,2006 年 11 月。

2.《国家拐点》,郝铁川,人民出版社,2009 年 3 月。

3.《美利坚开国三杰书》,沐欣之主编,新世界出版社,2006 年 1 月。

4.《美国总统选举办法是怎样设计出来的》,尹宣,《南方周末》,2008 年 3 月。

5.《天朝向左,世界向右——中西交锋的十字路口》,"西边日出东边雨——'华盛顿神话'在中国的悲欢际遇",王龙,华文出版社,2010 年 2 月。

第二节

1.《美国来华传教士与晚清鸦片贸易》,甘开鹏,《美国研究》,2007 年 03 期。

2.《美国崛起过程中的对外策略》,熊志勇,《美国研究》,2006 年 02 期。

3.《美国的崛起与发展》,黄安年,《社会科学论坛》,2008 年 10 月。

4.《帝国主义侵华史》,第 1 卷,丁名楠等,人民出版社,1973 年 12 月。

5.《美国对华政策文件选编》,阎广耀、方生选译,人民出版社,1990 年。

第三节

1.《1908 帝国往事》,"'对中国的文化侵略'?——美国退还部分庚子赔款",张研,重庆出版社,2007 年 5 月。

2.《美国"文化战争"的历史根源》,潘小松,《博览群书》,2001 年 6 月。

3.《论美国文化的显著特征》,何道宽,《新华文摘》,1994 年 09 期。

4.《帝国主义怎样利用宗教侵略中国》,谢兴尧,《人民日报》,1951 年 4 月 13 日。

5.《剑桥美国对外关系史》,〔美〕孔华润主编,王琛译,新华出版社,2004 年 5 月。

第三章

第一节

1.《大国崛起:CCTV 十二集大型电视纪录片解说词》,"法国篇",陈晋、任学安,中国民主法制出版社,2007 年 1 月。

2.《拿破仑的失败与专制之痛——法兰西的悲情时代》,施京吾,《炎黄春秋》,2007 年 08 期。

3.《拿破仑:中国不软弱 一旦被惊醒世界会为之震动》,《环球时报》,2005 年 3 月 4 日。

4.《拿破仑"睡狮论"出自何处?》,司马达,《联合早报》,2004 年 4 月 29 日。

第二节

1.《法国与鸦片战争》,葛夫平,《世界历史》,2000 年 05 期。

2.《试析法国借口宗教纠纷发动第二次鸦片战争的原因》,王晓焰,《四川师范大学学报》,1999 年 1 月。

第三节

1.《帝国主义怎样利用宗教侵略中国》,谢兴尧,《人民日报》,1951 年 4 月 13 日。

2.《剑桥中国晚清史(1800—1911 年)》,"中法关系部分",费正清、刘广京,中国社会科学出版社,1985 年。

3.《法国对华传教政策》,〔法〕卫青心著,黄庆华译,中国社会科学出版社,1991 年 11 月。

4. 西北师范大学文史学院《中国近代史》讲义,"第八章 义和团运动,第一节 中国人民反对帝国主义宗教文化侵略的斗争",李建国。

第四章

第一节

1.《差距在哪里》,"俄罗斯现代化之父:彼得大帝",杨澜,蓝天出版社,2006 年 2 月。

2.《彼得大帝》,〔俄〕帕甫连科著,斯庸译,国际文化出版公司,2009 年 2 月。

3.《彼得一世——富有危机感的沙皇》,闻一,《人物》,2007 年 02 期。

4.《使命、梦想与现实:俄罗斯崛起的历史分析》,赵世锋,《世界文化》,2008 年 11 期。

5.《俄罗斯为什么能两度大国崛起》,《广州日报》,2006 年 12 月 15 日。

第二节

1.《康熙皇帝与彼得大帝——康乾盛世背后的遗憾》,田时塘、裴海燕、罗振兴,中央文献出版社,2000 年 7 月。

2.《天朝向左,世界向右——中西交锋的十字路口》,"迷途的帝国——康熙大帝和彼得大帝的治国差距",王龙,华文出版社,2010 年 2 月。

3.《叶卡捷林娜二世:给予俄国欧洲化辉煌的帝王》,闻一,《人物》,2007 年 02 期

第三节

1.《沙皇俄国是怎样侵略中国的》,戎疆,人民出版社,1976 年。

2.《沙俄在太平天国时期的侵略活动》,黄鸿钊,《南京大学学报》,1979 年 02 期。

3.《剑桥中国晚清史(1800—1911 年)》,"中俄关系部分",费正清、刘广京,中国社会科学出版社,1985 年。

4.《论沙俄"黄俄罗斯"计划的破产》,王魁喜,《东北师大学报》(哲学社会科学版),1979 年 04 期。

5.《历史的转弯处:晚清帝国回忆录》,"伊犁记",西门送客,广西师范大学出版社,2007 年 12 月。

第五章

第一节

1.《菊与刀》,[美]鲁思·本尼迪克特著,萨苏插图,刘峰译,当代世界出版社,2008 年 1 月。

2.《大国崛起》,"日本篇",唐晋主编,人民出版社,2007 年 1 月。

3.《大国崛起:CCTV 十二集大型电视纪录片解说词》,"日本篇",陈晋、任学安,中国民主法制出版社,2007 年 1 月。

4.《明治天皇》,[日]山冈庄八著,胡晓丁、张宏译,金城出版社,2010 年 1 月。

5.《明治维新不仅仅是段历史》,赵文道,《华文报摘》,2010 年 3 月 4 日。

6.《日本崛起的历史考察》,郑彭年,人民出版社,2008 年 7 月。

第二节

1.《光绪皇帝 VS 明治天皇》,王日根,新星出版社,2006 年 1 月。

2.《天朝向左,世界向右——中西交锋的十字路口》,"光绪皇帝向左,明治天皇往右——近代中日变革的关键时刻",王龙,华文出版社,2010 年 2 月。

3.《试探光绪皇帝在戊戌变法中的地位和作用》,孙孝恩,《北方论丛》,1980 年 02 期。

4.《明治维新与戊戌变法的比较研究》,孙光礼,《湖北大学学报》(哲学社会科学版),1998 年 01 期。

第三节

1.《中日战争内幕全公开》,楚云,时事出版社,2005 年 1 月。

2.《日本侵略华北罪行史稿》,谢忠厚,社会科学文献出版社,2005 年 1 月。

3.《一份全面鼓吹侵略中国的秘密报告》,雨馨,《红岩春秋》,2009 年 6 月。

4.《今看日本早期对华侵略政策〈田中奏折〉》,新华网,2005 年 5 月 27 日。

5.《中日战争史 1931—1945》(修订本),胡德坤,武汉大学出版社,2005 年 7 月。

6.《日本侵华战争造成中国多大损失》,李宣良、梅世雄,《中国青年报》,2005 年 7 月 6 日。

7.《不应忘记日本侵华战争给中国经济造成的巨大损失》,魏永理,《兰州大学学报》(社会科学版),1995 年 03 期。

8.《专家称日本侵华战争延缓中国现代化进程半个世纪》,《华夏时报》,2005 年 8 月 31 日。

9.《日本关东军侵华罪恶史》,史丁,社会科学文献出版社,2005 年 9 月。

第六章

第一节

1.《黑暗与希望交织的年代》,"晚清部分",图说中国历史编委会,吉林出版集团,2006 年 1 月。

2.《西方列强在中国划分势力范围的重要开端》,王丹,《云南社会科学》,1989 年 02 期。

3.《资本——帝国主义的侵略究竟给中国带来了什么》,王晓秋,《思想理论教育导刊》,2006 年 10 期。

4.《鸦片战争与近代中国》,肖致治,福建人民出版社,1996 年。

第二节

1.《大清帝国最后十年——清末新政始末》,李刚,当代中国出版社,2008 年 9 月。

2.《帝国的凋零:晚清的最后十年》,金满楼,江西教育出版社,2008 年 7 月。

3.《"清末新政"缘何失败》,李世博,《中华读书报》,2008 年 11 月。

4.《坐失机遇:预备立宪百年祭》,王铁群,《炎黄春秋》,2009 年 02 期。

下　篇

第七章

第一节

1.《天下为公:孙中山传》,李菁,华文出版社,2006 年 11 月。

2.《孙中山全集》,中国社科院近代史所,中华书局,2006 年 11 月。

3.《从帝制走向共和——辛亥前后史事发微》,杨天石,社会科学文献出版社,2002 年 10 月。

4.《孙中山的两岸政治遗产》,王永治,《凤凰周刊》,2005 年 07 期。

5.《美国人眼中的孙中山:矢志不渝的政治改良家》,《解放日报》,2009 年 6 月 28 日。

第二节

1.《大清孤儿:清末传统士人的宿命》,"康有为一生,一个信念",扎不棱,九州出版社,2008 年 6 月。

2.《从维新变法先锋到复辟保皇死党——试论康有为思想的蜕变》,万平,《电大论丛》第 3 辑,中央广播电视大学出版社,2003 年 8 月。

3.《追忆康有为》(增订本),夏晓虹,生活·读书·新知三联书店,2009 年 4 月。

4.《如何评价晚年康有为》,张艳国,《光明日报》,2003 年 4 月 23 日。

第三节

1.《近代中国大转型的台前幕后:主角与配角》,"康有为与孙中山:谁是主角?",傅国涌,长江文艺出版社,2005 年 7 月。

2.《孙中山与康有为见过面吗?》,陈贤庆,《中山日报》,2009 年 1 月 25 日。

3.《孙中山曾欲与康有为联手反清》,赵立人,《南方都市报》,2009 年 10 月 15 日。

4.《毛泽东盼孙中山当总统康有为首相》,罗雪挥,《中国新闻周刊》,2008 年 12 月。

5.《近代中国改良派与革命派思想之比较》,卓娜,《教育前沿》,2009 年 02 期。

6.《资产阶级革命派与保皇派的论战及实质》,刘双奇,《中学历史报》(高中版),2002 年 05 期。

7.《殊途而同归》,傅国涌,《新世纪周刊》,2008 年 01 期。

8.《论清末统治集团内部的立宪派》,郑大发,《江汉论坛》,1987 年 09 期。

9.《改良与革命在近代中国的历史命运》,张海鹏,学科网,http://www.zxxk.com/Html/
Article/Class1722/Class1780/Class1802/3206520080112100700.html。

第八章

第一节

1.《黄兴与辛亥革命》,萧致治、石彦陶,岳麓书社,2005 年 6 月。

2.《近代中国大转型的台前幕后:主角与配角》,"黄兴与孙中山:配角与主角的最佳模式",傅
国涌,长江文艺出版社,2005 年 7 月。

3.《"惊人事业随流水":甘当配角的黄兴》,傅国涌,《书屋》,2005 年 08 期。

4.《黄兴功过辨析》,饶怀民,《湖南师范大学学报》,1989 年 05 期。

5.《孙黄交谊与辛亥革命》,林增平,《湖南师范大学学报》(社科版),1992 年 03 期。

6.《黄兴的历史地位与黄兴研究的回顾》,萧致治,《益阳师专学报》,2000 年 04 期。

7.《辛亥革命与清末民初社会》,饶怀民,中华书局,2006 年 8 月。

第二节

1.《铁血华年——辛亥革命那一枪》,赫连勃勃大王,华艺出版社,2008 年 11 月。

2.《这才是晚清帝国崩溃的三十二个细节》,"偶然必然:小排长葬送了大清朝",金满楼,中国
三峡出版社,2009 年 9 月。

3.《中国军事史略》(下),高锐,军事科学出版社出版,2000 年 3 月。

4.《论清末新军向革命转化》,陈文桂,《厦门大学学报》,1980 年 04 期。

5.《还原历史本来面目:历史为谁"变脸"》,"辛亥革命第一枪:为何是武汉? 为何是新军?",张
秀枫,远方出版社,2009 年 8 月。

第九章

第一节

1.《剑桥中华民国史》,费正清、费维恺、刘敬坤、叶宗敩,中国社会科学出版社,1994 年 1 月。

2.《剑桥中国晚清史(1800—1911 年)》,费正清、刘广京,中国社会科学出版社,1985 年。

3.《近代中国史纲》,郭廷以,格致出版社,2009 年 4 月。

4.《共和与专制的较量》,唐宝林、郑师渠,河南人民出版社,1996 年 8 月。

5.《重评中华民国南京临时政府的对外政策》,王凤超,《历史学习》,2002 年 03 期。

6.《中华民国开国法制史——辛亥革命法律制度研究》,邱远猷、张希坡,首都师范大学出版社,1997 年。

7.《纪念辛亥革命九十周年国际青年学术讨论会论文集》,岳麓书社,2003 年。

第二节

1.《我的前半生》,爱新觉罗·溥仪,群众出版社,2007 年 1 月。

2.《最后的紫禁城》,向斯,中国工人出版社,2007 年 6 月。

3.《真假共和》,朱宗震,山西人民出版社,2008 年 7 月。

第十章

第一节

1.《袁氏当国》,唐德刚,广西师范大学出版社,2004 年 11 月。

2.《袁世凯评传》,刘忆江,经济日报出版社,2004 年 6 月。

3.《北洋野史——乱世军阀这么干》,金满楼,中国友谊出版公司,2010 年 1 月。

4.《告诉你一个真实的袁世凯》,李宗陶,《南方人物周刊》,2009 年 11 月 4 日。

5.《戊戌变法中袁世凯告密真相》,戴逸,《北京日报》,1999 年 6 月 23 日。

6.《近代中国大转型的台前幕后:主角与配角》,"袁世凯:传统型主角的近世标本",傅国涌,长江文艺出版社,2005 年 7 月。

7.《中国北洋军阀大结局》,刘革学,湖北人民出版社,2007 年 6 月。

第二节

1.《柔暗总统黎元洪》,李书源,吉林文史出版社,1995 年。

2.《黎元洪与武昌首义》,林增平,《江汉论坛》,1981 年 04 期。

3.《貌似"柔暗"的黎元洪在大事上其实并不糊涂——黎元洪与袁世凯的一次较量》,王凯,《法制周末》,2010 年 7 月 15 日。

4.《黎元洪为何被称为"床下都督"?》,裴高才,《中华读书报》,2010 年 6 月 21 日。

5.《论武昌首义中的黎元洪》,李小文,《广西师范大学学报》(哲社版),1992 年 03 期。

6.《首义都督黎元洪》,"序二 究心乡邦人物,解读黎氏行状",中国文史出版社,2006 年。

第十一章

第一节

1.《晚清尽头是民国》,"刺杀新民国:宋教仁谋杀案之谜",思公,广西师范大学出版社,2009 年 9 月。

2.《宋教仁:为宪法流血第一人》,傅国涌,《北京日报》,2008 年 4 月 28 日。

3.《宋教仁与民初政党政治》,姚琦,《广西社会科学》,2008 年 04 期。

4.《宋教仁在民初的政治舞台上》,傅国涌,《民主与科学》,2008 年 01 期。

5.《解密宋教仁遇刺案真相:幕后黑手是袁世凯亲信》,李菁,《民主与法制时报》,2007 年 5 月 27 日。

6.《宋教仁与民初国民党的建立》,李书源,《长白学刊》,1993 年 03 期。

7.《关于宋教仁评价问题的再探讨》,宋月红,《史学月刊》,2000 年 06 期。

第二节

1.《近代中国大转型的台前幕后:主角与配角》,"蔡锷:不争主角争人格",傅国涌,长江文艺出版社,2005 年 7 月。

2.《蔡锷集》,曾亚英,湖南人民出版社,2008 年 7 月。

3.《风流儒将蔡锷:把一生骗人的大盗袁世凯给骗了》,陈光中,《北京青年报》,2004 年 11 月 10 日。

4.《蔡锷和袁世凯 两个强势男人间的故事》,《北京晚报》,2008 年 3 月 13 日。

5.《民国那些事儿》,史冷金,陕西师范大学出版社,2007 年 1 月。

第十二章

第一节

1.《武夫当国:北洋军阀统治时期史话》,陶菊隐,海南出版社,2006 年 10 月。

2.《北洋军阀史的划阶段问题》,来新夏,《光明日报》,2000 年 11 月 10 日。

3.《中国近代史》,蒋廷黻,上海古籍出版社,1999 年 12 月。

4.《军绅政权:近代中国的军阀时期》,陈志让,广西师范大学出版社,2008 年 8 月。

5.《中国:一个世界强国的复兴》,"不存在的共和政体",[德]康拉德·赛茨著,许文敏、李卡宁译,国际文化出版公司,2007 年 4 月。

第二节

1.《国共两党关系史》,马齐彬,中共中央党校出版社,1995 年。

2.《国民党的"联共"与"反共"》,杨奎松,社会科学文献出版社,2008 年 1 月。

跋二

1.《奇迹,一个国家的光辉历程》,吴兢、薛原、刘维涛、王舒怀,人民网,2009 年 9 月 28 日。

2.《构筑和平崛起的国家战略:崛起不是为了复仇》,《中国青年报》,2004 年 3 月 26 日。

3.《中央党校原副校长郑必坚谈中国和平崛起新道路》,《文汇报》,2004 年 3 月 21 日。

4.《〈中国大趋势〉作者:2050 年中国将成为世界中心》,朱侠,王坤宁,《中国新闻出版报》,2009 年 10 月 16 日。

跋 一
辛亥沉思录

辛亥革命已经过去了整整一百年，对于这场具有重大历史意义的革命，有很多东西值得我们回味与反思。

尽管现今中国的伟大成就已远远超过辛亥革命时期那些志士仁人的预期，但我们仍然难于认定现今中国已经臻于至善。当今中国正面临着辛亥百年后又一次国内社会大转型与世界格局大改组。如何应对这些大转型与大变革，这需要以史为鉴，集思广益。

对于百年前的那场轰轰烈烈的革命及其前后的百年屈辱岁月，沉思而来，它们印证了历史上许多不变的道理，也对当今和未来留下不少深刻的启示意义。

一、人民有权利和义务建立符合国家和人民需要的政府

在辛亥革命过程中，清政府的灭亡虽是全面的综合问题，但其执政思维和方式的落后、不能因势变革而导致衰落则是根本。中、晚期的清政府在内政和外交方面失策太多，对内无力图强奋起，对外无力抵御侵略，它在人民心中的威信日渐扫除。

民众看到了清政府的腐化无能，逐渐对它失去了信心和希望，觉得这样的政府已无药可救，进而绝望。于是，民众就会从默认其统治渐渐觉醒，认为与其在它的统治下亡国或遭罪，还不如起来反抗斗争，建立一个新的政府，或许会是另外一番景象。

政府和执政者的最低职能在于保护国家主权与国民安全，最高职能在于为人民谋福利。治理国家是政府和执政者的事，但是感受的却是每一个被执政者。让被执政者感到有尊严、有希望，是政府和执政者的重要目标，更是每个官员不可推卸的

责任。

政府和执政者是为人民服务的，至少也是"与人民公平交易"的。如果他们不珍惜自己的国家和人民，如晚清政府，让人民没有了尊严和希望，这样他们也就不再为人民所需要了，人民就有权利和义务建立起一个新的、符合国家和人民需要的政府。

二、"民主革命"尚未"彻底完成"，"同志仍需努力"

辛亥革命是一场推翻封建专制统治、建立民主共和的民主革命，它推翻了清朝专制政府，建立了民主共和国。但在辛亥革命之后，"民主共和"仍然是一个空壳或招牌，帝制、专制思想并没有完全消除，还具有一定程度的社会基础，一些当权者心里想的、实际干的仍然是独裁专制的勾当。中国通向民主共和的道路依然艰难曲折。

尽管共产党在1949年建立起来的中华人民共和国是人民民主专政的国家，实现了"人民当家作主"，中国人的民主权利与自由已大有改善，民主与法制已有诸多进步，但离共产党提出的政治目标尚存在较大差距，离毛泽东在延安"窑洞对"中指引的"民主新路"也还有较大距离。

现今，在中国公民的政治生活中，民主参与、民主监督、权利保障等方面，仍然还存在一些问题；而且在封建专制早已被推翻的今天，一些为政者并没有彻底摆脱封建专制思想的影响，观念和骨子里还存在着"官为民主"的思想。

如何彻底唤醒国民的民主意识，使民主共和观念更加深入社会民心，"让人民来监督政府，让当权者遵循民主法则"，走上属于自己的"现代性"民主道路。这个"民主政治革命"尚未"完全、彻底完成"，"同志仍需努力"。

三、法需要被信仰，对法治的高度尊重是一切建设事业的重要保障

在辛亥革命期间，革命党人在制度方面的准备很不充分，一旦胜利突然来临，这样的缺陷就显得格外要命——革命党人在革命胜利后，无法尽快建立一套可供操作的规则体系来管理国家，致使政府对社会的治理能力大为降低，经济社会建设事业难以迅速启动，甚至其合法性都受到强大质疑。

尽管武昌起义后，宋教仁主持起草了《中华民国鄂州临时约法》，但这部法律并没有付诸实施；即使后来南京临时政府成立后颁布了《中华民国临时约法》，但这部法律的初衷之一是为了防止袁世凯专权，在某种程度上说是一种"因人立法"。

况且,在晚清和民国初年,中国还没有形成"法治"的氛围和观念。尤其是为政者们对法律还是抱着一副轻忽的态度,他们并不知道法律的尊严比权力更重要,缺乏对法律的尊重与信仰。当时革命党人对民主共和事业的追求,更多的是出于一种信念和热情,而缺乏一种实证和理性的研究与准备。

这种对法律上的轻视或机会主义的心态导致了法制危机,最终演变为政治、军事危机。

在近两百年的中国近现代史建设中,国家建设总是屡屡受挫,中国人民总处于"落后挨打"的局面,其中的一个重要原因就在于法治的不彰——中国缺乏法治主义的保守和审慎精神,缺乏以法治国的恒久建设目标,法律在国家、社会治理中并没有起到至高无上的作用。

从西方以及中国历史的发展经验来看,要建设一个强大的国家——但凡是真正的持续性强大国家,而不是短暂的一时之强国,必定是一个法治国家。

美国著名法学家伯尔曼曾言:"法律必须被信仰,否则它将形同虚设。"要建设一个法治社会,必须建立至高无上的法律权威,使法律成为人们的一种信仰,融入人们意识中,落实到实际行动上;要实现依法治国,建立一个持续性强大国家,就必须让法律成为社会中最具权威性的规范和机制,让人人都对法律心存信仰与敬畏。

四、革除私心杂念,依"制度"和"良知"为政

中国人有着深远的内耗史,1840 年以后的中国近代史,尤其是在辛亥革命之后,各色人物龙争虎斗,上演了一幕幕尔虞我诈、彼此互斗的闹剧。

辛亥革命后走进了一段混乱纷争的历史,除了国内分散的自然经济和国外列强分而治之政策的客观原因外,一个重要的主观原因还在于当权者的私心杂念在作祟。近代那些前仆后继的当权者多为奸党权臣所用,私心太重,权欲太大,权谋太深。当权者不愿将自己手中的权力依法受到监督和限制,导致民主共和在独夫民贼的手里被践踏、毁弃,致使中国政治生态体系日益恶化。

政客执迷权势,精英变成幕僚,知识分子堕落成犬儒……这些都是当时中国政治生态的天然缺陷,其结果会让正义沉沦,腐化成风,黑恶公行,基本政治价值被颠离。政治生态的人为破坏,截断了通向民主共和的道路,致使中国一度陷入多年的军阀混战割据之中。

"良知"是这个世界的最高准则。中国的从政者一方面要"依法"行政,另一方面也要依"良知"为政,摒弃"窝里斗"的思想意识,革除那些自私卑劣的贪念,从心底里多一份"正大光明"。

五、打破禁锢,继续"师夷长技以自强、求富、制夷"

在近代中国屈辱史中,"外国人之所以能够打败中国人",最基本的原因就在于那些强国在政治、经济、技术等综合国力方面明显优于、强于中国。

值得指出的是,在近代列强侵华过程中,中国的两个近邻俄罗斯和日本,他们的强大基本上都是向强国学习的结果。他们走的是"西化"之路,采取的是"脱亚入欧"的"文明开化"方针,引进西学,开辟出一条持续性强国之道。

辛亥革命也是一个向西方强国"学习的革命",无论是孙中山还是宋教仁,他们都曾以西方强国为榜样来改造中国。

尽管现今中国的综合国力已有很大提高,与往昔不可同日而语,但今天的中国仍然还是一个后发国家,中国还需要榜样,还需要谦虚地学习强国的"长技",汲取其长,补己所短,为我所用。

"风物长宜放眼量"。学习世界各国优秀经验,"师夷长技以自强、求富、制夷",这是很常规、很基本的事。现今中国的"学习革命"仍未结束,还任重道远。而且这个"学习革命"的广度和深度还需要拓宽拓深,要打破一贯以来秉持的"中学为体,西学为用"的教条,不仅推进"经济、技术"革命,而且推进"政制、文化"革命。

六、中国需要"走出去",为"改革开放"做升级准备

日本在近代走上强国之路,一个重要原因和起点就在于其明治维新运动的兴起。通过明治维新,日本迅速发展成为亚洲强国,成为地区一大霸主。

对于日本的明治维新,其实到了 1890 年前后,持续了 20 多年的维新改革阶段已基本结束,"改革"的能量已基本用完,随即进入"由改革促发展"转向"由扩张促发展"的阶段。

如果用日本的明治维新来对照当代中国的改革开放,始于 1978 年的改革开放,如今已经走过 30 多个年头,尽管"改革"还有很大空间,还能释放很多能量,以此能够推动经济社会的发展,但其空间和能量也越来越有限。基于此,中国也需要做好"由改革促发展"的升级准备。中国需要"走出去",需要为"开放"注入更深刻、更广泛的含义。

而且,根据中国"人口多、底子薄"的基本国情,经济社会发展面临着资源与环境的双重约束,中国必须在一个和谐世界中寻求更多的生存、发展空间。

这其中的一个重要手段就是扩大国际贸易,利用和平的经济手段寻找更多的发展空间——因为武力战争的手段已不适用,且很难奏效,况且中国还打不起战争。

七、提升"软实力",不仅要做"强者",还要做"智者"和"能者"

在近代中国屈辱岁月中,列强对中国的侵略在表面看是对中国发动的军事战争,是用军事"硬实力"打败了中国,而实质上列强对中国发动的是"贸易战争"、"文化战争"、"宗教战争"等各种隐性战争,列强从根本上是在思想、制度、文化等"软实力"上打败了中国。

一个国家的综合国力,既包括由经济、军事、科技等实力表现出来的"硬实力",也包括以思想、文化、制度、意识形态等体现出来的"软实力"。对于一个国家的综合国力来说,硬实力的重要性显而易见,软实力则具有超强的"扩张性和传导性"。只发展硬实力而忽视软实力,硬实力就会逐渐失去发展的动力而下降甚至停滞。

现今中国的发展不能只追求物质上的繁荣和硬实力的强大,还要加强软实力建设,提升文化、思想、制度等软实力水平。中国需要把软实力作为战略支点和突破点,让"综合国力"真正得到"综合提升",在世界民族之林中不仅要做一个"强者",还要做一个"智者"和"能者"。

软实力的一个重要载体和表现是文化因素,它是提升国家软实力的最主要内容。作为一种具有强大辐射性和渗透性的力量,文化和经济、军事等要素一样,也是一种重要的"武器",而且是一种"攻心为上"的独特"武器"。

八、关键时期,控制、调整好各种矛盾与压力

辛亥革命时期是一个动荡激变的历史关头,是各种力量、矛盾与压力相互斗争、博弈的关键时期。清朝的灭亡和南京临时政府的失败都处在这个重要的历史关头,由于当权者不能处理好各种矛盾与压力,致使其最后走向崩溃覆灭。

现今的中国也正处在各种矛盾与压力的关键时期。改革开放以后,尽管中国经济发展实现了高速增长,但诸如贫富差距、区域差距、城乡差距、道德滑坡、价值观混乱、生态危机等诸多不平衡、不和谐的隐患,也正把社会推向一种危险的失衡境地。靠"低福利、低品质、高能耗、高污染"透支后世子孙得来的 GDP,只会导致"不平衡、不协调、不可持续的问题"。

在当前和今后相当长一段时期内,中国既面临"黄金发展期",又遭遇"矛盾凸显期",经济转变,社会转型,体制转轨,短期问题和长期问题交织,结构性问题和体制性问题并存,国内问题和国际问题互联;这是"一个水流最快、变化最莫测的点的附近",社会结构再度调整,社会利益重新分配,社会生活急剧变化,社会成分日益复杂。

由此,中国社会也进入一个非常调整时期,这个时期需要的不仅仅是"速度和高度",更需要"控制与调整"。在这个关键时期,中国要协调好各种利益关系,处理好各种矛盾与压力,谨防整个矛盾系统的平衡被打破。

九、民生源于民权,民权决定民主,民主影响民生

在辛亥革命时期,孙中山所倡导的(旧)三民主义,提纲挈领地提出"民族独立、民主政治、民生幸福"这三大目标。其中,对于"民生幸福",即"民生主义",孙中山认为中国不能只搞政治革命,还必须进行社会革命,要解决土地问题,发展社会生产,为民生谋幸福。

然而,在南京临时政府成立后,革命派却忽略了广大农民阶级的利益,没有革除封建土地所有制。同盟会"平均地权"的主张,在临时政府的所有法令中都没有得到反映。在辛亥革命后,占中国人口绝大多数的农民没有享受到革命成果,广大农村地区依然如故。

也就是说,在南京临时政府成立后,革命派忽略了当时的民生问题,根本没有解决民生问题,也就无法获得基层民众的支持。民生问题没有解决,民主政府也就无从依靠,这是导致其最终走向失败的一个重要原因。

在一定程度上讲,民主是建立在民生基础之上的,民生决定了民主的选择结果,影响到民主的发挥程度;而民主又是一种保障民生的手段,它影响民生的解决程度。一个国家只有具备了"民生"的幸福和"民主"的畅行,才会有"民国"精神的光大。也因此,孙中山努力追求的"民族独立、民主政治、民生幸福"都未能及身而成。

当今中国有夸耀于世、位居全球第二的 GDP,但是 GDP 并不直接带来幸福和安康。

现今中国备受关注的诸如医疗、教育、住房、就业等民生问题,在本质上涉及的是公民生命权、健康权、受教育权、社会保障权、劳动权等生存权与发展权的问题,这些都是人的基本权利。

民生问题的许多因素往往并不在民生本身,而与民主决策机制有关。民主能够充分发挥公众的智慧,促使政府的决策更具科学化,以保证社会民生向着健康、圆满、幸福、和谐的方向发展。民主从机制上保障民生,要彻底解决中国的民生问题,不能忽略了民主的作用与影响,要树立民主和民生并重的平衡理念。

十、为自己争人格,"人人起来负责"

在辛亥革命时期,革命志士反对帝制,坚持共和,为国民争人格,他们以共和为

重,以国家为重,心地光明,不为私利而争。这是出于他们的良心,出于对国家和社会的公心与责任心。

其实,近代中国的落后与屈辱,不只是统治者的问题,不能简单地清算在统治阶层和当权者头上,同时也在于"民智未开",国人的良心和责任心消沉。这实际上与每个国民都有关系,正所谓"天下兴亡,匹夫有责"。

归根结底,无论是国格还是人格,都需要每个人自己来争取,需要"人人起来负责"。为自己争人格,同时也是为国家和民族争国格;对自己负责,同时也是对国家和社会负责。这其中不仅是出于个人的私心,也是出于个人的良心和社会的公心。

现今的中国,经过市场经济这场个性解放的狂飙突进运动后,每个人的个人权利意识已经觉醒,成了无法阻遏的潮流。在个性自由得到不断解放的同时,也需要提升对他人权利的尊重意识和对公共事务的参与热情。尤其是当今那些所谓的"80后"和"90后"们,他们开始大规模地步入社会,这些曾被认为是"自我的"、"不负责任的"一代,需要担负起个人、家庭和社会等多方面的责任,特别要学会承担作为一个社会公民应该履行的社会义务与责任,积极参与公共生活,推动社会点滴进步。

提升自己的生活,振兴自己的国家,是"匹夫之责",是任何人都不能缺少的私心和公心。中国的崛起和复兴不是某个阶层的事情,这既需要精英阶层的开拓勇气和榜样力量,也需要"草根"、"中产"等各个阶层的共同努力。只有全民族每一个个体都参与到这场崛起复兴运动中,才会有真正的大国崛起和民族复兴。

作 者

2012 年 1 月

跋 二
复兴不是为了复仇

中国近代史一百多年沉重而暗淡的屈辱记忆,给人们留下太多的伤痛、悲愤和思索。1949 年中华人民共和国的成立,开启了中国历史的新纪元,战争的硝烟渐次散去,终于迎来和平的局面。

新中国成立之后,尤其是在 1978 年改革开放之后,中国走上了一条迅速"崛起复兴"之路。无论是在政治、经济、文化方面,还是在军事、外交以及国际影响力方面,中国都正在向世界昭示着一个大国蓬勃兴起的形象。

进入 21 世纪后,2002 年中国人均 GDP 超过 1 000 美元,2006 年又超过 2 000 美元;2007 年中国成为全球第三大经济体,2010 年中国经济总量超过日本,成为世界第二大经济体。中国已经由低收入国家逐步迈入中等收入国家行列,综合国力大大增强,国际地位显著提高,迅猛地崛起为地球上"第二大重要国家"。

经过半个多世纪的发展建设,中国已经从一个一穷二白的国家发展成为一个总体小康的国家,从一个积贫积弱的国家成为一个初步繁荣强盛的国家,从世界旧格局的抗争者成为新格局的积极参与者。中国经济的快速发展以及综合国力的显著提高,正在改变着中国在世界上的形象和地位。

对照世界历史的发展进程,有分析认为:18 世纪和 19 世纪是英国的世纪,英国的工业、政治和帝国的发展改变了整个世界;20 世纪是美国的世纪,在两次世界大战中取得了最大的胜利,并开发出因特网等各种主要新技术,因此改变了世界;21 世纪则是中国的世纪,作为全球最多的人口国家,拥有无可比拟的市场规模,工业产品、世界贸易、债券价格……中国的经济发展将改变全球供求关系格局,将成为在强大综合国力基础上具有主导能力的世界强国。

很多人认为,对于中国人来说,19 世纪是耻辱时期,20 世纪是恢复时期,21 世纪将成为展现风采的时期。另有预测认为,中国 GDP 将在 2040 年左右达到世界第一的位置,成为全球第一大经济体,到 2050 年中国将成为世界的中心。

各种分析和预测似乎表明,中国将再次登上历史的鼎盛时期。

随着中国的崛起复兴,国际社会最关心的已经不是中国能否成为世界大国的问题,而是将要成为一个什么样的世界大国。尤其是对于曾经的屈辱岁月,当如今中国的实力强大起来之后,是否到了报复当年仇恨的时候? 中国会不会走上大国复仇的道路? 无论是国内还是国外,这些疑问和想法显然会存在不少人的思维中。

世界国际关系的历史表明,一个国家的兴起,往往会对既有国际利益格局产生冲击,对原有的既得利益国家产生压力,包括崛起国家本身都会有很大的心理变化。相应的,"某某复仇论"也就会应运而生。

而且,在中国人心目中,"仇"总是与"怨、恨、报复"联系在一起。所谓"血海深仇、报仇雪恨、君子报仇十年不晚"等等,这些复仇主义心理和意识仍然占据着很多人的心灵,无时无刻不处在被鼓励与强化的复仇情绪中。

对此,毋庸置疑的是,中国的复兴绝不是为了复仇,也不是为了清算历史的罪人——当然,如果有人胆敢来冒犯,中国也将会誓死捍卫各种权益。

与此同时,中国还需要谨防"内斗外侵"悲剧的重演,即要避免再陷入历史上的"外国人打中国人与中国人斗中国人"的屈辱岁月。

事实上,在中国崛起复兴的道路上,还面临着种种"内斗外侵——内忧外患"的压力与挑战。

在"内忧(内斗)"方面,中国发生大规模内战的情势极无可能,但中国是一个十几亿人口的大国,一些内部斗争的矛盾因素一定是存在的。特别是在 21 世纪上半叶,中国既面临"黄金发展期",又遭遇"矛盾凸显期",如地区差异、城乡差别、贫富差距、贪污腐败、阶层分化、生态失衡等之间的矛盾冲突,都将成为中国"内斗"的隐患,足以影响社会的稳定,甚至政权的巩固。一个国家要崛起复兴,首先需要一个稳定和平的国内环境。而这些不平衡、不和谐的因素,正把中国推向一种可能很危险的境地,中国的内斗也会以别样的方式呈现出来。

在"外患(外侵)"方面,虽然世界总体形势趋于缓和,但中国面临的不稳定因素仍然很多。如在中美关系中,除了经济、贸易、文化冲突外,最核心、最敏感的问题就是台湾问题,美国一直把台湾作为一张"牌"来遏制中国,在台海问题上频频介入,成为中国国家安全面临的最大不稳定因素;在中日关系中,日本在东海、在历史问题的认识上更是和中国摩擦不断;在边界领土争端方面,中国与一些国家的领土争端还没有完全得到妥善解决;在中国周边地区,恐怖主义势力和宗教极端势力、跨国犯罪等因素也在威胁着中国,对中国国家安全造成直接冲击。

另外,"台独"、"藏独"、"疆独"、"法轮功"分子等这些"内忧"与"外患"兼有的因素,在海外反华势力的扶持下,蠢蠢欲动,不遗余力地策划分裂中国的活动,成为威胁中国安全的重大隐患。

针对中国崛起复兴面临的这些压力与挑战,归结起来,中国需要有一种"和谐"与"和平"的战略思维方针,即对内"和谐"与对外"和平"——对内寻求和谐,就是力求建立天地人伦和谐发展的空间;对外寻求和平,就是要以自身的发展来维护世界和平,促进共同发展,预防战争隐患。

当用"和谐、和平"来考量中国"崛起复兴"时,中国在世界上的立足点就有了正向积极的道义和价值基础。

有史以来,和平共处是人类的共同意识和信念。追求和谐、维护和平、避免战争一直是国际思维的主导观念。战争不能作为常态的对外工具,一切走黩武主义、军国主义、扩张主义之路的国家,都免不了盛极而衰的厄运。

如果中国的崛起复兴只是大国争霸,只是为了"雪耻"当年的斑斑屈辱和深仇大恨,那么在当今时代,必然会遭到世人的反对与唾弃。这样的崛起复兴即使开局顺利,到头来也极可能被扼杀在半途之中。

其实,崇尚"和为贵"的中国人最不希望看到战乱,历史上饱受战乱之苦的中国人,有着强烈的和平发展愿望。中国的崛起复兴不是为了复仇清算某个国家或某个人,而是为了这个国家的长治久安,人民的幸福安康,同时这也是世界和平安全的重要组成部分。即这个国家不仅为了自身的和平发展深谋远虑,同时也为世界的和平进步尽职尽责。

作　者
2012 年 1 月

图书在版编目（CIP）数据

被遗忘的较量:辛亥沉思录/马元之著记. —上
海:上海人民出版社,2011
ISBN978 - 7 -208 - 10304 -7

Ⅰ. ①被… Ⅱ. ①马… Ⅲ. ①辛亥革命—研究
Ⅳ. ①K257.07

中国版本图书馆 CIP 数据核字(2011)第 201362 号

责任编辑　毕　胜
封面设计　范昊如

被遗忘的较量

——辛亥沉思录

马元之 著记

世 纪 出 版 集 团
上海人民出版社出版

(200001　上海福建中路 193 号　www.ewen.cc)

世纪出版集团发行中心发行
上海商务联西印刷有限公司印刷

开本 720×1000　1/16　印张 19.75　插页 2　字数 360,000
2012 年 1 月第 1 版　2012 年 1 月第 1 次印刷
ISBN 978 - 7 -208 - 10304 -7/K·1815

定价 32.00 元